La Famille Hudson

****

Au-delà de l'arc-en-ciel

Virginia C. Andrews™

La Famille Hudson

****

Au-delà de l'arc-en-ciel

ÉDITIONS FRANCE LOISIRS

Titre original : *The End of the Rainbow*
publié par Pocket Books, a division of Simon & Schuster, Inc., New York

Traduit de l'américain par Françoise Jamoul

Édition du Club France Loisirs,
avec l'autorisation des Éditions J'ai lu.

Éditions France Loisirs,
123, boulevard de Grenelle, Paris.
www.franceloisirs.com

ISBN : 2-7441-6088-1

Prologue

Le jour de mes seize ans, il n'y eut pas un seul nuage au ciel : un océan d'azur s'étendait d'un horizon à l'autre. La brise tiède, aussi légère qu'un vol d'hirondelle, embaumait la jacinthe, la jonquille et le lilas.

C'était féerique.

La veille, au coucher du soleil, j'étais sortie dans le parc avec maman. J'avais poussé son fauteuil roulant jusqu'au bas de la rampe bâtie pour elle, puis je l'avais tournée vers le lac.

– En voilà un ! s'était-elle écriée, en voyant surgir des bois environnants un oiseau noir, qui s'éloigna en rasant l'eau.

Et comme nous l'avions fait si souvent, nous joignîmes nos mains pour faire un vœu. C'était notre petit cérémonial secret, que nous partagions depuis que j'avais quatre ans. Elle l'avait toujours fait, car elle croyait au pouvoir magique du lac et de ses alentours.

– J'ai pris très vite cette habitude, m'avait-elle confié. Pratiquement dès mon arrivée ici, quand je suis venue vivre chez ton arrière-grand-mère Hudson. Avant ça, la plus grande étendue d'eau que j'avais vue de ma vie était le contenu de ma baignoire ! Et tu sais quoi ? Je croyais que tous les oiseaux noirs étaient des corbeaux ! C'est ton père qui m'a appris que mes chers corbeaux du lac étaient des merles. Pour la citadine que j'étais, cet endroit était un lieu de prédilection pour mes rêves... et il l'est toujours. Je sais qu'il en sera de même pour toi, Summer.

Toutes les deux, nous avions fait des vœux pour un merveilleux lendemain. J'imaginais un jour radieux, illuminé de sourires, où pas la moindre pensée triste n'aurait sa place. Parents et amis, tout le monde aurait le visage rayonnant, comme si la joie pleuvait du ciel. Et, tous ensemble, nous saluerions dans l'harmonie la nouvelle année qui s'ouvrait devant moi. Maman trouvait que recourir à une protection magique, de temps en temps, pouvait s'avérer nécessaire. Surtout pour nous, insistait-elle.

Et j'étais bien de son avis. Car j'étais grande à présent, et j'en avais assez entendu sur les malheurs et les erreurs qui avaient jalonné l'histoire de notre famille. Maman ne cachait pas que parfois — et même assez souvent —, il lui semblait qu'une malédiction pesait sur elle ; sur le moindre de ses gestes, de ses actes, sinon sur chacune de ses pensées.

– N'importe quelle autre femme, à ma place, serait sans doute devenue incapable de prendre une simple décision, Summer. Quand je conduisais mon van aménagé, il m'arrivait de me retrouver paralysée dans un carrefour, sans oser choisir une direction. J'étais sûre que si je prenais celle-ci plutôt que celle-là, quelque chose de terrible allait se produire. Et si je ne restais pas figée sur place, c'est grâce à ma mère adoptive, ma chère Mama. J'entendais sa voix me gronder doucement d'avoir peur. Cette femme aurait tenu tête à une armée de démons ! concluait-elle, attendrie.

Je comprenais très bien ses craintes. Et je me demandais si, à mon tour, je n'allais pas être victime de la malédiction qui la poursuivait. C'était ce qu'elle redoutait le plus, elle aussi. Plus d'une fois, comme si elle lisait dans mes pensées, elle avait subitement libéré son angoisse.

– Et si la chose la plus importante, la plus marquante que je t'avais transmise était ma propre malchance ?

– C'est stupide, voyons, la rassurais-je, bien que pas très rassurée moi-même. La malchance n'est pas une chose qui se transmet. Elle n'est due qu'au hasard, et personne n'en est responsable. Tu n'es strictement pour rien dans les malheurs des autres, voyons !

J'insistais avec une telle véhémence qu'elle finissait par en sourire, et me promettait de ne plus aborder ces sujets sinistres.

Mais elle y revenait, c'était plus fort qu'elle. La culpabilité la hantait sans répit.

C'était surtout le souvenir de sa sœur adoptive qui l'obsédait. Beneatha, qui avait été assassinée par les membres d'un gang lorsque maman vivait à Washington. Et aussi l'accident de voiture qui avait coûté la vie à son demi-frère, mon oncle Brody, que je n'avais pas connu. Mais j'avais vu des photos de lui. Un jeune homme très beau et très attirant, dont l'expression intelligente, ouverte et assurée, laissait présager un brillant avenir. Il s'était tué au volant de sa voiture en rentrant chez lui, après avoir rendu visite à maman, à l'époque où elle vivait seule à la maison. Grand-mère Megan, la vraie mère de maman, avait fait une grave dépression nerveuse après la mort de son fils. Elle avait même tenté de se suicider.

Tante Alison, la sœur d'Oncle Brody, en voulait toujours à maman. À vrai dire, elle la détestait, même si depuis peu elle cachait ses sentiments et se montrait presque polie quand elle nous rendait visite. Ce qui n'arrivait pas si souvent, d'ailleurs. Elle venait de divorcer dans une aura de scandale, son mari l'accusant d'adultère, et même avec plusieurs partenaires. Mais cela, bien sûr, on ne m'en avait rien dit ; je l'avais surpris par hasard. Les secrets n'étaient pas faciles à garder, dans cette maison : on aurait dit qu'ils traversaient les murs.

Tante Alison aurait pu faire preuve de compassion pour maman, ou exprimer des regrets pour ce qui lui était arrivé. Peu de temps après la mort de Brody, une chute de cheval l'avait rendue paraplégique. Puis elle avait enduré de terribles souffrances entre les mains de sa tante Victoria, la sœur de Megan, à l'esprit pervers et dérangé. Pendant une courte période, maman avait été pratiquement séquestrée dans la maison par ma grand-tante. Elle détestait évoquer ces jours-là, le seul fait d'en parler réveillait ses pires cauchemars. Mais elle croyait que cette épreuve était sa punition, pour avoir attiré le malheur sur ses proches. Elle était convaincue d'avoir mérité tout cela. Et sans mon père, Austin, qui était devenu son thérapeute, elle aurait mis fin à ses jours en se noyant dans le lac. Notre lac. Celui-là même que nous étions en train de contempler, si tranquillement.

Mais nous avions assez versé de larmes, estimais-je. À présent, le temps était à la joie, aux sourires, au soleil. Et si mon anniversaire pouvait servir à les faire éclore, resplendir et durer, tant mieux. Je ne demandais que cela.

D'où nous étions nous pouvions voir Oncle Roy, le frère adoptif de maman, occupé à réparer un volet de sa maison. Après qu'il eut quitté l'armée, maman lui avait demandé de travailler pour l'affaire familiale dont elle et sa mère avaient hérité, une importante agence de promotion immobilière. Devenu contremaître, il s'était mis très vite à courtiser ma gouvernante, Glenda Robinson, une mère célibataire dont le fils, Harley, avait un an de plus que moi. Quand Oncle Roy lui eut fait sa demande et qu'elle eut accepté de l'épouser, maman décida qu'ils pourraient bâtir leur maison sur la propriété.

– J'ai tellement de terre qui ne sert à rien, Roy, allégua-t-elle. Je ne compte pas y planter du coton ou du tabac, tu t'en doutes !

À l'en croire, Oncle Roy ne semblait pas très tenté par son offre, et elle dut recourir à mon père pour le décider. D'après elle, c'était l'orgueil intraitable d'Oncle Roy qui le poussait à refuser. Mais je devais découvrir plus tard qu'il avait d'autres raisons, sans doute bien plus importantes et plus graves. De celles qui s'enracinent au plus profond de vous-même et se rappellent à vous chaque jour, ou presque.

Maman adorait me décrire les scènes dramatiques de son passé, en prenant une grosse voix quand elle imitait l'oncle Roy. Quelquefois, cela me faisait rire. Et d'autres fois je l'écoutais avec fascination, émerveillée par la façon dont elle faisait revivre les événements, comme s'ils se déroulaient sous mes yeux. Mais au fond, cela n'avait rien d'étonnant. À Londres, maman avait suivi les cours d'une prestigieuse école d'art dramatique, et elle avait failli devenir comédienne.

– Roy refusait obstinément de construire sa maison ici, m'avait-elle expliqué. Je l'ai accusé d'avoir peur d'épouser une femme blanche, et de vivre à côté d'un Blanc marié à une Afro-Américaine. Il s'est défendu en faisant observer que j'étais à moitié blanche moi-même.

« Sans doute, mais il y a cent cinquante ans j'aurais été esclave, ai-je riposté. N'essaie pas de me faire sentir inférieure ou supérieure à toi, Roy Arnold. Si Mama t'entendait, elle te corrigerait de la belle manière.

« Il n'a pas pu s'empêcher de rire, et il a fini par céder. Il a bâti sa maison ici, conclut maman.

Un an après leur mariage, Glenda et Oncle Roy avaient eu un bébé. Une petite fille qu'ils appelèrent Latisha, en souvenir de la mère de Roy, la femme qui avait élevé maman. C'était une enfant ravissante, mais juste comme elle venait d'avoir trois ans elle développa une leucémie. Tout alla très vite. Les médecins eurent à peine le temps de prévenir les parents qu'elle avait peu de chances de survivre.

Tante Glenda fut ravagée de chagrin. Elle faillit perdre la foi, mais ce fut le contraire qui se passa. Au lieu de haïr Dieu pour son malheur, elle se jeta dans la religion. Elle croyait fermement, m'apprit un jour Harley, que les enfants étaient punis pour les péchés de leurs parents. Et que si elle, Glenda, ne vivait pas dans la vertu, sa fille souffrirait encore plus dans l'autre monde. La dévotion l'absorbait tout entière, à présent. Et d'après la façon dont Harley en parlait, je compris que lui aussi se morfondait de chagrin, mais pas seulement pour sa sœur. Il pleurait la mère qu'il avait perdue, et qui laissait pratiquement à l'oncle Roy le soin de l'élever lui-même.

– On ne devinerait jamais que je suis fils unique, maintenant, me confia-t-il. Ma mère se conduit comme si Latisha était toujours là, mais dehors, dormant à la belle étoile. Quelquefois, elle se comporte comme si elle entendait ma sœur lui parler. Elle conserve toutes ses affaires, et elle va jusqu'à laver ses vêtements et les repasser. Ça me rend dingue quand elle fait ça, et Roy aussi.

Pauvre Harley, contraint de rivaliser avec une sœur morte pour mériter l'attention de sa mère ! La lutte était perdue d'avance.

Ils enterrèrent l'enfant sur la propriété, tout près de leur maison, et Oncle Roy installa autour de sa tombe une jolie clôture avec une porte. Tante Glenda en fit un lieu sacré, il ne se passait pas un jour sans qu'elle aille prier sur la pierre tombale de l'enfant disparue. En regardant par ma fenêtre, le soir, je voyais souvent briller une chandelle dans l'enclos, et la silhouette de ma tante se profiler sous les étoiles ou les nuages. Une fois je la vis même avec son parapluie, sous l'averse, totalement indifférente à l'orage qui se déchaînait autour d'elle.

– Une mère n'abandonne jamais, me dit maman, alors que nous parlions de ce que m'avait raconté Harley. Elle s'accroche à son enfant de toutes ses forces, même si elle doit pour cela plonger les mains dans les flammes.

J'étais encore petite à la mort de Latisha. Mais des années plus tard, j'entendis maman murmurer, pour elle-même, qu'elle avait encore attiré le malheur sur quelqu'un.

– J'aurais dû laisser Roy vivre loin de moi, comme il le souhaitait, gémit-elle.

L'oncle Roy se fâchait pour de bon quand elle parlait ainsi. Ses yeux devenaient tout rouges, il faisait rouler ses épaules, ce qui lui donnait l'air d'être encore plus fort et plus grand. Puis il prenait sa grosse voix et lui défendait de dire des choses pareilles.

– C'est toi que Mama corrigerait si elle t'entendait, grondait-il, en pointant sur elle un index menaçant.

Tout le monde se tenait à bonne distance d'Oncle Roy quand il était en colère, et en particulier son beau-fils, Harley. Ces temps-ci, Harley s'attirait tellement de problèmes en classe, ou avec ses camarades, que l'oncle Roy avait des rides au front à force de froncer les sourcils. Plus d'une fois, je l'entendis s'en plaindre à maman.

– Le Seigneur m'a chargé d'un drôle de fardeau,

décidément ! Il m'a ôté la joie d'être papa en me prenant Latisha, mais Il m'a laissé les responsabilités d'un père, envers un enfant qui n'est pas de moi. Toi qui parles de ta malédiction, qu'est-ce que je devrais dire ! Je ne crois pas avoir mérité ça, mais je l'ai eu quand même.

Maman le reprenait toujours avec douceur.

– Rappelle-toi ce que disait Mama, Roy. Ce n'est pas à nous de juger si ce que fait le Seigneur est juste ou non.

– Je sais. Et ça ne me paraît pas juste non plus, figure-toi.

Ces paroles me désolaient, je ne pouvais pas m'empêcher de penser à Harley. Ce devait être si dur de se sentir indésirable ! Je savais que cela rendait maman très triste, elle aussi. Mieux que personne, elle savait ce que signifiait le rejet.

Quant à moi, j'espérais ne jamais l'apprendre, et je priais le ciel qu'une telle chose ne m'arrivât jamais.

1

Bon anniversaire, Summer !

On aurait dit qu'un arc-en-ciel était subitement apparu, juste au-dessus de la maison et du parc. Je savais que papa, en secret, avait préparé des surprises, mais j'étais loin de m'attendre à tout ce qu'il avait fait. À l'instant où le soleil du matin me réveilla, un carillon se mit à jouer « Joyeux anniversaire ». Le regard encore embrumé de sommeil, je contemplai une ravissante boîte à musique. Un manège miniature entraînait dans sa ronde toute une ménagerie d'animaux, tandis qu'une ballerine dansait au milieu d'eux.

– J'espère que tu t'éveilleras tous les jours avec le même sourire, Summer, me souhaita papa.

Je levai la tête et l'aperçus tout près de moi, le visage aussi rayonnant que devait l'être le mien. J'avais ses yeux turquoise, et les mêmes cheveux d'ébène que maman, mais le teint beaucoup plus clair que le sien. Ainsi, tout le monde pouvait voir que j'avais hérité aussi des taches de rousseur de papa, en particulier sur les pommettes.

– Heureux anniversaire, mon ange, dit-il en se penchant pour m'embrasser sur la joue.

De son fauteuil, placé de l'autre côté de mon lit, maman me regardait d'un air bizarre, un peu absent.

On aurait dit qu'un dôme de verre m'entourait et qu'elle m'observait au travers. Je savais qu'elle était en proie à ses idées noires, sa vieille crainte qu'un trop grand bonheur n'attire le mauvais œil. Elle se vit devinée, se reprit instantanément et me sourit. Je me levai pour aller la serrer dans mes bras.

Le petit manège tournait toujours.

– Comment avez-vous fait, tous les deux ? m'écriai-je. Vous êtes restés à mon chevet en attendant que je m'éveille ? Depuis combien de temps étiez-vous là ?

Un éclair de malice brilla dans le regard de papa.

– Nous avons veillé toute la nuit, pour t'attendre. À tour de rôle, évidemment. N'est-ce pas, Rain ?

– Pratiquement, acquiesça maman d'une voix faussement sévère. Ton grand dadais de père se conduit comme si c'était son propre anniversaire, et non le tien. Plus le temps passe, plus il rajeunit. On dirait un gamin de seize ans.

– L'enfant qui est en nous ne meurt jamais tout à fait, riposta papa en riant. Pour mes quatre-vingt-dix ans, je veux souffler des bougies et recevoir des tas de cadeaux. Tâchez d'y penser, toutes les deux, ordonna-t-il comme si cet anniversaire était imminent.

Maman secoua la tête et m'adressa un sourire entendu, comme si nous étions deux alliées obligées de supporter les extravagances d'un homme un peu ridicule. Non, pas ridicule, rectifiai-je aussitôt en pensée. Je ne verrais jamais papa sous ce jour-là. Jamais.

Le manège s'arrêta, le carillon se tut.

– Quelle merveilleuse boîte à musique ! m'exclamai-je dans le silence soudain.

– Et encore, ce n'est que la partie émergée de l'iceberg, commenta maman. Regarde par la fenêtre, Summer.

Ma chambre avait vue sur le lac. C'était celle de

Grand-mère Megan, autrefois, elle me l'avait dit elle-même. Et je savais par maman qu'elle aussi l'avait occupée, à son arrivée dans la grande maison. Maintenant, papa et elle s'étaient installés dans l'ancienne chambre de Grand-mère Hudson, rajeunie et redécorée. On avait entièrement changé le mobilier, et réaménagé la salle de bains selon les besoins de maman.

Au début, maman refusait l'idée de procéder à des changements aussi importants. Elle affirmait qu'elle devait à la mémoire de Grand-mère Hudson de garder la maison intacte, telle qu'elle était de son vivant. Mais avec le temps les tapis s'usèrent, il fallut repeindre les murs, remplacer du mobilier, rénover les installations domestiques. Et papa fit venir un décorateur pour donner à l'ensemble un style plus éclectique.

Le hall avait conservé son cachet XIXe, avec sa pendule murale et le grand miroir rond qui lui faisait face. Maman était très fière des antiquités léguées par mon arrière-grand-mère Hudson. Elle l'avait beaucoup aimée, au point que j'en étais jalouse et que je souhaitais l'avoir connue, moi aussi.

Le cabinet de travail de Grand-père Hudson, lui, n'avait pas changé. Mais presque tout le reste de la maison avait été modernisé, repeint de tons plus clairs, tendu d'étoffes plus douces. Récemment, mes parents avaient fait refaire l'ancien studio réservé au personnel, aménagé pour maman après son accident. Une épaisse moquette blanche recouvrait à présent le sol, et un grand lit de merisier remplaçait le lit d'hôpital. Mme Geary, la gouvernante, appréciait beaucoup ce nouveau décor.

C'est par une agence que papa et maman l'avaient recrutée, après le mariage d'Oncle Roy et de Glenda. Elle avait alors quarante ans passés. Irlandaise, elle était venue peu après ses vingt ans aux États-Unis, pour y trouver du travail et y vivre. Ses cheveux, jadis presque aussi flamboyants que ceux de papa, étaient plus gris que roux à présent. En arrivant en Amérique, elle avait d'abord travaillé chez des parents éloignés, où elle était traitée par sa marâtre comme la Cendrillon de la famille.

– Ils n'avaient aucun respect pour moi, racontait-elle. Tout ce que je faisais leur était dû, jamais ils ne montraient la moindre gratitude. J'ai été heureuse de les quitter, vous pouvez me croire !

Ce que papa appréciait le plus, chez elle, c'était sa force de caractère et sa confiance en elle. Ce serait un atout considérable pour une maîtresse de maison handicapée, affirmait-il. Maman et Mme Geary s'étaient entendues tout de suite et, pour moi, l'Irlandaise faisait tout simplement partie de la famille. Je n'aurais pas pu la considérer autrement. Bien souvent, elle agissait comme une seconde mère, envers moi. Elle me conseillait de me couvrir mieux, de manger davantage. Elle avait même son mot à dire au sujet de mes fréquentations, demandait où j'allais quand je sortais, et qui m'accompagnait. Une poule n'aurait pas couvé son œuf avec plus d'attention que Mme Geary n'en apportait à veiller sur moi. Et c'est ainsi que je grandis entre elle et maman, tel un poussin entre deux mères poules, à l'abri de leurs ailes.

Cette protection me pesait quelquefois, et il m'arrivait de m'en plaindre.

– J'ai consacré presque autant d'énergie et de temps que votre mère à vous garder en bonne santé, me rabrouait la gouvernante, et je ne veux pas avoir fait tout ça pour rien. Je n'aime pas le gâchis, moi !

Elle avait le don de trouver des expressions spéciales, qui masquaient ses véritables sentiments pour moi. Comme si elle était persuadée qu'en déclarant son affection à quelqu'un, on risquait de le perdre. Je devais apprendre qu'elle avait de bonnes raisons de croire cela. Sa propre enfance et ses années d'adolescence avaient été marquées par des deuils qui avaient laissé leurs traces en elle.

Malgré tout, je ne perdais pas une occasion de la taquiner. En particulier au sujet de son interminable idylle avec Clarence Lynch, le bibliothécaire municipal. Comme elle, il frisait la cinquantaine, et aussi loin que remontaient mes souvenirs je les avais toujours vus se fréquenter.

Un jour, comme je voulais savoir pourquoi ils n'étaient toujours pas mariés, elle répliqua :

– Pourquoi gâcherions-nous une relation aussi parfaite ?

Cela m'intrigua, bien sûr, et je courus demander des explications à maman. Elle se contenta de sourire et répondit :

– Tout le monde ne s'adapte pas avec la même aisance aux moules créés par la société, Summer. Tant qu'ils sont heureux, pourquoi vouloir les forcer à changer de vie ?

Pour maman, et maintenant pour moi aussi je pense, le bonheur et la santé étaient les deux faces de la même pièce de monnaie, la plus précieuse de toutes. Les gens heureux avaient plus de chances d'être en bonne santé, naturellement. Et bien sûr, la santé apportait le bonheur. Rires et sourires étaient les meilleurs remèdes contre les maux de l'esprit.

Papa offrait le plus parfait exemple de ces principes, estimais-je. Il nous aimait tellement, maman et moi, et il était si heureux qu'il rayonnait littéralement de chaleur et de bien-être. Tout le monde s'en apercevait. Il était toujours aussi respecté dans sa profession de physiothérapeute, qu'il exerçait dans la compagnie créée par son oncle. Devenu son successeur, il en assumait désormais les fonctions. Il avait créé une chaîne de centres de remise en forme, uniques en leur genre, associant la culture physique à un programme thérapeutique. On les appelait clubs de jouvence. L'idée centrale était que l'exercice et la méditation pouvaient non seulement ralentir le processus de vieillissement, mais dans certains cas l'inverser. De nombreuses revues consacrées à la santé avaient publié des articles sur papa. J'étais très fière de lui, et maman aussi.

Oui, le bonheur et la santé avaient un sens pour moi. Ils avaient été mes compagnons d'enfance, un rempart protecteur pour notre maison. Aucun mal venu de l'extérieur ne pouvait nous atteindre, j'en étais sûre. Mais je savais aussi qu'une sourde menace nous guettait, tapie dans l'univers lugubre d'Oncle Roy. Et finalement, ce mal parvint à pénétrer dans notre forteresse, tel un cheval de Troie dénommé Alison. Ma tante Alison.

– On ne peut aimer personne si on ne s'aime pas soi-même, m'avait dit un jour maman. Ta tante Alison a horreur d'elle-même, mais elle ne le sait pas ou ne veut pas le savoir. Elle m'inspire plus de pitié que de colère, et toi aussi tu la plaindras, tu verras.

Tante Alison, Grand-mère Megan et son mari, Grant Randolph, devaient tous venir à mon anniversaire, mais pour l'instant…

Pour l'instant, le jour commençait. Debout dans la lumière matinale, devant la fenêtre, je fis ce que maman m'avait dit de faire : j'écartai les rideaux. Et pendant un moment je restai bouche bée, muette, me demandant si je rêvais encore.

Des rubans aux couleurs éclatantes festonnaient tous les arbres du parc, d'où s'élevaient des ballons attachés aux branches, dansant doucement dans la brise. Des tables aux nappes rouges, vertes et jaunes avaient été disposées un peu partout sur la pelouse. Et là, sous mes yeux, on était en train de dresser un parquet de danse : il y avait même une petite estrade pour les musiciens.

Comment papa s'était-il débrouillé pour garder si bien son secret ? Il avait fallu qu'il engage du monde et que ces gens commencent leur travail avant l'aube, et en silence, car je n'avais rien entendu.

– Ton père est sorti dans le noir, avec une torche, pour aller accrocher les ballons, révéla maman.

Et papa s'empressa d'expliquer :

– J'ai pensé que si tu les découvrais au dernier moment, par surprise, ce serait plus amusant que si on avait tout préparé d'avance.

Je n'avais toujours pas retrouvé ma voix, et je poussai un cri de joie aigu avant de balbutier :

– C'est... magnifique !

Je me jetai au cou de papa, puis j'allai embrasser maman qui ne pouvait pas s'arrêter de rire, en me voyant dans cet état.

– Alors ? Tu ne trouves pas que ton père est un peu fou ?

– NON ! vociférai-je. Il est merveilleux !

Papa se rengorgea.

– Tu vois, Rain ? Il y a au moins une femme dans cette maison qui me trouve un peu de bon sens.

– Pauvre génie incompris ! le taquina maman.

– On voit que tu n'as pas entendu les critiques de Mme Geary, Rain. Elle n'arrêtait pas de grogner qu'il y avait trop de ceci, trop de cela, et que la surprise pouvait causer un choc nerveux à une jeune fille impressionnable.

– Ne te moque pas d'elle, lui reprocha doucement maman.

– Me moquer d'elle ? C'est plutôt de moi que tout le

monde se moque, ici. Très bien, j'ai encore quelques petites choses à faire. Prendre des dispositions pour que les gens se garent sans problème, par exemple. Je n'ai pas envie qu'un des amis de Summer vienne rouler dans mes plates-bandes ! lança papa en sortant.

Maman le suivit du regard en souriant. Trouverais-je un jour quelqu'un que j'aimerais comme ils s'aimaient ? me demandai-je avec émotion. Ils étaient la preuve vivante que l'union des âmes n'était pas un vain mot.

Maman se retourna et commença de rouler vers la porte.

– Il serait temps de t'habiller et de descendre déjeuner, tu ne crois pas ?

– Je suis trop excitée pour manger, maman.

– Si tu ne manges pas, Mme Geary arrachera tous les ballons des arbres et remballera les tables et les chaises, je te préviens, menaça-t-elle en riant.

Je ris avec elle et la serrai de nouveau dans mes bras.

– Un très heureux anniversaire, Summer. Tous tes anniversaires m'ont été précieux, car c'est pour nous un vrai miracle de t'avoir, dit-elle avec tendresse. Mais je sais quelle importance a celui-là pour toi, combien il est différent des autres.

– Merci, maman.

Elle était sincère, je le savais. Ma naissance avait été si difficile pour elle qu'ils avaient renoncé à l'espoir d'avoir un autre enfant. Ils avaient eu beaucoup de chance et ne voulaient pas en abuser.

– Je te rejoindrai en bas, dit-elle en se propulsant vers le siège mécanique fixé à la rampe, qu'elle appelait son va-et-vient.

Un système ingénieux qui la conduirait au bas des marches, où l'attendait un second fauteuil roulant.

De toute ma vie, jamais je n'avais vu ma mère

debout près de moi. Jamais nous n'avions marché ou couru côte à côte. Jamais nous n'avions parcouru ensemble les rayons d'un grand magasin, ou flâné dans les rues en faisant du lèche-vitrines.

Quand je devins assez grande pour la pousser, je trouvai cela très amusant. Une petite fille qui promène sa maman, c'était assez drôle, du moins au début. Mais quand je croisais d'autres enfants avec leur mère, et que je voyais le visage de maman s'assombrir de tristesse et de regret, mon plaisir s'évaporait. Je ne trouvais plus aucun charme à la situation.

Était-ce donc cela qu'on appelait grandir ? Perdre toutes ses illusions ?

Si c'était le cas, pourquoi étions-nous si heureux et si pressés de souffler nos bougies d'anniversaire ?

Au petit déjeuner, Mme Geary s'attarda sans raison dans la salle à manger, surveillant avec une attention toute spéciale ma consommation de nourriture.

– Aujourd'hui est un grand jour, me sermonna-t-elle quand je me plaignis d'être rassasiée. Dans ces occasions-là, on a besoin de forces. Je sais ce qui va se passer, une fois que la fête aura commencé. Vous ne mangerez plus rien, vous vous en donnerez à cœur joie, et qu'est-ce qui arrivera ? Vous finirez par tomber d'épuisement, petite nature que vous êtes. Un souffle de brise vous emporterait !

Maman baissa les yeux sur son demi-pamplemousse et réprima un sourire.

– Je ne suis pas une petite nature, protestai-je avec vigueur.

Après tout, je pesais cinquante-cinq kilos pour un mètre soixante-cinq (enfin… sur la pointe des pieds), et j'avais la silhouette de maman à mon âge. C'est elle qui me l'avait dit, mais je m'en étais déjà rendu compte.

J'avais vu des photos d'elle quand elle était étudiante à Londres, au cours d'art dramatique Burbage. Sur chacune d'elles, sans exception, elle donnait l'impression qu'elle venait de voir quelque chose de merveilleux, ou de vivre une expérience unique. Elle rayonnait. Me comparer à elle était le plus beau compliment qu'on puisse me faire.

Mais en ce qui concernait les flatteries, Mme Geary veillait au grain. Elle avait vite fait de me remettre les idées en place.

– La nature a sa façon de jouer des tours aux filles, aimait-elle à me rappeler. Elle leur donne un corps de femme avant d'en avoir la cervelle. C'est comme si on mettait un collier de diamants au cou d'une gamine, je dirais. Elle ne comprend pas pourquoi tout le monde la regarde, surtout les adultes ; et elle ne sait pas trop quoi faire avec ce cadeau, ni comment le porter.

Chaque fois qu'elle me tenait ce discours, je lui opposais mes arguments personnels.

– Les jeunes de maintenant sont différents, madame Geary. Nous sommes beaucoup plus avertis que vous ne l'étiez à mon âge.

– Oh, je vous en prie ! rétorquait-elle en se frappant le front du plat de la main.

Elle affectionnait cette façon de dramatiser ses paroles, et j'entends encore le claquement sec de sa paume sur sa peau. Aujourd'hui encore, elle eut recours à ce geste théâtral.

– Plus avertis, vous dites ? On n'a jamais vu autant de grossesses chez les adolescentes, de problèmes de drogue, d'accidents de voiture et de jeunes fugueurs.

« Quand j'avais votre âge, la seule jeune fille enceinte qu'on ait eue au village avait été violée par son beau-frère, un arriéré mental.

Je poussai un gémissement consterné.

– Oh, maman !

– Mme Geary veut seulement te donner de bons conseils, ma chérie, intervint-elle d'un ton conciliant.

Mais, d'un simple coup d'œil, elle fit comprendre à la gouvernante que le sujet était clos.

– Je mangerai pendant la fête, promis-je pour l'apaiser. Papa a commandé toutes les choses que je préfère.

J'aurais mieux fait de me taire, mais c'était trop tard. J'avais dit ce qu'il ne fallait pas dire. Papa s'était adressé à un traiteur pour le buffet, alors que Mme Geary voulait se charger de tout. Il objecta que ce serait un travail beaucoup trop lourd, mais elle tint bon. Préparer toutes ces gâteries pour cette occasion spéciale serait pour elle une grande joie, répéta-t-elle avec insistance. Finalement, on lui confia la confection du gâteau d'anniversaire.

Elle accueillit ma déclaration d'un grognement et secoua la tête. Elle était fort bien coiffée, pour une fois. D'habitude, elle se contentait de tirer ses cheveux en arrière, en un chignon plutôt sévère. Mais pour mon anniversaire, elle était allée chez le coiffeur et s'était offert une coupe à la française, élégante et très seyante. Elle avait de très beaux yeux verts, la bouche et le nez petits et bien faits. Grande et plutôt robuste, elle croisait souvent ses bras ronds sur un buste épanoui. Son visage au teint clair était étonnamment lisse et frais, sans trace de ride. Ce qui, selon elle, était dû au fait qu'elle ne s'était jamais maquillée de sa vie.

– De la nourriture industrielle ! grommela-t-elle. Ça aura le goût de conserves, je parie.

Maman fit de son mieux pour l'apaiser.

– Allons, allons, madame Geary. Vous savez bien que tout sera préparé sur place.

Sans répondre, la gouvernante se mordit la lèvre et

regagna la cuisine. Maman sourit, affirma que tout s'arrangerait avec Mme Geary, et j'avalai rapidement le reste de mon petit déjeuner. J'étais bien trop surexcitée pour rester un moment de plus à table.

Papa était dans le parc, en train d'aider les ouvriers, afin de s'assurer que tout serait fait selon ses consignes. Deux bonnes douzaines de filles de Dogwood, mon pensionnat, devaient assister à mon anniversaire. Plus vingt élèves de Sweet William, le collège de garçons jumeau du nôtre, certains de mes professeurs, ma famille. Et, bien sûr, le M. Lynch de Mme Geary.

Je n'avais pas de soupirant attitré, mais je voyais beaucoup Chase Taylor, depuis quelque temps. Le mois dernier, j'étais sortie avec lui tous les week-ends. Et sortir deux samedis de suite avec le même garçon, pour les filles de Dogwood, suffisait pour qu'on vous déclare fiancés. La plupart de mes amies m'enviaient, je le savais. Chase était très beau dans le genre classique : nez bien dessiné, bouche sensuelle, des yeux bleus comme un ciel d'été. Ce qui plaisait surtout à papa, chez lui, c'était son physique de sportif. Il frôlait le mètre quatre-vingt-dix, avec ce que papa nommait « des épaules de footballeur et des hanches de champion de natation ». En fait, il jouait dans l'équipe de football de Sweet William, et détenait le record de son collège en compétition de nage libre. Il était même question de le présenter en présélection pour les jeux Olympiques.

Le père de Chase, Guy Taylor, était l'un des avocats les plus réputés de la région. Leur maison était presque aussi grande que la nôtre, mais leur parc était loin de valoir notre propriété. Je savais que sa mère nous l'enviait beaucoup.

– Elle veut toujours avoir ce qui appartient aux autres, m'avait-il déclaré avec une étonnante franchise. Alors mon père travaille de plus en plus dur. Il affirme qu'une femme ambitieuse est un atout précieux pour réussir. As-tu de l'ambition, Summer ?

– Pas tellement, non. Je ne suis pas sûre qu'il soit bon d'en avoir trop. Sinon les hommes voudraient être des anges, et les anges des dieux, dit toujours Mme Geary. Je crois qu'elle a trouvé ça dans une pièce de théâtre.

Chase pouffa de rire.

– Tu en as de la chance d'avoir une bonne aussi sagace !

Je n'aimai pas trop sa façon de prononcer le mot « bonne », et je rétorquai vivement que pour nous, Mme Geary était beaucoup plus qu'une domestique. Mon accès d'humeur ne parut pas l'impressionner. Il me sourit, et prétendit que la colère m'allait très bien.

– Quand tu te fâches, tes yeux brillent comme des pierres précieuses, les plus belles que j'aie jamais vues. C'est follement excitant.

Je rougis, puis il m'embrassa, et je me souvins des paroles de Mme Geary. Peut-être avait-elle raison, au sujet des filles trop jeunes pour leur corps de femme. Des sensations étranges naissaient en moi, tels des signaux d'alarme, depuis mes seins jusqu'à mes cuisses. Nous nous embrassâmes encore, et encore, de plus en plus longtemps à chaque fois. Et à notre dernier rendez-vous, quand nos langues se touchèrent, je dus me faire violence pour l'empêcher de baisser la glissière de mon pantalon.

Il m'avait raccompagnée, après une soirée au cinéma, et s'était garé sur le bas-côté de la route, non loin de la maison.

– Tu ne veux pas ? me chuchota-t-il à l'oreille.

– Je veux… et je ne veux pas.

– Tu te moques de moi ?

– C'est de moi que je me moque, avouai-je. Alors laisse-moi, avant que je ne fonde comme du beurre sur le feu.

Il eut un petit rire étouffé.

– Qui t'a dit que ça finirait comme ça ? Mme Geary ?

– Non. J'ai trouvé ça toute seule.

Mon sens de l'humour lui plut. Il conserva le sourire, même s'il était frustré. Je l'étais tout autant que lui, d'ailleurs, mais je serais morte plutôt que d'en convenir.

S'il me demande encore de sortir avec lui, c'est qu'il tient vraiment à moi, décidai-je. Sinon, comme me l'avait appris maman, c'est que j'aurais eu de la chance.

Peut-être n'étais-je plus une petite fille, après tout. Peut-être étais-je plus raisonnable et plus mûre qu'on ne l'est à mon âge ; que les craintes de Mme Geary, et ses propos sur la jeunesse, ne me concernaient pas. Peut-être étais-je trop arrogante…

Que de « peut-être » ! Ils m'assaillaient, bondissant autour de moi comme les ballons dans les arbres. Je dévalai la rampe en pente douce, construite pour maman, et courus rejoindre papa sur la pelouse. On avait organisé la journée un peu comme une partie de campagne, et conseillé à tous les invités d'apporter un maillot de bains. Quatre ans plus tôt, à la demande de papa, Oncle Roy avait construit un radeau qu'on avait amarré au milieu du lac. Nous avions des pédalos, deux kayaks et deux canots à rames. Le lac regorgeait de perches et de poissons-chats. Pour Oncle Roy, c'était même trop. « Autant jeter sa ligne dans un bocal de poissons rouges », se plaignait-il, estimant que cette abondance ôtait tout son attrait à la pêche.

Je l'aperçus de loin, à genoux sur le parquet de

danse, dont il tenait à vérifier la solidité. Je cherchai Harley du regard mais il n'était nulle part en vue.

– Bonjour, Oncle Roy ! lançai-je en m'approchant.

Il se retourna vivement et leva les yeux sur moi.

– Bonjour, princesse. Bon anniversaire.

D'aussi loin que je me souvienne, il m'avait toujours appelée « princesse ». Un jour où il parlait avec maman, je les rejoignis au moment où il disait : « Elle aurait pu être ma fille, Rain. » Je n'avais pas la moindre idée de ce qu'il entendait par là, mais j'aurais juré qu'il parlait de moi.

– Merci, Oncle Roy.

– Avec la façon dont certains jeunes se trémoussent, aujourd'hui, le parquet pourrait bien s'effondrer, ronchonna-t-il. Je leur avais bien dit que je voulais des planches plus épaisses.

– Mais non, voyons. Il n'y a aucun risque !

– Hmm ! grommela-t-il en se levant.

Quand j'étais enfant, maman m'avait souvent raconté ses promenades avec lui, dans les rues de Washington. Et combien elle se sentait en sécurité en marchant à son côté, sa petite main nichée dans la grosse patte rugueuse d'Oncle Roy. Mais ce n'était pas seulement ses mains solides, sa carrure ou ses muscles qui devaient la rassurer, supposais-je. Il émanait de lui une impression de puissance redoutable, où je devinais une violence latente. Personne — à part maman et papa, bien sûr — n'était aussi doux et tendre avec moi que l'oncle Roy. Et pourtant, j'avais toujours senti une tension terrible et une rage sourde tapie derrière chacune de ses paroles, chacun de ses sourires ou de ses regards.

Chase m'avait même dit un jour qu'il produisait sur lui un effet inquiétant, un peu comme un agent des services secrets.

– Il me regarde comme s'il s'attendait à ce que

j'essaie de t'assassiner, Summer. Ça me fait froid dans le dos. Franchement, je n'aimerais pas le rencontrer la nuit au coin d'un bois.

– Il est doux comme un agneau, avais-je répliqué, même si je n'en pensais pas un mot.

Maman m'avait expliqué qu'Oncle Roy avait connu de grandes déceptions dans sa vie, ce qui l'avait endurci et rendu méfiant. Je ne comprenais pas vraiment de quoi elle voulait parler, pas encore, mais cela n'allait pas tarder. Cette découverte serait un de ces cadeaux que vous fait le temps, et qu'on regrette d'avoir ouverts. On voudrait n'avoir jamais déballé le paquet, l'avoir laissé intact sous le sapin de Noël, et pour toujours.

– Où est Harley ? demandai-je à l'oncle Roy.

Il fit ce qu'il faisait toujours, quand on mentionnait son beau-fils en sa présence. Il serra les lèvres et remonta les épaules, comme s'il se préparait à recevoir un coup sur la tête.

– Il rumine son prochain mauvais coup, j'imagine.

– Oncle Roy ! le grondai-je en souriant.

– Je ne sais pas où il est, Summer. Il n'est pas descendu pour le petit déjeuner, ce qui n'est pas nouveau. Ce garçon passe plus de temps au lit que debout, surtout pendant le week-end. Mais ça ne va pas durer, crois-moi. Il va bientôt devoir gagner sa vie, ajouta-t-il avec satisfaction.

Oncle Roy faisait allusion au fait que Harley, s'il était reçu au bac, entrerait à l'université. Il avait eu pas mal de problèmes au lycée, au cours de ces dernières années. Il avait été suspendu trois fois, et failli être renvoyé pour s'être battu. Il avait également été accusé de vandalisme et de vol, mais les faits n'avaient pu être prouvés.

Harley était loin d'être sot, ou même paresseux, surtout quand il faisait ce qu'il aimait. Il avait certains dons artistiques. Il aimait dessiner, et particulièrement des immeubles et des ponts. Son professeur d'arts plastiques, Mme Longo, souhaitait lui voir faire des études d'architecture, mais Harley restait indifférent à ses suggestions. Ou plutôt, il se comportait comme si on lui proposait un entraînement d'astronaute à la NASA.

Oncle Roy souhaitait le voir s'engager, même si sa propre expérience dans l'armée s'était soldée par un échec. Il était passé en cour martiale pour avoir quitté son service sans autorisation, juste après l'accident qui avait causé le handicap de maman. Il était en Allemagne, à l'époque, et il voulait rejoindre maman sans attendre. Malheureusement, il avait déjà eu un problème en prolongeant illégalement une permission, et il était alors en liberté sur parole. En conséquence, après une nouvelle période d'incarcération, il fut renvoyé de l'armée pour manquement à l'honneur. Ce que Harley, chaque fois qu'ils se disputaient, se faisait un plaisir de lui jeter à la figure.

Je m'étonnais toujours du sang-froid de Harley quand il affrontait l'oncle Roy. Très mince pour sa haute taille, le teint mat, des yeux noisette tachetés de vert, Harley n'était sans doute pas aussi beau que Chase. Mais il avait un je ne sais quoi qui fascinait mes amies, surtout quand il souriait avec dédain ou ironie, ce qui arrivait de plus en plus souvent. Il se moquait de tous les garçons de Sweet William, Chase compris, et même de mes amies de Dogwood. Il les traitait de « pâtes de guimauve », à cause de leur vie facile, de leur argent, leurs voitures de sport et leurs vêtements chics. Mais aussi parce que tous, selon lui, avaient de la guimauve en guise de cervelle.

Tous sauf moi, bien sûr. Il refusait de me ranger dans cette catégorie, même si mes parents étaient riches et que je fréquentais la même institution privée que les autres. Pour lui, j'étais différente.

– Et en quoi suis-je différente ? lui demandais-je.

– Tu l'es, c'est tout.

– Mais comment ? Je vis exactement comme elles. Certaines sont même plus riches que nous, insistais-je.

Il s'obstinait toujours.

– Tu l'es, voilà tout.

– Et pourquoi ?

– Parce que je te le dis ! finissait-il par éclater, en me laissant plantée là.

Il pouvait être tellement exaspérant, parfois ! Et pourtant… Il lui arrivait de me regarder d'une tout autre façon, bien plus douce, presque avec des yeux d'enfant. Des yeux remplis d'amour.

Tout cela était on ne peut plus déroutant.

C'est pourquoi, par moments, je me disais que Mme Geary avait sans doute raison, à mon sujet. Peut-être étais-je trop jeune pour assumer le don précieux dont m'avait gratifié la nature : ma féminité.

Je lançai un regard dépité vers la maison de mon oncle. J'avais espéré que Harley serait aussi emballé que moi par ma fête, et qu'il serait déjà sorti.

– Il est peut-être en train de déjeuner, dis-je à l'oncle Roy. Je devrais aller voir.

– Inutile, tu perdrais ton temps. Hé là ! cria-t-il à l'un des ouvriers. Vous posez cette planche à l'envers !

Il s'éloigna, et je pris le chemin de sa maison. C'était une construction de taille modeste, à un étage, aux murs gris clair et aux volets bleus. Le porche, longue terrasse en bois surmontée d'un auvent, était par contre assez spacieux. Oncle Roy avait toujours souhaité un grand porche devant sa maison, où il pourrait installer une chaise longue et regarder passer les gens. Il avait réalisé son vœu, mais il n'y avait pas grand monde à regarder passer à part les oiseaux, les lapins, les cerfs et, plus rarement, un renard. Aucune autoroute n'était proche de la propriété, le bruit de la circulation n'y parvenait pas. Les rares coups de klaxon, dans le lointain, semblaient aussi distants que l'appel des oies volant vers le nord en été.

L'oncle Roy affirmait qu'il avait toujours détesté vivre en ville, de toute façon ; et que, lorsqu'il habitait Washington, il passait dans les rues sans rien voir. D'ailleurs, il avait l'air d'un homme capable de s'isoler du monde et de se replier sur lui-même, pour contempler ses propres visions et ses rêves.

Au-dessus de l'entrée, Tante Glenda avait accroché un crucifix de bronze. Une fois par semaine, elle sortait un escabeau pour l'astiquer. La grand-porte était ouverte quand j'arrivai, mais pas l'écran-moustiquaire. Je frappai doucement au chambranle et appelai ma tante. Elle écoutait souvent de la musique Gospel, quand elle faisait le ménage ou travaillait à la cuisine, et apparemment elle ne m'avait pas entendue frapper. Je poussai la porte-moustiquaire et m'avançai dans la maison.

Il y flottait toujours une odeur de cuisine, et cette fois-ci je reconnus celle du bacon grillé du petit déjeuner. J'appelai encore, puis j'entrai dans la petite salle de séjour. Tante Glenda en avait fait un véritable mausolée pour Latisha : on y voyait des photos d'elle partout. Sur la cheminée, sur les tables, aux murs, alternant avec toutes sortes d'objets pieux, icônes, reproductions de cathédrales et images du Christ. En temps ordinaire, elle y allumait des cierges mais je n'en vis pas ce matin-là. La pièce elle-même était sombre, avec ses meubles de bois noirci et son plancher couvert de nattes. Papa et maman avaient offert aux mariés une vieille horloge de parquet, mais personne ne pensait à la remonter ni à l'entretenir.

Un jour, comme papa lui demandait pourquoi, j'entendis l'oncle Roy lui répondre :

– Chaque jour est semblable au précédent, à présent, surtout pour Glenda. Pourquoi nous soucier du temps qui passe ?

Il n'y avait personne à la salle à manger non plus, et je passai dans la cuisine. Un CD tournait dans le petit lecteur, mais Tante Glenda n'était pas là. C'est par la porte de derrière que je l'aperçus enfin, dans le jardin, en train d'accrocher sa lessive. Elle préférait l'étendre dehors, plutôt que d'utiliser le séchoir, parce qu'ainsi elle sentait bon les fleurs et l'air frais. Comme toujours, elle était en blouse de travail et en pantoufles. Ses cheveux sombres, prématurément gris, pendaient mollement sur ses épaules. Au mouvement de ses lèvres, je devinai qu'elle parlait toute seule, à moins qu'elle ne fût en train de prier pour sa fille.

Je revins vers l'escalier et tendis l'oreille, guettant un bruit signalant la présence de Harley à l'étage. Le seul qui me parvint fut le tip-tap monotone d'un robinet qui fuyait, goutte à goutte, dans la salle de bains.

– Harley ? appelai-je. Tu es réveillé ?

– Non ! hurla-t-il instantanément.

Je souris malgré moi.

– Tu recommences à parler en dormant, alors ?

– Oui. Ne me réveille pas.

– C'est trop tard ! lançai-je en montant les marches.

Nous n'avions pas été élevés tout à fait comme frère et sœur, Harley et moi. Mais nous avions passé tant de nos jeunes années ensemble, tous les deux, qu'il m'arrivait de nous considérer comme tels.

Depuis quelque temps, quand je le lui disais, cela semblait le contrarier, aussi évitais-je désormais d'en parler.

– Es-tu visible ? lui criai-je du palier.

Sur la droite, un tronçon de couloir desservait sa chambre et ce qui avait été la nursery de Latisha. À gauche, un autre couloir donnait accès à la chambre d'Oncle Roy et de Tante Glenda, et à la salle de bains qui lui faisait face. Les boiseries étaient sombres, percées d'une étroite fenêtre à chaque extrémité de couloir. Même par ce beau temps, on se serait cru dans un tunnel.

– Visible ? renvoya Harley. Ça dépend pour qui !

J'entrai dans sa chambre en riant. Il était encore au lit, à plat ventre, son oreiller sur la tête et la couverture à la taille. Je savais qu'il aimait dormir en sous-vêtements.

Sa chambre était deux fois plus petite que la mienne, joliment meublée en bois d'érable. Le bureau placé à droite des fenêtres, assorti au lit et à la commode, était l'œuvre d'Oncle Roy. Il était jonché de papiers en désordre, avec deux livres ouverts posés pages en dessous. Près d'une pile de carnets de croquis, je remarquai un volume intitulé *Demeures d'Amérique.*

Comme d'habitude, ses socquettes traînaient sur le plancher, à côté de ses chaussures restées où elles étaient tombées. Devant le bureau, son jean pendait au dossier de sa chaise, et la chemise bleu marine qu'il avait portée hier était roulée en boule sur la commode.

Contrairement à celles de la plupart des jeunes de notre âge, la mienne y compris, sa chambre n'était pas tapissée de posters. Il avait ses groupes de rock favoris mais, curieusement, il montrait un goût certain pour une musique plus douce, d'un tout autre genre. Ce dont il ne parlait à personne, sauf à moi. Comme s'il craignait, en laissant deviner sa sensibilité, de perdre la face devant ses amis. Ou même, plus grave encore, de subir moqueries et provocations, qui l'auraient rendu encore plus vulnérable.

– J'espérais que tu serais debout et dehors, à cette heure-ci, lui dis-je avec reproche. Ou au moins en train de déjeuner.

Il ne se retourna pas, mais je le vis cligner des yeux comme s'il souffrait d'une migraine intense. Quand il soupira, tout son corps se souleva et retomba. Finalement il roula sur lui-même, posa la tête sur l'oreiller, puis croisa les mains sous sa nuque et me regarda dans les yeux.

– Roy est venu me voir hier soir, commença-t-il, et m'a dicté le règlement pour la journée. En gros, je dois m'efforcer de me rendre invisible, de ne déranger personne, de ne pas lui faire honte, non plus qu'aux autres membres de la famille. À l'entendre, une bête sauvage de mon espèce ne doit pas frayer avec les gens civilisés. Je ne prétendrai pas que j'étais ravi, mais crois-moi : il vaut mieux que je ne mette pas le nez dehors.

– C'est faux, et d'ailleurs je tiens à ce que tu te montres, moi. C'est mon grand jour, Harley Arnold, et je te conseille de sortir d'ici. Et mets ce que tu as de mieux comme vêtements, ordonnai-je.

Il eut un rire moqueur.

– Mes plus beaux vêtements, tes pâtes de guimauve n'en voudraient pas pour faire du chiffon.

– Ça aussi, c'est faux. Je sais ce que tu as et ce que tu n'as pas, dis-je en allant droit à la penderie. Non, mais regarde-moi ce désordre ! Tu pourrais accrocher tes affaires comme il faut, quand même.

– Oui, maman.

Je happai un pantalon de coton, et la chemise bleu clair que j'aimais lui voir porter.

– Inutile de te déguiser en mannequin de vitrine. Après le bain, tu rentreras mettre ça, ordonnai-je, avec ces mocassins et des chaussettes bleues. Rase-toi. Et ne viens pas me raconter que tu n'as pas d'after-shave, m'empressai-je d'ajouter. Je t'en ai offert pour ton anniversaire, et je sais qu'il t'en reste plein.

Je le vis se renfrogner.

– Pourquoi veux-tu que je vienne, au fait ? Avec tous tes amis, tu n'as pas besoin de moi. Tu as Chase Taylor et sa tribu de minets à l'eau de rose.

– Tu peux traiter Chase de tous les noms, Harley, mais certainement pas de minet.

Le visage de Harley vira au rouge brique.

– Ben voyons ! Je parie que tu es bien placée pour le savoir.

– En plus, repris-je en ignorant délibérément la pique, tu sais très bien que tu es mon meilleur ami, Harley. Sans toi, ma fête d'anniversaire serait manquée, alors arrête ça.

Tout confus, subitement, il se retourna vers la fenêtre.

– Avec tout ce tintamarre dehors, on dirait qu'on prépare au moins deux anniversaires, grommela-t-il.

– Attends d'avoir vu tout ce qu'a fait papa. Des ballons ont poussé sur les arbres !

Il se mordit les lèvres pour ne pas rire.

– Et Mme Geary a préparé un gâteau fabuleux, me fis-je un plaisir de préciser.

Pendant un moment, il continua de regarder dehors d'un air buté, puis il finit par se dérider. J'eus l'impression qu'il retenait un rire.

– Qu'y a-t-il ? questionnai-je vivement, pas très sûre d'apprécier ce qui l'amusait.

– Tu te souviens de la fois où j'ai planté mes doigts dans ton gâteau, en faisant comme si c'était des bougies ? Avant l'arrivée des invités, bien sûr, mais Roy a failli exploser de rage. J'ai cru que les yeux allaient lui sauter de la tête.

– Parfois, je me demande si tu ne fais pas toutes ces sottises exprès pour le mettre en colère, Harley.

Il grimaça un sourire moqueur.

– Quelle idée ! Moi ?

– En le fâchant, tu blesses également ta mère, tu sais.

Son sourire s'évapora.

– Rien ne peut la blesser, Summer. Il faut être capable de voir et de sentir pour savoir qu'on a de la peine, et elle est bien au-delà de tout ça. La souffrance ne l'atteint pas.

– Ce n'est pas vrai, Harley.

– Si, c'est vrai. Bon, d'accord, concéda-t-il, je vais me lever. Je viendrai, mais je ne te promets pas d'être dans une forme très brillante.

Je me rapprochai de son lit et l'empoignai par les cheveux.

– Tu viendras, et tu m'aideras à faire de ce jour le plus bel anniversaire de ma vie. Sinon...

Je lui secouai la tête, un peu plus rudement qu'il ne s'y attendait.

– Aïe ! protesta-t-il en saisissant mon poignet.

Il le retint quelques instants et leva les yeux sur moi.

– Tu n'as toujours pas eu la correction de me souhaiter un bon anniversaire, Harley Arnold.

Je lâchai ses cheveux, mais il garda sa prise sur mon poignet.

– Bon anniversaire, Summer, dit-il en s'asseyant.

Dans le même mouvement, il m'attirait à lui de façon à pouvoir m'embrasser sur la joue. Ses lèvres étaient tout près des miennes, si près que lorsqu'il recula, elles frôlèrent ma bouche. Pendant un moment très bref, nos regards se nouèrent, puis je me frottai la joue.

– Rase-toi, ordonnai-je, le cœur battant.

Il libéra enfin mon poignet.

– Habille-toi vite et viens m'aider, repris-je avec un peu plus d'assurance.

Il se contenta de me regarder. Le soleil, qui entrait à flots par les fenêtres à présent, dorait ses épaules bronzées.

– Entendu, chuchota-t-il, la voix bizarrement assourdie, avant de retrouver son sourire provocant.

« Votre Majesté », acheva-t-il en se levant.

Je ne me rappelle pas exactement quand j'avais commencé à me sentir gênée qu'il me voie en sous-vêtements, à moitié nue. Mais se montrer à peine vêtu devant moi ne semblait jamais le tracasser, même maintenant. Peut-être était-ce une chose normale pour un garçon, supposai-je. Ou peut-être cela s'expliquait-il par la façon dont nous avions grandi ensemble ? Quelle qu'en fût la raison, je sentis mon souffle se bloquer dans ma gorge.

Et c'est comme on s'enfuit que je quittai sa chambre, en courant presque.

2

Festivités

Arrivés bien avant les invités, les musiciens accordaient leurs instruments quand Harley sortit de chez lui. Il portait le même jean, la même chemise que la veille, et il ne s'était même pas brossé les cheveux. Des mèches lui tombaient sur le front et devant les yeux. Oncle Roy le houspillait sans cesse pour qu'il aille se faire couper les cheveux beaucoup plus court, et menaçait de les couper lui-même s'il ne le faisait pas. Il n'alla jamais jusque-là, même s'il fut plusieurs fois sur le point de le faire.

– Si jamais il essaie, grognait Harley, il regrettera d'être venu au monde.

À chaque anniversaire, ces dernières années, je souhaitais particulièrement deux choses : que maman puisse à nouveau marcher, et que Harley s'entende avec l'oncle Roy. Aucune des deux ne paraissait possible.

– Tu ne vas tout de même pas venir à la fête dans cette tenue ! s'indigna mon oncle en le voyant sortir.

– Je comptais me changer en revenant du bain. N'est-ce pas la première chose qui est prévue, Summer ?

– Si.

– Une chance qu'il y ait un lac, dit l'oncle Roy à papa, sinon il ne prendrait jamais de bains.

Harley ne rougit pas, il blêmit de rage, et les colères froides sont les plus redoutables. Je n'attendis pas que l'orage éclate.

– Viens avec moi, Harley, s'il te plaît. Tu m'aideras à porter les cadeaux souvenirs et à les disposer sur les tables.

J'eus l'impression qu'il était devenu sourd à tout ce qui n'était pas sa fureur, car il n'eut pas l'air de m'entendre. Je lui saisis la main et l'entraînai rapidement vers le garage, où papa avait déposé les cartons de cadeaux.

– Eh là, du calme ! protesta-t-il. Nous avons le temps.

– Pas tant que ça, je t'assure. Les invités ne vont pas tarder.

– Et il ne faut surtout pas décevoir le gang, ironisa-t-il.

Puis il se retourna vers papa et l'oncle Roy, l'air toujours aussi furibond.

– Il ne perd pas une occasion de me critiquer, se plaignit-il amèrement.

– Il ne veut que ton bien, pourtant.

– C'est ça. Et quand un serpent à sonnettes vous mord, c'est pour vous rendre service. Je me demande bien pourquoi maman l'a épousé, celui-là ! Enfin, je suppose qu'une mère célibataire ne peut pas faire la difficile. Elle prend le premier qui se présente, même si le personnage a fait de la prison.

– Il n'a pas fait de prison, Harley.

– Bien sûr que si. De la prison militaire, c'est tout comme.

– En tout cas, ta mère n'y a pas attaché d'importance. Ils devaient être amoureux, Harley. Et ils s'aiment toujours.

– Pff ! fit-il en soufflant bruyamment, balayant mes paroles comme des mouches importunes.

J'insistai quand même.

– Et moi je sais qu'ils s'aimaient. Maman m'a dit qu'ils étaient très attirés l'un par l'autre. Ils se parlaient tout le temps, faisaient de longues promenades ensemble, et ils sont tombés amoureux, voilà tout.

Nous entrâmes dans le garage et je désignai les cartons à Harley. Il ne bougea pas d'un pouce, mais il me fixa de cet air bizarre qu'il avait souvent. Le regard éclairé d'un sourire narquois, que démentait le pli dur de ses lèvres.

– Qu'est-ce qui te prend ? me hérissai-je. Qu'est-ce que j'ai dit de drôle ?

– Et comment les gens sont-ils censés tomber amoureux, d'après toi ? Il y a une formule magique, ou un truc comme ça ? Parce que s'il y en a un, j'aimerais bien le connaître.

– Non, il n'y en a pas. Ne fais pas l'idiot, tu veux ?

– Mais je ne fais pas l'idiot, je t'assure. Franchement, poursuivit-il en croisant les bras, que leur est-il arrivé, d'après toi ? Qu'arrive-t-il aux amoureux ? Les cloches se mettent à carillonner ou quoi ?

Comme je gardais le silence, il ajouta :

– C'est ce qui s'est passé, pour toi et Chase Taylor ?

– Ça suffit, Harley. Arrête ça !

– Quoi, ça ? Qu'est-ce que tu veux que j'arrête ?

– De me taquiner. De te moquer de tout ce que je dis.

Il leva les mains en signe de protestation.

– Mais pas du tout, je suis simplement curieux. Je veux vraiment savoir, Summer. Tu dois me croire…

Son sourire sarcastique s'effaça brusquement.

– Je n'arrête pas de me poser des questions sur ma mère et Roy, en ce moment. Ils ne se parlent pratiquement plus, et ce n'est pas seulement à cause de ce qui est arrivé à Latisha, ni de toutes les bondieuseries de ma mère. À table, si je ne posais pas une question de temps en temps, on pourrait se croire dans un film muet.

« Ils ne vont jamais nulle part. Ni au restaurant, ni chez des amis, ni au cinéma. Ils ne font pas de projets de vacances, comme tes parents. Ta mère est en fauteuil et elle sort plus que la mienne, ces temps-ci. Et si c'est comme ça, ma mère n'est pas la seule responsable. Roy l'est aussi.

– Pourquoi ne l'appelles-tu jamais papa, ou encore Père, Harley ?

Il eut une brève hésitation.

– Parce que… parce que ce n'est pas mon père, voilà. Mon père est quelque part… dans les environs, dit-il avec un geste évasif. Et je ne suis même pas sûr qu'il lui arrive d'avoir une pensée pour moi. Comment peut-on avoir un enfant et ne pas éprouver la moindre curiosité envers lui, ne pas s'en soucier du tout ?

– Roy se soucie de toi, Harley. Ne t'a-t-il pas légalement adopté ?

– La belle affaire ! grommela-t-il. Qui le lui a demandé ?

– Il s'efforce d'être un bon père. Il travaille dur pour vous deux, il a bâti cette belle maison et…

– Laisse tomber, Summer. Tu ne comprendras jamais, soupira-t-il en baissant la tête.

– Et pourquoi ?

– Parce que tu es trop…

– Trop quoi ? le coupai-je impatiemment.

Il commençait à m'échauffer les oreilles. Si jamais il s'avisait de dire que j'étais trop jeune…

– Trop gentille, acheva-t-il calmement.

– Quoi !

– Tu fais confiance à tout le monde, alors que moi… je ne suis pas certain de pouvoir me fier à moi-même, acheva-t-il en marchant vers les cartons.

Il commençait à les empiler dans ses bras quand je le rejoignis.

– Comment ça, je suis trop gentille ? Tu as raison, Harley, je ne comprends pas. En quoi le fait d'être confiante m'empêcherait-il de vous comprendre, mon oncle, ta mère et toi ?

– Ne parlons pas de ça aujourd'hui, Summer, implora-t-il. C'est ton anniversaire. Je vais donner un coup de main pour ce qui reste à faire, ensuite je rentrerai chez moi. J'attendrai l'heure d'aller me baigner, je reviendrai pour mettre les vêtements que tu as choisis, je m'assiérai à table, bien sage et bien coiffé, je mangerai…

– Et tu danseras et tu t'amuseras, Harley.

– Entendu, acquiesça-t-il docilement. Mets-moi encore un carton tout en haut, tu veux ?

– Ça va faire trop. Emmène déjà ça, je me charge du reste.

Harley eut une grimace comique.

– C'est fou ce que tout le monde est autoritaire, ici, gémit-il en s'éloignant.

Je soulevai la dernière pile de cartons et le suivis. Ce qu'il pouvait m'énerver, quelquefois ! J'en aurais hurlé d'exaspération.

Une fois près des tables, nous ouvrîmes les cartons et commençâmes à disposer les cadeaux. Papa ne s'était pas contenté de faire imprimer une mention spéciale sur les assiettes, les serviettes et les gobelets. Il avait commandé, pour les filles, des miroirs de poche avec la date de mon anniversaire gravée sur le couvercle ; pour les garçons, des tee-shirts décorés d'une photo du lac, avec la même date inscrite en dessous ; et pour tout le monde, un stylo et un stylomine, où figurait également la date de ce grand jour.

– Pas mal, commenta Harley en déballant les cadeaux. Ça paie de faire partie des amis de Summer Clarke. Les guimauves vont pouvoir pavoiser.

– Je t'ai proposé d'inviter qui tu voulais parmi tes copains de classe, Harley. Ce n'est pas ma faute si tu ne nous as donné aucun nom ni aucune adresse.

– En effet.

– Mais pourquoi, enfin ?

Il haussa les épaules.

– Écoute, Summer… chaque fois que je me lie avec quelqu'un, Roy pense que je fais un pas de plus sur la mauvaise pente.

– Même avec les filles ?

Il me jeta un regard appuyé, puis reprit aussitôt ses occupations.

– Les filles que je fréquente n'ont pas leur place ici, marmonna-t-il.

– Ce qui veut dire ?

– Que je ne connais personne d'assez bien, voilà.

Je sentis la moutarde me monter au nez.

– Ne me traite pas de pimbêche, Harley Arnold. Tu aurais pu inviter qui tu voulais, tu le sais très bien. Alors ? C'est vrai oui ou non ?

– N'en parlons plus, Summer, insista-t-il d'une voix suppliante.

Et je m'aperçus qu'il avait les larmes aux yeux.

– D'accord, excuse-moi. Je voulais juste m'assurer que tu t'amuserais bien, Harley. Que tu passerais une bonne journée.

Je m'amuserai. Je passerai une bonne journée. Sinon, Roy me réduira en chair à pâté.

– Harley !

– Je plaisante, prétendit-il avec désinvolture.

– Je ne veux pas que tu t'amuses parce que l'oncle Roy te l'a ordonné, Harley. Je veux que tu prennes du bon temps parce que c'est mon anniversaire, et…

Il tomba à genoux en joignant les mains.

– S'il vous plaît, votre majesté… Pitié !

– Arrête ton cinéma, espèce d'idiot, ordonnai-je en lui donnant une bonne tape sur la tête.

Il bascula en arrière en éclatant de rire, pour se relever aussitôt, et nous nous retournâmes en même temps. Une grosse Mercedes noire, que j'identifiai sur-le-champ, s'engageait dans l'allée. La première arrivante était une de mes meilleures amies, Amber Simon. Une jolie brune au teint mat, un peu trop ronde sans doute, mais avec de beaux yeux en amande et un caractère avenant. Elle avait le béguin pour Harley, qui à mon avis s'en rendait parfaitement compte. J'avais tenté de les rapprocher, en disant à Harley que si quelqu'un s'intéressait à elle, tout irait mieux pour Amber. Elle reprendrait confiance en elle, cesserait de se bourrer de nourriture et perdrait du poids. À quoi il répondait que ses parents, s'ils voulaient lui rendre service, n'avaient qu'à la garder enfermée à double tour. Il admettait qu'elle était plus gentille que la plupart de mes amies, et même qu'elle avait une assez jolie frimousse, « malgré ses joues bouffies ». Mais elle ne lui inspirait pas le moindre intérêt.

Et pourtant, elle conservait l'espoir.

Elle descendit de voiture et nous appela. Harley bondit sur ses pieds.

– Je ferais mieux d'aller me mettre en maillot et donner un coup de main pour les bateaux, décida-t-il. J'ai promis à ton père de m'occuper de ça.

– Avant ça, va au moins lui dire bonjour, Harley.

Il mit ses mains en porte-voix et vociféra : bonjour !

Puis, avec un de ses sourires insolents, il repartit vers sa maison, dépassant papa et l'oncle Roy sans même leur accorder un regard. Ils cessèrent de parler pour le suivre des yeux, et mon oncle secoua la tête d'un air excédé.

J'en eus le cœur serré pour Harley. On aurait dit qu'un nuage noir le suivait partout, le cernant de son ombre, menaçant à tout moment de se déverser sur lui.

Même aujourd'hui.

Même le jour de mon anniversaire.

– Mais où va-t-il ? s'inquiéta Amber, visiblement déçue. Il assiste à la fête, au moins ?

– Mais oui, il est simplement allé chercher son maillot de bain. Il veut s'assurer qu'il y a assez de barques, de pédalos et de kayaks pour tout le monde. Tu as apporté ton maillot, bien sûr ?

– Je suis affreuse en costume de bain, répliqua-t-elle d'un ton geignard.

– Mais tu l'as apporté ?

Elle balança son sac de plage à bout de bras.

– Oui, mais je n'ai pas l'intention de le mettre.

– Mais si, protestai-je en l'entraînant vers la maison. Allez, viens bavarder un moment avant que les autres n'arrivent. Et ne t'avise pas de me contrarier le jour de mon anniversaire, surtout !

Elle leva les yeux au ciel, jeta un dernier regard dans la direction où Harley avait disparu et me suivit à l'intérieur.

Maman venait juste de descendre et s'avança pour nous accueillir. Amber se hâta de la rejoindre.

– Bonjour, madame Clarke, dit-elle en se penchant pour l'embrasser sur la joue.

C'était ce qui me plaisait le plus, chez Amber. Non seulement elle n'attachait pas d'importance au fait que maman fût métisse, mais son handicap ne la gênait pas davantage. Elle se comportait avec une aisance et une gentillesse pleines de naturel ; ce qui n'était pas le cas de toutes mes amies, loin de là.

– Bonjour, Amber. Comment va ta mère ?

La mère d'Amber venait de subir une ablation de la vésicule biliaire. Son cas était très sérieux, il avait fallu l'opérer d'urgence. Amber était en classe, à ce moment-là, et son père l'avait envoyé chercher. Comme moi, elle était fille unique et très proche de ses parents.

– Elle va bien, je vous remercie, madame Clarke.

– Je suis heureuse de l'apprendre, répondit maman avec sympathie, bien qu'elle ne fréquentât pas beaucoup Mme Simon.

La famille d'Amber était très fière de ses origines aristocratiques. Elle pouvait retracer sa généalogie depuis les premiers temps de la colonisation, et ne se privait pas de le faire savoir.

– Je sens que cela va être une journée fabuleuse, affirma Amber, à la plus grande satisfaction de maman.

Elle leva vers moi un visage rayonnant.

– C'est bien mon avis. Mais je suis sûre que vous avez des tas de secrets et de projets à vous confier, toutes les deux. Avec tous ces garçons qui vont venir !

Amber rit et m'emboîta le pas dans l'escalier.

– Ta mère est vraiment une femme bien, commenta-t-elle en entrant derrière moi dans ma chambre. C'est presque comme si elle partageait notre plaisir, ou l'éprouvait à travers nous.

– Elle est à la fois ma mère, ma sœur et mon amie, voilà pourquoi.

– J'aimerais que ce soit pareil avec la mienne, avoua Amber en souriant.

Puis, brusquement, elle plongea la main dans son sac et en tira une petite boîte à l'emballage soigné.

– Bon anniversaire, Summer. Je voulais être la première à t'offrir mon cadeau.

– Merci, Amber.

J'ôtai délicatement le papier et ouvris la boîte. Elle contenait un bracelet en or, auquel étaient suspendues seize petites bougies. Je serrai mon amie dans mes bras.

– Encore merci, Amber. Il est vraiment ravissant. Je le porterai pour la fête, décidai-je en le glissant à mon poignet.

J'agitai le bras et fis tinter les breloques.

– Quelle merveille ! Tu as vu comme les bougies scintillent au soleil ?

– Je me demande ce que Chase va t'apporter, supputa-t-elle. Sûrement quelque chose d'original, et de bien plus cher que mon présent.

– Cher, c'est possible, mais probablement choisi par sa mère.

– Et pourquoi ça ? Il voudra certainement quelque chose de spécial, qui représente son amour pour toi, tu ne crois pas ? Ce n'est pas sa mère qui pourra choisir ça pour lui.

Je haussai les épaules.

– Il n'y a pas tellement longtemps que je connais Chase, observai-je, mais je suis sûre qu'il se moque bien de ce genre de choses.

– Pourtant il t'aime, non ?

Sa remarque me rappela ma conversation matinale avec Harley.

– Je n'appellerais pas ça de l'amour, Amber. Pas encore.

– Et pourquoi pas ?

– Cela fait à peine un mois que nous nous voyons. Tu ne penses pas que l'amour demande un peu plus de temps, et qu'il a quelque chose d'un peu plus… extraordinaire ?

– Tu as sans doute raison, admit-elle.

– Regarde nos amies, par exemple. Certaines d'entre elles passent d'une amourette à l'autre en un rien de temps, aussi rapidement qu'on change de jean.

Amber pouffa, mais reprit aussitôt son sérieux.

– Je crois que l'amour, c'est quand on pense tout le temps à un garçon et à un seul. Quand on se sent différente uniquement parce qu'on est près de lui. Quand on tremble s'il vous frôle seulement le bras. Quand on a peur de dire ce qu'il ne faut pas, de ne pas lui paraître séduisante et de perdre toute chance de le conquérir. Ce doit être ça, l'amour, non ?

C'est à ses sentiments pour Harley qu'elle faisait allusion, je le savais. Tout comme je savais qu'il n'éprouvait rien de pareil à son égard. Aimer quelqu'un qui ne vous aimerait jamais, que pouvait-il y avoir de pire au monde ? Il fallait compenser le manque, se persuader que l'on s'était trompé. Que chacun rencontrait un jour l'âme sœur, et que la vôtre était encore à découvrir.

Mais ce n'était pas chose facile. Pas facile du tout.

– C'est sûrement ça, n'est-ce pas ? s'obstina Amber.

– Si ce n'est pas ça, en tout cas ça y ressemble, concédai-je.

Sur quoi, j'entamai la revue de mes maillots de bain pour en choisir un.

– Je voudrais bien pouvoir me mettre en bikini, confiai-je à Amber, mais ni mon père ni ma mère ne me laisseraient en acheter un. Ils seraient fous s'ils me voyaient avec un de ceux que porte Catlin Stoffer, et qu'elle portera sans doute aujourd'hui.

– Méfie-toi d'elle, Summer. Elle adore chiper les amoureux des autres. C'est sa spécialité. Ça lui donne un sentiment de supériorité, j'imagine.

– Qui t'a raconté ça ?

– Gail Solt. Tu sais qu'elle lui a soufflé Neil Roland, pour le laisser tomber une semaine plus tard. Pourquoi ferait-elle ça, sinon ? Tu vas voir. Elle va s'en prendre à Chase rien que pour prouver qu'elle peut l'avoir.

– S'il se laisse détourner de moi si facilement, alors bon débarras ! déclarai-je en brandissant mon deux-pièces vert fluo.

– Et ça ne te fera pas plus de peine que ça ?

Je réfléchis quelques instants.

– Non. Si je m'en tiens à ta définition, il faut croire que je ne l'aime pas, voilà tout.

Elle parut choquée par mon indifférence.

– Tu en aimes un autre, alors ?

– Pourquoi devrais-je à tout prix aimer quelqu'un ? J'ai envie de connaître un tas de choses avant de donner mon cœur. Voyager, vivre ma vie… Ne te tracasse pas pour tout ça, Amber. Tu trouveras quelqu'un à aimer et qui t'aimera, j'en suis sûre.

– Je n'en sais rien, murmura-t-elle en jetant un coup d'œil au miroir. Je voudrais bien avoir ta belle confiance.

– Cela viendra, tu verras.

Elle secoua la tête, pas vraiment convaincue.

– Non, décréta-t-elle. Tu es une fille à part, Summer. C'est pour ça que tous les garçons te courent après. Je parie que Harley lui-même regrette que vous soyez parents.

– Nous sommes très proches l'un de l'autre, en effet, ripostai-je un peu trop sèchement.

Elle parut blessée. Je n'avais pas eu l'intention de me montrer critique envers elle, pourtant. Je ne savais même pas pourquoi j'avais réagi avec tant de raideur. Désireuse de restaurer la bonne humeur qui régnait entre nous, je lui souris.

– Alors tu vois, Amber, rien ne t'empêche de gagner son cœur.

– Mais comment ? se lamenta-t-elle. Il y aura des tas de filles bien plus jolies que moi, aujourd'hui.

– Sois sincère avec lui, c'est tout. Il aime la franchise.

Elle médita le conseil et hocha la tête.

– Alors j'ai une chance, conclut-elle. Parce que aucune des filles qui viendront ici ne sait ce que signifie ce mot.

En riant, nous passâmes rapidement nos costumes de bain. Des voitures arrivaient, nous entendions les klaxons. L'orchestre jouait déjà. Une atmosphère d'allégresse s'emparait de ma chère maison. Je regardai par la fenêtre.

– Ma fête ! Ça commence ! m'écriai-je en contemplant ce qui semblait devenu le royaume enchanté de maman.

– Joyeux anniversaire ! vociféra Amber.

Et, nous prenant par la main, nous nous élançâmes dans l'escalier pour nous jeter dans le feu de l'action.

Harley était à l'embarcadère, préparant les bateaux et les kayaks. Par-dessus son épaule, il jeta un coup d'œil aux arrivants. Puis il plongea et se mit à nager en direction du radeau, montrant clairement combien il tenait peu à connaître mes amis. Je donnai un coup de coude à Amber.

– Maintenant tu as une chance. Tu peux l'avoir pour toi toute seule. Il te suffit de nager jusqu'au radeau.

Elle eut une moue horrifiée.

– Et s'il s'en allait juste avant que j'arrive ?

– Le lac a des pouvoirs magiques, tu verras. Tu lui apparaîtras comme une sirène.

– Comme un baleineau, oui ! gémit-elle, en baissant les yeux sur sa poitrine opulente et ses hanches rebondies.

– Tente ta chance. Qui ne risque rien n'a rien, affirmai-je.

Sur quoi, je m'en fus à la rencontre des autres invités.

Chase arrivait, encadré par quatre de ses fidèles suiveurs. Il était superbe, avec son treillis kaki et sa chemise bleu roi. Il avait le teint hâlé d'un bout de l'année à l'autre, et ses camarades le taquinaient sur sa coquetterie. Je savais que sa mère avait une salle de bronzage, chez elle, et qu'il s'en servait quelquefois.

Maman sortit de la maison, suivie de près par Mme Geary Et presque aussitôt, Grand-mère Megan arriva en limousine, avec Grand-père Grant et Tante Alison. Mes grands-parents étaient très élégants, Grant en pantalon blanc, veste bleu clair et cravate noire, et sa femme en ensemble haute couture. Quant à ma tante Alison, elle portait une robe vague à taille haute, outrageusement décolletée. La profonde échancrure en V lui découvrait pratiquement les seins. Une indécence qui, je l'aurais parié, avait dû être le sujet de conversation de la famille depuis l'aéroport.

Les parents de papa et Tante Heather Sue arrivèrent très peu de temps après. Le mari de Tante Heather Sue, pilote de ligne, n'était pas là. Il volait ce jour-là. Elle me transmit ses regrets de ne pouvoir être des nôtres. Puis Tante Glenda sortit de chez elle à pas lents, tête basse et les bras croisés. Elle était joliment vêtue, d'une jupe large et d'une blouse légère, mais elle n'avait pas attaché ses cheveux. Ils pendaient sur ses épaules, lâches et sans soin. Les yeux d'Oncle Roy s'étrécirent. Il lui murmura quelques mots, lui prit le bras et l'entraîna vers notre groupe.

Le dernier arrivant fut le M. Lynch de Mme Geary, qui le gourmanda aussitôt pour son retard.

– Plus que tout autre, un bibliothécaire devrait avoir le sens de l'heure, l'entendis-je lui reprocher.

Il s'excusa et se précipita vers moi, pour m'offrir ses vœux et me remettre son présent.

Toute la famille et les adultes s'installèrent dans un endroit bien choisi, d'où ils pouvaient nous regarder naviguer et nager. Mes paquets étaient empilés dans un coin, près du parquet de danse. Papa avait transformé le garage en vestiaire pour les garçons, qui disposaient des lavabos contigus. Les filles iraient se changer dans la maison.

– Viens, me dit Chase après s'être débarrassé de ses vêtements, sous lesquels il portait déjà son maillot.

– Où ça ?

Il me prit la main pour m'entraîner à l'écart.

– Prenons un canot, pour pouvoir être seuls un moment. Je sais ce qu'on ressent quand on donne une fête en votre honneur, se vanta-t-il. J'ai l'habitude.

Naturellement, tous les garçons poussèrent de grands cris moqueurs. Les filles, elles, sourirent d'un air entendu ; comme si elles avaient déjà toutes été en canot avec Chase Taylor, et savaient ce qui allait inévitablement se passer. Rien du tout, selon moi. À tout instant, nous serions en pleine vue de la famille et des invités.

En embarquant, je coulai un regard vers le radeau. Assis au bord, Amber à son côté, Harley nous observait. Même à cette distance, je pouvais me rendre compte que mon amie était toujours aussi terrifiée.

Chase ne les vit pas avant d'avoir saisi les rames et fait pivoter le canot.

– Qu'est-ce qu'il mijote, ce brave Arlequin ? railla-t-il.

Harley détestait qu'il l'appelle ainsi, et pour cause. Ce surnom évoquait la pauvreté légendaire d'Arlequin, qui n'avait pu s'offrir un costume de fête qu'en assemblant des chutes de tissu disparates. Chase prenait un malin plaisir à broder sur ce thème, inventant pour Harley des sobriquets humiliants. Ses favoris étaient Moins-que-rien ou Rien-du-tout, par allusion aux modestes moyens de la famille Arnold. C'était d'autant plus méchant que Chase, lui, était comblé par la fortune.

– Ne l'appelle pas comme ça ! me hérissai-je.

– Pourquoi ? Ça lui va très bien. Il lui manque toujours un gant pour faire la paire ! ricana-t-il.

– Quand on est aussi riche, c'est encore plus ignoble de se moquer de la pauvreté des autres, Chase !

– D'accord, d'accord, capitula-t-il. Je me tais. C'est ton anniversaire, je ne veux pas gâcher une seule minute de cette journée.

Il ramait avec aisance, comme si nous glissions sur du verre. J'avais conscience que tous les regards étaient fixés sur nous.

– Tout à l'heure, nous pourrons aller dans un endroit plus discret, suggéra-t-il. Là où je pourrai te souhaiter ton anniversaire comme il se doit.

– Et qu'entends-tu par « comme il se doit », au juste ?

– Tu as seize ans, aujourd'hui !

– Et alors ?

– Inutile de gâcher l'effet de surprise, d'accord ? me taquina-t-il, provocant.

Qu'il était beau ! Ses dents parfaites étincelaient de blancheur, ses yeux semblaient capter toutes les couleurs du paysage pour les refléter sur moi. Quelle fille au monde, à moins d'avoir un cœur de pierre, n'aurait pas succombé à son charme ?

– Maintenant que tu deviens grande, tu es sûrement prête à faire l'expérience de l'amour, observa-t-il sur un ton ambigu.

– À combien de filles as-tu déjà dit ça, Chase Taylor ?

– Moi ? s'indigna-t-il, d'une voix offensée que démentait son sourire. Jamais de la vie ! Tu es la première, je t'assure.

– Si le nez des menteurs s'allongeait, le tien arriverait dix minutes avant toi où que tu ailles. Tu te cognerais partout.

Il rit si fort qu'il dut reposer les avirons.

– J'adore ta façon de t'exprimer, Summer. Tu es sûre de ne pas tricher sur ton âge ? C'est impossible d'avoir des reparties aussi tranchantes à seize ans.

– N'essaie pas de me flatter, le rabrouai-je.

Il rougit sous son hâle.

– Mais pas du tout ! C'est vraiment ce que je pense, protesta-t-il avec conviction.

Il laissa dériver le bateau et changea de position, pour se retrouver assis au fond, à mes pieds.

– On ne peut pas me voir, ici, dit-il d'une voix de conspirateur, en se penchant pour m'embrasser les orteils.

– Arrête ! criai-je aussitôt.

Mais il retint mon talon dans sa main et, du bout de la langue, effleura la cambrure de mon pied. Ce contact me prit par surprise mais une onde chaude, électrique, monta le long de ma jambe.

– Arrête, on peut te voir !

– Mais non. Continue à faire comme si nous bavardions, hoche la tête de temps, et ça ira. Allez, insista-t-il, tandis que sa main remontait vers ma cuisse.

Puis il se redressa sur les genoux, se retourna vers la rive et se pencha par-dessus bord pour tremper une main dans l'eau. En même temps, l'autre poursuivait son mouvement, s'insinuait entre mes cuisses. Je l'arrêtai d'un geste.

– Non, Chase. Pas ça.

– J'essayais seulement de t'offrir un plaisir spécial, chuchota-t-il. C'est amusant de faire ça devant tout le monde. Ils nous regardent tous et ne peuvent rien voir. Allons, reprit-il en repoussant ma main. Tu vas aimer ça, tu verras.

Un frisson brûlant me parcourut, ma gorge se noua. J'avalai péniblement ma salive.

– Non, dis-je en affermissant ma voix. Il fait chaud, allons nager.

Sans autre avertissement, je me dressai, enjambai le bordage et plongeai. Devant un Chase aussi effaré que déçu, je mis le cap sur le radeau.

– Hé ! me cria-t-il, qu'est-ce qui te prend ?

– Essaie de m'attraper, renvoyai-je en réponse.

Il s'assit sur le banc, reprit les avirons, fit pivoter le canot et le propulsa dans ma direction. Je filai devant lui à longues brasses fluides, nageant mieux que je ne l'avais jamais fait. Finalement, renonçant à ramer, il plongea derrière moi et me poursuivit, à son allure aisée de nageur olympique. Je venais d'atteindre l'échelle quand il me saisit par la taille, m'empêchant de monter sur le radeau.

Je hurlai quand il me fit basculer en arrière. À l'instant où je m'enfonçai sous l'eau, ses mains glissèrent vivement de ma taille à ma poitrine, manquant d'arracher mon soutien-gorge. Je refis surface en crachotant.

– Ça suffit, lançai-je en grimpant à l'échelle.

Et je m'empressai de rajuster le haut de mon maillot.

Harley était étendu sur le dos, les mains sous la nuque, et m'observait d'un œil. Amber, toujours assise au bord du radeau, n'avait pas bougé de sa place. Plusieurs invités, qui avaient assisté à la poursuite, s'étaient jetés à l'eau pour nous rejoindre.

– Qu'est-ce que vous fabriquez, tous les deux ?

s'enquit Chase avec un sourire égrillard. Et ne me répondez pas : rien du tout !

Je le foudroyai du regard. Amber rougit jusqu'à la naissance des seins.

Harley tourna la tête et leva lentement les yeux sur Chase.

– Nous nous contentions de vous attendre, le cœur battant.

– Il battait forcément pour quelque chose, non ?

Harley s'abstint de répondre. Amber détourna le regard, et Chase en profita pour l'empoigner par la taille et la pousser par-dessus bord. Elle heurta l'eau avec un cri aigu.

– Pourquoi as-tu fait ça ? m'indignai-je, navrée pour elle.

Je savais combien elle manquait de confiance en elle. Maintenant, elle allait se sentir idiote et avoir honte, d'autant plus que l'incident s'était produit devant Harley.

Avant que j'aie pu intervenir, il lança un coup de pied dans les mollets de Chase qui perdit l'équilibre, bascula en avant et tomba du radeau. Quelques-uns des nageurs, en le voyant émerger en crachant, éclatèrent de rire et le huèrent. Écartant brutalement Amber de son chemin, il regagna rapidement l'échelle.

– Ne commence pas, lui criai-je en le voyant grimper les échelons. Je ne veux pas de bagarre.

– Je ne commence pas, répliqua-t-il rudement. Je finis.

Là-dessus, il fonça sur Harley et tous deux se battirent à même les planches, chacun d'eux s'efforçant de pousser l'autre par-dessus bord. Je poussai un cri. Sur la berge, Oncle Roy et papa s'approchèrent de l'eau et commencèrent à vociférer dans notre direction. Maman quitta sa table et roula vers eux. Tante Glenda n'avait pas relevé la tête.

Chase et Harley se battaient debout, à présent, et aucun des deux ne voulait s'arrêter. Chase était le plus fort, et il parvint presque à pousser Harley hors du radeau. Mais, refusant la défaite, Harley le mordit à la main, l'obligeant à lâcher prise. Puis il baissa la tête et donna un bon coup d'épaule dans l'estomac de Chase, qui se retrouva assis sur le plancher, évitant le plongeon de justesse.

– Arrêtez ! criai-je aussi fort que je le pouvais.

Harley me jeta un bref coup d'œil, plongea et commença de nager vers la rive. Chase reprit son équilibre, se leva et regarda sa main.

– Seigneur ! Il m'a mordu, l'animal ! Regarde ça, dit-il en me tendant sa main déchirée, d'où coulait un filet de sang. Je vais avoir besoin d'une piqûre antitétanique. Qui sait quelles maladies je risque d'attraper, avec lui !

Les autres arrivaient, et la blessure de Chase produisait son petit effet. Tout le monde était sous le choc.

– C'est toi qui l'as provoqué, accusai-je. Et maintenant, regarde ce gâchis !

Je plongeai pour rejoindre la rive, et Amber me suivit. Je nageai aussi vite que je le pouvais, mais je n'arrivai pas à temps pour empêcher Oncle Roy de corriger Harley. Il lui décocha un violent coup de poing sur la tempe, et je l'entendis lui ordonner de rentrer chez eux. Harley vacilla, un instant étourdi par le choc, puis s'éloigna rapidement.

– Harley ! m'époumonai-je.

Il ne se retourna pas. Maman, qui venait de rejoindre le groupe, adressa des reproches à mon oncle.

– Tu y as été un peu fort, Roy. Tu es trop dur avec lui.

– C'est la seule chose qu'il comprenne, bougonna-t-il.

– Ce n'est pas vrai. Et si quelqu'un doit comprendre ce que c'est que d'avoir un père brutal, c'est bien toi.

– Oui, admit l'oncle Roy, qui leva la tête et m'aperçut, debout dans l'eau. Désolé pour tout ça, princesse. Je lui ai fait la leçon ce matin, mais ça n'a servi à rien.

– Ce n'était pas entièrement sa faute, Oncle Roy.

– Ce n'est jamais entièrement sa faute. N'empêche qu'il trouve toujours le moyen de s'attirer des ennuis, grommela-t-il en retournant vers les tables.

Tout s'était tu, soudain. Le brouhaha des voix, les rires. Même la musique semblait s'être figée dans l'air. Je regardai maman, qui m'adressa un sourire forcé.

– Oublions ça pour l'instant, Summer. Ce n'est pas le moment de discuter de ces choses.

J'acquiesçai d'un signe et jetai un coup d'œil à Amber. Immobile à nos côtés, elle semblait plus malheureuse que jamais. Toutes les deux, nous regardâmes vers la maison où Harley venait de rentrer, en claquant la moustiquaire. Elle retomba derrière lui avec un bruit de porte de prison.

Papa fit signe aux musiciens de se remettre à jouer. Les serveurs commencèrent à circuler entre les tables, offrant aux adultes du champagne et du vin. Un bruyant éclat de rire me parvint : celui de ma tante Alison.

Chase sortit de l'eau en pataugeant, exhibant sa main d'un geste théâtral. Il la tenait de côté, de façon à ce que tout le monde voie le sang couler à travers sa paume, ce qui faisait paraître sa blessure plus sérieuse. D'où j'étais, j'entendais les exclamations de surprise. Papa le rejoignit aussitôt et l'emmena dans la maison, pour nettoyer la plaie et la panser.

Il suffit parfois de quelques secondes, moins peut-être, pour que soudain tout soit changé. L'éclat doré du jour s'éteint, l'orage gronde où brillait l'arc-en-ciel. En un instant, tout est désenchanté.

Une bouffée de tristesse m'oppressa le cœur.

Qu'était devenue la magie du lac, au moment où j'en avais plus que jamais besoin ?

3

Quand vient la nuit

Malgré l'incident du radeau, la fête fut une réussite absolue. Chase s'attira la sympathie de toutes les filles, et même celle de certains de ses camarades, quand il réapparut avec un bandage impressionnant, très professionnel. Pour ce genre de choses, je le savais, papa se montrait aussi habile que n'importe quel médecin.

Le tintement d'une clarine à vache retentit. Papa nous signalait ainsi qu'il était temps d'aller nous changer, avant de nous réunir autour des tables pour le lunch. Homard, crevettes, rosbif et timbales de dinde étaient servis dans le plus pur style familial, comme à la maison. Mme Geary ne manqua pas de critiquer cette abondance. Selon elle, ce repas somptueux était un scandale.

– Rien qu'avec les restes, on pourrait nourrir un petit village d'Irlande ! grommela-t-elle à l'intention de maman, mais à portée des oreilles de papa.

Maman et lui échangèrent un sourire.

L'orchestre joua pendant le repas, et la plupart de mes amis se levèrent pour danser. Chase faisait semblant d'avoir très mal et, pour m'amuser, grimaçait de douleur feinte. À un moment donné, Tante Alison rejoignit notre groupe uniquement parce qu'il s'y trouvait, et lui prodigua ses consolations. Elle se penchait tellement sur la table que son décolleté, déjà plus qu'osé, lui découvrait la pointe des seins. Les garçons n'en perdaient pas une miette, et je vis certains d'entre eux rougir.

– Regarde un peu la main de ce pauvre garçon, me dit-elle avec reproche. Tu pourrais le protéger un peu mieux !

Toute la table éclata de rire, et j'adressai un regard noir à Chase. De toute évidence, l'intérêt dont il était l'objet l'enchantait.

– Il sait très bien se protéger tout seul, Tante Alison.

– Les hommes ne sont pas aussi forts qu'ils s'en donnent l'air, Summer, pérora-t-elle, tout en s'assurant que mes amies profitaient du discours. Ils ont beaucoup plus besoin de nous qu'ils ne sont prêts à l'admettre. Pour les avertir quand ils se conduisent comme des idiots, tout particulièrement.

« Tenez vos petits amis bien en main, jeunes filles. Faites-les marcher droit, sinon ils iront se cogner partout, dans n'importe qui et n'importe quoi. Vous savez que j'ai raison, n'est-ce pas ?

Quelques filles approuvèrent, d'autres rirent nerveusement. Amber avait l'air gênée pour moi et ne me quittait pas des yeux.

Tante Alison se retourna vers Chase.

– La seule raison valable de vous battre, très cher, c'est la protection de votre compagne. Vous ne voudriez pas risquer d'abîmer un visage aussi séduisant, n'est-ce pas ?

– Non, madame, jubila Chase, sarcastique.

– Vous n'oublierez pas mes précieux conseils, n'est-ce pas, trésor ?

Chase adressa un clin d'œil à ses camarades.

– Non, madame. Je me souviendrai de tout ce qui vous concerne, dans le plus grand détail.

Certains de ses amis sourirent, d'autres rirent ouvertement. Tante Alison n'avait aucunement conscience de se rendre ridicule. Certaine de son succès, elle repartit vers la table des adultes.

– Waouh ! fit Chase, en se tamponnant le front avec sa serviette. Si j'avais une tante comme ça, j'adorerais les réunions de famille.

Tout le monde rit, sauf Amber et moi. Je savais que Tante Alison avait déjà bu trop de champagne, et que ses parents aussi s'en rendaient compte. Mais une fois qu'elle était lancée, il n'était pas facile de l'arrêter. Quelques minutes plus tard, elle se trouvait sur la piste de danse avec deux des amis de Chase, et se trémoussait d'une façon provocante au possible. Elle aurait certainement été plus à sa place dans une boîte de nuit classée X. Grand-père Grant finit par lui dire de s'asseoir, ce qui la rendit plus acerbe et plus sarcastique encore, et ils n'en furent que plus gênés. Maman m'avait souvent dit qu'elle était le fardeau de leur existence. Maintenant, je comprenais.

Le grand moment de la fête fut l'arrivée du gâteau de Mme Geary, qu'elle apportait avec l'aide de M. Lynch. Une magnifique pièce montée, glacée de sucre rose. Elle insista pour la découper elle-même. Elle cuisinait et servait toujours avec plaisir, comme on exerce un art. Mais les soins et l'amour qu'elle avait apportés à la confection de ce gâteau m'allèrent droit au cœur.

– Heureux anniversaire, ma chère petite, sourit-elle en me tendant la première part.

Je la pris dans mes bras et l'embrassai, ce qui l'embarrassa un peu mais la combla de joie.

Après le gâteau j'ouvris mes cadeaux, en jetant des regards en coin du côté de chez Harley. Je reconnus son présent, où figurait son nom, mais celui-là je le mis de côté sans l'ouvrir. Maman, qui dut le remarquer, me sourit d'un air entendu.

Je fus on ne peut plus surprise par le cadeau d'Oncle Roy et de Tante Glenda. Il était manifestement très coûteux. Oncle Roy avait choisi un collier de perles fines avec un médaillon d'or, dans lequel il avait glissé une photo de maman et de lui. J'étais éblouie par ce présent, bien sûr. Mais je trouvai un peu étrange que ce fût Oncle Roy, et non papa, qui figurât sur la photo près de maman. Quand elle s'en aperçut, le sourire qu'elle ébauchait déjà s'évapora.

– C'est superbe, ma chérie, dit-elle simplement. Roy, tu n'aurais pas dû faire de tels frais.

Mon oncle pinça les lèvres.

– C'est une joie pour moi… enfin je veux dire : pour nous. Une fois de plus, bon anniversaire, princesse.

– Princesse ? me souffla Chase à l'oreille. Je savais bien que je devais me prosterner à tes pieds pour te les lécher.

– Arrête avec ça, Chase.

Loin d'arrêter, il déclara en riant qu'il me titillerait les orteils avec le bout de sa langue.

J'achevai de déballer mes présents, puis les danses reprirent jusqu'au coucher du soleil. Quand les premières étoiles s'allumèrent dans le soir tombant, certaines de mes amies commencèrent à faire leurs adieux. Tout le monde affirmait avoir passé une excellente journée. Personne ne fit la moindre allusion à l'incident du radeau.

– N'oublie pas que je te réserve une surprise, me rappela Chase. Si nous allions faire un tour en voiture, pour que je puisse te l'offrir ?

– Ce n'est pas possible, Chase, je ne peux pas laisser la famille en plan. Et je suis fatiguée, de toute façon.

– Tu plaisantes ? Tes parents ne diraient rien, ils comprendraient très bien. C'est ta journée, Summer, et ta soirée. Je peux demander la permission à ton père, si tu veux ?

– Non.

Chase n'était pas habitué à être déçu dans ses espoirs, et il avait horreur de ça.

– Et pourquoi pas ? s'emporta-t-il. Tu m'en veux à cause de ce qui s'est passé avec Harley, c'est ça ?

– C'est toi qui as commencé, Chase. En poussant Amber à l'eau, d'abord, et avec ta manie de donner des sobriquets à Harley. Je t'avais dit de ne pas faire ça.

– C'était juste pour rire, enfin ! Il n'avait pas besoin de jouer les machos et de mordre. Pourquoi prends-tu toujours son parti, d'ailleurs ?

– Je ne prends le parti de personne, protestai-je.

– Si, justement. Il te plaît, avoue-le. Et tu ne l'aimes pas seulement comme un cousin. Je n'ai pas raison ? insista-t-il, encouragé par mon hésitation.

Je réagis avec un temps de retard.

– Ça suffit, Chase.

– Alors j'ai raison. C'est dégoûtant, tiens ! C'est comme ces plaisanteries qu'on fait sur les frères et sœurs qui se marient entre eux.

J'étais consternée.

– Nous ne sommes pas réellement parents, objectai-je, alors arrête. Le sujet est clos, d'accord ?

Il acquiesça d'un signe de tête, puis demanda :

– Alors, tu viens faire ce tour avec moi oui ou non ?

Le ton était celui d'un ultimatum.

– Je t'ai dit que je devais rester avec la famille. J'ai envie de rester, appuyai-je. C'est la moindre des choses. Mes grands-parents sont venus de loin, et ils repartent demain de bonne heure.

– Très bien. Dans ce cas... (Il regarda en direction des autres.) Je vais sans doute me réconcilier avec Amber.

– Que veux-tu dire ?

– Je vais lui offrir un peu de bon temps, pour compenser l'embarras où je l'ai mise. Prends ça comme un autre cadeau d'anniversaire, lança-t-il en se dirigeant déjà vers Amber.

– Non, Chase ! criai-je derrière lui. Ne fais pas ça.

Il s'arrêta et sourit par-dessus son épaule.

– Alors ? Tu viens ou pas ?

– Espèce de mufle ! grommelai-je en lui tournant le dos.

Mon cœur s'était mis à cogner comme un fou. Quand je me retournai, Chase était en train de parler à Amber. Elle nous regarda l'un après l'autre, lui et moi. Mais en regard de notre amitié, il avait surestimé son charme. Amber secoua la tête, s'éloigna de lui... et je relâchai enfin mon souffle.

Plus que jamais déçu et furieux, il fit ce qu'avait prédit Amber. Il fonça sur Catlin Stoffer, qui avait copieusement flirté avec tout le monde, et spécialement avec lui.

– Tu ne croiras jamais ce qu'il vient de me demander, commença Amber.

– Inutile de me le dire. Je le sais. Il est fou de rage parce que j'ai refusé de partir avec lui, révélai-je. Et je suis contente que tu aies eu le bon sens d'en faire autant.

Nous suivîmes le couple des yeux jusqu'à la voiture de Chase.

– Ils sont parfaitement assortis, observai-je.

Amber paraissait vraiment navrée pour moi.

– Rompre avec ton ami, justement aujourd'hui ! gémit-elle.

– C'est très bien comme ça. Cupidon aussi m'a fait

un cadeau d'anniversaire. Il a envoyé la flèche empoisonnée de Chase à quelqu'un d'autre.

Amber rit, puis s'assombrit. Elle regarda tristement du côté de chez Harley.

– Je suis désolée pour lui, vraiment. Si je n'avais pas fait d'histoires, il ne se serait pas battu et n'aurait pas eu tous ces ennuis. Dis-lui que je regrette.

– J'ai le sentiment qu'il se serait battu avec Chase de toute façon, Amber. Ne te reproche rien. Et ne t'inquiète pas : Harley ne t'en veut certainement pas.

Nous échangeâmes une accolade, puis elle partit à son tour.

Je n'avais toujours pas vu le présent de Harley. J'avais décidé d'attendre pour l'ouvrir que nous soyons ensemble, et de lui apporter moi-même une part de gâteau. Le reste de la famille était rentré dans la maison, mais papa me vit partir vers celle de l'oncle Roy, une assiette à la main.

– Où vas-tu, ma chérie ? s'étonna-t-il.

– J'apporte un morceau de mon gâteau à Harley, papa.

– Peut-être vaudrait-il mieux attendre demain ?

– Je préférerais y aller ce soir, papa. Je reviendrai tout de suite, je te le promets.

Une expression soucieuse passa dans son regard.

– Ne te mêle pas trop de cette histoire, Summer. C'est à lui de régler ses problèmes avec ses parents. Ne t'interpose pas entre eux.

– C'est un garçon bien, affirmai-je.

Papa n'eut pas l'air disposé à en convenir. J'insistai.

– Puisque je te le dis !

– Bon, d'accord, mais ne t'attarde pas. Et si tu tombes en pleine querelle de famille, reviens tout de suite, tu entends ?

Je le lui promis, m'emparai du cadeau de Harley et pris le chemin de chez lui.

Je frappai à la porte-moustiquaire et attendis. Tout était calme, mais je crus entendre Tante Glenda pleurer tout bas. Je frappai derechef, et finalement Oncle Roy vint m'ouvrir.

– Princesse ? Que se passe-t-il ? Pourquoi n'es-tu pas avec tes parents ?

– Je tenais à apporter une part de gâteau à Harley, Oncle Roy. Puis-je le voir, s'il te plaît ?

– Je crains bien que non, répliqua-t-il très vite.

– S'il te plaît, Oncle Roy. Je n'arriverai pas à dormir si je ne l'ai pas vu.

Mon oncle marqua une hésitation.

– Il a recommencé, annonça-t-il enfin. Comme s'il n'en avait pas fait assez comme ça !

– Mais quoi ? Qu'est-ce qu'il a fait ?

– Il est parti.

Tout le monde leva les yeux quand je rentrai chez moi, mais maman fut la première à comprendre. Instantanément, elle devina que j'étais sur le point de fondre en larmes. J'avais toujours mon assiette à la main, et le présent de Harley sous le bras. Maman roula vivement vers moi.

– Que se passe-t-il, Summer ?

Je sentis mon menton trembloter.

– Harley s'est sauvé.

– La pauvre femme ! soupira Grand-mère Megan. Perdre un enfant, et n'avoir que des ennuis avec l'autre.

Son regard traversa la pièce pour se poser sur Tante Alison qui dormait, affalée sur la chaise longue. Tout le monde pensait la même chose qu'elle, en particulier son mari. Mieux que personne, elle savait ce que signifiait la perte d'un enfant, et le poids que représente la mauvaise conduite d'un autre.

– Il reviendra, dit maman, apaisante.

Mais déjà, une larme zigzaguait sur ma joue. Je me retournai aussitôt et, sans regarder en arrière, me précipitai dans l'escalier, pressée de me réfugier dans ma chambre. Là, je me jetai sur mon lit et enfouis mon visage dans l'oreiller, pour y pleurer tout mon soûl.

Quelques instants plus tard, je perçus le ronronnement du siège mécanique de maman qui se mettait en route, et je me sentis encore plus mal. Je lui imposais l'effort de se transférer d'un fauteuil à l'autre, pour monter jusqu'ici. Elle exécuta si vite la manœuvre que, dans la minute qui suivit, elle frappait à ma porte. Je me retournai vivement.

– Entre, criai-je en essuyant mes larmes.

Elle entra, refermant soigneusement la porte derrière elle.

– Je suis désolée de te voir dans cet état le jour de ton anniversaire, ma chérie. Je t'en prie, reprends-toi.

Je respirai un grand coup avant de demander :

– Pourquoi faut-il que Harley soit si... si malheureux ?

Maman sourit.

– Il n'est pas vraiment malheureux. Il a peur.

– Harley ? J'ai peine à croire qu'il ait peur de quoi que ce soit. C'est bien ça son problème.

– Non, insista-t-elle en se rapprochant du lit. Je sais exactement ce qu'il ressent. Il a peur parce qu'il se voit dans un univers où il n'a pas sa place, c'est du moins ce qu'il croit. Peux-tu imaginer ce que j'ai éprouvé en arrivant ici ? J'allais encore au lycée. Je venais des bas quartiers de Washington. Un vrai ghetto où la drogue et le crime sévissaient, à tel point qu'en regardant par la fenêtre on se serait cru à la télévision.

Maman libéra un long soupir et reprit :

– Quand on est plus jeune, il est plus facile de s'adapter. Mais être transplanté brutalement dans un autre monde, sans la moindre préparation…

– Pourquoi ta mère adoptive a-t-elle gardé si longtemps le secret sur ta naissance, maman ?

– Elle devait espérer que je ne saurais jamais rien, je suppose. Mais son mari était une vraie brute, incapable de garder un travail, irresponsable, et qui s'attirait toujours des ennuis. Un soir où il était soûl, il en a trop dit et elle n'a plus eu le choix. J'ai pleuré toutes les larmes de mon corps quand j'ai découvert qu'elle n'était pas ma véritable mère.

– Je mourrais si ça devait m'arriver, affirmai-je.

– J'ai cru en mourir, moi aussi. Mais c'était une coriace, ma Mama. Elle savait ce qu'elle voulait. Après la mort de Beneatha, elle s'est juré de m'arracher au ghetto. Elle a extorqué une entrevue à ma mère, l'a obligée à reconnaître ses responsabilités. Autrement dit, à me reprendre. Bien sûr elle était très, très malade, comme tu le sais, mais elle a su garder son secret. Elle savait que je ne serais jamais partie si j'avais connu la vérité.

– Elle a dû avoir un chagrin fou quand tu es allée vivre chez d'autres gens ?

– Et moi aussi, tu t'en doutes. Cela nous a brisé le cœur, mais jamais elle n'a versé une larme en face de moi. Quoi qu'il en soit…

Maman se tut, toute pensive.

– Quand je suis arrivée ici, poursuivit-elle après un silence, Grand-mère Hudson ne m'a pas vraiment accueillie à bras ouverts. Elle me tyrannisait avec ses règlements et ses menaces, mais je l'ai étonnée. J'étais si bonne élève et je me conduisais si bien qu'elle n'en revenait pas. Très vite, elle m'a témoigné plus de confiance qu'à ses propres enfants. En fait, elle avait tout autant besoin de moi que j'avais besoin d'elle, ce qui rend son sacrifice d'autant plus méritoire.

– Quel sacrifice, maman ?

– Elle m'a envoyée chez sa sœur, en Angleterre, pour que je suive les cours d'une école d'art dramatique prestigieuse. Nous étions devenues si proches que c'était un vrai renoncement, de sa part. La dernière fois que je l'ai vue, c'est quand elle m'a dit au revoir, sur notre perron. Je me demande souvent si elle aurait vécu plus longtemps, si j'étais restée.

Une fois encore maman se tut, songeuse, puis elle me sourit.

– Mais il ne faut pas s'attarder sur le passé, ma chérie, on risque d'en être prisonniers. Le bon côté de tout ça, c'est que j'ai acquis une certaine confiance en moi et découvert qui j'étais. Elle ne m'a pas seulement donné mon nom. Elle m'a donné mon identité, la conscience de moi-même.

« C'est ce qui manque encore à Harley. C'est un garçon qui a très peur, malgré ses airs bravaches. Il ne sait pas encore à quel monde il appartient.

Cette réponse n'expliquait pas tout.

– Alors pourquoi l'oncle Roy est-il si méchant avec lui, maman ?

– Cela, c'est une autre histoire.

– S'il te plaît, maman, raconte-la-moi.

– J'aimerais mieux que tu ailles te coucher avec la tête pleine d'images heureuses, ma chérie.

– Je ne pourrai pas. Je t'en prie, implorai-je encore. Je ne suis plus une enfant.

– Non ; je ne crois pas, en effet.

Elle garda un instant les yeux baissés, inspira longuement et commença :

– Il y a longtemps, quand Roy et moi découvrîmes que nous n'étions pas vraiment frère et sœur, il m'avoua son amour pour moi. Il voulait que je devienne sa femme et continua d'espérer, même après s'être engagé dans l'armée. Mais bien que nous n'ayons aucun lien de parenté, je le considérais toujours comme un frère. Je m'efforçai de le voir autrement, mais cela me fut impossible, et il en éprouva une déception cruelle. Pourtant il ne m'en voulut pas. C'est au destin qu'il s'en prenait, non à moi. Il fut effondré quand il apprit mon mariage avec ton père. Mais tu étais déjà née, et il comprit qu'il devait en être ainsi.

« Je fus ravie quand il se mit à courtiser Glenda. Je crus qu'il avait enfin accepté les choses et qu'il allait s'en sortir. En fait, il était en bonne voie d'y parvenir, quand une tragédie leur enleva Latisha. Je suis certaine que s'il l'avait toujours, il serait un meilleur père pour Harley. Alors ma chérie...

Maman attacha sur moi un regard plein de tendresse.

– Ne le juge pas trop durement. Lui aussi est encore à la recherche de lui-même, en quête d'un peu de paix. À présent, Tante Glenda est presque comme un autre enfant, pour lui. Un enfant dont il doit s'occuper.

– Je me demande pourquoi nous sommes si pressés de grandir, observai-je en mordillant ma lèvre.

Maman sourit et je me hâtai d'ajouter :

– Je suis sérieuse. Quand j'étais petite, tout me semblait magique chez nous, juste comme je voulais que ce soit aujourd'hui. Mais en grandissant, on est forcé de voir la réalité, de mûrir, et tous les beaux rêves partent en fumée.

– C'est vrai, ma chérie. Mais tu es en train de devenir une jeune femme ravissante, intelligente, et une autre sorte de magie t'attend. Celle que tu créeras toi-même, à ta façon.

– C'est toi qui dis ça, maman, après tout ce qui t'est arrivé ?

– J'ai reçu des bienfaits, moi aussi. Je t'ai, toi, et j'ai la joie de te voir grandir. J'aime mieux être ici en fauteuil que pas ici du tout. Oui, j'ai perdu mes chances et mes rêves. Mais ils ont fait place à d'autres, tout différents. Le bonheur vient à nous sous diverses formes, ma chérie. Et si nous croyons qu'il n'en a qu'une... c'est que nous ne voyons pas très clair, conclut maman.

Je lui souris. C'était vraiment la femme la plus forte que j'aie connue. Et dire que les autres croyaient devoir s'apitoyer sur elle !

– Je voulais seulement que ma belle journée soit belle pour tout le monde, dis-je avec regret.

– Harley reviendra, et il trouvera sa place, crois-moi. Bon, je ferais mieux de redescendre, à présent.

Je la serrai dans mes bras, l'embrassai, puis la roulai hors de la chambre et l'aidai à s'installer dans son va-et-vient.

– Papa a rangé tous tes cadeaux dans le bureau, m'apprit-elle. Tu les prendras quand tu voudras. Et, j'y pense ! Tu as reçu un paquet d'Angleterre, de la part de Grandpa Ward.

– C'est vrai ? Il ne m'oublie jamais. Je suis si impatiente de le revoir !

C'est pendant son séjour en Angleterre que maman avait retrouvé la trace de son vrai père. Il avait quitté les États-Unis des années plus tôt, pour faire des études de lettres à Londres, où il était devenu professeur d'université. Il avait épousé une adorable Anglaise, Leanna, qui écrivait des poèmes. Nous étions allés déjà deux fois les voir. De son côté, il était venu pour le mariage de maman, et une seconde fois ensuite avec sa femme et leurs deux enfants. Il m'arrivait de penser que notre famille était, à son échelle, une sorte de Société des Nations.

– Moi aussi, j'ai hâte de le revoir, me répondit maman.

J'assistai à sa descente, puis rentrai dans ma chambre pour me changer. Je comptais rejoindre les autres en bas et rester avec tout le monde, jusqu'à ce que les Randolph décident de regagner leur hôtel. Mais quand je regardai par la fenêtre, j'eus un nouvel accès de tristesse. Le décor de fête avait disparu. Plus de ballons dans les branches, plus de tables ni de chaises sur les pelouses ; on avait démonté l'estrade et même le parquet de danse. Tout avait surgi d'un coup, pour s'en aller plus vite encore, pensai-je, le cœur serré. Le front collé à la vitre, je laissai mon regard dériver vers le lac.

Et soudain, une silhouette se profila sur la jetée.

Harley.

Il était revenu, et j'eus l'impression qu'il avait les yeux fixés sur ma fenêtre.

Le reste fut l'affaire de quelques secondes. Je happai le cadeau de Harley, dévalai les marches et me ruai dehors, en espérant n'avoir pas été le jouet d'une illusion.

– Salut ! lançai-je en me hâtant vers lui.

– Salut.

Il baissa les yeux vers l'eau, puis releva la tête. Je le rejoignis sur le ponton.

– Où étais-tu passé ? Je suis allé chez toi, et Oncle Roy m'a dit que tu t'étais sauvé.

– En effet, mais je suis revenu, comme toujours. Un de ces jours, je ne rentrerai pas, je te le jure.

– Tante Glenda était toute retournée. Je l'ai entendue pleurer.

Il émit un vague grognement.

– Comment sais-tu qu'elle pleurait à cause de moi ?

– Eh bien… tu t'étais sauvé, ou en tout cas elle le croyait.

Il s'allongea sur les planches et croisa les mains sous sa nuque. Je m'assis près de lui.

– Si ça se trouve, elle ne s'en est même pas rendu compte, riposta-t-il. Les autres aussi doivent être fâchés contre moi maintenant, pas vrai ? J'ai gâché ta fête.

– Pas du tout, mais Amber s'en veut. Elle pense que tout est sa faute, parce qu'elle a hurlé comme un putois quand Chase l'a jetée à l'eau.

Harley pouffa, puis son regard s'aiguisa, comme si une idée venait de le frapper.

– Comment se fait-il que tu ne sois pas restée avec lui, pour finir la soirée ?

– Disons que… nous avons préféré nous séparer.

– Vous séparer ? Tu veux dire pour de bon ?

– En effet, confirmai-je.

– À cause de moi ?

– Non. Enfin, peut-être en partie à cause de ça, mais j'avais d'autres raisons de rompre avec lui.

Harley grimaça un sourire.

– Lesquelles, par exemple ?

– Il est trop…

– Minet ?

J'éclatai de rire.

– Il y a de ça. Certains garçons arborent leur assurance comme un costume qui leur va bien, cela les avantage. Mais pas Chase. Lui, c'est comme s'il était roulé dans un drapeau, l'étendard de Chase Taylor. Et il voudrait que tout le monde vienne lui rendre les honneurs et lui faire allégeance, tout spécialement les filles.

Le sourire de Harley s'élargit. Les yeux au ciel, il s'enquit d'un air détaché :

– Jusqu'à quel point es-tu allée, avec lui ?
– Que veux-tu dire ?
– Tu sais très bien ce que je veux dire.
Je ne résistai pas au plaisir de le taquiner.
– Tu es bien indiscret, mon cher.
– Tu m'as toujours tout raconté sur tes autres petits amis.
– Oui, quand j'avais douze ans.
– Quatorze, rectifia-t-il.
– Alors que toi, tu ne m'as jamais rien dit sur tes petites amies, renvoyai-je du tac au tac.
– Il n'y avait rien à raconter. Le plus longtemps que je sois resté avec une fille c'est quatre heures. Pendant un film et… mettons un petit peu après.
– Et pourquoi ça ? m'étonnai-je. Il n'y en a jamais eu aucune, vraiment aucune que tu aimes assez pour avoir envie de rester plus longtemps avec elle ?
Il resta un instant silencieux, puis s'assit et regarda en direction de chez lui.
– Je n'aurais jamais dû revenir, maugréa-t-il. J'aurais dû avoir le cran de m'en aller pour de bon.
– Il fallait que tu rentres, au moins pour ta mère. Elle a besoin de toi aussi. Tout le monde aurait été très, très malheureux.
– Ben voyons, persifla-t-il.
– Je t'assure que si, enfin !
Il se retourna vers moi.
– Toi aussi ?
– Naturellement. Si je ne t'avais pas trouvé ici, j'aurais veillé toute la nuit, à me faire un sang d'encre.
Nous étions très près l'un de l'autre. À la lueur des étoiles, je discernai la douceur de son sourire et l'éclat de ses yeux.
– Je fais toujours le même rêve, depuis quelque temps, commença-t-il en regardant vers l'allée. Un

rêve que je n'ai raconté à personne… en admettant qu'il y ait quelqu'un à qui le raconter.

– Il y a moi, Harley.

– Je sais. Voilà pourquoi je t'en parle.

J'attendis, maîtrisant mon impatience, pendant que de toute évidence il rassemblait son courage.

– Je rêve que je retrouve mon vrai père, et que c'est un type épatant, qui regrette de ne m'avoir pas connu plus tôt.

– Est-ce que ta mère t'en a dit un peu plus sur lui, récemment, Harley ?

– Pas beaucoup plus, en fait pratiquement rien. C'était un ouvrier du bâtiment, un charpentier qui travaillait à la reconstruction de l'hôtel de ville.

– Mais tu ne sais toujours pas son nom ?

Il haussa les épaules.

– Chaque fois que je l'interroge, elle répond que je n'ai pas besoin de connaître un homme qui nous a abandonnés. Une fois, j'ai suggéré qu'il n'était peut-être pas au courant de sa grossesse, mais elle prétend que si, qu'elle en est sûre. J'obtiens toujours la même réponse, puis elle se ferme comme une huître. Elle refuse obstinément de m'en dire plus. Cela fait au moins un an que je ne lui ai plus posé de questions, mais le rêve revient sans arrêt.

« Je continue à croire que si jamais je le retrouvais, il s'intéresserait à moi. Peut-être même qu'il m'aiderait. Et peut-être que je ne serais plus le perdant que je suis, en tout cas pas pour lui. Je sais que les autres me voient comme ça.

– Pas moi, Harley

– Ça viendra.

– Non, protestai-je. Tu vas te mettre sérieusement au travail et préparer tes contrôles, pour pouvoir te présenter au bac. Ensuite, tu pourras faire des études d'architecture, comme ton professeur te l'a dit.

– Mais oui, c'est ça.

Je ne me laissai pas décourager.

– Je t'aiderai à étudier, Harley.

– C'est vrai ?

– Oui, si tu promets d'essayer sérieusement. Tu le feras ?

– Je devrais y arriver, oui. Rien que pour prouver à Roy qu'il se trompe, ajouta-t-il, tout réjoui.

– Roy ne souhaite pas te voir échouer, Harley. Il a peur pour toi, c'est tout.

– Peur, Roy ? C'est le seul homme sous le soleil dont l'ombre n'ose pas s'approcher à moins de trois pas.

J'éclatai de rire, et Harley poursuivit :

– Ce n'est pas ce que je lui reprocherais, d'ailleurs. Et tu veux savoir quelque chose que je ne t'ai jamais dit ? Roy était mon idole, avant. Mon modèle. Mon plus vif désir était d'être aussi fort et aussi redouté que lui. Mieux vaut que les gens vous craignent, voilà ce que je pensais. C'est pour ça que j'ai travaillé avec lui sur les chantiers. Je pensais que si je devenais aussi solide et aussi endurci que lui, je serais quelqu'un de bien. Je me souviens qu'une fois…

Un sourire fugitif éclaira les traits de Harley.

– … Je l'ai vu soulever un homme par le cou, d'une seule main, et manquer l'étrangler à force de le serrer. Il l'a balancé à bout de bras, comme une poupée de chiffon, avant de le reposer à terre.

– Et pourquoi a-t-il fait ça ?

– L'autre l'avait appelé d'un nom qui ne lui plaisait pas. Je parie que chaque fois que ce blanc-bec injurie quelqu'un, il se souvient de la poigne de Roy, gloussa Harley. Il est si fort qu'il ne s'en rend même pas compte lui-même.

– Parfois, on pourrait croire qu'il est toujours ton idole, Harley.

– Je ne veux pas avoir d'idole, surtout pas. Les gens vous laissent toujours tomber. Ne crois en personne à part toi-même, voilà ma devise, conclut-il abruptement.

– Je ne te laisserai pas tomber, Harley.

– Si, tu le feras, mais ce sera malgré toi. C'est ça qui fait toute la différence, Summer.

Pendant un long moment, aucun de nous ne parla, puis je baissai les yeux sur le paquet que je tenais à la main.

– Je n'ai pas voulu l'ouvrir avant d'être avec toi, Harley.

– Oh, ce n'est rien à côté de tes autres cadeaux d'anniversaire, je te préviens. C'est une bricole sans importance.

– Je m'en moque, ripostai-je. Cela compte beaucoup pour moi. Et ce n'est pas à toi de me dire ce qui est ou n'est pas important dans ma vie, d'accord ?

Il rit de bon cœur.

– D'accord, je te demande pardon. Et dire qu'on m'accuse d'avoir mauvais caractère !

Délicatement, j'ôtai le papier qui enveloppait mon présent. C'était une mince boîte plate, dont je soulevai le couvercle. Il ne faisait pas très clair, mais assez toutefois pour que je distingue le tracé d'un dessin.

Je l'examinai, en l'inclinant de façon à bien en voir tous les détails. Il nous représentait, maman et moi, main dans la main en train de contempler le lac. Et juste au milieu figurait un merle en plein vol. II y a bien longtemps, j'avais parlé à Harley de notre cérémonie secrète. Mais je n'aurais jamais pensé qu'il se souviendrait du prix qu'elle avait pour moi.

– C'est toi qui as dessiné ça ?

– Je vous ai observées plusieurs fois, Rain et toi, après que tu m'as parlé de votre rituel du lac. Ce n'est pas terrible, mais au moins ça donne une idée du sujet.

– Pas terrible ? C'est bien mieux que ça ! C'est merveilleux, Harley. Tu as un talent fou.

– Je me débrouille, admit-il à contrecœur.

– Ça suffit, Harley Arnold ! Arrête de te considérer comme un moins que rien. C'est le meilleur portrait…

Ma gorge se serra. J'étais si émue que le cœur me fit mal.

– Oh, Harley ! m'écriai-je, les joues soudain noyées de larmes. C'est le plus beau de tous mes cadeaux !

Je me jetai à son cou, le serrai contre moi, l'embrassai sur la joue. Il noua les bras autour de ma taille et pendant un moment, comme si nous venions d'ouvrir une porte, nos regards se soudèrent. Ni lui ni moi n'essayâmes de fuir ce qui semblait être l'inévitable baiser ; le contact exquis de nos lèvres ; l'abandon de nous-mêmes dans une caresse si douce et si profonde que tout mon être en frémit d'allégresse.

Longtemps après que nous nous fûmes séparés, je gardai les yeux fermés, comme si cela pouvait retenir ses lèvres sur les miennes, sceller pour toujours cet instant dans mon cœur.

Harley se releva d'un bond et annonça d'une voix brève :

– Il faut que j'y aille, maintenant.

– Harley…

– Je ferais mieux de rentrer pour affronter l'orage, dit-il encore.

Et comme s'il fuyait ses propres sentiments, il s'éloigna en courant presque.

Puis il s'arrêta, se retourna et me fit signe de la main.

– Bon anniversaire ! me cria-t-il de loin.

– Merci.

Il poursuivit son chemin. Quelques instants plus tard, émergeant de l'ombre, il apparut sur le porche de sa maison. Je le vis hésiter, ouvrir la porte et disparaître à l'intérieur.

Enfin.

J'inspirai une longue bouffée d'air frais.

4

Le vieux chêne

Chaque matin, depuis qu'il s'était acheté une moto, Harley suivait la voiture quand papa me conduisait à Dogwood. Quelquefois, il partait en retard, mais il parvenait toujours à nous rattraper avant l'embranchement de Spring Creek Road. Là, nous tournions à gauche, et lui continuait tout droit jusqu'au lycée. Je me retournais souvent pour lui adresser un signe de la main. Aussitôt, il levait la sienne sans cesser de regarder droit devant lui, comme s'il avait des yeux sur les côtés de la tête. On aurait dit qu'il sentait quand j'allais me retourner, pour lui dire adieu jusqu'au soir. Je le regardais disparaître dans le virage.

Le jour même où, avec ses économies, Harley s'acheta sa moto et l'amena à la maison, papa exigea de moi une promesse solennelle. En face de maman, et aussi gravement que si j'avais prêté serment sur une pile de bibles, il me fit jurer de ne jamais monter avec Harley sur sa machine.

Il n'était pas difficile de comprendre d'où leur venait cette hantise des accidents. Je n'avais pas oublié leurs innombrables recommandations, mises en garde et conseils de prudence, quand j'avais appris à monter à bicyclette. La plupart de mes amies avaient le droit de rouler sur la grand-route (certaines venaient même à Dogwood en vélo), mais pas moi. Je devais rester sur la propriété, ou circuler dans le parc avec papa.

Tout comme maman l'avait fait avant moi, pendant son séjour à Dogwood, je suivis des cours d'équitation. J'étais très bonne cavalière, à en croire mes professeurs. Certaines de mes amies avaient leurs propres chevaux, et j'étais souvent leur invitée pour des randonnées à cheval. Chaque fois, cela rendait mes parents fous d'inquiétude, ce qui s'expliquait après ce qui était arrivé à maman. Mais chaque fois aussi, au prix d'un immense effort de volonté, elle surmontait son angoisse et donnait son accord. Malgré tout, je le savais, elle était sur des charbons ardents tant qu'elle ne m'avait pas vue rentrer à la maison, saine et sauve.

Mais ce n'était pas seulement le souvenir de son horrible accident qui motivait ses frayeurs. Une autre crainte l'obsédait. Celle de la malchance qui planait, telle une ombre, sur le destin de notre famille, guettant une occasion de nous atteindre. Je n'oublierai jamais la chute que je fis à l'âge de cinq ans, en trébuchant dans l'escalier. Je roulai sur moi-même sans pouvoir m'arrêter, en me cognant la tête aux marches. Maman était si terrifiée que, pendant quelques instants, elle fut incapable d'émettre un son. Je me redressai sur mon séant, tout étourdie ; je m'en tirais avec plus de peur que de mal, mais maman me conduisit quand même chez le médecin.

Il en avait toujours été ainsi, autour de moi : on s'affolait pour un rien. À la moindre égratignure, la plus légère contusion, une banale grippe ou un simple rhume. Compte tenu de tout cela, on comprend que l'arrivée de Harley sur sa moto toute neuve ait plongé mes parents dans la panique.

Harley était prodigieusement fier de son acquisition. Elle lui avait coûté presque tout son argent, durement gagné en travaillant pour l'oncle Roy, en tondant les pelouses pour papa, ou en exécutant toutes sortes de tâches sur la propriété. Après quoi, il avait fait le tour des concessionnaires jusqu'à ce qu'il trouve une machine qui lui plaise, et qui soit dans ses prix. Roy ne lui avait pas donné l'autorisation de l'acheter. Mais Harley s'était arrangé pour obtenir celle de Tante Glenda, ainsi que sa signature sur la police d'assurance. Oncle Roy jura qu'il ne donnerait pas un sou pour l'entretien du véhicule, ni pour l'essence. Harley paya ses frais lui-même. Durant l'année scolaire, il travaillait de temps à autre pendant le week-end, dans un restoroute. J'avais toujours cru déceler chez lui un naturel indépendant, mais vers ses quatorze ans cette tendance s'affirma nettement. Il avait cette maturité, cette assurance que les garçons acquièrent rarement avant leurs dernières années d'université, ou même leur entrée dans la vie active.

Cette indépendance m'inquiétait, car je commençais à m'apercevoir qu'il prenait ses distances avec sa famille. De plus en plus, il se comportait comme s'il n'était que locataire dans sa propre maison, un locataire toujours prêt à plier bagage. Oncle Roy le considérait comme un fardeau, et Tante Glenda ne lui témoignait pas assez d'intérêt. Les rares fois où elle allait en ville pour lui acheter ce dont il avait besoin, vêtements ou autres, c'était quand maman l'obligeait à l'accompagner dans les magasins.

Depuis la mort de Latisha, Tante Glenda détestait se montrer en public. On aurait dit qu'elle croyait tous les yeux fixés sur elle, et que tout le monde la blâmait pour la fin tragique de son enfant. Maman redoutait que, dans le secret de son cœur, Tante

Glenda ne se sente réellement responsable de la mort de sa fille. Dévots et bigotes étaient nombreux, dans le voisinage. De bonnes âmes avaient dû souffler à ma tante qu'en épousant un Noir, et en ayant un enfant de lui, elle avait transgressé les lois de la morale. Pour ma part, je n'avais jamais pensé qu'une telle union provoque la colère de Dieu, surtout quand les époux s'aimaient sincèrement. Et encore moins que Dieu déchaîne sa colère contre une innocente petite fille.

– Ces gens-là n'envisagent pas les choses comme ça, ma chérie, m'avait expliqué maman. Cette tragédie n'a fait qu'alimenter leur haine et leurs ignobles préjugés. C'est surtout pour Glenda que je me fais du souci, avouait-elle en soupirant.

Et elle s'efforçait, de toutes les façons possibles, d'inciter ma tante à renouer avec la société.

En vain. Tante Glenda opposait à cela une répugnance invincible. Le temps ne l'avait pas consolée, loin de là : son chagrin s'avivait sans cesse, telle une plaie incurable. De sorte qu'elle devint de plus en plus repliée, coupée de tout, même de ce qui concernait directement son fils. Il arrivait que Harley soit obligé d'acheter lui-même ce dont il avait besoin. Quelquefois, surtout quand nous étions prêtes à l'accompagner dans les magasins, maman et moi, l'oncle Roy voulait bien s'en charger. Mais ces occasions-là étaient rares, et je pouvais les compter sur les doigts de la main.

C'est ainsi que Harley s'endurcit et, avec le temps, se trouva de plus en plus isolé. Parfois, quand je regardais par la fenêtre de ma chambre et le voyais arpenter le parc, il me faisait l'effet d'être un intrus. Oncle Roy lui interdisait de fumer. Aussi le faisait-il en cachette, derrière le garage ou dans un bosquet. Rien que par défi, selon moi.

Quand il était petit, mon oncle exigeait qu'il tienne sa chambre dans l'ordre et la propreté les plus stricts, comme à l'armée. Harley m'avait souvent parlé des inspections subites de son beau-père, survenant toujours à l'improviste. Jamais l'oncle Roy ne lui avait permis d'avoir un verrou à sa chambre. Et jusqu'à l'année passée, il avait maintenu ses visites-surprises. S'il trouvait un paquet de cigarettes qui traînait, le lit mal fait ou des vêtements jetés un peu partout, comme cela m'était arrivé le jour de mon anniversaire, il piquait une colère et sévissait. À mon avis, Harley cultivait sciemment ce désordre, juste pour montrer à l'oncle Roy que ses efforts, ses hurlements et ses punitions ne servaient absolument à rien. L'achat de sa moto fut le point culminant de tout ce processus.

Mes parents ignoraient tout des intentions de Harley. Apparemment, seule Tante Glenda se doutait de quelque chose mais elle n'en avait parlé à personne, pas même à son mari. Nous l'entendîmes tous arriver sur sa machine. Papa venait de rentrer du travail. C'était moi que Harley tenait à voir en premier, et il vint immédiatement à la porte d'entrée pour m'appeler. Naturellement, il voulait m'emmener sur-le-champ faire un tour, et j'étais sur le point de grimper derrière lui quand maman surgit sur le perron et hurla : NON !

Nous nous retournâmes d'un même mouvement vers elle, et la terreur qui se lisait sur ses traits nous laissa sans voix. Elle se reprit très vite et ajouta d'un ton plus calme :

– C'est trop dangereux.

Papa se montra derrière elle, nous regarda l'un après l'autre, Harley et moi, et dit simplement :

– Si tu veux prendre un passager sur cet engin, mon garçon, il doit obligatoirement porter un casque.

– Ah, fit Harley.

Le lendemain, il acheta un second casque. Il pensait qu'il aurait le droit de m'emmener, maintenant ; mais la veille, papa et maman m'avaient arraché ma promesse.

Ce fut un supplice pour moi de l'annoncer à Harley. Instantanément, la lueur d'excitation et de fierté qui brillait dans ses yeux s'éteignit.

– C'est juste parce que c'est moi, marmonna-t-il. Ici, tout le monde me voit comme un danger public.

Il redémarra en trombe, manquant de s'étaler au tournant de l'allée, sans me laisser le temps de m'expliquer. Le rappeler n'aurait servi à rien, le bruit de l'échappement aurait couvert ma voix. Je l'entendis emballer son moteur et filer sur la route à toute allure. La frayeur me fit battre le cœur à grands coups. J'avais peur qu'il ait un accident grave, justifiant ainsi les prédictions pessimistes que les gens faisaient à son sujet. Ce ne fut pas le cas. Parce qu'il s'attendait toujours à être blâmé ou critiqué, sans doute, il s'avéra un conducteur sérieux, respectant le code de la route, ne s'autorisant aucun dépassement de vitesse. Il ne fut jamais l'objet d'aucune plainte et bientôt le voir passer sur sa moto parut naturel à tout le monde. En ce qui me concerne, bien sûr, l'interdiction de monter avec lui fut maintenue.

Quoi qu'il en soit, le premier jour de classe après mon anniversaire, Harley ne suivit pas la voiture. Je me retournais sans cesse, et je fus très étonnée qu'il ne se fût toujours pas montré quand nous arrivâmes à l'embranchement de Spring Creek. La veille, je ne l'avais pas vu de la journée ; les parents de papa étaient venus pour déjeuner. Mon oncle et ma tante étaient invités, eux aussi. Mais ils ne vinrent pas, et Oncle Roy appela pour nous présenter l'excuse habituelle : ma tante souffrait d'une violente migraine.

Après le dîner, ce soir-là, j'allai chez mon oncle et ma tante pour voir Harley. Je voulais mettre au point avec lui notre emploi du temps, pour préparer son bac et mes examens de passage. L'oncle Roy était sur le porche, dans son rocking-chair, mais immobile et dissimulé par l'ombre. Je ne découvris sa présence qu'une fois en haut des marches.

– Bonsoir, Oncle Roy. Est-ce que Tante Glenda va mieux ?

– Elle s'est endormie, se contenta-t-il de répondre.

– Harley est là ? Je voulais lui parler de son travail de classe.

Des nuages voilaient la clarté des étoiles, je ne pouvais même pas voir le visage de mon oncle. Mais le son de sa voix n'eut rien d'encourageant.

– Lui aussi est allé se coucher.

– Si tôt ?

– Quand on passe le plus clair de son temps à manger, rouler et dormir, ça n'a rien d'étonnant, bougonna-t-il.

– Tu voudras bien le prévenir que je passerai le voir demain après l'école, Oncle Roy ?

– Je le préviendrai.

– Merci de ton aide pour ma surprise-partie, ajoutai-je encore.

– Il n'y a pas de quoi, Princesse. Je serai toujours à ta disposition.

– Bonsoir, Oncle Roy.

– Bonsoir, renvoya-t-il, toujours tapi dans l'ombre.

J'avais presque l'impression de parler à un fantôme.

En revenant du collège, ce lundi-là, je montai aussitôt me changer pour une tenue plus relax, jean, blouse et tennis. Puis je ressortis tout aussi vite et me hâtai d'aller voir Harley. Je vis sa moto derrière le garage, là où il la parquait sous une toile à bâche.

L'oncle Roy ne lui permettait pas de la ranger dans le garage, ce qui lui convenait très bien. Il aurait eu trop peur que mon oncle n'écrase sa chère machine en faisant exprès de rouler dessus.

Je frappai à la porte et ma tante vint m'ouvrir, en s'essuyant les mains à son tablier.

– Bonjour, Tante Glenda.

– Oh, c'est toi, Summer. Bonjour, ma chérie.

Elle ouvrit la porte et s'écarta en souriant.

– Quel bel anniversaire tu as eu, et quelle avalanche de cadeaux ! C'est exactement le genre de fête que j'aurais souhaité pour les seize ans de Latisha.

– C'était merveilleux, en effet. Est-ce que Harley est là ?

– Harley ?

Le regard de ma tante se troubla. Elle hésita, comme si la question la prenait par surprise, et qu'elle n'était pas certaine de trouver la bonne réponse.

– Ah oui ! Il est là. Enfin je crois, s'empressa-t-elle d'ajouter.

– Il est dans sa chambre ?

– Sa chambre ? Ah oui, c'est ça. Il est dans sa chambre.

– Alors je monte le voir, dis-je en pointant le menton vers l'escalier.

Elle annonça tout à trac :

– Il faut que j'aille écraser des pommes de terre, Roy adore ma purée.

– Tu la réussis très bien, approuvai-je, ce qui lui rendit le sourire.

Toute contente, elle repartit vers sa cuisine. Je la suivis des yeux un instant avant de monter à l'étage, où j'appelai Harley. Sa porte était fermée. Il ne répondit pas, n'ouvrit pas non plus, et je frappai légèrement au chambranle.

– Harley ?

Toujours pas de réponse. Je tournai la poignée, poussai le battant et jetai un coup d'œil à l'intérieur. Harley était étendu sur son lit, à plat ventre. Pourquoi dormait-il à une heure pareille ? m'étonnai-je. J'attendis, mais il ne se retourna pas et demeura parfaitement immobile.

– Harley ?

J'attendis encore. Je savais qu'il m'avait entendue, qu'il ne pouvait pas dormir aussi lourdement.

– Va-t'en, Summer, finit-il par grommeler.

– Mais pourquoi ? Tu es malade ?

– Ouais, c'est ça. Je suis malade. Sors d'ici avant d'attraper quelque chose.

– Qu'est-ce que tu as ? Peut-être devrais-tu voir un médecin ?

– Mais oui, dit-il avec un rire bref. Un médecin, bien sûr.

Je n'étais pas plus avancée.

– Enfin Harley, qu'est-ce que tu as ? Tu n'es pas allé au lycée, aujourd'hui ?

– Non, répliqua-t-il rudement, et je n'ai pas l'intention d'y retourner. Rentre chez toi, tu veux bien ?

– Harley Arnold, tu ferais mieux de me dire ce qui se passe.

Il soupira pesamment. Je restai plantée là, en attente, le cœur battant comme un marteau-piqueur. Quel comportement bizarre, quand même. Qu'est-ce qui avait bien pu provoquer chez lui ce changement soudain ?

Avec lenteur, il se retourna et se mit sur son séant. Mon cœur manqua un battement, j'étouffai un hoquet de surprise. Sous son œil droit, copieusement cerné de bleu et de noir, s'étalait une hideuse boursouflure qui lui déformait les traits.

– Qu'est-ce qui t'est arrivé ? m'écriai-je.

– Je suis rentré dans une porte.

– Harley ! Dis-moi la vérité.

Il baissa la tête, respira un grand coup et débita :

– Lorsqu'il est revenu de chez toi, après ta fête, nous nous sommes disputés, Roy et moi. Je me suis mis en rogne et je lui ai lancé une chaise. Il l'a esquivée, je suis tombé la tête la première, et je me suis écrasé la figure sur le siège. J'ai failli m'assommer.

– C'est bien vrai, ça, Harley ? Il ne t'a pas tapé dessus ?

– J'aurais préféré, grogna-t-il. Tu crois que je me sens malin de m'être fait ça tout seul ? Lui, au contraire, il m'a relevé, chargé sur son épaule, emmené dans ma chambre et jeté sur mon lit. Après quoi, il est allé me chercher un morceau de viande en guise de compresse. Ça n'a pas servi à grand-chose, apparemment.

– Tu n'es pas beau à voir, dus-je admettre, incapable de lui mentir.

– Je sais bien. C'est pourquoi je ne me suis pas brossé les dents ni les cheveux pour aller au lycée.

– Il faut que tu y retournes, et tu ne peux pas attendre que ton œil soit guéri, Harley. Il ne reste pas tellement de jours de classe.

Il haussa les épaules.

– Qu'est-ce que ça changera, de toute façon ?

– Je croyais que je devais t'aider à préparer ton bac ? Nous l'avions décidé ensemble, non ? Tu as promis d'essayer si je t'aidais, Harley Arnold. Tu ne peux pas laisser tomber pour un œil au beurre noir. Tu y vois toujours, de cet œil-là ?

– Oui, admit-il.

– Alors tu peux lire, écrire et étudier. Bon, maintenant je rentre. Tu vas te lever, t'habiller, rassembler tes livres et venir me rejoindre dans…

Je consultai rapidement ma montre.

– ... disons vingt minutes. Nous travaillerons deux heures.

– Deux heures !

La main déjà sur la poignée, je me retournai.

– Deux heures, pas une minute de moins. Et surtout, brosse-toi les dents et les cheveux.

Il ébaucha un sourire, qui s'acheva en grognement de douleur.

– Peut-être as-tu appris quelque chose sur ton sale caractère, finalement, commentai-je. Mais je t'avouerai que j'en doute.

Je refermai la porte en souriant toute seule et me hâtai de redescendre. Moins de vingt minutes plus tard, Harley se présentait à l'entrée de la maison, ses livres sous le bras et les cheveux soigneusement tirés en arrière.

– Alors ? s'enquit-il. Satisfaite de l'inspection ?

– Nous verrons. Viens, nous nous installerons dans le bureau.

Mes parents regardaient la télévision dans la salle de séjour. Je les avais déjà prévenus que Harley viendrait travailler, et leur avais parlé de son œil au beurre noir. En leur donnant pour ça l'explication qu'il en donnait lui-même, mais ils avaient semblé sceptiques. Maman s'efforça de paraître ne rien remarquer, mais ses yeux s'agrandirent quand elle vit sa joue enflée.

– Bonsoir, dit-il brièvement, et mes parents se contentèrent d'un signe de tête.

– Qu'est-ce que tu leur as dit ? s'enquit-il quand nous nous éloignâmes.

– Exactement ce que tu m'as dit toi-même.

– Ils n'ont pas tellement l'air d'y croire.

Je m'arrêtai pour le regarder bien en face.

– Ça t'étonne ?

Il rit de bon cœur, et moi aussi.

Nous passâmes dans le bureau, et commençâmes par le programme de sciences sociales du bac. Tout le reste de la semaine, nous conservâmes le même horaire. Puis, à mesure que les examens approchaient, nous prolongeâmes nos séances de travail. Papa s'inquiétait de me voir consacrer tant de temps à aider Harley, au détriment de mes propres révisions, selon lui. Mais je l'assurai que ce n'était pas le cas.

Je ne tardai pas à découvrir que, s'il se concentrait réellement sur quelque chose, Harley comprenait particulièrement vite. Au début, papa vint jeter un coup d'œil de temps en temps dans le bureau, comme en passant. Chaque fois qu'il faisait cela, Harley levait sur moi un regard sardonique. Je me contentai de l'ignorer, jusqu'au moment où Mme Geary se mit à faire quelques apparitions, sous prétexte de venir chercher quelque chose ou de donner un coup de chiffon.

Son manège réveilla l'humeur sarcastique de Harley.

– Serait-ce un vent de paranoïa que je détecte dans cette maison ? persifla-t-il.

Je ne trouvai aucune excuse à lui fournir, et ignorai cela aussi. Mais je décidai que, pour les deux derniers jours, nous étudierions dans ma chambre. Et là, je fermai la porte.

Quand nous étions enfants, Harley venait de temps en temps dans ma chambre, mais au cours des cinq dernières années il n'y avait pratiquement pas mis les pieds. Je ne pouvais même pas me rappeler quand il y était venu pour la dernière fois. Une fois entré, il resta sur le seuil à regarder autour de lui, observant avidement la pièce dans ses moindres détails, comme s'il tentait de les graver pour toujours dans sa mémoire. J'avais accroché le dessin qu'il m'avait offert au-dessus de mon lit, et il sourit en le voyant. Je haussai les sourcils.

– Qu'est-ce qui t'amuse ?

– Que tu aies mis ça là. Personne n'y a trouvé à redire ?

– Non, et d'ailleurs c'est ma chambre ; j'aime ce dessin et je tiens à ce qu'il soit bien en vue, répliquai-je, ce qui lui fit manifestement plaisir.

Je vis ses yeux s'illuminer.

– Tu peux prendre la chaise du bureau, dis-je en m'asseyant sur mon lit.

Nous devions procéder à une sorte d'examen blanc, dans lequel je serais le professeur et lui le candidat. Je feuilletai ses livres et ses notes, m'installai confortablement et commençai à dicter mes questions.

Harley se pencha sur sa feuille et commença d'écrire, non sans lever fréquemment les yeux sur moi. Tandis qu'il travaillait, je me plongeai dans mes propres révisions, de sorte que je ne savais pas vraiment s'il me regardait ou pas. Mais au bout d'un moment, me sentant observée, je levai la tête et m'aperçus qu'il me dévorait des yeux.

Je portais une jupe et un chemisier, avec les cheveux dénoués sur les épaules. Ce dont je ne m'étais pas rendu compte, c'est que les trois boutons du haut de mon chemisier s'étaient défaits. Dans la position où je me trouvais, appuyée sur un coude, ma poitrine devait être aussi découverte que si j'avais été en maillot de bain. Je ne voulais pas montrer que je m'en étais aperçue, ni donner l'impression à Harley que je l'avais surpris en flagrant délit d'indiscrétion. Mais quand même… Je me redressai précipitamment, plaquai les mains sur mon chemisier, puis demandai le plus négligemment possible :

– Alors ? Ne me dis pas que tu as déjà terminé ?

– C'était plus facile en bas, avec toutes ces interruptions.

– Et pourquoi ?

– Parce que je n'osais rien faire d'autre que de me concentrer sur mes devoirs, voilà pourquoi.

– Et alors ?

Le regard de Harley dériva vers la porte close, puis revint sur moi.

– Eh bien ? l'incitai-je à poursuivre.

– Ici, je ne peux pas te regarder sans avoir envie de t'embrasser.

Il avait répondu sans l'ombre d'une hésitation, et pendant un long moment je restai sans voix. J'essayai d'avaler ma salive, mais sans y parvenir. Harley haussa les épaules et se leva.

– Peut-être qu'après ça, je pourrai me concentrer, dit-il d'une voix on ne peut plus détachée.

Puis il s'approcha tranquillement du lit, se pencha pour me prendre par les épaules et posa ses lèvres sur les miennes. J'étais trop stupéfaite pour lui opposer la moindre résistance. Quand sa bouche quitta la mienne, après un long baiser brûlant, j'avais toujours les yeux fermés.

À peiné les avais-je ouverts qu'il m'embrassait à nouveau. Puis il se releva, recula d'un pas et je repris mon souffle.

– Maintenant, je me sens mieux, déclara-t-il en regagnant sa place.

Il fourragea dans ses notes et se retourna vers moi.

– J'ai manqué la fin de la dernière question, numéro dix.

Le stylo en l'air, il attendit un instant et répéta :

– Question numéro dix ?

J'émergeai enfin de ma transe.

– Pardon ? Ah oui, la dix. C'est au sujet de *Macbeth*.

Je feuilletai rapidement mon cahier de notes, en jetant de temps en temps un coup d'œil à Harley. Chaque fois, je le surprenais en train de sourire aux anges. Finalement, je trouvai la question et la lui relus. Avec un signe d'assentiment, il se pencha sur sa feuille.

Je portai la main à mes joues : elles me semblaient en feu. Puis je reboutonnai vivement mon chemisier, parvins enfin à déglutir et respirai longuement, profondément.

Harley parti, je veillai aussi longtemps qu'il le fallut pour préparer mes propres contrôles. Mais avant de me mettre au lit, je restai un moment toute nue devant ma fenêtre, contemplant au loin une autre fenêtre allumée : celle de Harley. Aussi longtemps que je la regardai, je crus sentir ses yeux fixés sur moi. Son baiser s'attardait encore sur mes lèvres quand je posai ma tête sur l'oreiller.

Je ne m'endormis pas avant d'avoir atteint mon plus intime refuge, ce lieu secret au plus profond de moi, protégé de tout mal. Là, aucun accident ne pouvait arriver. Les gens ne se querellaient jamais, personne ne pleurait. Si par hasard il pleuvait, chaque goutte de pluie était pleine de douceur et de lumière. Et toujours, après l'ondée, on voyait resplendir l'arc-en-ciel.

Deux jours plus tard, les examens commencèrent.

Harley réussit toutes ses épreuves, l'oncle Roy lui-même en fut impressionné. Il ne put que grommeler un vague : « Ouais, sûr », lorsque papa offrit de nous emmener tous au restaurant pour fêter notre double succès.

Aussitôt, maman décida d'aider Tante Glenda à préparer ces festivités. Il fallait la convaincre d'acheter de nouveaux vêtements, et je conduisis maman chez elle pour qu'elles puissent en parler.

Comme toujours, la seule idée de se montrer en public figea de terreur les traits de ma tante. Mais maman sut si bien s'y prendre qu'elle finit par la décider. Après avoir discuté calmement devant une tasse de thé, promis à Tante Glenda qu'elle l'accompagnerait partout pour ses achats, maman obtint enfin son consentement. Elle fit valoir que Harley méritait bien qu'on célèbre sa réussite.

– Il a travaillé dur, Glenda. Il faut qu'il te voie sourire de fierté, le jour de la remise des diplômes. Il en a besoin.

Je crus que ma tante allait fondre en larmes. Ses yeux s'embuèrent, mais elle se maîtrisa et acquiesça d'un signe de tête. Puis elle regarda par la fenêtre de derrière, en direction de la tombe de Latisha, et soupira.

– Cela aurait pu être un jour si merveilleux pour nous tous !

– C'en sera un pour Harley, fit valoir maman.

Comme elle s'en tirait bien avec une femme aussi fragile que Tante Glenda ! Ce jour-là, je me sentis très fière d'elle. D'où lui venait une pareille sagesse ? Elle avait passé presque toute sa vie d'adulte clouée dans ce fauteuil, ou à pratiquer sa thérapie. Elle aurait pu mener une vie cosmopolite, voyager, rencontrer toutes sortes de gens remarquables. Et pourtant, jamais elle ne s'apitoyait sur elle-même. Elle restait quelqu'un de lumineux, et la lumière qui brillait en elle était comme un phare dans l'obscurité.

Entraînée par elle, Tante Glenda se rendit dans un salon de beauté pour une coupe de cheveux, un brushing et une manucure. Dans un grand magasin, elles s'arrêtèrent au rayon parfumerie, où l'esthéticienne entreprit de relooker ma tante et lui fit quelques suggestions. Quand maman et elle eurent choisi une nouvelle robe, des chaussures et un sac assortis, Tante Glenda n'était plus la même. On aurait dit qu'elle avait reconquis sa jeunesse et sa beauté.

Le plus impressionné par cette transformation fut mon oncle, à qui cela donna des idées. Dès le lendemain, sans tambour ni trompette, il alla lui aussi s'acheter de nouveaux vêtements. Harley fut abasourdi par ce changement. Mais loin de s'en réjouir, il n'en parut que plus soucieux. Je m'en aperçus en allant le voir pendant qu'il fourbissait sa moto.

– Tu as vu comme ta mère est belle avec sa nouvelle coiffure, Harley ?

Accroupi près de sa machine, il fit signe que oui sans cesser de frotter.

– Et l'oncle Roy, poursuivis-je sans me laisser rebuter. Papa nous a parlé de son super costume. Il est allé chez le même tailleur que papa, tu te rends compte ?

Toujours muet, Harley se concentra sur une minuscule pièce mécanique, comme si l'avenir de la planète dépendait de sa propreté.

– Harley Arnold, tu pourrais au moins m'octroyer un de tes fameux grognements, le houspillai-je.

Il cessa son astiquage, se releva et daigna enfin répondre :

– Tout ça me déprime, si tu veux le savoir.

Sur ce, il s'éloigna en direction du lac. Je courus pour le rattraper.

– Mais pourquoi, enfin ?

– J'ai mon bac, la belle affaire ! Quand les bravos et les flonflons seront terminés, que va-t-il se passer ? Je n'ai même pas fait de demande pour une université, ni pour un emploi, ni pour l'armée.

« Nous assisterons à la cérémonie, nous irons dîner avec tes parents, puis nous rentrerons à la maison pour… pour rien du tout. Ma mère accrochera sa robe neuve dans la penderie, rangera ses chaussures et son sac, et Roy fera pareil avec son complet. Tout ça n'aura été que... qu'une coupure dans ma chienne de vie.

Cette fois, je me fâchai.

– Tu as fini, oui ?

J'avais bel et bien tapé du pied, ce qui lui arracha un sourire étonné. Je continuai sur ma lancée.

– Arrête de ne voir que le mauvais côté des choses, tu veux ? Tu te trompes complètement. Il ne s'agit pas d'un simple intermède dans ta triste existence, Harley Arnold. Tu as réussi quelque chose, et maintenant tu vas faire encore plus, et encore mieux.

« Lundi, va voir M. Springer, le conseiller d'orientation. Il y a des tas de grandes écoles qui sont prêtes à t'accueillir en première année.

– Mais oui. Et qui paiera la note ?

– Je suis sûre que si tu es accepté, l'oncle Roy s'en chargera. Et tu peux très bien gagner de l'argent en travaillant avec lui cet été. Tu le fais toujours.

– C'est juste, dut-il admettre, plutôt dubitatif.

Je considérai cela comme un encouragement.

– Il faut que tu essaies, Harley. Ne laisse pas passer ta chance.

– Moi ? À l'université ?

– Il y a quelques semaines, si je t'avais parlé de passer ton bac tu m'aurais ri au nez, non ? Eh bien ? m'obstinai-je comme il ne répondait toujours pas.

– Je crois que oui.

– Alors continue à croire, et crois en des choses de plus en plus grandes et de plus en plus belles.

Il eut un bon sourire franc.

– Tu es étonnante, Summer. Tu me fais penser à ce vieux chêne que la foudre a frappé, il y a des années de ça.

Il fit un signe de tête en direction de l'arbre et enchaîna :

– Il lui a poussé de nouvelles branches et il a continué à vivre, en s'accrochant au moindre petit rayon de soleil. Je parie que si l'herbe ou les fleurs sauvages ont un coup de déprime, il leur infuse son rayonnement et leur rend l'espoir.

– Traite-moi de vieux chêne si ça te chante, ou de tout ce que tu voudras, mais n'abandonne pas, répliquai-je.

Il pouffa, mais reprit aussitôt son air grave.

– Qu'est-ce que je vais faire quand tu seras partie ?

Chaque été depuis quatre ans, je faisais un stage de musique à Williamsburg où j'étudiais le piano, la clarinette, et jouais dans l'orchestre de l'école. C'était une petite école, accueillant cinquante élèves en tout, les chambres des garçons et celles des filles séparées en deux zones strictement délimitées. La session ne durait que six semaines, mais elle se déroulait à un rythme intensif. En général, papa et maman venaient me voir pour le week-end. À la fin du stage, nous donnions un récital pour nos familles et nos amis, auquel assistait un nombreux public local. À Williamsburg, l'école Pelham jouissait d'une excellente réputation.

Nous y trouvions aussi de quoi nous détendre et nous livrer à toutes sortes d'activités. Il y avait une piscine, des séances de cinéma bihebdomadaires. Et une fois par semaine, des soirées dansantes où, tour à tour, des étudiants de l'école formaient un petit orchestre. Dans le pavillon des pensionnaires, moderne et très confortable, nous étions toujours deux par chambre. Au cours des deux dernières années, j'avais partagé la mienne avec la même camarade, une fille d'un an plus âgée que moi. Elle s'appelait Judy Foster et venait de Richmond, au Kentucky. C'était une étudiante très sérieuse, un peu collet monté à mon avis.

Depuis l'instant où elle avait jeté les yeux sur ma mère et compris que j'avais du sang noir, j'avais nettement senti un froid se glisser entre nous. Heureusement, cette année, une autre jeune fille devait lui succéder.

– Peut-être pourrais-tu venir me voir ? suggérai-je à Harley, qui ne l'avait jamais fait jusqu'ici. Je sais que c'est loin et que tu…

– C'est vrai ? Ça te ferait plaisir ?

– Naturellement. Mais seulement si tu promets d'essayer de faire quelque chose de ta vie, et de ne pas te laisser aller à la dérive, comme des tas de garçons d'aujourd'hui, Harley Arnold.

– Promis-juré, madame Du Chêne.

Je ris avec lui, et il me proposa une promenade en canot.

– C'est moi qui serai de corvée, décréta-t-il. Tu n'auras rien d'autre à faire qu'à te prélasser.

C'est exactement ce que je fis, une fois que nous eûmes pris le large, et nous restâmes un long moment silencieux. Le soleil commençait à s'abaisser derrière les arbres, de longues ombres se projetaient sur le lac. Une brise légère, rafraîchissante et douce, soufflait sans interruption.

– Et toi, dit soudain Harley, que feras-tu après ton bac ?

– Je continuerai la musique, je suppose. Et si je suis assez bonne, peut-être que je ferai partie d'un orchestre et jouerai dans des grandes salles, comme le Lincoln Center de New York. J'essaierai de rentrer dans une bonne école de musique.

– Tu rentreras où tu voudras aller, affirma-t-il.

– C'est toi qui joues les monsieur Du Chêne, maintenant ?

Il rit, puis reposa les avirons et nous laissa dériver. Des moineaux et des rouges-gorges commençaient leur tournée crépusculaire, en quête de leur dîner. De temps en temps, un de ces poissons que l'oncle Roy nommait perches montait à la surface, comme s'il espérait des miettes.

Harley se pencha en avant, fixant le fond du canot.

– Quand j'avais douze ans, commença-t-il, l'idée que nous pourrions être cousins s'est mise subitement à me tracasser. Va savoir pourquoi, ça ne m'était jamais venu à l'esprit avant.

– Et en quoi cela pouvait-il t'inquiéter ?

– J'étais assez grand pour comprendre que, si nous étions cousins, nous ne pourrions jamais être un couple d'amoureux.

– Tu ne m'avais jamais dit ça.

– J'étais trop timide. Je le suis toujours, d'ailleurs. Et je ne te le dis pas, je le dis au plancher du bateau.

En riant, je me penchai pour lui donner une tape sur la tête, et l'obliger à la relever. Il le fit, très lentement, et nos regards se nouèrent.

– Ensuite, reprit-il bravement, j'ai réfléchi que nous étions trop proches, comme si nous étions parents ; et qu'à cause de ça, tu ne pourrais jamais me regarder comme tu regardes un Chase Taylor. Après ça, je me suis dit que nous étions exactement comme ta mère et Roy. Que c'était peut-être ça, la malédiction familiale dont ta mère a tellement peur.

– Nous ne sommes pas dans la même situation, Harley. Nous avons passé notre enfance ensemble, mais nous n'avons pas été élevés comme si nous étions frère et sœur. Ce n'est pas du tout pareil. Et si tu entendais maman décrire cette époque de sa vie, tu comprendrais pourquoi. Ne vois pas les choses ainsi.

– Je n'y tiens pas, rétorqua-t-il en riant, ça je peux te l'affirmer.

Il s'interrompit, hésita, et avala sa salive.

– J'ai un autre aveu à te faire, Summer. Quand je vous ai vus dans cette barque, Chase et toi, le jour de ton anniversaire, j'ai été tellement jaloux que j'en perdais la respiration. C'est pour ça que je l'ai poussé du radeau et que je me suis bagarré avec lui. Pas pour défendre l'honneur d'Amber, ni rien de ce genre.

– Je m'en doutais un peu, figure-toi.

– Et tu m'en veux pour ça ?

Je détournai les yeux. Non, je ne lui en voulais pas. Et pour être franche, je trouvais même plutôt excitant que deux garçons se battent pour moi. Mais je savais aussi que ce n'était pas bien de ma part, et que ces histoires pouvaient très mal finir.

– Non, Harley. Je suis contente de voir que je compte pour toi, mais pas de te voir te fourrer dans les ennuis, dis-je enfin.

Un klaxon retentit, et nous vîmes que papa était rentré. Il descendit, nous regarda de loin et je lui fis signe. Harley empoigna les avirons, fit virer le canot et rama vigoureusement vers la berge, puis m'aida à débarquer.

– Merci pour la promenade, dis-je en sautant sur le ponton.

– Elle était bien trop courte.

– Il y en aura d'autres, tu verras.

Ses traits s'illuminèrent.

– Entendu, madame Du Chêne.

– À bientôt, monsieur Du Chêne.

Papa s'était rapproché, je courus au-devant de lui. Quand il m'eut embrassée, je vis qu'il regardait du côté de Harley d'un air songeur, presque soucieux.

– Tout va bien ? s'enquit-il.

– Parfaitement bien, papa.

– À présent, Harley va devoir prendre d'importantes décisions pour son avenir, observa-t-il, toujours sans le quitter des yeux.

– Je sais, nous en avons parlé. Il va essayer de s'inscrire en faculté. Tu connais son talent pour le dessin d'architecture, papa. Il adore tracer des plans d'immeubles, de ponts, de toutes sortes de choses, en fait. Il est vraiment très doué, je t'assure. Il pourrait devenir quelqu'un.

– Mais oui, ma chérie.

– Tu pourrais peut-être l'aider, toi aussi, papa ?

– J'essaierai, c'est promis. Mais toi, sois prudente dans tes choix, me mit-il en garde. Ne t'emballe pas trop vite pour qui que ce soit, on est souvent déçu dans nos rapports avec les gens. Il faut d'abord que tu sois sûre de toi, Summer. Avant de t'engager dans une direction quelconque, regarde bien où tu mets les pieds ; c'est la seule façon de ne pas tomber sur le nez. Tu comprends ce que je veux dire ? insista-t-il en me dévisageant d'un œil aigu.

Je lui souris.

– Oui, papa, je comprends. Tu veux que je sois comme le vieux chêne.

– Le vieux chêne ? (Il regarda en direction de l'arbre.) Ah, je vois ! Oui, c'est tout à fait ça, convint-il, amusé.

Puis il m'entoura de son bras et nous prîmes le chemin de la maison.

Le lendemain avait lieu la remise des diplômes aux bacheliers. Harley n'avait jamais été aussi beau, et ses parents ne passaient pas inaperçus, eux non plus. Dans leurs vêtements neufs et coiffés avec art, ils avaient réellement beaucoup d'allure. Maman et moi nous tenions la main, et j'étreignis la sienne quand les bacheliers défilèrent et montèrent sur le podium. Après les discours d'usage, le directeur commença l'appel des élèves récompensés par un prix. Je me sentais un peu triste pour Harley. La cérémonie allait bientôt finir, sans qu'il ait eu la moindre occasion de briller.

C'est alors que survint la surprise de la journée. C'était à lui que son professeur d'arts plastiques avait décerné le prix de sa promotion. Harley fut tellement abasourdi qu'il fallut appeler son nom à deux reprises, ce qui provoqua quelques rires. Tante Glenda rayonnait. Quant à l'oncle Roy, il paraissait sincèrement impressionné. Il jeta un coup œil à maman, qui lui répondit d'un sourire. Mais il était tellement surpris qu'il n'eut pas le réflexe de prendre une photo, et papa se hâta de le faire à sa place.

Après quoi, mon oncle broya la main de Harley dans la sienne et la secoua tant et plus, manquant de lui arracher le bras. Quelques-uns de ses collègues de travail vinrent le féliciter, lui aussi, ce qui ne fut pas pour lui déplaire. Tour à tour, nous allâmes tous embrasser Harley et lui donner l'accolade. Puis, comme nous revenions vers les voitures pour aller célébrer l'événement, Harley me prit à part.

– Je tiens à te remercier pour tout ça, Summer.

– Remercie-toi toi-même, répliquai-je. C'est à toi que tu dois ton succès.

Le dîner fut une réussite. Aussi loin que remontent mes souvenirs, jamais nous n'avions donné à ce point l'impression d'être une vraie famille. Tante Glenda paraissait au comble du bonheur, elle qui depuis tant d'années n'en connaissait plus le sens. Pour quelques heures au moins, elle échappait à l'oppression de son chagrin.

Le lundi, selon sa promesse, Harley alla voir le conseiller d'orientation pour remplir, même si la date limite était passée, quelques formulaires d'admission. Deux jours plus tard, papa et moi chargions mes bagages dans le van pour aller à Williamsburg. Harley, quant à lui, avait déjà commencé à travailler pour l'oncle Roy, sur un projet que nous réalisions pour le comté.

Quand il fut temps de partir, je fis traîner les choses, espérant que Harley viendrait me dire au revoir. Il avait promis de venir, même s'il s'était levé aux aurores et travaillait depuis des heures. Et pourtant, il semblait bien qu'il ne viendrait pas, finalement. Maintenant c'était l'heure, et je ne pouvais pas faire attendre maman trop longtemps dans le van. J'étais affreusement déçue quand nous démarrâmes.

Mais juste comme nous abordions le tournant, j'entendis le vrombissement de la moto de Harley ; quelques instants plus tard, il était là. Papa freina pour que je puisse lui dire au revoir.

– Fais vite, ma chérie, me recommanda-t-il.

Harley s'excusa.

– Désolé. J'étais en plein dans un truc que je ne pouvais laisser en plan.

– Ce n'est pas grave. Je suis contente que tu aies pu venir, même pour quelques secondes.

– Tu me manqueras, tu sais.

– Tu raconteras ça au vieux chêne, dis-je en jetant un coup d'œil du côté du van.

Papa nous observait dans le rétroviseur latéral. Impulsivement, je saisis la main de Harley et le tirai vers moi, hors du champ de vision de papa. Puis, vivement mais fermement, je lui donnai mon baiser d'adieu.

Il sourit, je me hâtai de remonter dans le van et nous redémarrâmes. Harley nous suivit un moment avant de nous dépasser, puis de bifurquer vers la droite.

La main haut levée, comme toujours.

Et plus certain que jamais, je le sentis, que j'avais guetté son geste.

5

Âmes sœurs

Pour la session d'été, les cours de l'école de musique Pelham avaient lieu dans un complexe résidentiel, tout près de la ville de Williamsburg. L'école elle-même devait son nom à Peter Pelham, venu en Amérique en 1726. Il avait passé bon nombre d'années à Boston où, après avoir étudié la musique, il était devenu l'organiste de Trinity Church. C'est vers 1750, comme l'indiquait la brochure de l'école, qu'il s'était fixé à Williamsburg, où il devint organiste de la Bruton Parish Church. Il enseignait aux jeunes dames de l'époque le clavecin et l'épinette, et c'est lui qui dirigeait l'orchestre pour la création de l'*Opéra de Quatre Sous*.

Nos professeurs et conseillers d'éducation, pendant la session d'été, s'évertuaient à nous inculquer un certain sens du décorum et de l'histoire. Mais un simple coup d'œil au pavillon-dortoir révélait, sans erreur possible, que quatre bonnes douzaines d'adolescents modernes en étaient les occupants. Affiches de rock et de cinéma, ou posters humoristiques, avaient aussitôt été placardés sur les murs nus. Et bien que tout le monde étudiât la musique classique, des airs de rock, de country et de pop-musique filtraient par toutes les portes et fenêtres.

Pour venir en cours, les garçons devaient être en pantalon long, chemise blanche et cravate. Les filles en jupe noire (ourlet à la cheville) et en chemisier blanc. Elles n'avaient pas droit au pantalon, et encore moins au short naturellement.

Après cinq heures, les cours terminés, nous étions libres de nous vêtir de façon moins formaliste. Et si la tradition voulait que, pour le dîner, une certaine rigueur soit maintenue, tout changeait dès la sortie de la cafétéria. Chacun s'empressait d'adopter la tenue décontractée de son choix. Il n'était pas rare de croiser dans les couloirs des élèves en jeans usagés, tee-shirts informes, et marchant pieds nus.

Le couvre-feu était une règle absolue. À dix heures du soir en semaine, onze heures pendant le week-end, radios, lecteurs de cassettes ou de CD, postes de télévision, tout devait être éteint. On pouvait garder la lumière allumée, sans restriction aucune, mais il était fortement conseillé de se coucher tôt. En effet, on servait le petit déjeuner de six heures trente à sept heures trente, et le premier cours commençait à huit heures.

La piscine était ouverte pendant le week-end, mais bikinis et monokinis étaient strictement interdits. À la moindre récrimination, nos professeurs et conseillers d'éducation nous rappelaient leur propre responsabilité, à commencer par le directeur, le Pr Richard Greenleaf.

– Pendant votre séjour chez nous, avait-il déclaré dans son discours d'accueil, vous devez obéir à notre règlement. Nous nous sommes engagés envers vos parents à les remplacer auprès de vous. Nous sommes leurs substituts, et nous ne tolérons aucune infraction à nos règles de sécurité. Pour illustrer le sérieux de mon propos, je vais vous lire un extrait de la brochure d'information qui vous a été remise à votre arrivée. À seule fin d'éviter tout malentendu, avait-il précisé.

Puis, après avoir rectifié la position de ses lunettes, il avait commencé d'une voix nettement plus grave :

– Il est rigoureusement interdit de fumer dans les chambres, quelle que soit l'heure. Tout élève surpris à manipuler un détecteur de fumée, pour le fausser ou le mettre hors d'usage, sera renvoyé sur-le-champ et poursuivi en justice. Aucune boisson alcoolique ne sera tolérée sur ce campus. Aucune drogue illégale n'y sera consommée ou introduite. Il va sans dire que tout acte de vandalisme, toute atteinte aux biens matériels de l'établissement, sera considéré comme une insulte envers la Direction de l'école. La plus stricte bienséance est exigée pendant les cours.

« Nous partageons tous ici un objectif essentiel : parfaire notre éducation musicale. Tout le reste est secondaire. Vous êtes ici parce que vos parents ont fourni l'effort financier nécessaire pour vous le permettre. Ils ont confiance en nous, ils attendent beaucoup de cette session ; et nous entendons faire tout notre possible pour répondre à cette confiance et à cette attente.

« Vous bénéficiez d'un enseignement de qualité, de moyens techniques de haut niveau. Amusez-vous bien mais travaillez dur, très dur. Et faites que cette session d'été soit la meilleure de toutes celles qui se soient déroulées jusqu'ici.

Une ovation avait accueilli ce discours, venue aussi bien des élèves que des familles et des amis qui les avaient accompagnés. Puis on avait servi un lunch, et nous avions été présentés à nos enseignants. Mon professeur de piano était revenu, pour mon plus grand plaisir. M. Littleton, un petit homme grisonnant, aux joues roses et aux sourcils broussailleux, était d'un caractère affable. Il avait un regard bleu très chaleureux, une patience infinie, et savait nous persuader que nous pouvions toujours mieux faire. Qu'il dépendait uniquement de nous d'aller encore un peu plus loin.

Tout d'abord, je crus que j'allais être seule dans ma chambre. Une certaine Sara Burnside, de Richmond, était censée la partager, mais elle n'avait assisté ni au discours d'introduction ni au lunch. J'étais en train de défaire mes valises et de ranger mes affaires, quelques heures plus tard, lorsqu'un choc bruyant retentit juste à ma porte et me figea sur place. J'étais seule. Papa et maman étaient partis depuis longtemps, afin d'être à la maison pour le dîner. Maman détestait les adieux qui s'éternisent, et papa estimait qu'il fallait trancher dans le vif, sans attendre que tout le monde ait la larme à l'œil. Il faillit presque y arriver. Mais au dernier moment, j'avais vu maman s'essuyer furtivement les joues.

La porte s'ouvrit d'un coup et une petite brunette d'à peine un mètre cinquante se propulsa dans la pièce, chargée d'une énorme valise et d'un étui à trombone. Son ample robe en cotonnade fleurie flottait autour d'elle, aussi vaste qu'une toile de tente. Un collier de coquillages bleus lui tombait presque jusqu'à la taille, et un pendentif assorti ornait son oreille droite. Ses lèvres étaient fardées de blanc, comme si elle les avait enduites de bougie, et des taches de son constellaient ses tempes et ses pommettes. À part ça, elle était plutôt mignonne avec ses bouclettes châtaines, ses traits aux proportions parfaites, ses yeux noisette au tracé ravissant et ses sourcils bien dessinés. En dépit de sa tenue un tantinet provocante, son visage respirait la délicatesse et la douceur.

– Désolée, s'excusa-t-elle, avant de promener le regard autour d'elle. Chouette alors ! C'est grand, ici.

Je ne pus m'empêcher de penser que, pour ce petit bout de fille, n'importe quelle pièce aurait semblé grande, même une simple penderie. Je me présentai.

– Bonjour, je suis Summer Clarke.

– Je sais. Et tu sais que je suis Sara Burnside, non ?

– En effet, admis-je en souriant. Pourquoi arrives-tu si tard ? Tu as manqué la réunion d'information.

Elle esquissa une grimace.

– C'est à cause de ma mère. Elle est brouillonne comme tu n'imagines pas ! Le chaos personnifié. Si elle n'avait pas ma grand-tante Margaret pour tenir ses comptes, il y a beau temps qu'elle aurait fermé boutique.

– Et qu'est-ce qu'elle fait dans la vie ?

– Elle tient un café très connu à Richmond, La Pleine Lune.

– Elle est là ? demandai-je en jetant un coup d'œil dans le couloir, étonnée que personne n'ait accompagné Sara.

– Non. Elle a dû filer à l'aéroport. Elle était en retard pour son vol de retour, en fait, ajouta Sara, en soulevant son bagage à deux mains.

Je bondis pour l'aider, et nous hissâmes la pesante valise sur son lit. Puis elle alla chercher son trombone et ferma la porte.

– Le tien c'est quoi ? s'enquit-elle.

– Le mien ?

– Ton instrument ?

– Oh ! Je joue de la clarinette et du piano.

– J'ai déjà bien assez de mal avec un seul, commenta-t-elle. Au fait, c'est la première fois que je viens ici.

– Je sais. Je viens depuis quatre ans et je ne t'ai jamais vue.

– Quatre ans ! (Sara haussa comiquement les sourcils). Tu dois être une vraie virtuose, maintenant.

– Non, rétorquai-je en riant. Pas vraiment.

Elle eut un haussement d'épaules fataliste.

– C'est ma mère qui a eu l'idée de m'envoyer ici. Pour parfaire ma culture, ajouta-t-elle d'une voix exagérément maniérée. Depuis son divorce, elle se donne un mal fou pour qu'on ne puisse pas l'accuser de ne pas m'élever comme il faut.

– Oh ! m'exclamai-je, découvrant seulement à l'instant que ses parents étaient divorcés. Je suis désolée.

– Il n'y a pas de quoi. C'est ce qu'on appelle un divorce à l'amiable. Mon père vient voir ma mère de temps à autre, et lui donne quelques conseils au sujet du café. Il travaille dans la distribution alimentaire, et La Pleine Lune représente un de ses plus gros débouchés.

– Pourquoi ont-ils divorcé ?

Une fois de plus, Sara haussa les épaules.

– Oh… sans raison particulière. Un jour, ils ont décidé qu'ils avaient fait une bourde en prononçant le fameux « jusqu'à ce que la mort nous sépare ». Nous étions tous dans le salon, je me souviens, et nous avons eu une discussion très raisonnable. En définitive, nous avons conclu que s'en remettre à la mort c'était perdre le contrôle de sa propre vie.

– Nous ? relevai-je.

– Mes parents m'ont toujours incluse dans leurs décisions. Ils estiment qu'elles m'affectent autant qu'eux, et trouvent qu'une famille devrait fonctionner comme une démocratie. J'avais environ trois ans quand j'ai commencé à donner mon avis.

– Trois ans ! Comment pouvais-tu les aider à décider quoi que ce soit, à cet âge-là ?

– Ils se fiaient à mon instinct, il faut croire. Ils devaient interpréter mes grognements et mes sourires, acheva Sara en ouvrant sa valise.

Il y régnait un impressionnant désordre. Ses objets

de toilette avaient été jetés pêle-mêle avec son linge, ses chemisiers, ses jupes et ses chaussures. Tous ces vêtements étaient entassés en vrac, mais elle avait soigneusement plié ses jeans.

– Est-ce que tu sais que tu ne portes qu'une boucle d'oreille ? lui demandai-je en riant.

Elle plaqua les mains sur ses oreilles et eut une grimace désolée.

– Oh, non ! Elle a dû tomber quand je suis allée récupérer mes bagages. Je suis sûre que je l'avais dans l'avion. Et puis tant pis ! comme dit ma mère chaque fois qu'elle fait une bêtise. Peut-être que je vais lancer une nouvelle mode : la boucle unique.

Et, en guise de démonstration, elle conserva exprès la seule qui lui restait. Je la regardai déballer ses affaires et les fourrer dans les tiroirs, aussi négligemment qu'elle les avait jetées dans sa valise.

– Quel âge as-tu, Sara ? finis-je par lui demander.

– Quinze ans. Et toi ?

– Tout juste seize.

Sans lever les yeux sur moi, elle s'enquit précipitamment :

– Comment sont les garçons, ici ?

– Très gentils, pour la plupart.

– Très gentils, répéta-t-elle, et cette fois elle daigna me regarder. Gentils comment ?

Je n'étais pas sûre de ce qu'elle voulait savoir au juste, mais elle m'éclaira.

– Est-ce qu'ils sont *trop* gentils ? Je déteste les garçons trop gentils. Avec eux, on ne peut pas s'empêcher de tout faire pour mettre quelque chose en train.

– Quelque chose en train ?

– Un flirt, ou une liaison torride. As-tu déjà été avec un garçon, ici ?

– Non, répliquai-je. À part danser, il ne s'est jamais rien passé de sérieux.

– Doux Jésus ! se lamenta-t-elle. C'est bien ce que je craignais.

– Quoi donc ?

Elle leva les bras au ciel.

– La culture. Ça ne m'a pas l'air d'une partie de plaisir.

Pour Sara Burnside, je m'en aperçus très vite, la timidité n'existait tout simplement pas. Quand je la présentais aux gens, elle leur parlait comme si elle les connaissait depuis toujours. Aucune inhibition ne la retenait de leur faire part de ses opinions, ni de ses commentaires sur leur tenue. Elle avait des expressions bien à elle, surtout lorsque quelque chose lui déplaisait ou l'ennuyait. Un désagrément banal était « *piouc* », mais une chose particulièrement odieuse était « *pfiouc* ». La nourriture qu'on nous servait, par exemple, n'était que piouc ; mais bon nombre d'articles du règlement entraient dans la catégorie *pfiouc.* Et à l'entendre, les règles en vigueur à l'école étaient purement et simplement des atteintes aux Droits de l'Homme.

La plupart des élèves la dévisageaient avec de grands yeux. Puis, quand ils étaient sûrs de n'être pas vus d'elle, ils me jetaient un regard de compassion en secouant la tête. C'était ma camarade de chambre, après tout.

En fait, il s'avéra que Sara parlait beaucoup de rébellion, mais sans jamais passer à l'acte. La plupart du temps, son esprit s'élançait dans toutes les directions à la fois, mais quand elle étudiait ou jouait, elle se révélait très brillante musicienne. Nos professeurs l'appréciaient tous beaucoup. Elle pouvait tenir des discours provocants, passer à tout instant de la grimace au sourire ; mais dès que l'embouchure de son instrument effleurait ses lèvres, toutes ces simagrées prenaient fin, laissant place à une merveilleuse musique.

D'emblée, Sara fut intégrée à l'orchestre des seniors et accueillie à bras ouverts par l'ensemble de jazz. Elle avait beau être ce qu'on appelle un numéro — et quel numéro ! —, cela ne l'empêcha pas de devenir populaire. Et elle adorait parader dans toute la cafétéria, faisant irruption dans un groupe ou un autre, pour y proclamer ses opinions à propos de tout et de rien. Il m'arrivait de penser qu'elle faisait exprès de braver ou de choquer les autres étudiants, juste pour s'amuser.

Notre chambre ne tarda pas à offrir l'aspect d'un écran de télévision coupé en deux, offrant deux vues simultanées. Mon côté était net, propre et bien rangé. Le sien montrait des tiroirs ouverts avec des vêtements pendant par-dessus bord, d'autres éparpillés sur des sièges ou même sur le sol. Son lit était rarement fait, et il y avait toujours quelque chose d'accroché à la porte de son placard, en général un chemisier ou une culotte. Mme Bernard, la gouvernante du pavillon-dortoir, venait souvent manifester sa désapprobation. Sara prenait toujours l'air attentif et concerné, se livrant parfois à une sévère autocritique. Mais dès que Mme Bernard avait quitté la pièce, elle poussait un « *pfiouc* » sonore et replongeait dans son cher chaos.

Sa mère avait amplement fourni sa garde-robe, et elle ne manquait ni de jupes, ni de chemisiers, ni de linge. Mais elle portait toujours la même paire de chaussures à semelles épaisses et talons géants, qui rendaient sa démarche des plus cocasses. À la voir clopiner entre le pavillon, les salles de classe et l'auditorium, on aurait dit qu'elle sautillait sur des échasses. Mais tout le monde acceptait cette fantaisie, qui ajoutait quelques centimètres à sa petite taille.

Elle adorait bavarder avant de s'endormir et, que cela me plaise ou non, je fus très vite au courant d'une quantité de choses concernant sa famille. J'appris, entre autres, qu'elle était née avant le mariage de ses parents, qui avaient vécu trois ans ensemble avant de régulariser leur situation.

– S'ils ne l'avaient pas fait, ils n'auraient pas eu tous ces frais de justice pour divorcer, commenta-t-elle. Le mariage, non merci. Très peu pour moi. J'ai l'intention d'avoir des liaisons avec trois ou quatre hommes différents, successivement bien entendu, puis d'aller vivre seule à Paris ou à Londres.

Je la dévisageai, les yeux ronds.

– Tu n'as pas envie de fonder une famille ?

– J'en aurai une, ou peut-être pas, mais en tout cas je ne renoncerai pas à mon indépendance. Ç'est une chose capitale, me sermonna-t-elle. Ne deviens jamais une Mme Tout-le-monde, qui ne vit qu'à travers son mari. Nous avons été libérées de tout ça. Les hommes doivent nous accepter comme leurs égales, ou se passer de nous.

– Je crois qu'on peut très bien vivre en famille et en égaux, objectai-je. Et je ne vois pas pourquoi il faudrait renoncer à son identité pour devenir épouse et mère.

Sara garda le silence. J'avais le sentiment que, lorsqu'elle discutait ainsi, c'était moins pour défendre une idée que pour me choquer. Je soupçonnais aussi que, bien souvent, elle ne croyait pas réellement aux arguments qu'elle soutenait, bien loin de là. En fait, je me disais parfois qu'elle ne demandait qu'à se persuader du contraire. Ce soir-là, elle me questionna sans vergogne :

– Est-ce que tu es toujours vierge ?

– Quoi ? Oui, répondis-je précipitamment.

– De nos jours, des tas de filles veulent rester vierges

jusqu'au mariage, observa-t-elle avec un étonnement marqué, comme si c'était une idée nouvelle et incongrue. Et ce n'est pas seulement à cause des maladies sexuellement transmissibles, non. Elles trouvent que c'est important. Et toi ? C'est pour ça que tu restes vierge ?

– Je suppose que oui. Je trouve que certaines choses devraient rester dans un domaine à part ; qu'elles sont sacrées, en quelque sorte.

Cette fois encore, Sara garda le silence. Je n'osai pas lui retourner sa question, mais elle m'en fournit d'elle-même la réponse.

– Ma mère n'arrête pas de me répéter de faire attention, de prendre mes précautions pour ne pas tomber enceinte ou malade, comme si c'était la seule chose qui comptait.

Je restai sur mes positions.

– Mais c'est important, Sara.

– *Pfiouc !* me renvoya-t-elle avec insouciance.

Puis, à ma grande surprise, elle ajouta :

– La seule chose qui compte c'est que tu tiennes vraiment au garçon avec qui tu es, que tu aies envie de faire l'amour avec lui plus qu'avec n'importe quel autre. C'est tout ce qui comptait pour moi quand ça m'est arrivé.

– Mais tu disais que tu voulais avoir au moins cinq aventures ?

– Et alors ? On peut aimer plus d'une personne de cette façon-là, non ?

– Je n'en sais rien, répliquai-je après une hésitation. Non, vraiment je ne pense pas. Mes parents étaient faits l'un pour l'autre, exclusivement. Je crois qu'il existe des âmes sœurs.

Cette fois, le silence de Sara se prolongea. Puis elle se tourna vers moi et me regarda si fixement, si longtemps que je finis par demander :

– Eh bien, qu'est-ce qu'il y a ?

– Il faut une chance extraordinaire pour n'avoir qu'un amour dans la vie, déclara-t-elle. Je n'ai pas l'impression que ce sera mon cas. Apparemment, je ressemble plus à ma mère que je ne suis prête à l'admettre.

Jamais je ne l'avais sentie aussi triste. Je crus qu'elle allait pleurer, mais elle se retourna dans l'autre sens et ne dit plus un mot.

Au bout d'une semaine environ, Harley m'appela. Nous avions le téléphone dans les chambres, mais à dix heures précises il était coupé. Passé cette limite, tout appel extérieur, urgent ou pas, devait obligatoirement passer par Mme Bernard.

– Comment ça va, madame Du Chêne ? fit une voix familière.

– Harley !

– J'ai voulu te faire une surprise en appelant.

– Et j'en suis ravie. Si je compte sur une lettre de toi, je peux attendre longtemps. Comment va tout le monde ?

Sa réponse eut un ton plutôt désabusé.

– Toujours pareil. Roy terrorise son équipe d'ouvriers. Ma mère chantonne des hymnes en dormant. J'ai vu la tienne, hier, en rentrant du travail. Elle était au bord du lac, et nous avons bavardé un moment. Elle m'a raconté des choses sur sa jeunesse que j'ignorais complètement.

– Vous me manquez déjà, tous.

– Tous ?

– Surtout toi, Harley. Quand peux-tu venir me voir ? Il faut que je demande une permission spéciale pour quitter le campus. Et je ne crois pas que mes parents me permettraient de sortir avec toi en moto ici, alors qu'ils me l'interdisent chez nous, m'empressai-je d'ajouter.

Je ne voulais pas qu'il se fasse d'illusions et soit déçu, mais il prit très bien la chose.

– Aucune importance, affirma-t-il. Je venais seulement pour te voir. Le week-end après celui-ci, ça t'irait ? Je serai libre.

– Ce serait merveilleux, Harley.

– Je serai là samedi vers midi.

– Parfait, tu pourras déjeuner avec moi à la cafétéria. La nourriture n'a rien de cassant, mais tu pourras faire la connaissance de tout le monde et...

– Il n'y a pas un chêne sous lequel nous pourrions nous asseoir ? m'interrompit-il. Je m'arrêterais en route pour acheter des sandwichs et du soda.

– Si, il y en a un.

– Tout ce que je veux, c'est passer un peu de temps avec toi, Summer.

– Entendu.

Au son de sa voix, je devinai son soulagement.

– Comment est ta nouvelle copine de chambre, au fait ?

– Intéressante. Elle au moins, tu devrais la connaître.

Il resta muet quelques instants, puis reprit d'un tout autre ton :

– Ici plus rien n'est pareil sans toi, Summer. Même les oiseaux se plaignent de ton absence.

Je me contentai de rire et il enchaîna aussitôt :

– J'ai envoyé tous mes dossiers d'inscription, à propos. Pour ce que ça me servira !

– Ne sois pas si pessimiste.

– Très bien, acquiesça-t-il. Je rêverai donc, aussi longtemps que j'aurai le droit de t'inclure dans mes rêves. J'ai le droit ?

– Bien entendu.

Un peu sec, comme réponse. Je la regrettai aussitôt. On aurait dit que je venais de lui délivrer une autorisation quelconque. Il m'offrit de lui-même l'occasion de me rattraper.

– Et si je ne rêvais *que* de toi ?

– Alors nous risquerions de nous rencontrer, répliquai-je. Parce que je ferai le même rêve à propos de toi.

Il y eut comme un sourire dans sa voix.

– Je te rappellerai d'ici mon arrivée, promit-il en raccrochant.

Comme je reposais le combiné sur sa fourche, Sara revint de sa session de jazz. Elle se laissa tomber sur mon lit.

– Pourquoi es-tu si faible et si pâle, mon bel amour ?

– Pardon ?

– C'est un vers d'un poème célèbre. On jurerait que tu viens de perdre ton meilleur ami.

– C'est juste que… je viens juste d'avoir un appel de Harley, ça m'a donné le mal du pays.

Je lui avais raconté, en partie, l'histoire de notre famille, et elle connaissait mon affection pour Harley.

– Ah oui ! Ton « pas vraiment » cousin. Cet air navré ne parle pas de nostalgie, décréta-t-elle. Il parle d'amour. Et tu sais ce que ça signifie ?

– Quoi donc ?

– Que tu vas devoir décider s'il est le seul et unique. Quand est-ce qu'il vient ?

– Pas ce samedi-ci, l'autre.

Elle eut une moue sentencieuse.

– Très bien, fais-moi confiance. Au bout de dix minutes avec lui, je serai fixée. Je suis infaillible pour reconnaître les âmes sœurs. J'ai un détecteur spécial intégré.

– *Pfiouc* ! ripostai-je, et elle éclata de rire.

Aussi bizarre que cela puisse paraître, et bien qu'elle fût aussi différente de moi qu'une extraterrestre, je commençais à m'y attacher pour de bon.

Le week-end suivant, celui qui précédait d'une semaine la venue de Harley, eut lieu le premier bal de l'école. Sara jouait dans l'orchestre, et les préparatifs furent très simples. Le personnel de la cafétéria fournit une sélection de plats et de desserts, on accrocha quelques décorations. Des banderoles nous souhaitant la bienvenue à la session d'été, des portées de musique géantes découpées dans du carton à maquette furent suspendues au plafond, ainsi que des guirlandes de papier crépon. Et comme toujours, des portraits de grands compositeurs ornaient les murs de la salle de bal.

Je connaissais la plupart des garçons depuis des années, et aucun ne m'inspirait un intérêt particulier. Malgré tout, un bal restait un plaisir très attendu, surtout après de longues journées de travail intense. Sara m'avait parlé d'un étudiant qu'elle trouvait très beau, un certain Duncan Fields. Il jouait de la trompette dans leur ensemble de jazz, et je l'avais remarqué à la cafétéria et sur le campus. Nouveau venu, il paraissait déjà très populaire, à en juger par la façon dont certaines filles le couvraient de compliments.

Pour être beau, il l'était, on ne pouvait pas le nier. Il avait une abondante chevelure d'un brun mordoré, des yeux d'un bleu fascinant, une bouche énergique au dessin ferme. Même à travers la cafétéria, je pouvais voir avec quelle assurance il parlait et souriait. Son attitude avait quelque chose d'altier, mais malgré cela il ne me donnait pas l'impression d'être arrogant.

Il m'avait jeté quelques œillades rapides, dans les couloirs ou sur le campus, toujours avec cet étincelant sourire de jeune premier. Mais je n'en tirais aucune conclusion flatteuse, car il regardait toutes les filles de la même façon. Dans le secret de mon cœur, je m'avouais qu'il était un vrai rêve, mais pas spécialement pour moi. C'était comme si le destin lui avait déjà réservé une vie prestigieuse parmi les dieux et les déesses de l'écran, et qu'il ne fît que passer parmi nous, les humbles mortels.

Il fit particulièrement chaud, le soir du bal. Un ciel bas semblait peser comme un couvercle de nuages, empêchant la chaleur de s'échapper et nous confinant dans un four. Les pavillons-dortoirs et la salle de bal avaient l'air conditionné, mais tout était poisseux d'humidité. Je choisis de porter une robe paysanne en coton imprimé hawaïen, légère et fraîche. Maman m'avait dit que c'était une tenue parfaite pour ce genre d'occasions. Sara, elle, voulait se donner le genre bohémien. Elle était adorable avec son foulard noir, sa jupe gitane et sa blouse vague, ses longues boucles d'oreilles gravées de signes du zodiaque. Et cette fois-ci, elle avait la paire.

Nous arrivâmes dans la salle un peu avant les autres, car Sara voulait s'accorder avec l'orchestre. Ce que faisait déjà Duncan, qui avait commencé à jouer de la trompette. Il me sourit par-dessus son instrument, une lueur chaleureuse dans les yeux. Puis il se détourna et exécuta un court extrait du *Carnaval de Venise,* dont je connaissais la difficulté. Tout le monde interrompit ce qu'il était en train de faire pour l'écouter. Au bout d'un moment, il s'arrêta et haussa les épaules, comme pour ôter toute importance à sa prestation. Il semblait gêné d'avoir attiré l'attention sur lui.

– C'est toi qui partages la chambre de Burnsy, n'est-ce pas ? s'enquit-il, en descendant de la petite estrade dressée pour les musiciens.

– Burnsy ?

– C'est comme ça que nous l'appelons.

– Oh, Sara ? Oui, nous sommes dans la même chambre.

– Clarinette ? reprit-il en pointant le doigt sur moi. (Je fis signe que oui.) Tu es très bonne. Je t'ai entendue l'autre après-midi.

– Je me débrouille, répliquai-je.

– Tu te débrouilles ? Tu fais bien mieux que ça ! protesta-t-il en me dévorant des yeux.

Son regard glissa sur moi, lentement, telle une longue caresse, et il me gratifia d'un grand sourire.

– La seule chose qui m'ennuie, dans le fait de jouer ce soir, c'est que je n'ai pas le temps de voir les gens ni de danser. Quand je prendrai ma pause, ça me plairait de danser avec toi. Tu veux bien me garder une place, sur ton carnet de bal ?

– Je n'en ai pas, dus-je reconnaître.

– Tu en auras un, crois-moi.

Sara s'aperçut enfin que nous étions en train de nous parler.

– Je vois que tu t'es présenté tout seul à mon amie, observa-t-elle en montant à son côté.

Il ne dépassait pas de beaucoup le mètre quatre-vingts, mais il eut tout à coup l'air gigantesque, auprès d'elle. Il se hâta de répondre :

– Pas vraiment, je ne sais pas son nom. Aurais-tu la gentillesse de procéder à des présentations en règle ?

– Pourquoi aurais-je envie d'être gentille ? riposta-t-elle.

Mais un sourire de Duncan suffit à la désarmer.

– Très bien, très bien, tu auras tes présentations. Duncan, mon amie Summer Clarke. Summer, Duncan Fields.

– Salut, fit-il. J'adore ta robe.

– Merci.

Sara lui décocha un coup de coude dans les côtes.

– Tu ne m'as rien dit de ma robe, à moi. Je croyais que j'étais l'amour de ta vie.

– Mais tu l'es, s'esclaffa-t-il.

– Ben voyons.

Sara me regarda en secouant la tête et reprit sa place dans l'orchestre.

– On ne s'ennuie jamais avec elle, fit observer Duncan. Quelle fille ! C'est l'un des meilleurs trombones avec lesquels j'aie jamais joué ; dans sa tranche d'âge, bien sûr. Et crois-moi, je n'en suis pas à mon premier camp de musique.

– Je sais qu'elle est très bonne.

– Et elle t'aime beaucoup. Elle parle sans arrêt de toi.

– Vraiment ? J'avais peur que nous soyons trop différentes pour nous lier.

– N'importe qui serait heureux d'être ton ami, Summer.

– Et comment sais-tu ça ? renvoyai-je vivement.

Je détestais les compliments artificiels.

– C'est un petit oiseau qui me l'a dit, railla-t-il.

Mais il reprit son sérieux et ajouta :

– Quand on voyage beaucoup et qu'on rencontre des tas de gens, on reconnaît très vite qui a de la valeur et qui n'en a pas.

Pendant un long moment, je fus incapable de parler. Duncan avait semblé si sûr de lui, et si sincère ! Il me sourit et désigna l'orchestre d'un geste bref.

– Il est temps de m'y mettre. À tout à l'heure… si Burnsy ne m'a pas tué avant.

Je dus m'avouer que je l'avais trouvé très bien, mieux que je ne m'y attendais. Malgré son physique et son talent, il ne prenait pas de grands airs, comme tant d'autres garçons de l'école. Et pourtant, quelque chose en lui annonçait l'expérience et la maturité.

Je restai là un moment, à observer les musiciens qui mettaient au point leur programme. Duncan s'en acquittait avec un sérieux très professionnel ; il ne se laissait pas distraire par ma présence. Au bout de quelques minutes, je m'éloignai, pour rejoindre les filles qui affluaient dans la salle. Elles étaient nombreuses à parler de Duncan ; et je glanai ainsi, par-ci, par-là, toutes sortes d'informations sur lui. Son père possédait une usine de matériel informatique, dans le Delaware. Il avait deux frères, dont l'un venait d'obtenir son doctorat en Droit. Sa mère, une femme très connue pour ses activités sociales, animait divers comités de bienfaisance, tout en recueillant des fonds de campagne pour d'éminents sénateurs républicains. Ils avaient une maison d'hiver à Palm Beach, en Floride, et une propriété dans le Delaware, à Wilmington. Les parents de Duncan séjournaient presque tous les étés dans le midi de la France, et il avait fréquenté des écoles de musique parmi les plus renommées d'Europe. C'était la première fois depuis des années qu'il passait l'été en Amérique. Il était l'un des rares étudiants à disposer de sa propre voiture, et à être autorisé à se rendre où il lui plaisait pendant son temps libre.

Dès que l'orchestre attaqua, le bal commença, et Duncan vint rapidement se placer sur le devant de l'estrade. De temps en temps, tout le monde s'immobilisait pour l'écouter. Plusieurs filles se pâmaient ouvertement, et j'en ressentis une certaine irritation. En y réfléchissant, j'en déduisis que c'était la façon dont elles s'affichaient qui m'agaçait.

Duncan ne tarda pas à prendre sa première pause, infligeant une déception cuisante à toutes celles qui guettaient l'occasion d'attirer son attention. Il marcha droit sur moi et me rejoignit au buffet. Là, il m'ôta sans façons l'assiette que je tenais à la main, la posa sur une table et demanda :

– Ça peut attendre, j'imagine ?

– Non, répliquai-je.

Mais il m'ignora, sourit et m'entraîna vers la piste. Avec toute l'école qui nous observait, je ne pouvais pas manifester trop de réticence. En outre, il était bon danseur, et l'orchestre jouait si bien que je me laissai emporter par la musique. Un peu trop, sans doute. Du coin de l'œil, je surpris les sourires lascifs qu'échangeaient les garçons, et les regards meurtriers de certaines filles. Elles étaient vertes de jalousie.

– J'aime bien ta façon de bouger dans cette robe, chuchota Duncan. Tu es une véritable œuvre d'art.

– Je suppose que je dois prendre ça comme un compliment ?

– C'en est un, fais-moi confiance, affirma-t-il.

Puis il se lança pour de bon dans la danse. Nous étions tous les deux en nage quand le morceau prit fin.

– La climatisation doit être en panne, dit-il en me tendant son mouchoir.

Je le lui rendis après m'être essuyé le visage, le remerciai, et il se tamponna le front à son tour.

– Merci pour la danse, ajouta-t-il, avant de regagner sa place sur l'estrade et de se remettre à jouer.

Quand les musiciens prirent leur pause, et s'assirent pour manger un morceau et se rafraîchir, je rejoignis Sara.

– Tes copains sont formidables, la complimentai-je.

– Merci. Tu y allais de bon cœur tout à l'heure, avec Duncan. Tout le monde était jaloux, les filles de toi et les garçons de lui.

Je me sentis rougir et jetai un coup d'œil à Duncan.

Il m'observait à la dérobée, lui aussi, comme s'il ne voulait pas être vu. Il se détourna vivement vers les filles qui l'entouraient, sans prendre la peine de venir jusqu'à moi pour me parler. Quelques minutes plus tard, il remontait sur l'estrade avec les autres musiciens. Et, cette fois, ils jouèrent sans interruption jusqu'à la fin de la soirée. On annonça le couvre-feu, et les couples commencèrent à se disperser. Je me retournai vers Duncan, qui rangeait sa trompette dans son étui en parlant à Sara. Elle rit d'une chose qu'il avait dite, puis vint me rejoindre pour rentrer au pavillon avec moi.

– Tu t'es bien amusée ? s'enquit-elle comme nous nous dirigions vers la sortie.

– Beaucoup. C'était très bien.

J'espérais encore que Duncan viendrait me dire bonsoir, mais non. Il continuait à discuter musique avec ses amis. Plus que n'importe quoi d'autre, cette apparente réserve augmenta ma curiosité au sujet de Duncan Fields. Il avait paru s'intéresser tellement à moi, au début de la soirée, et nous avions dansé avec tant de plaisir. Et après cela, c'est à peine s'il m'avait accordé un regard. J'en étais sûre, parce que je l'avais très souvent regardé moi-même, en souhaitant qu'il en fasse autant.

– Est-ce que Duncan t'a parlé de moi ? finis-je par demander à Sara, comme nous arrivions dans notre couloir.

– Tout juste. Mais je lui ai dit que tu vivais le grand amour avec un garçon de chez toi, qui allait bientôt venir te voir.

– Oh ! m'exclamai-je, interloquée.

Sara s'arrêta net et inclina la tête sur l'épaule.

– Tu as l'air déçue. J'aurais dû garder le secret ?

– Non, non, tu as bien fait.

Elle eut un sourire moqueur.

– Tu comprends, maintenant, pourquoi je ne crois pas aux âmes sœurs ?

– Mais je ne suis pas déçue, je t'assure.

– *Piouc* ! railla-t-elle en passant devant moi pour trottiner vers notre chambre.

J'enrageais, mais plus à cause de mes propres réactions et commentaires que des siens, m'avouai-je. Ce qui me troubla davantage, et me rendit plus furieuse encore. Un peu plus tard, quand tout fut éteint et que je posai ma tête sur l'oreiller, je restai les yeux grands ouverts, toute pensive. Je n'avais que seize ans, quand même. Pourquoi devrais-je me sentir coupable de m'amuser avec un autre garçon ? J'aimais bien Harley. Je l'aimais même beaucoup plus que je ne l'avais cru jusque-là, mais peut-être allions-nous un peu vite. Était-ce vraiment horrible de ma part d'avoir de telles pensées ?

Je me tournais et retournais sans cesse dans mon lit. J'allai même jusqu'à gémir à haute voix, dans l'espoir que Sara voudrait savoir ce que j'avais, mais elle s'était endormie très vite. J'entendais sa respiration lourde et régulière. Blottie sous ses couvertures, elle me tournait le dos, étreignant son oreiller comme si c'était son ours en peluche.

C'est alors que je perçus un bruit léger, qui semblait provenir de la fenêtre. Je me retournai, intriguée. Cette fenêtre donnait à l'est et, de ce côté-là, une aire boisée prolongeait la pelouse. Il n'y avait pas de lune, mais le ciel s'était éclairci, la lueur des étoiles argentait faiblement le campus. Je scrutai l'obscurité dans cette direction, en vain. J'allais me retourner pour essayer de dormir quand une silhouette se découpa sur la vitre et un coup discret fut frappé au carreau.

Mon cœur manqua un battement. Je regardai Sara mais elle dormait toujours, immobile comme une souche. On frappa encore. Je me levai, marchai jusqu'à la fenêtre et m'accroupis pour soulever le panneau.

– Salut, chuchota Duncan Fields.

– Qu'est-ce que tu fais là ?

– Je ne pouvais pas dormir, alors j'ai eu l'idée de te rendre une petite visite. Sara est réveillée ?

Je me retournai vers mon amie. Elle était toujours aussi calme et immobile, à part le mouvement régulier de son souffle. À mon tour, j'étouffai ma voix :

– Non.

– Tant mieux ! J'ai vraiment aimé danser avec toi, tu sais. Mais je n'ai pas voulu abuser en insistant pour recommencer.

– Cela n'aurait pas été un abus, Duncan.

– Sans doute, mais... Les commérages vont vite, dans ce genre d'endroit, et je sais que tu as déjà un engagement sérieux. C'est Sara qui me l'a dit.

– Mais pas du tout, répliquai-je, avec une promptitude qui me surprit moi-même.

– Ah bon ? Tu veux dire que j'ai encore une chance, alors ?

– Une chance de quoi ?

À la faible clarté des étoiles, je vis pétiller les yeux de Duncan.

– De gagner ton cœur.

– Je ne suis pas un prix de compétition ! le rabrouai-je, ce qui le fit pouffer de rire.

– Tu me plais, Summer. J'espère que je te plais aussi.

– Je ne te connais pas assez pour savoir si tu me plais ou pas, figure-toi.

– Eh bien, je vais m'efforcer d'arranger ça, dit-il avec désinvolture. Si nous allions faire un petit tour ? Nous pourrions bavarder un moment et apprendre à mieux nous connaître.

– Quoi ! Tu voudrais que je passe par la fenêtre ?

Je n'en revenais pas.

– Je l'ai bien fait, moi.

– Mais c'est absolument...

– Interdit, je sais. Il suffit de ne pas se faire prendre, et nous n'en aurons pas pour longtemps. Allez, viens ! C'est tellement beau, dehors.

– Non ! refusai-je sans hésiter.

Mais à cette seule pensée, mon cœur se mit à cogner contre mes côtes. Et Duncan qui insistait toujours...

– Viens, enfin ! Tu es bien plus évoluée que la plupart des filles d'ici, j'en suis sûr. Tu ne vas pas rester bouclée dans cette chambre à cause d'un stupide règlement, non ? Il n'est même pas minuit. Chez nous, nous serions sans doute en train de passer une belle soirée de week-end, pas vrai ?

– Je suppose que oui, dus-je admettre.

– Tu vois bien. Allez, viens, juste pour quelques minutes. Je serais prêt à risquer ma carrière musicale pour toi. Tu peux bien en faire autant, je trouve.

– Ta carrière musicale ? Ça m'étonnerait !

Sans répondre, il recula d'un pas et me tendit la main. Une fois de plus je regardai Sara : elle n'avait toujours pas bougé. Étais-je capable de commettre une folie pareille ? Devais-je le faire ? Pour l'instant, cela me semblait la chose la plus excitante que j'eusse jamais osé envisager.

– Attends une seconde, murmurai-je.

Sur la pointe des pieds, j'allai jusqu'au placard chercher ma robe de chambre. Je la passai sur ma chemise de nuit, enfilai mes sandales et revins à la fenêtre. Mon cœur battait si fort que je ne pensais pas avoir la force d'enjamber le châssis. Très lentement, je soulevai un peu plus le panneau vitré, puis j'hésitai.

– Où allons-nous ?

– Faire un tour. Qu'y a-t-il de si terrible ?

J'avais l'impression d'avoir un bon ange à ma gauche et un mauvais ange à ma droite ; tous deux me chuchotant, fébrilement, leurs conseils aux oreilles.

– Ne fais pas ça, implorait mon bon ange. Qu'y a-t-il de si urgent ? Si tu tiens à voir ce garçon, vois-le demain. Pourquoi risquer de graves ennuis pour une promenade ?

De son côté, mon mauvais ange argumentait :

– Tu n'en as pas assez d'être une petite fille modèle ? La pire chose que tu aies jamais faite, c'est de regarder la télévision à deux heures du matin, alors que tes parents te croyaient endormie. Tu as seize ans, que diable ! Cesse de te conduire comme une enfant. Vis un peu et prends du bon temps.

Je respirai un grand coup et enjambai le rebord de la fenêtre. Duncan m'y aida, en me tenant par la taille jusqu'à ce que j'aie touché l'herbe. Nous restâmes ainsi un moment dans le noir, ses mains toujours posées sur ma taille, son visage tout près du mien. Si près que je sentais son haleine sur mes lèvres et sur ma joue. Je m'écartai de lui.

– Eh bien voilà ! me taquina-t-il. Tu l'as fait, et tu es encore en vie.

– Je n'ai pas l'intention de rester longtemps, Duncan.

– Moi non plus. J'ai un rêve important qui commence dans une heure, un vrai chef-d'œuvre.

Je pouffai de rire et il posa vivement sa main sur ma bouche.

– Chut ! Tu veux vraiment m'attirer des ennuis ?

Il jeta un regard derrière lui et m'attira loin du pavillon, puis me guida le long du chemin qui menait au bâtiment principal.

– Où allons-nous ? demandai-je à voix basse.

– Là où nous serons en sécurité. Dans ma voiture.

J'éprouvai soudain ce que doit ressentir un oiseau qui vient de s'éveiller dans son nid et se prépare à s'envoler. Il ouvre les ailes et, d'un seul coup, une grande main sombre s'abat sur lui. C'est à peu près ce qui se passait pour mon estomac, qui s'était brusquement contracté.

Mais je poursuivis mon chemin, tellement surexcitée, émue et effrayée à la fois, que je ne sentais pas mes jambes m'entraîner — de plus en plus avant — dans l'ombre ténébreuse.

6

Dans l'ombre ténébreuse

Quelque chose me poussa à demander :

– Pourquoi allons-nous à ta voiture, Duncan ?

– Elle est juste là, répliqua-t-il en guise de réponse, dans le parking réservé aux visiteurs. Je l'ai eue seulement avant de venir ici, ce qui fait que je n'ai pas eu le temps de la sortir. D'ailleurs, ajouta-t-il en balayant du regard l'espace autour de nous, il vaut mieux ne pas trop nous promener dans le coin. Et j'ai une sono super, se vanta-t-il. Attends un peu d'avoir entendu ça !

– Mais la musique risque d'attirer l'attention, non ?

– Pas si nous baissons le volume, me rassura-t-il. Tu n'as pas encore ta voiture ?

– Non.

– Alors un conseil. Emprunte sans arrêt celle de tes parents, et tu peux être sûre d'avoir bientôt la tienne, s'égaya-t-il.

– C'est comme ça que tu t'es fait offrir la tienne ?

– Plus ou moins.

– Comment ça, plus ou moins ?

Il s'arrêta pour me dévisager, presque méfiant soudain.

– Ton père n'est pas avocat, au moins ?

– Non, pourquoi ?

– Ces temps derniers, toutes les filles que je rencontre ont un père avocat, ronchonna-t-il.

– Et qu'y a-t-il de mal à ça ?

– Rien, sauf qu'elles se comportent parfois comme de vrais avocats, elles aussi. À la moindre chose que je fais ou que je suggère, elles me font subir un véritable interrogatoire.

– Ah bon ? fis-je évasivement, sans trop savoir que dire.

Je trouvais cette remarque un peu surprenante, mais je n'eus pas le temps de m'attarder sur la question.

– Alors ? interrogea Duncan en repartant. Que fait ton père ?

– Il est physiothérapeute, et il a fondé une chaîne de clubs de remise en forme, dont il est aussi le président.

– Tu es sérieuse ? Je me disais bien qu'on n'a pas par hasard une ligne comme la tienne. La plupart des filles d'ici sont encore empâtées dans les rondeurs de l'adolescence.

– Pas du tout, ripostai-je, froissée par son ton supérieur.

Duncan changea instantanément de sujet.

– La voilà ! dit-il en désignant un véhicule flambant neuf.

Un van, découvris-je avec étonnement. Il fouilla dans sa poche et en tira une petite télécommande.

– Regarde un peu ça, souffla-t-il en la pressant.

La porte arrière du van s'ouvrit, la lumière s'alluma. Duncan me prit par le bras et m'attira vers l'ouverture.

– Vite, avant qu'un vigile ne nous voie !

– Ils ne sont pas si méchants que ça, rétorquai-je.

Mais il me poussa littéralement à l'intérieur, puis me rejoignit d'un bond. Les lumières s'éteignirent et la porte se referma en silence.

– Sauvés ! s'exclama Duncan avec un soupir de soulagement. De toute façon, le surveillant du pavillon ne peut pas nous voir. Il arpente les couloirs en reniflant, dans l'espoir de détecter une odeur de fumée, ou quelque chose d'encore pire. Au fait, tu veux une cigarette ? Il y en a un paquet dans la boîte à gants.

– Non merci, je ne fume pas.

– Même pas un joint ?

– Surtout pas un joint.

Il haussa comiquement les sourcils.

– Évidemment ! J'oubliais que papa est un grand manitou de la santé. Je ne m'en plains pas, remarque. Je ne tiens pas à avoir de relations avec une vilaine fille, moi !

– Taquine-moi tant que tu veux, ça m'est égal.

– Holà, ne t'emballe pas. Je voulais juste m'amuser un peu. C'est pour ça que nous sommes là, non ?

J'eus un bref regard en direction du bâtiment administratif.

– Je ne tiens pas à rester très longtemps. On pourrait nous voir.

– Détends-toi, dit-il en se renversant sur son siège. Regarde un peu ça.

Il enfonça un bouton et le dossier de son fauteuil s'abaissa en arrière, presque à l'horizontale.

– Il m'arrive de dormir ici, m'apprit-il, en pressant un autre bouton sur sa télécommande.

Instantanément, le van s'emplit de musique. Je reconnus le *Boléro* de Ravel. D'abord très doux, le son s'amplifia, et je lançai un coup d'œil inquiet du côté du pavillon. Je n'étais plus tout à mon aise, et encore moins surexcitée. Duncan était toujours étendu, les yeux clos.

– Je croyais que nous ne devions faire qu'une courte promenade, lui rappelai-je.

– Ne te tracasse donc pas pour si peu.

– Mais tu disais que tu ne voulais pas t'attirer d'ennuis ?

Il ouvrit les yeux et tourna la tête vers moi.

– Écoute, je n'ai pas demandé à venir ici, mes parents m'y ont forcé. En fait, j'ai fait à peu près ce que tu voulais me faire avouer tout à l'heure. Je les ai obligés à m'offrir cette voiture en échange de mon consentement.

– Mais pourquoi tenaient-ils tellement à t'envoyer ici ? m'étonnai-je.

– Pour me savoir occupé, pendant qu'ils mèneraient la grande vie en Europe.

– Mais pourquoi n'avoir pas choisi un autre endroit, où tu aurais été plus près d'eux ? En Europe, par exemple. Après tout, tu y es déjà allé, n'est-ce pas ?

– Les rumeurs vont vite, marmonna-t-il entre ses dents.

– C'est vrai, oui ou non ?

Sa réponse fut une autre question.

– Tu vois ce que je veux dire, maintenant ? On croirait une vraie fille d'avocat.

– J'ai du mal à comprendre, c'est tout. Je n'ai pas l'intention de te faire subir un interrogatoire.

Il sourit, détendu.

– D'accord, j'avoue. J'étais bien dans une école de musique en France, l'été dernier, mais je n'avais pas envie d'y retourner.

– Ah bon ?

– En réalité… on ne m'a pas demandé de revenir, admit-il.

– Comment ? Mais pourquoi ? Tu es tellement doué !

– Il y a eu un malentendu à propos d'une broutille quelconque, et je n'ai pas pris la peine de le dissiper.

– Pourquoi ça ?

– Laisse tomber, grogna-t-il avec une rudesse inattendue. Pour l'instant je suis ici, avec toi, ajouta-t-il en se redressant, comme s'il venait juste de s'en rendre compte. Et pour rien au monde je ne voudrais être ailleurs. Je suis content que tu sois venue. Comment trouves-tu le van ?

– Il est très bien, mais je reconnais que je suis surprise. Je m'attendais à…

– Quelque chose de plus tape-à-l'œil ? Les autres garçons veulent tous des voitures de sport surbaissées, qui font du deux cents à l'heure. Moi, non. Pour moi, une voiture est un domicile secondaire, et quant au luxe celle-ci ne manque de rien. Les sièges sont en cuir véritable et, comme tu vois, l'arrière est très spacieux. Je pourrais embarquer tout l'orchestre et partir jouer sur les routes, plaisanta-t-il.

– J'ai seulement dit que j'étais surprise, Duncan. Pas que c'était un mauvais choix.

– J'étais sûr de ta réaction. J'ai vu tout de suite que tu étais plus futée que les autres filles d'ici.

– Je ne le suis pas, rétorquai-je, pas très sûre de ce qu'il entendait par là.

Il n'insista pas et passa rapidement à autre chose.

– Tu sais ce que j'ai ici, Summer ? Un lecteur vidéo et un petit poste de télévision.

– C'est vrai ?

– Bien sûr. Laisse-moi te montrer ça, se rengorgea-t-il.

– Il serait temps que je rentre, Duncan. Sara va se réveiller et se demander où je suis.

– Aucun risque, elle est morte de fatigue. Ne t'inquiète pas pour ça, dans une minute nous retournons là-bas.

Il se pencha vers les écrans, logés entre les deux sièges avant, et une lumière palpita.

– Détends-toi, insista-t-il encore. Incline un peu ton siège en arrière.

Mon instinct me soufflait de ne pas rester là,

d'ouvrir la porte et de retourner d'où je venais. Mais Duncan poursuivit :

– C'est fabuleux, non ? C'est tout à fait comme un petit appartement. Mon appartement personnel.

– C'est vraiment très bien, acquiesçai-je.

– Et ce confort ! Essaie-le, incline ton siège en arrière.

– Non, je ferais mieux de…

– Allons, voyons. Tiens, regarde ça.

Il tendit le bras derrière lui et produisit un coussin, qu'il déposa près de moi. La musique jouait doucement. À la lueur de l'écran TV, je discernai le sourire blasé de Duncan, et l'éclat ironique de ses yeux.

– Je veux rentrer, m'obstinai-je.

Et j'allongeai le bras pour saisir la poignée, mais elle ne bougea pas.

– Ouvre ça, Duncan ! ordonnai-je.

– Pourquoi si vite ? Lâche-toi un peu, susurra-t-il en m'enlaçant la taille pour m'attirer brutalement à lui.

Si brutalement que je m'abattis contre lui. Avant que je comprenne ce qui m'arrivait, il avait resserré son étreinte et m'embrassait.

– Bienvenue à bord de la barque d'amour de Duncan Fields, annonça-t-il, très content de lui.

Je pensais qu'il allait en rester là, que tout ceci n'était qu'une plaisanterie stupide, mais il avait autre chose en tête. Quand il m'écrasa contre lui, la panique me gagna.

– Lâche-moi, Duncan !

– Tu n'aimes pas mon van ? Essaie-le, au moins. Allonge-toi, tu verras comme il est confortable.

– Il faut que je rentre, Duncan.

Il me saisit vivement par le poignet, l'encerclant aussi étroitement que si ses doigts étaient des menottes.

– Tu me fais mal, protestai-je.

– Parce que tu te raidis, c'est tout. Relax ! Tu es la première fille que j'invite dans mon van, et il y en a pas mal qui aimeraient être à ta place.

– Alors va frapper à leur fenêtre, ripostai-je impatiemment. Je veux rentrer, maintenant.

La musique jouait de plus en plus fort.

– Tu ne dansais pas comme une fille qui a envie de faire marche arrière, persifla-t-il. Pourquoi es-tu si provocante ?

– Je ne le suis pas. Danser est une chose, ceci en est une autre. Lâche mon poignet, s'il te plaît.

– Tu as eu vite fait d'enjamber cette fenêtre, poursuivit-il sur le même ton. Et sans te faire prier.

– Maintenant je me rends compte que je n'aurais pas dû. Je veux rentrer.

– Non, tu ne veux pas. Tu crois que tu veux, mais en réalité tu ne veux pas, décréta-t-il en m'embrassant dans le cou.

Et par la même occasion, il me tourna encore un peu plus face à lui.

– Duncan, arrête !

– Et tu es venue en chemise de nuit, en plus. Tu n'as rien d'autre là-dessous ? gloussa-t-il, passant la main sous ma robe de chambre pour me palper carrément la poitrine. Non, c'est bien ce que je pensais.

– Arrête ! criai-je sans me soucier d'être entendue.

Je tentai de le repousser avec mes jambes mais il glissa les mains sous mes genoux, se souleva et m'attira sous lui. Quand il retomba sur moi, je fus clouée au fauteuil, à présent totalement horizontal.

De sa main libre, Duncan ouvrit ma robe de chambre, descendit le long de mes cuisses et releva ma chemise de nuit. Cette fois, je dus hurler.

– Duncan, qu'est-ce qui te prend ? Arrête !

Il étouffa mon second cri en plaquant ses lèvres sur ma bouche, où elles restèrent.

Quand il libéra mes poignets, j'essayai de lui cogner la tête pour le repousser, mais il était si lourd, et si déterminé… Mes coups de poing n'eurent aucun effet sur lui. Il ne tressaillit même pas. Il gémit, et je sentis sa main remuer entre nous quand il déboutonna son pantalon.

– Tu es la première, souffla-t-il. La première à venir dans ma barque d'amour.

– Ça suffit, maintenant ! Arrête ! Laisse-moi partir.

Le choc brutal de son érection entre mes cuisses me coupa la respiration. Je faillis suffoquer. En proie à une panique absolue, je cherchai frénétiquement mon souffle, et je dus avoir quelques secondes d'inconscience. Quelques instants plus tard je le sentis me pénétrer brutalement et, avec une violence toujours plus grande, s'enfoncer en moi. Il souleva mes jambes, réduisant à néant mes pauvres tentatives de résistance.

Je croyais crier, mais je n'en étais pas sûre à cause des grondements de mon sang dans mes oreilles. Et pendant tout le temps que cela dura, je ne cessai pas de penser. Non, me répétai-je, ce n'est pas en train de m'arriver. Pas à moi. Ce n'est pas possible. Mais c'était vrai, bien sûr.

Duncan poussa un cri, cessa de bouger en moi, et presque aussitôt s'effondra sur moi, le souffle court et lourd. Le *Boléro* parvenait à un crescendo. Était-ce la musique qui faisait vibrer le van, ou mon corps qui tremblait de la violence subie ? Je gardais une immobilité totale. Il me semblait que je n'étais plus en moi-même, que je n'avais plus le moindre contrôle sur mes membres. Lentement, Duncan se releva et s'assit. Je le vis rejeter ses cheveux en arrière, puis il pressa un bouton et la musique se tut.

– Il fait vraiment chaud ce soir, observa-t-il négligemment. Et tellement humide ! Tu n'es jamais allée à La Nouvelle-Orléans l'été ? Ça ne peut pas être pire qu'ici ce soir.

Il resta tranquillement assis et j'évitai de faire le moindre mouvement, de crainte de me briser telle une fragile porcelaine. Il éteignit le petit poste de télévision et s'exclama :

– Ce que j'ai soif ! La première chose que je ferai sera d'installer un réfrigérateur.

Il rajusta ses vêtements et baissa les yeux sur moi.

– Nous ferions mieux de rentrer, dit-il en manipulant sa télécommande.

La porte du van s'ouvrit, les phares s'allumèrent.

– Allez, viens, grogna Duncan en tendant le bras vers moi.

Mais je me dérobai à son contact et criai :

– Ne me touche pas !

– Comme tu voudras, mais il faut qu'on y aille.

Les phares m'éblouissaient, les yeux me brûlaient. Avec une grimace de douleur, je roulai sur moi-même et, dans ma hâte à sortir du van, je m'étalai sur le parking. En me relevant, j'entendis le rire de Duncan.

– On a du mal à marcher, après avoir été dans ma barque d'amour ?

– Ne t'approche pas de moi, criai-je en prenant ma course.

– Hé là ! On ne dit pas merci pour la charmante soirée ? Où sont tes bonnes manières ?

À nouveau son rire résonna derrière moi, et je n'en courus que plus vite. Je ne ralentis qu'aux abords du pavillon, et seulement alors je m'aperçus que je pleurais à gros sanglots. Mes joues ruisselaient de larmes. Je restai là, cherchant mon souffle. Dans un réflexe de pure panique, je me retournai, pour voir Duncan s'approcher sans hâte. Il s'arrêta, regarda dans ma direction, puis repartit du côté des garçons et disparut bientôt dans l'ombre.

À pas lents, maintenant, je repris le chemin de ma chambre. Quand j'atteignis la fenêtre, elle me parut aussi haute que le sommet du mont Everest. Je crois que je gémissais et pleurais presque tout haut, à présent, car Sara finit par s'éveiller. Elle s'approcha de la fenêtre et ouvrit des yeux ronds en me voyant.

– Mais qu'est-ce que tu fabriques dehors ?

– Aide-moi, implorai-je.

– Quoi ?

Je tendis le bras vers elle et elle saisit ma main. J'ignore où elle en trouva la force, mais elle me hissa suffisamment haut pour que je m'agrippe au châssis et parvienne à réintégrer la chambre. Je lui tombai dans les bras, pour glisser aussitôt sur le plancher où je m'affalai en sanglotant.

– Qu'y a-t-il, Summer ? Que faisais-tu dehors ? Parle-moi, supplia-t-elle. Tu as une mine à faire peur. Qu'est-ce qui t'est arrivé ? Dis-moi !

Je respirai un grand coup et pressai les mains sur ma poitrine, pour contenir les battements de mon cœur. Finalement, je parvins à proférer quelques mots.

– Duncan... est venu ici et a insisté pour que j'aille me promener avec lui.

– Il a fait ça ? Mais quand ?

– Nous sommes allés jusqu'à sa voiture. Il voulait me montrer son van, expliquai-je.

– Et alors ?

– Il m'a fait asseoir sur le siège arrière et...

Sara était à genoux, maintenant, les mains sur mes épaules, et elle me regardait bien en face. Je recommençai à pleurer à gros sanglots et elle me secoua sans ménagements.

– Eh bien, parle !

– Il m'a violée ! hurlai-je en m'abattant sur sa poitrine.

Elle me garda contre elle, me berça et caressa mes cheveux, en me disant de me calmer, que tout s'arrangerait.

Je ne sais pas combien de temps nous restâmes ainsi. Mais je crois que je perdis et repris connaissance avant que Sara ne m'aide à me lever, pour me conduire jusqu'à mon lit et m'y faire étendre. Puis elle s'assit à côté de moi et me prit la main.

– Il faut que nous allions voir Mme Bernard, Summer. Tu ne peux pas le laisser s'en tirer comme ça.

– Non ! m'écriai-je, épouvantée. Comment vais-je expliquer que je suis sortie par la fenêtre pour me promener avec lui ?

– Tu croyais que c'était seulement pour une promenade, fit-elle valoir.

– Il n'empêche que c'était une infraction au règlement.

– Une infraction au règlement ? Summer, tu viens de te faire violer. Tu ne crois pas que c'est plus important qu'un stupide règlement d'internat ?

Mon désarroi était tel que mon esprit me refusait tout service. Totalement incapable de penser, je ne pus que gémir.

– Pourquoi y suis-je allée ? Pourquoi suis-je allée avec lui ?

– Pas pour te faire violer, j'en suis sûre. Je ne l'aurais jamais cru capable de ça. Il était tellement sympa ! Il est si beau et si doué, en plus, quel besoin avait-il de violer quelqu'un ? raisonna-t-elle.

La question resta en suspens, telle une accusation, et j'en saisis aussitôt toute la portée : on ne me croirait pas.

Ce fut aussi l'opinion de Sara.

– À voir la façon dont certaines filles louchent dessus, il lui suffirait d'un clin d'œil pour les amener à l'arrière de son van, reprit-elle.

La colère me donna la force de me rebiffer :

– Eh bien moi, je ne fais pas partie du lot !

– Je sais, Summer. C'est simplement que ça ne tient pas debout. Il doit être cinglé, conclut-elle en secouant la tête.

Puis elle se leva et désigna la porte.

– Je vais chercher Mme Bernard.

– Cela va être un tel choc pour mes parents ! me lamentai-je. J'ai peur du contrecoup que cela aura sur ma mère. Tu sais qu'elle est handicapée.

La main sur la poignée, Sara s'immobilisa.

– Alors, qu'est-ce que tu décides ?

– Je n'en sais rien, Sara. Je ne sais absolument pas quoi faire.

– Est-ce qu'il a pris des précautions, au moins ?

Sur le moment, je ne compris pas.

– Comment ça, des précautions ?

– Tu sais sûrement ce que je veux dire. Est-ce qu'il a fait ça… comme ça, directement ?

– Oui, révélai-je, découvrant brusquement tout ce que cela impliquait.

– Ça, c'est plutôt inquiétant. Quand s'est terminé ton dernier cycle ?

– Quand ? (Je plaquai les mains sur mes tempes pour réfléchir.) Il y a une semaine, je crois. Enfin… à peu près.

– Cet « à peu près » ne dit rien qui vaille, mais bon. Tâchons de voir les choses lucidement. Supposons que tu ne parles de rien et que tu te retrouves enceinte. Qu'est-ce qui se passe ? Tu annonces tranquillement : « Au fait, il y a quelques semaines de ça, Duncan Fields m'a violée ? »

Une fois de plus, je fondis en larmes, et sanglotai si

fort que les côtes me faisaient mal. Sara s'efforça de me calmer, inutilement. Le seul résultat de la crise fut que j'eus mal au cœur et n'eus que le temps de courir à la salle de bains. Après avoir vomi, j'étais si épuisée que je ne parvins même pas à me relever. Je m'assis à même le sol.

– Trop tôt pour les nausées matinales, tenta de plaisanter Sara.

Peine perdue. Je n'étais vraiment pas d'humeur à rire.

– Et maintenant, qu'est-ce que tu ferais à ma place ?

– Je me faufilerais sans bruit jusqu'à sa chambre, je lui mettrais un oreiller sur la tête et je m'assiérais dessus, répliqua-t-elle.

Cette fois, je parvins à sourire. Elle s'assit à mon côté, sur le carrelage, et me serra dans ses bras.

– À mon avis, tu n'as pas le choix, Summer. Si tu te tais maintenant, personne ne te croira plus tard. (J'acquiesçai en silence.) Allez, viens. Je t'accompagne.

Elle se releva et m'aida à en faire autant. La main dans la main, nous sortîmes dans le couloir et le suivîmes sans bruit jusqu'à la porte de Mme Bernard. Sara frappa pour moi, sans résultat. Elle frappa un peu plus fort, et finalement Mme Bernard vint ouvrir. Son visage semblait plus ridé qu'à l'ordinaire, et elle clignait des yeux pour chasser le sommeil. Son regard se posa sur moi, glissa sur Sara, puis revint se fixer sur moi.

– Que se passe-t-il ? s'enquit-elle en serrant la ceinture de sa robe de chambre.

Ce fut Sara qui répondit pour moi.

– Summer a quelque chose à vous dire, madame Bernard.

– Eh bien ? De quoi s'agit-il ? Je ne vais pas rester plantée là toute la nuit. Qu'avez-vous donc à me dire à une heure pareille, Summer ?

Cette fois encore, Sara parla pour moi.

– C'est quelque chose de vraiment très grave, madame.

Sans un mot, Mme Bernard s'effaça pour nous laisser entrer.

L'arrivée de la police sur le campus passa pratiquement inaperçue. Sans signaux lumineux ni sirènes, la voiture de patrouille noire et blanche paraissait glisser dans l'ombre. On avait appelé M. Greenleaf, le directeur, ainsi que Mme Mariot, présidente du conseil d'administration. L'heure tardive donnait à tout cela un caractère irréel. Et, comme pour souligner la nécessité d'observer la plus grande discrétion, tout le monde parlait à voix basse, même les agents. Une femme de la police, l'officier Wilson, était venue avec la patrouille pour s'entretenir avec moi, et me conduire à l'hôpital où je devais être examinée.

– Il est capital d'établir le plus tôt possible si ce que vous dites s'est réellement passé, m'avait-on expliqué.

M. Greenleaf déclara qu'il fallait prévenir mes parents sur-le-champ, ce qui provoqua chez moi une nouvelle crise de larmes. Papa demanda à me parler, et je pus échanger quelques mots avec lui avant de partir pour l'hôpital.

– Ça va, mon bébé ? s'enquit-il d'une voix altérée par l'angoisse.

J'étais terrorisée, je tenais à peine debout, j'avais la gorge si serrée que parler me faisait mal. Mais je ne voulais pas affoler mes parents. Je parvins à proférer :

– Je vais bien, papa.

– Nous prenons la route immédiatement.

– Je suis désolée, papa, m'écriai-je d'une voix larmoyante. Je vous demande pardon !

– Allons, voyons ! Personne ne te reproche rien, mon trésor. Fais ce qu'on te demandera de faire et c'est tout. Je veux voir cette brute derrière les barreaux, gronda-t-il, la force lui revenant avec la colère. Tiens bon jusqu'à notre arrivée. Promis ?

– Promis, papa.

– Nous serons là très vite, affirma-t-il, et je sentis sa voix se briser.

Je raccrochai précipitamment. L'officier Wilson dut me soutenir et pratiquement me porter jusqu'à la sortie, puis jusqu'à la voiture de patrouille qui devait m'emmener à l'hôpital. Je ne m'en doutais pas, mais ce n'était que le début d'un long cauchemar.

Quand j'eus subi tous les examens de rigueur et qu'on me ramena au pavillon, le matin était proche. Sara s'était endormie, mais à l'instant où j'entrai dans la chambre, elle se dressa sur son séant. Un regard lui suffit pour tout comprendre. Je sentis qu'elle était sur le point de pleurer, elle aussi.

– C'était si affreux que ça ?

– Atroce, mais la police a eu ce qu'elle voulait, répondis-je d'une voix atone.

– Tu as l'air exténuée.

– Je le suis, mais je voudrais prendre une douche et m'habiller. Mes parents vont bientôt arriver.

– Tout le monde va se demander où tu es, fit-elle observer.

– Je sais.

– Je ne leur raconterai rien. Je dirai juste que tu ne te sentais pas bien.

Je remerciai mon amie d'un signe et passai dans la salle de bains. Je n'eus que le temps de me sécher, me rhabiller et me coiffer avant l'arrivée de mes parents. Papa avait raison au sujet de maman : elle semblait plus forte que lui. Il avait les yeux rouges, sa colère et sa tristesse pour moi faisaient trembler sa voix. Maman gardait tout son calme, et ce fut très calmement qu'elle annonça :

– M. Greenleaf a demandé à nous voir dans son bureau dès que tu serais prête, ma chérie.

– C'est en partie ma faute, maman. Je suis sortie par la fenêtre après le couvre-feu, avouai-je. Mais c'était juste pour me promener et bavarder.

– Je comprends, ma chérie. Ne te rends pas malade à cause de ça, sinon tu ne seras plus capable de parler. Dis à ceux qui ont à le savoir exactement ce qui s'est passé, sans plus.

Papa écarta les bras en signe d'incompréhension.

– Mais comment cela a-t-il pu se produire ici ?

– Austin, le reprit maman, le regard sévère.

Il secoua la tête et alla se camper en face de la fenêtre, comme s'il contemplait directement la scène du crime.

– Très bien, dis-je à maman. Je suis prête.

– Tu ne veux pas manger un morceau d'abord, ma chérie ?

– Non. Faisons ce qui doit être fait.

Elle eut un signe d'assentiment et nous sortîmes de la chambre, papa poussant le fauteuil et moi marchant à leurs côtés. Maman une fois installée dans le van, nous nous rendîmes au bâtiment administratif. Il me suffit de croiser le regard de Mme Whittaker, la secrétaire du directeur, pour savoir qu'elle était au courant de l'histoire dans ses détails les plus sordides. Elle bondit de son fauteuil, en déclarant qu'elle allait informer le directeur de notre présence. Moins d'une dizaine de secondes plus tard, elle nous introduisait dans son bureau.

Mme Mariot, une grande femme dans la cinquantaine à l'air distingué, s'y trouvait déjà, ainsi qu'un petit homme chauve et replet. Pour le moment, ce personnage au nez camus et aux yeux larmoyants affichait un sourire dégoûté.

Deux chaises étaient préparées à notre intention.

Papa conduisit maman près de l'une d'elles, ce qui la plaçait entre cet homme et nous. Mme Mariot étant à l'autre bout de la rangée, tous deux nous encadraient comme des presse-livres.

Les coudes plantés sur son bureau, M. Greenleaf se pencha en avant et joignit les mains en forme de tente.

– Monsieur et Madame Clarke, commença-t-il avec componction, laissez-moi vous présenter Margaret Mariot, présidente du conseil d'administration, et Stanley Haskins, notre représentant légal.

Pour chacun d'eux, papa eut un signe de tête méfiant, et maman à peine un soupçon de sourire. Le directeur s'éclaircit la gorge.

– Bien, venons-en au fait. Nous nous trouvons en face d'un problème très délicat, qu'il convient de régler avec précaution afin d'éviter tout dommage aux personnes concernées, ou d'aggraver ceux qu'elles auraient subis.

– Régler ? releva papa. Une seule personne a subi des dommages, ici. Ma fille. Je ne crois pas que « régler » soit le terme qui convienne.

Le regard de M. Greenleaf alla de Mme Mariot à Stanley Haskins, avant de s'arrêter sur papa.

– Nous en sommes profondément conscients, monsieur.

– A-t-on mis ce scélérat sous les verrous ?

– Il a été conduit au commissariat pour interrogatoire, mais le procureur ne l'a pas encore incriminé officiellement ni mis en état d'arrestation, expliqua M. Haskins.

– Et pourquoi cela ?

– Par égard pour nous, et pour vous.

– Quoi !

– Tâchons de garder notre calme, autant que nous le permettent ces pénibles circonstances, implora le directeur.

– Notre calme ! tonna papa. Il s'agit de ma fille !

Maman, à qui l'embarras de M. Greenleaf n'avait pas échappé, posa une main apaisante sur le poignet de papa.

– Laissons d'abord parler le Pr Greenleaf, Austin.

– Merci, madame Clarke. Sachez que le bien de Summer est ce qui compte en premier lieu pour nous, je vous le certifie. Et je crois pouvoir affirmer que je parle au nom du conseil d'administration tout entier.

– En effet, confirma Mme Mariot. Je puis vous en assurer.

Papa se carra sur son siège, sans donner le moindre signe de détente. Le directeur jeta un bref coup d'œil à Stanley Haskins.

– M. Haskins a une certaine expérience de ce genre d'affaire. Je crois préférable d'écouter ce qu'il a à nous dire.

M. Haskins se pencha en avant et un sourire adoucit sa face molle.

– Nous avons affaire ici à ce que l'on nomme couramment un viol de rendez-vous, commença-t-il.

Papa rugit.

– Il ne s'agissait absolument pas d'un rendez-vous !

Stanley Haskins soutint son regard, dissimulant de son mieux son malaise. Il parvint même à conserver son sourire forcé.

– Je crains bien, monsieur Clarke, que la notion de rendez-vous qui était la nôtre, à vous et moi, ait quelque peu évolué. Toute circonstance où les deux parties en présence sont d'accord pour se rencontrer, et apprécier mutuellement leur compagnie, entre de nos jours dans la catégorie des rendez-vous.

– Admettons, s'impatienta papa. Quelle importance ?

– Cela pourrait en avoir beaucoup devant la Cour, monsieur Clarke. Si l'affaire allait jusque-là.

– Si ?

L'agressivité de papa ne sembla pas troubler Stanley Haskins.

– Commençons par ce qui nous est connu, si vous voulez bien. Nous avons réuni quelques informations qui pourront nous être utiles. Un bal a eu lieu hier en début de soirée. Summer a dansé avec Duncan Fields, et ils ont semblé très bien s'entendre. Un de nos surveillants, M. Saunders, a même eu l'impression qu'ils étaient très, très bons amis, ajouta M. Haskins en se tournant vers moi. Connaissiez-vous Duncan avant ce bal, Summer ?

Maman et papa me dévisagèrent, guettant ma réponse.

– Non, monsieur. Pas vraiment. Je l'avais déjà vu sur le campus, mais nous ne nous étions jamais parlé avant le soir du bal.

– Et même si elle le connaissait ? s'emporta papa. Il s'agit d'un viol !

– Permettez-moi de jouer l'avocat du diable pendant quelques minutes, monsieur Clarke. Peut-être vous éviterai-je ainsi de gros déboires, et une aggravation de la situation.

Les yeux de papa lançaient des éclairs, mais il se tut. Ce fut maman qui répondit, le regard aigu et attentif :

– Je vous en prie, monsieur Haskins.

Après cela, il s'adressa presque toujours directement à elle, mais il commença par moi.

– Vous avez rencontré Duncan Fields pour la première fois au bal, dansé une fois avec lui, et quand il est venu devant votre chambre, l'avez rejoint de votre plein gré en sortant par la fenêtre, transgressant ainsi le règlement de l'école, puis vous êtes partie avec lui sans autre vêtement que votre chemise de nuit et votre robe de chambre ? débita-t-il tout d'une traite.

– Je croyais que c'était juste pour une promenade, monsieur.

– Donc tout ceci est exact ?

– C'était juste pour une promenade, répétai-je, cette fois plus fermement.

– Mais vous l'avez suivi dans son van. Pourquoi ?

Je regardai maman, les yeux brûlants de larmes.

– Il voulait me montrer sa nouvelle voiture.

– Ne pouviez-vous pas vous contenter d'y jeter un coup d'œil ? Étiez-vous obligée d'y monter ?

– Il a ouvert la porte avec sa commande électronique et...

– Pourquoi n'être pas retournée au pavillon, à ce moment-là ?

– Il a dit qu'il voulait me montrer sa sono et... je n'ai pas voulu entrer dans le van.

– Mais vous l'avez fait. Vous y a-t-il forcée ?

– Il m'a pratiquement poussée dedans.

– Mais vous y êtes montée de votre plein gré ? Vous n'avez pas crié, ni résisté, n'est-ce pas ? Eh bien ? L'avez-vous fait ?

– Pas à ce moment-là, répondis-je en retenant mes larmes.

Cette fois, papa explosa.

– De quoi parlez-vous ? En quoi tout ceci lui donnait-il le droit de violer ma fille ?

– Je ne dis rien de tel, monsieur Clarke, mais n'oubliez pas que vous intentez une action en justice. Vous demandez au procureur de convaincre un jury qu'elle a été violée, et n'a pas eu de sa propre volonté de relations sexuelles avec Duncan Fields.

Papa ouvrit la bouche et la referma, sans proférer un son. M. Haskins se retourna vers moi.

– Le rapport médical ne fait état d'aucun dommage physique ni d'aucun traumatisme. Vos vêtements n'étaient pas déchirés.

– Aucun dommage physique ! fulmina papa en sautant sur ses pieds. Quel genre d'homme êtes-vous donc ? Avez-vous des enfants ?

– Oui, monsieur Clarke. Il se trouve que j'ai deux filles, une qui prépare une maîtrise, et une autre qui vient de rentrer en faculté. Je me fais sans arrêt du souci pour elles. J'ai également un fils, en terminale, et je me fais aussi du souci pour lui. Je lui rappelle constamment l'importance de prévoir les conséquences de ses actes, et d'éviter toute apparence d'inconvenance. Particulièrement dans notre société procédurière actuelle, où tout le monde se précipite au tribunal pour un oui ou pour un non.

– Assieds-toi, Austin, ordonna maman d'un ton bref.

Papa toisa tout le monde d'un regard noir, mais il obéit, et maman s'enquit d'une voix posée :

– Qu'attendez-vous de nous, exactement ? Nous comprenons votre point de vue. Ce ne sera pas facile. Ce sera même très déplaisant. De toute évidence, la famille de ce garçon est riche, et ils auront un excellent avocat.

– Exactement, madame Clarke, acquiesça Stanley Haskins.

– Et donc ?

M. Haskins consulta le directeur du regard et hocha la tête, ce qui était manifestement un signal convenu entre eux. Le moment était venu pour lui de jouer la scène répétée à l'avance.

– Nous sommes tous profondément bouleversés par cet événement, madame Clarke. Nous reconnaissons que l'école a certaines responsabilités et certains devoirs.

– Très juste, souligna papa. Et vous êtes tenus de nous remplacer, nous les parents, comme vous l'expliquez si bien aux réunions d'information.

– En effet, monsieur Clarke, en effet. Sur ce point, nous sommes navrés de n'avoir pas rempli nos devoirs envers vous. Même si votre fille a transgressé le règlement, nous aurions dû veiller davantage sur elle, tout comme sur Duncan Fields en l'occurrence.

« Nous avons pu joindre la famille Fields et Duncan a été renvoyé de Pelham, sans remboursement de ses frais de scolarité, bien entendu. C'est votre droit de citoyen d'aller voir le procureur, et d'intenter une action en justice si vous le jugez bon. Nous espérons que vous trouverez une solution satisfaisante pour vous. En prévision des difficultés légales et civiles qui peuvent s'ensuivre, l'école est prête à vous fournir un dédommagement financier, si toutefois vous choisissiez d'éviter toute publicité autour de ce déplorable incident.

Papa ouvrit des yeux ronds.

– Dois-je comprendre que vous nous proposez de l'argent pour nous taire et nous en aller ?

– Cette compensation vous est due, avança le directeur, après un échange de regards avec Mme Mariot.

À son tour, elle développa ses arguments.

– Cela porterait préjudice à beaucoup de nos étudiants et à leurs familles, monsieur et madame Clarke, si tout ceci faisait les gros titres de la presse à scandale. Nous devons les prendre en considération, de même que tous les bienfaits que cette école dispense et ceux qu'elle peut encore offrir.

– Vous nous proposez de l'argent ? répéta papa, encore sous le choc, comme s'il venait de recevoir un coup sur la tête.

Le directeur persista dans ses intentions.

– Nous nous efforçons d'agir au mieux des intérêts de chacun, monsieur Clarke. Vous en êtes consciente, n'est-ce pas, Summer ? me demanda-t-il en souriant.

– Je vous défends de lui parler ! rugit papa. Surtout pas.

Il se leva, posa les mains sur les poignées du fauteuil de maman et m'adressa un signe de tête. Je me levai à mon tour, et restai debout à son côté. Son regard glissa rapidement sur les trois représentants de Pelham.

– Je ne sais pas encore quel parti nous prendrons, attaqua-t-il. Mais je sais que nous allons directement au pavillon chercher les affaires de Summer, afin de quitter cet endroit le plus vite possible.

« Quant à vous, monsieur Haskins, et à votre rôle d'avocat du diable... vous pourriez bien avoir raison. Tout ce que vous laissez entendre pourrait arriver devant un tribunal. Un jury pourrait considérer Summer et Duncan comme deux enfants gâtés, qui ont joué avec le feu et s'y sont brûlés. Rien qui vaille le dérangement, en somme.

« Mais d'après vous, d'où sortent tous les Duncan Fields du monde, et comment prolifèrent-ils ? Les riches et les puissants tiennent à leur réputation immaculée, ils sont prêts à tout pour la protéger. Même s'il faut pour cela trouver des excuses à un Duncan Fields.

« En venant ici, nous nous attendions à vous trouver aussi bouleversés, aussi ulcérés que nous l'étions nous-mêmes. Nous étions convaincus que vous reconnaissiez la culpabilité de cette petite ordure, votre responsabilité envers nos enfants, et que leur intérêt comptait pour vous.

« Au lieu de quoi, nous vous trouvons tous les trois occupés à sauver les meubles et à vous protéger, en prétendant agir pour le bien de Summer et pour nous éviter des problèmes ultérieurs. Solution : vous nous versez une compensation aux frais de votre compagnie d'assurances, et Duncan Fields disparaît de la scène, indemne et sans dommages.

« Mais laissez-moi vous dire quelque chose, monsieur Haskins, reprit papa en le fusillant du regard. Un jour, ce garçon ou un de ses pareils prendra votre fille dans ses filets. Je ne souhaite pas que cela se produise. Je souhaite à vos enfants une vie merveilleuse, la réussite et la santé.

« Mais si jamais cela arrive, j'espère que vous penserez à cette matinée, que vous vous souviendrez du visage de ma fille et de toutes vos simagrées.

« Et j'espère qu'après ça, vous vous regarderez dans une glace et que, pour la première fois, vous vous y verrez tel que vous êtes.

« Merci pour le temps que vous nous avez consacré.

Sur ce, papa fit pivoter le fauteuil de maman et le poussa en direction de la porte. Je me précipitai pour l'ouvrir, et nous sortîmes dans un silence de mort.

En quittant le bâtiment administratif, maman me prit la main et me sourit à travers ses larmes.

– Tu vois pourquoi j'ai épousé cet homme, Summer ?

Je me mordis la lèvre et retins ma respiration pour ne pas pleurer.

Parvenus à la grand-porte, nous nous arrêtâmes et je contemplai le campus.

– Sortons d'ici avant que je casse quelque chose, grogna papa, qui prit aussitôt la direction du pavillon.

Pendant que nous faisions mes valises, lui et moi, maman se reposa chez Mme Bernard, qui lui fit du café et lui apporta de quoi manger. Papa était en train de charger mes bagages dans le van quand Sara entra dans la chambre, dévorée d'inquiétude.

– Que se passe-t-il, Summer ?

– Je quitte Pelham. Duncan est renvoyé, mais l'école ne veut pas de publicité fâcheuse. Mes parents sont très en colère. Je ne peux pas rester, résumai-je rapidement.

– Est-ce que Duncan est en prison ?

– Je ne sais pas où il est. Papa s'occupera de tout ça plus tard.

– Oh ! fit-elle en s'affalant sur son lit. C'est affreux de te voir partir.

– Je sais. Restons amies, tu veux ? Tu m'écriras ?

– Promis. Tu me manqueras, dit-elle avec un haussement d'épaules fataliste.

– Toi aussi.

Je la serrai dans mes bras et papa se montra sur le seuil, suivi de près par maman.

– Tout est prêt, annonça-t-il.

Je le présentai à Sara, que je présentai ensuite à maman.

– Je suis vraiment désolée pour tout ça, leur dit-elle avec sincérité. Tu m'appelleras, Summer ?

– Bien sûr, et je t'écrirai, et tout ça.

Elle nous suivit et nous accompagna jusqu'au van.

– Toute l'école est en effervescence, me chuchota-t-elle, mais personne n'est au courant des détails. Ils savent seulement que quelque chose ne tourne pas rond, car Duncan ne s'est pas montré en cours, ni aux répétitions. Et en plus, son copain de chambre l'a vu monter dans une voiture de police.

Je confirmai le fait d'un signe de tête.

– Malgré les espoirs de M. Greenleaf, le secret ne sera pas gardé bien longtemps, soupirai-je.

– Ce n'est pas moi qui cancanerai, je te le jure.

– Je sais. Prends bien soin de toi, Sara.

– Toi aussi.

Dès que papa eut installé maman à sa place, je montai dans le van à mon tour. Sara était toujours là, et quand papa démarra elle agita la main en signe d'adieu. Nous reverrions-nous jamais ? me demandai-je, le cœur serré.

Parfois, les destins des gens se croisent comme des trains dans la nuit. L'espace d'un instant, par les fenêtres illuminées, les passagers captent une image, un mot, un infime souvenir. Puis ils s'en vont vers leurs différents univers et l'écho s'attarde derrière eux, mais si peu, avant de mourir comme la flamme d'une chandelle, ne laissant dans leur sillage que les ténèbres.

L'école disparut derrière moi, les derniers accords de musique moururent dans le vent.

– Tout va bien, ma chérie ? s'inquiéta maman.

– Oui…

Ma voix était si ténue qu'elle me parut appartenir à une autre, une fillette bien plus jeune que moi.

– Tout va s'arranger, affirma papa, comme s'il cherchait surtout à s'en convaincre lui-même. Et je n'en ai pas fini avec tout ça, je te le promets.

Après cela, aucun de nous ne parla plus. Un profond silence s'installa dans le van, et l'on n'entendit plus que le crissement des pneus sur l'autoroute.

Cela, et le battement de mon cœur apeuré.

7

Secrets dans la nuit

C'était comme si quelqu'un était mort. Le chagrin, la colère, l'indignation et le dégoût tissaient un voile épais qui pesait sur nous, recouvrant tout dans la maison. Dès que le van s'arrêta au bas de la rampe Mme Geary apparut sur le seuil, vivante image de la désolation. Elle sortit, les mains croisées sur la poitrine, attendant de me voir pour juger des dommages émotionnels que j'avais subis.

Papa aida maman à sortir du van et Mme Geary s'approcha.

– J'ai une bonne soupe au riz et à la tomate sur le feu, annonça-t-elle à mon intention.

Elle savait que c'était un de mes potages favoris, surtout quand il était préparé à sa manière.

– Nous sommes tous les trois si fatigués, soupira maman tandis que papa la poussait vers la rampe. Je ne sais pas si nous aurons beaucoup d'appétit.

– Dans des moments pareils, c'est important d'avoir quelque chose dans l'estomac, fit valoir Mme Geary.

Papa fut de son avis.

– Elle a raison, Rain. Quand nous aurons déchargé le van et pris le temps de nous remettre, nous viendrons déjeuner.

Mme Geary me prit par les épaules et me serra

contre elle, ce qui me surprit. Elle était si peu démonstrative, d'habitude.

– Le misérable ! grommela-t-elle entre ses dents.

Nous entrâmes tous dans la maison et, dès que maman fut installée, papa retourna chercher mes affaires dans le van. Puis, sur le conseil de maman, je montai me reposer un peu pendant que Mme Geary préparait le déjeuner.

Pendant quelques instants, je restai clouée à l'entrée de ma chambre en me contentant de regarder autour de moi. Revenir ici de cette façon équivalait à une telle défaite, et je me sentais si sotte ! J'aurais dû être à ma leçon de piano, en ce moment même. Qu'avait-on dit à mes professeurs ? M. Greenleaf avait sûrement concocté un beau mensonge pour étouffer le scandale dans l'œuf.

Je m'affalai sur mon lit et contemplai le plafond, ruminant tout cela dans ma tête. Papa mit fin à ces tristes pensées en entrant avec mes bagages.

– Tu auras le temps de ranger tout ça plus tard, dit-il en me voyant si abattue.

– Si seulement je n'étais pas sortie par la fenêtre pour le rejoindre, papa !

Il eut un petit clappement de langue réprobateur.

– *Si seulement* sont deux mots que je déteste, ma chérie. Regarde où ça te mène. C'est toi, l'innocente, qui te tortures pour ce que tu n'as pas fait et lui, le coupable, qui s'en tire à bon compte. Alors arrête ça, je t'en prie.

Mon menton trembla, et la vue de mon chagrin ralluma sa colère. Ses traits se durcirent et ses yeux flamboyèrent.

– Je vais appeler Grandpa Grant, décida-t-il. Lui saura quoi faire.

Là-dessus, il sortit en trombe de ma chambre et dévala les marches pour gagner son bureau.

Mon grand-père par alliance était un avocat éminent et très influent, à présent. Il avait été garde des Sceaux, travaillait pour le ministère de la Justice, et connaissait personnellement de hauts fonctionnaires d'État. Malgré tout, l'idée qu'une personne de plus allait être mise au courant m'embarrassait affreusement, même si c'était quelqu'un de la famille.

Mme Geary n'attendit pas que je descende pour déjeuner. Elle me monta sur un plateau un bol de soupe chaude et des crackers.

– Mets-toi un peu de tout ça dans le ventre, ordonna-t-elle.

Je ne voulais pas avoir faim. Je voulais me priver de nourriture, à titre de punition. Je savais quelles pensées obsédaient maman. Elle se disait que toute cette horreur était un autre exemple de sa malchance, la malédiction qui frappait tous ceux qu'elle aimait... Et la seule cause de tout cela c'était moi, moi !

– Allons, petite, m'encouragea Mme Geary. Assieds-toi et mange, sinon tu vas tomber malade et ce n'est sûrement pas ce que tu veux. Je te connais, va ! Si ça t'arrive, tu seras encore plus malheureuse de nous causer tout ce tracas, et alors où irons-nous ?

Elle avait dit les mots magiques, les seuls qui pouvaient m'amener à faire ce qu'elle croyait bon pour moi. Je me redressai en position assise et elle déposa le plateau sur mes genoux, puis recula pour me surveiller. J'attaquai ma soupe.

– Tout est ma faute, madame Geary. J'ai vraiment été idiote de me fourrer dans une situation pareille.

– Voyons, mon petit. Tu es incapable d'imaginer le mal chez les autres. Comment pouvais-tu t'attendre à une telle méchanceté, surtout chez un de ces garçons de bonne famille ?

– C'est vrai, soupirai-je. Ce n'est pas parce que ses

parents sont riches et influents qu'il vaut mieux qu'un autre, maintenant je le sais, et mieux que n'importe qui. Je ne suis qu'une petite imbécile trop confiante.

– Tu sors à peine de l'enfance, voyons ! Tu n'es pas censée être une vieille dame sagace. Je connais des femmes qui ont le double de ton âge, et qui se sont montrées bien plus stupides et plus crédules.

Je continuai de manger, mon apitoiement sur moi-même se muant rapidement en colère, tandis que Mme Geary déblatérait.

– Et qu'on ne vienne pas me dire que les gens qui se font voler l'ont bien mérité, parce qu'ils sortent sans escorte armée. Laisser une fenêtre entrouverte n'autorise pas les voleurs à venir vous cambrioler, pas vrai ? On ne peut pas être sans arrêt sur ses gardes. S'il fallait voir le mal dans chaque personne qu'on rencontre, on n'aurait plus une minute de paix, conclut-elle.

Puis ses yeux s'étrécirent, soudain méfiants.

– Qui a dit que c'était ta faute ?

– C'est sans importance.

– Pas ta maman ni ton papa, ça je le sais. Les gens de ton école ?

Voyant que je restais muette, elle secoua la tête.

– Une fille sérieuse doit faire attention à tout, de nos jours, marmonna-t-elle en commençant à défaire mes valises.

– Je peux faire ça moi-même, madame Geary.

– Je sais bien que tu peux, mais en ce moment j'ai besoin de m'occuper.

Je me surpris à sourire. Quand on est entouré de gens aussi aimants que mes parents et Mme Geary, on comprend que le tort qu'on vous fait les atteint, eux aussi. Avec eux, on partage la déception et la peine, le bonheur et le succès, comme si l'on ne formait qu'un seul être.

Je finis mon potage et me levai. J'avais mieux à faire qu'à gémir et me lamenter. Ma place était auprès de maman, pour la réconforter. Mais quand je descendis, je ne la trouvai nulle part dans la maison. Papa était dans son bureau, en train de téléphoner. Il me jeta un bref regard et fit pivoter son fauteuil, indiquant par là qu'il désirait être seul.

Je sortis et finis par trouver maman à sa place habituelle : en contemplation devant le lac. Je m'approchai d'elle.

– Tout va bien, maman ?

Elle leva vers moi un visage blême et des yeux rougis de larmes. La voir ainsi me serra le cœur.

– Tu devrais te reposer, ma chérie, murmura-t-elle en cherchant son souffle.

– Je me sens très bien, maman, mais c'est toi qui ne vas pas du tout. J'ai failli garder le secret sur tout ça de peur de te rendre malade, et maintenant je regrette de n'avoir pas su me taire.

– Oh non, ma chérie, ne dis pas ça. On ne peut pas garder secrète une chose pareille, de toute façon. Cela finit par vous ronger.

– Tu es encore en train de te faire des reproches, à cause de ta malédiction, c'est ça ?

Elle sourit, prit une longue inspiration. Son regard s'évada vers le lac et quand elle parla, ce fut d'une voix sourde et contenue, comme lorsqu'on se parle à soi-même.

– Quand j'ai appris que Grand-mère Megan était ma mère, et qu'elle avait eu une aventure avec un Noir à l'université, j'ai été bouleversée d'apprendre que Mama Latisha n'était pas ma vraie mère, bien sûr. Mais j'ai eu aussi terriblement peur. Non seulement à cause des Blancs fanatiques, qui prétendaient qu'un enfant métissé n'était qu'une erreur de la nature, une véritable abomination. Mais parce que certains Noirs avaient exactement les mêmes préjugés.

« Je crois qu'en apprenant la vérité, je me suis préparée à en subir les conséquences toute ma vie. Alors quand un malheur arrivait, que ce soit à moi ou à ceux que j'aimais, je m'en sentais responsable.

« La raison me disait que c'était ridicule, bien sûr. Et que cela ne pouvait qu'entretenir la haine et le racisme qui infestent le monde.

Elle se détourna du lac pour me regarder bien en face.

– Quand j'ai appris ce qui venait de t'arriver, mon cœur s'est arrêté de battre, et j'ai presque souhaité qu'il s'arrête pour de bon. Je ne t'ai jamais donné de précisions sur la mort de ma sœur adoptive, Beneatha. Elle a eu lieu dans des circonstances ignobles, sordides, et je ne voulais pas te mettre toutes ces horreurs en tête. Tous les parents voudraient protéger leurs enfants de ces choses-là, ma chérie. C'est pourquoi nous nous inquiétons tellement au sujet de tes activités, comme de tes fréquentations. Cependant...

Maman se tourna de nouveau vers le lac.

– C'est peut-être une erreur, Summer. Une grave erreur. J'aurais dû t'en dire plus, te préparer à l'avidité des prédateurs qui rôdent au-dehors. Au lieu de quoi, je me suis bercée d'illusions. J'ai cru que notre argent et notre univers idyllique dresseraient un rempart autour de toi, te protégeraient où que tu sois, quoi que tu fasses. Peut-être obéissais-je à mon propre désir d'oublier, d'enfouir ma tête dans notre sable d'or. Peut-être est-ce pour cela que je me sens responsable. J'aurais dû savoir qu'on ne peut pas se cacher du mal qui nous entoure. J'aurais dû savoir !

– Non, murmurai-je. Tu n'as aucun reproche à te faire, maman.

Elle abattit rageusement son poing sur sa cuisse.

– Si, Summer ! Il y a des tas de choses que j'aurais dû te dire, s'obstina-t-elle.

Elle baissa la tête et, après un bref silence, la releva.

– En apprenant la vérité sur ma naissance, Beneatha et moi nous sommes éloignées encore un peu plus l'une de l'autre. Beni avait toujours jalousé l'amour que me portait Mama Latisha, et toutes les attentions dont j'étais entourée, surtout par Roy. Elle estimait qu'on la négligeait en ma faveur. Savoir que je n'étais pas sa sœur ne fut pas un soulagement pour elle, au contraire. Ce fut comme si on avait jeté du sel sur ses blessures. Je n'étais même pas de la famille et pourtant, sous ses yeux, j'étais plus choyée qu'elle par sa mère et par son frère.

« Beni était une révoltée de nature. Elle se laissa entraîner par une bande de voyous, se rendit en cachette à une surprise-partie et là… ils l'ont droguée et violée.

– Oh, non !

– Et ce n'est pas tout. Ils ont pris des photos d'elle et tenté de la faire chanter, en réclamant de l'argent. Nous avons gardé le secret envers Mama Latisha et Roy. C'était ce que Beni voulait, et moi je voulais tellement qu'elle m'aime ! J'ai accepté. À la fin…

Maman libéra un long soupir tremblé.

– Nous sommes toutes les deux tombées dans un piège, et je me suis échappée pour aller chercher du secours. Quand je suis revenue, elle avait été assassinée.

« Roy m'en a voulu de ne pas lui avoir dit ce qui se passait. Et malgré tout ce qu'a pu me dire Mama par la suite, je savais que je l'avais déçue, elle aussi. Personne n'aurait pu m'en vouloir autant que je m'en voulais moi-même.

« Mama Latisha m'a fait sortir de cet enfer dès qu'elle a pu, et je me suis crue à l'abri dans le monde des privilégiés. Je pensais que l'amertume et le mal ne pouvaient pas souiller les eaux claires de leur univers protégé.

« À la longue, j'appris que cela arrivait, mais presque toujours d'une façon bien plus subtile. J'aurais dû te mettre en garde, ma chérie, te préparer à tout cela. Au lieu de quoi, j'ai essayé de faire de toi la fille que j'aurais voulu être : pure, intacte, heureuse à jamais. Fallait-il être stupide !

Je ne pouvais pas supporter de la voir si triste.

– Mais tu m'as mise en garde, maman. Nous avons souvent parlé de la vie. Celle qui s'est montrée stupide, c'est moi.

– J'aurais dû te parler de façon plus réaliste pour toi, ma chérie. C'était mon rôle, et comme tu vois j'étais bien équipée pour le remplir. J'ai eu mon compte de malheur, pourtant, mais à quoi cela m'a-t-il servi ? À rien. Je n'en ai pas tiré la leçon. Je l'ai laissé continuer son œuvre, sur moi et sur nous tous.

– Ne dis pas ça, maman, implorai-je. Quand tu parles comme ça, je me sens encore plus coupable, moi aussi.

Elle attacha sur moi un long regard pensif, puis sourit et m'ouvrit les bras. Je tombai à genoux et elle m'attira contre elle, la tête sur sa poitrine.

Elle me garda ainsi, caressant mes cheveux, exactement comme elle le faisait quand j'étais petite.

– Promis, ma chérie. Je ne le ferai plus. Tout va s'arranger, tu verras.

Elle m'embrassa sur le front et je m'assis sur l'herbe à son côté. Quelques instants plus tard, nous entendîmes gronder la moto de Harley, qui remontait l'allée à toute allure. Il bifurqua vers sa maison, nous aperçut et freina brutalement. Pendant quelques secondes, il resta en selle, le regard rivé sur nous, comme pour s'assurer qu'il avait bien vu. Je poussai un gémissement désolé.

– Oh non, maman ! Qu'est-ce que je vais lui dire ? Il va être dans tous ses états, et qui sait comment il va réagir ?

– Alors ne lui parle de rien pour le moment, me conseilla-t-elle avec calme. Dis-lui que tu es tombée malade, et que nous avons tenu à t'avoir ici pour quelques jours.

Harley coupa le contact, mit pied à terre, cala sa moto sur sa fourche et m'adressa un signe de la main. J'agitai la mienne en réponse et il s'avança vers nous. Je savais combien il me serait difficile de lui mentir. Nous avions grandi ensemble. Chacun de nous décryptait les gestes, les regards et la voix de l'autre, jusque dans leurs moindres nuances.

Tante Alison, menteuse aguerrie et fière de l'être, m'avait dit un jour que pour mentir avec succès, il fallait se convaincre qu'on disait la vérité. Peut-être n'aurais-je pas trop de mal à m'en tirer, finalement. Après tout, j'étais vraiment malade. Je ne m'étais même jamais sentie aussi malade qu'en cet instant. Je me levai pour accueillir Harley.

– Salut, Summer ! Qu'est-ce que tu fais ici ?

– J'ai dû rentrer pour quelques jours à la maison.

– Et pourquoi ?

– Je suis tombée malade à l'école et mes parents ont pensé que c'était préférable, débitai-je.

– Qu'est-ce qui t'est arrivé ?

– C'est trop déplaisant pour en parler, répliquai-je.

Et cela, au moins, ce n'était pas un mensonge.

– Summer, appela maman qui repartait vers la maison. Ne reste pas trop longtemps dehors, ma chérie.

– Promis, maman. Je suis encore un peu faible, prétextai-je auprès de Harley.

– Je pourrai passer te voir tout à l'heure, alors ?

– Il vaudrait peut-être mieux attendre demain, dis-je avec un bref sourire, en repartant vers la maison.

Je l'entendis crier derrière moi :

– Je suis désolé que tu sois malade, Summer, mais bien content que tu sois revenue !

Je poursuivis mon chemin, la tête basse, et ne me retournai pas avant d'avoir rejoint maman devant la porte. Harley ne nous avait pas quittées des yeux. Même à cette distance, je percevais de la méfiance dans son regard.

Ce n'est pas le fait de mentir qui fait si mal, méditai-je. C'est de savoir à qui on ment.

– Rain ! appela papa de son bureau, dès que nous entrâmes dans la maison. Tu devrais venir un moment. Je viens juste de parler à Grant.

Comme toujours quand il était furieux, une seule syllabe rageuse nous avait suffi pour mesurer la violence de sa colère. Je m'apprêtais à entrer dans le bureau avec maman, mais papa me lança de loin :

– Tu devrais remonter dans ta chambre, ma chérie.

Maman nous regarda tous les deux l'un après l'autre, moi d'abord, lui ensuite.

– Non, Austin. Je veux qu'elle sache tout. Absolument tout.

– Tu es sûre ?

– Oui. Plus que je ne l'ai jamais été, ajouta-t-elle en franchissant le seuil.

Et nous nous avançâmes ensemble dans la pièce.

Maman arrêta son fauteuil juste en face du bureau, et je m'assis à côté d'elle. Papa était à la fenêtre, les mains derrière le dos. Il se retourna, vint se placer derrière son bureau et, toujours debout, nous fit face.

– Grant a eu une longue conversation, nette et sans

détour, avec le procureur. Quelques minutes à peine après qu'on eut amené Duncan au commissariat pour l'interroger, l'avocat des Fields était sur place. Et d'après ce que le procureur a confié à Grant, ce Duncan Fields est un récidiviste endurci, arrogant, roublard et très au courant de ses droits. Quelques coups de fil aux bonnes adresses ont révélé qu'il avait plusieurs histoires similaires à son actif, mais que toutes ont été étouffées.

– Il a eu des ennuis dans cette école de musique en France, n'est-ce pas ? devinai-je.

– Oui, il semble bien. On n'ose pas imaginer les sommes d'argent que les Fields ont dû débourser pour arranger cette histoire-là, Rain. Surtout que cela s'est passé à l'étranger.

– Donc, avec un dossier pareil… commença maman.

Papa leva vivement la main.

– Je n'ai pas dit qu'il avait un dossier, Rain. Tout ce que Grant a appris du procureur est strictement confidentiel. Il n'y a aucune trace écrite, rien qui puisse apparaître dans une enquête sur ses antécédents criminels. En bref, rien qu'on puisse produire devant un tribunal.

Maman secoua la tête avec dégoût.

– Pour aller à l'essentiel, reprit papa, voici où nous en sommes. Duncan prétend que Summer l'a invité à venir sous la fenêtre de sa chambre ; qu'elle avait fixé le rendez-vous elle-même, pendant qu'ils dansaient.

– Mais c'est un mensonge, papa ! Il ment sur toute la ligne !

– Bien sûr qu'il ment, ma chérie. Je ne pense pas qu'il se trouve une seule personne pour le croire, pas même son avocat, mais c'est sa version des faits. Il a dit que tu voulais sortir avec lui, qu'il t'a avertie que vous risquiez des ennuis mais que tu t'es jetée dans ses bras. Et qu'ensuite, tu l'as supplié de te montrer sa voiture. Une fois là, toujours selon lui, tu l'aurais pratiquement violé. Il a dix-sept ans, tu en as seize. Vous êtes mineurs tous les deux, nous ne pouvons donc pas le poursuivre pour détournement de mineure.

– Qu'es-tu en train de nous dire, Austin ? interrogea maman.

– En résumé, le procureur ne pense pas qu'il pourrait obtenir un verdict de culpabilité. Toutefois…

Papa se laissa brutalement tomber sur son siège et enchaîna :

– … il a promis à Grant de tirer le meilleur parti possible de tout ce qu'il pourrait rassembler d'utilisable. Et il a obtenu des Fields que Duncan suivrait une psychothérapie pendant au moins un an.

– Une psychothérapie ! répéta maman, comme si elle recrachait un morceau de pomme pourrie.

– Et Grant affirme qu'étant donné les circonstances, telles qu'on les lui a décrites, il faut nous estimer heureux d'avoir obtenu ça. Naturellement, Pelham l'a renvoyé mais, d'ici une semaine environ, il se retrouvera dans une autre école. Très loin d'ici probablement, peut-être une fois de plus en Europe.

– Écœurant, murmura maman.

Papa eut une grimace désabusée.

– Et ce n'est pas tout. Haskins a téléphoné pour nous offrir vingt mille dollars si nous renoncions à les poursuivre en justice. Comme je ne tenais pas à lui parler, je lui ai fait répondre par Grant, et il a déjà monté son offre jusqu'à quarante-cinq mille dollars.

– Je ne veux plus que Summer ait la moindre chose à voir avec tout ça, Austin, trancha maman sur un ton sans appel.

– Moi non plus, mais je ne supporte pas l'idée de prendre leur argent. Aussi ai-je dit à Grant que nous serions d'accord si cet argent était versé à l'association Refuge dans la Tempête, qui protège et défend les femmes violées et maltraitées.

– Excellente idée, approuva maman. Mais nous parlons de tout ça devant Summer, comme si elle n'avait pas son mot à dire. Summer ?

– Je suis d'accord avec vous, maman. N'empêche que c'est un menteur.

Elle acquiesça en silence.

– Grant a parlé à ta mère, lui apprit papa. Elle voulait venir voir Summer sur-le-champ, mais j'ai pensé que nous devrions passer quelques jours tranquilles entre nous, sans voir personne.

– C'est très sage de ta part, Austin.

– Et si…

Ma voix trembla et je dus me dominer pour achever :

– S'il m'arrivait quelque chose, maman ?

Ils se figèrent, comprenant aussitôt que je faisais allusion à une éventuelle grossesse. Leur expression parlait pour eux : ils étaient aussi peu désireux l'un que l'autre d'évoquer cette possibilité.

– Il faut attendre, bien sûr, mais si le cas se présentait… nous ferions ce qu'il faut en temps voulu, se hâta de répondre maman.

Papa brandit le poing et l'abattit sur son bureau, si rudement que je m'attendis à voir le bois se fendre. Tous les objets qui s'y trouvaient tressautèrent, et certains tombèrent sur le sol. Avec un soupir étranglé, maman porta la main à sa gorge.

– Je peux comprendre comment on en arrive à tuer, siffla-t-il, les lèvres si tendues sous l'effet de la rage qu'elles blanchirent aux commissures. Ou en tout cas, pourquoi tellement de gens sont partisans de la peine de mort.

– Je t'en prie, Austin, le sermonna maman. Rien de tout ça ne pourra nous faire le moindre bien, ni à toi, ni à moi, ni à Summer.

– Je sais. Je voudrais pouvoir faire davantage pour toi, ma chérie, me dit-il avec tendresse.

– Je sais que tu as fait, et que tu fais tout ce qui t'est possible, papa.

Maman trouva la force de sourire.

– Accordons-nous le temps de souffler un peu, et efforçons-nous de reprendre une vie normale. Nous pourrions faire un petit voyage sur la côte, ou dans l'une des îles, qu'en dites-vous ?

– Que c'est une bonne idée, approuva papa. Entendu.

Maman faisait déjà pivoter son fauteuil quand il ajouta :

– Ah, au fait. Je dois passer au siège de la compagnie pour vérifier deux ou trois choses. J'en aurai pour une heure environ, pas plus.

– Ne sois pas long, Austin. Mme Geary met les petits plats dans les grands pour ce soir.

– Je serai à l'heure. Et j'aurai même très faim, promit-il avec un bon sourire.

Mais je vis bien que ses yeux s'embuaient de larmes.

Maman alla se reposer au salon et je regagnai ma chambre. Je ne pleurais plus. J'allai simplement m'asseoir devant ma fenêtre et contemplai le lac, toute songeuse. Pourrais-je encore embrasser un garçon, tenir sa main dans la mienne, le laisser me prendre dans ses bras ? Allais-je être prise de panique à la seule idée d'accepter un rendez-vous ? Le temps et tous les bains que je pourrais prendre parviendraient-ils à effacer en moi le traumatisme de ce viol ?

Le carillon de la porte d'entrée retentit, m'arrachant à mes idées noires. Levée d'un bond, j'allai jusqu'au palier et me penchai sur la balustrade pour voir qui arrivait. J'espérais que ce serait Harley, incapable de différer plus longtemps sa visite. Mme Geary était déjà en train d'ouvrir la porte : c'était l'oncle Roy.

– Mme Clarke est-elle en bas ? demanda-t-il de but en blanc.

– Je suis là, Roy. Je vous remercie, Mme Geary, ajouta maman qui venait d'apparaître à l'entrée du salon.

Il attendit que la gouvernante soit repartie pour se tourner vers maman.

– Qu'est-il arrivé à Summer ? s'enquit-il avec autorité. Pourquoi est-elle revenue de son école de musique ?

Curieuse d'entendre ce qu'allait répondre maman, je m'attardai pour écouter.

– Viens dans la salle de séjour, Roy, dit-elle simplement, et il la suivit en silence.

Je descendis quelques marches et m'assis au milieu de l'escalier, dès que j'entendis leurs voix. Ce n'était pas seulement par curiosité. Je voulais vraiment savoir comment allait maman.

– Il s'est passé quelque chose à Pelham, Roy, commença-t-elle. Un… un incident.

Tout d'abord, je crus que l'oncle Roy parlait trop bas pour que je l'entende, mais ce n'était qu'une longue pause.

– Quelle sorte d'incident ?

– Une chose très déplaisante avec… un garçon.

La voix de maman se fêla. Je me levai, ne sachant pas si je devais remonter dans ma chambre ou courir vers maman. Je descendis quelques marches de plus et tendis l'oreille.

– Raconte-moi, exigea l'oncle Roy.

Maman éclata en sanglots. Et quand mon oncle parla, ce fut avec une douceur, une sollicitude et une tendresse dont je ne le savais pas capable.

– Calme-toi, Rain. Nous en avons vu de dures, toi

et moi, et nous avons tenu le coup. Nous connaissons la vie, tous les deux.

– Je sais, Roy.

Maman marqua une pause avant de débiter d'une traite :

– Elle a été violée. Elle est sortie avec un garçon après le couvre-feu, pour ce qu'elle croyait être une simple promenade, et il s'est arrangé pour l'entraîner dans sa voiture et la violer.

– Nom de Dieu ! jura mon oncle. Est-ce qu'ils ont arrêté le garçon ?

– Oui, mais c'est compliqué, Roy.

– Alors il va s'en tirer ? déduisit-il aussitôt. Encore un gosse de riche qui passe à travers les mailles.

Pour lui, les choses étaient simples dans la vie : c'était tout l'un ou tout l'autre. Dans son monde, on était fort ou faible, riche ou pauvre, bon ou mauvais. Il y avait peu de place pour le compromis.

– Elle est assez malheureuse comme ça, Roy. Ne la faisons pas souffrir davantage. Austin n'est plus lui-même, et je m'inquiète aussi pour lui. Je n'arrête pas de me dire que c'est toujours ce mauvais sort, Roy.

– Je savais que tu penserais ça. Tu m'as dit un jour que nous ne pouvions pas être mari et femme, que cela attirerait la colère de Dieu sur nos têtes. Que pour toi je ne pourrais jamais être qu'un frère, même après…

– Je t'en prie, Roy, murmura maman.

Je retins mon souffle. Même après quoi ?

– Je sais, je sais. Je dois garder tout cela secret, enfoui au plus profond de mon cœur. Et maintenant… Je n'imagine pas ce qui pourrait t'arriver de pire, Rain. Où habite ce garçon ?

– Il est parti à présent, Roy. Probablement à l'étranger. Tu as raison, ses parents sont des gens riches qui ne pensent qu'à le protéger et à lui éviter des ennuis.

– L'argent résout tous les problèmes, rétorqua-t-il amèrement.

– Pas indéfiniment, Roy. Un jour, il devra payer.

Mon oncle émit un grognement sceptique.

– Oui, bon. Laissons ça de côté pour l'instant. Comment va-t-elle ?

– Elle est forte, Roy.

– C'est ta fille, elle a de qui tenir. Elle aurait pu être la nôtre, ajouta-t-il tristement. Pourquoi faut-il qu'un être aussi bon ait à souffrir autant ?

J'entendis à nouveau maman sangloter, et l'oncle Roy tenter de l'apaiser.

– Calme-toi, Rain, calme-toi.

J'étais au pied de l'escalier, maintenant. Je fis quelques pas vers la porte et jetai un coup d'œil dans la pièce, pour voir l'oncle Roy à genoux devant maman. Il la serrait si fort dans ses bras qu'elle s'appuyait contre lui, la tête sur son épaule. Il lui caressa les cheveux, l'embrassa sur la joue. Puis sa bouche descendit doucement vers ses lèvres, où il déposa un baiser.

– Rain, chuchota-t-il en la pressant contre lui, si seulement nous avions mieux su profiter de ces moments, à Londres, et…

Maman leva les yeux et m'aperçut.

– Summer ! s'exclama-t-elle.

Je tournai les talons et courus à la grand-porte.

– Summer, ma chérie !

Je claquai la porte derrière moi, dégringolai les marches du perron et courus jusqu'au kiosque de jardin où je me réfugiai, le cœur battant.

Pourquoi étais-je si bouleversée, tout à coup ? Au fond de moi, j'avais toujours su que l'oncle Roy était capable de tendresse et de bonté. Il parlait toujours avec douceur à maman, il l'entourait d'attentions. N'était-ce pas normal de la part d'un frère ? Même s'ils n'étaient pas du même sang, ils avaient grandi ensemble, et il la traitait comme une sœur. Un frère pouvait prendre sa sœur dans ses bras et l'embrasser pour la consoler, non ?

Mais il y avait eu quelque chose d'autre dans sa façon de la serrer contre lui en l'embrassant. Et de quoi parlait-il ? Que s'était-il passé entre eux en Angleterre ?

Il avait suffi d'un instant pour que mon univers familier se retrouve sens dessus dessous. C'était comme si tout le monde autour de moi portait un masque, et que les masques tombaient. La tête me tournait, je me sentais faiblir et mon cœur cognait si fort que je dus m'asseoir. Quelques minutes plus tard, j'entendis la porte de la maison s'ouvrir et se refermer. L'oncle Roy descendit les marches et m'appela.

– Summer ! Ta maman veut que tu rentres. Summer ? Où es-tu ?

Je ne répondis pas. Il appela encore, écouta, puis reprit le chemin de sa maison dans le soir tombant, la tête basse. Je m'appuyai au muret, croisai les bras et contemplai fixement le carrelage du kiosque.

– Et moi qui te croyais si malade, fit une voix.

Sur le moment, je crus l'avoir imaginée. Quand je me retournai, je ne vis d'abord personne. Puis Harley sortit de l'ombre pour s'avancer vers moi.

– Harley ? Qu'est-ce que tu fais ici ?

– Je pourrais te retourner la question, Summer. Qu'est-ce qui se passe ? Je t'ai vue sortir de chez toi en courant. Puis j'ai entendu Roy t'appeler, poursuivit-il en s'approchant toujours.

Arrivé à la balustrade, il s'arrêta.

Ma langue semblait collée à mon palais. Comme si

elle refusait de se prêter à un nouveau mensonge, ironisai-je à part moi.

– Je ne suis pas revenue parce que j'étais malade, Harley. Enfin, pas exactement.

Il me dévisagea longuement, puis hocha la tête.

– Je sais. Je l'ai senti quand tu m'as parlé, d'abord, et à la réaction de Roy quand il a appris ton retour. Tu as l'intention de me dire la vérité ?

– Oui, Harley, mais ce n'est pas si facile.

– Très bien, acquiesça-t-il. Je serai patient.

Il sauta par-dessus la rambarde et s'assit à côté de moi. Je m'empressai de l'avertir.

– Il n'y a rien que tu puisses faire, Harley Arnold. Alors pas question de bondir sur ta moto et de me rendre malade de remords pour t'avoir parlé. Je ne le supporterais pas.

– Compris, marmonna-t-il.

– Je suis sérieuse, Harley. Je veux que tu me le promettes sur ton honneur, et que tu saches une chose. Si tu romps ta promesse, je ne t'adresserai plus la parole et ne m'inquiéterai plus jamais de toi, ni de ce qui te concerne.

– D'accord.

– D'accord pour quoi ? Tu promets ?

– Je promets, s'engagea-t-il à contrecœur.

Je respirai à fond et me jetai à l'eau.

– J'ai fait quelque chose de mal. Je suis allée me promener avec un garçon après le couvre-feu.

– C'est tout ? s'enquit-il aussitôt, un peu crispé.

– Non.

Ses sourcils se rapprochèrent dangereusement.

– Quoi d'autre ?

– J'ai été beaucoup plus stupide. Je me suis laissé convaincre d'aller voir sa nouvelle voiture et quand j'y suis montée…

– Eh bien ? (Mon silence eut tôt fait de l'éclairer.) Il t'a fait quelque chose ?

Je fis signe que oui.

– Rappelle-toi ta promesse, Harley.

Même dans l'obscurité, je pouvais voir monter sa colère. C'était presque comme si je le sentais bouillir.

– Eh bien, qu'est-ce qu'ils ont fait ? Je veux dire l'école, la police, les autorités.

– Il a été renvoyé.

– Et ?

– Il est astreint pour un an à suivre une psychothérapie.

– C'est tout ? Comment s'appelle-t-il ?

C'était bien ce que j'avais craint. Heureusement qu'il avait promis.

– Personne ne peut rien faire de plus, Harley.

– Et ton père, lui, qu'est-ce qu'il fait pour ça ?

– Il a déjà fait l'impossible, et Grandpa Grant aussi.

– Tu aurais dû me le dire tout de suite, dit-il âprement. Est-ce que tu ne te confiais pas toujours à moi ?

– Si, bien sûr... Ce n'est pas une chose dont j'aie envie de parler, Harley.

Toute la déception et toute la rage qu'il avait pu éprouver s'évanouirent.

– Je suis désolé, Summer. Je devrais plutôt te demander comment tu vas.

Il prit ma main et la garda. Nous restâmes ainsi pendant de longues minutes, sans échanger un mot. Finalement, il rompit le silence.

– Si je peux faire quelque chose, n'importe quoi, tu me le dis, d'accord ?

– Oui. Merci, Harley.

– Pourquoi t'es-tu sauvée de chez toi comme ça ? Est-ce que Roy t'a fait des reproches, ou dit quelque chose de désagréable ? insista-t-il, prêt à venger mon honneur.

– Non, le rassurai-je. Absolument pas.

– Alors quoi ?

– Je suis encore très ébranlée, Harley. Tout me bouleverse. Je t'en prie, comprends-le.

– Bien sûr.

– Je ferais mieux de rentrer, dis-je en me levant.

Il bondit sur ses pieds.

– Merci de m'avoir fait confiance, Summer.

– Surtout n'oublie pas ta promesse, lui recommandai-je.

Je le vis enfin sourire.

– Il n'y a rien que je ne sois prêt à faire pour toi si tu me le demandes, Summer.

– Merci, dis-je en me détournant pour partir.

Il m'entoura de son bras et me garda contre lui un instant. Je me raidis. Je ne pouvais pas m'empêcher d'avoir honte, même si je savais qu'il n'y avait aucune raison pour ça.

– Il faut que j'y aille, chuchotai-je en me libérant.

Je sortis du kiosque en courant et repris le chemin de la maison.

– Bonne nuit ! cria-t-il derrière moi.

Je ne répondis pas, j'avais bien trop envie de pleurer. Je commençais à monter les marches quand papa freina devant le perron. Il klaxonna et sortit précipitamment de sa voiture.

– Qu'est-ce que tu fais dehors ? s'alarma-t-il en se hâtant de me rejoindre.

– Je voulais juste prendre un peu l'air, papa.

Il m'enveloppa de son bras.

– Tu vas bien, ma chérie ?

– Oui.

– Et tu as faim, j'espère ?

Ce n'était pas le cas, mais je hochai la tête. Il

m'embrassa dans le cou et nous entrâmes dans la maison.

Maman nous attendait dans le hall. Elle et moi échangeâmes un regard.

– Summer ? s'inquiéta-t-elle.

– Je vais bien, maman. Et j'ai faim.

– C'est servi ! claironna de loin Mme Geary.

Papa laissa son bras sur mon épaule tandis que nous suivions maman jusqu'à la salle à manger.

Ce fut un étrange dîner. L'air était lourd des sombres pensées qui nous hantaient, si lourd qu'on croyait étouffer. Papa s'efforça d'entretenir un semblant de conversation, en parlant des clubs de jouvence et de quelques problèmes personnels. Maman écoutait, mais ses yeux cherchaient les miens et elle scrutait mes traits, comme si elle cherchait à déchiffrer mes véritables sentiments. J'essayais d'éviter son regard, ce qui suffisait à confirmer ses craintes.

Le repas terminé, je pris congé aussitôt que je le jugeai possible et montai me coucher. Il ne me fallut guère de temps pour me mettre au lit. Moins d'une demi-minute après avoir posé la tête sur l'oreiller, je dormais.

À aucun moment je n'entendis marcher dans l'escalier. Pourtant, plus tard, papa me dit qu'il était venu plusieurs fois voir si j'allais bien. Vers quatre heures du matin, je m'éveillai en sursaut et ne repris pas mes esprits tout de suite. Pendant quelques fractions de seconde, j'espérai que tout ce qui s'était passé n'était qu'un cauchemar. Je crus même, réellement, que je n'étais pas encore partie pour Pelham.

L'illusion ne dura pas, naturellement. Je m'assis, me frottai les yeux, respirai longuement. J'étais lasse, mais je sentais que je ne pourrais pas me rendormir tout de suite. Même si je m'étais forcée pour faire honneur au savoureux dîner de Mme Geary, j'avais encore faim. Je décidai de descendre prendre un verre de lait, et peut-être aussi une tartine de confiture.

L'escalier et le hall étaient plongés dans la pénombre, la porte de la chambre de mes parents était fermée. La maison tout entière semblait dormir. La moquette qui recouvrait les marches étouffa le bruit de mes pas. Je me hâtai vers la cuisine et commençai à préparer ma collation. J'avais presque fini de manger quand je perçus, sans erreur possible, le bruit du va-et-vient de maman. J'entendis un bruit métallique, puis le chuintement de son fauteuil roulant qui s'approchait.

Elle était en chemise de nuit, les cheveux dénoués. Elle me sourit.

– Je pensais bien que tu étais descendue, Summer. Je n'ai pas beaucoup dormi, je me réveillais sans arrêt. Papa prend des somnifères et il ronfle. Ça va, toi ?

– Oui.

– Tu veux bien me verser un verre de lait, à moi aussi ?

Je m'empressai d'obéir. Elle sirota quelques gorgées, tout en m'observant par-dessus le bord du verre.

– Pourquoi t'es-tu sauvée comme ça tout à l'heure, ma chérie ?

– Je ne sais pas, répondis-je très vite.

– Depuis combien de temps étais-tu là ?

– Un petit moment.

Elle hocha la tête, but quelques gorgées de plus et me regarda bien en face.

– L'oncle Roy ne voulait pas habiter aussi près de chez nous, tu sais.

– Je sais.

– Quand j'étais plus jeune, j'avais tellement l'habitude de l'avoir près de moi, veillant sur moi ! Après son mariage avec Glenda, j'ai pensé que tout s'arrangerait. Je me dis parfois que la vie est comme un cours d'eau qui s'écoule. Quand il rencontre un obstacle, il change de direction. Et quand il repart, il ne pense plus aux endroits qu'il a traversés avant.

« C'est ce que je voudrais, j'imagine.

Que voulait-elle dire ? Elle s'aperçut de mon trouble et s'excusa :

– Je parle à tort et à travers, ma chérie, c'est la fatigue. Désolée.

– Mais non, maman. Il n'y a pas de quoi.

L'intensité de son regard s'accentua.

– Je ne veux plus de secrets entre nous, Summer. Que cela me plaise ou non, tu es une jeune femme à présent. Tu as surmonté cette épreuve terrible avec beaucoup de maturité. Mieux que je n'aurais su le faire à ton âge, même en vivant où je vivais, et en voyant les choses que je voyais chaque jour. Je suis fière de toi, ma chérie.

Je baissai les yeux sans mot dire.

– Summer ?

– Pourquoi embrassais-tu Oncle Roy de cette façon ? finis-je par demander. Il te serrait si fort ! Et quand il t'a embrassée, on aurait dit que tu lui rendais son baiser.

– Je pensais bien que c'était ça, murmura-t-elle en hochant la tête. Oncle Roy a été mon grand frère pendant si longtemps ! C'est un peu comme si je redevenais petite fille, quand il me console ou me protège.

– Ce n'était pas un baiser de petite fille, maman. Et il ne t'embrassait pas non plus comme un grand frère embrasse sa petite sœur.

Une sorte hésitation passa dans son regard.

– Tout ça est si compliqué, ma chérie, et il est tard.

– Je croyais que tu ne voulais plus de secrets entre nous ?

Je sentis qu'elle hésitait encore.

– Tu as déjà un poids si lourd sur le cœur, ce soir.

– Justement. Un peu plus, un peu moins...

Cette fois, elle sourit.

– Décidément, tu es plus forte que je ne l'étais, conclut-elle en s'appuyant au dossier du fauteuil.

Un instant, ses traits se crispèrent comme si ses pensées réveillaient une douleur ancienne, puis elle parla.

– Quand il eut découvert le secret de ma naissance, ton oncle Roy vint me confier le sien. Il m'avoua que depuis des années il se haïssait lui-même à cause de ses sentiments pour moi, qu'il jugeait contre nature.

« Il était vraiment heureux que nous ne soyons pas parents, et il aurait voulu que je ressente la même chose pour lui, tu comprends ?

– Oui.

– Cela m'était impossible, mais il me suppliait sans arrêt d'essayer de changer. J'avais tant d'affection pour lui, et je supportais si mal de le voir souffrir que j'ai essayé. Mais je n'ai pas changé, et il a bien fallu qu'il admette les faits. Il pensait que le sort avait été cruel envers lui, et envers nous.

« Quand il a rencontré Glenda, j'en ai été très heureuse. Je pensais qu'il allait enfin trouver le bonheur, apprendre à accepter ce qui nous était arrivé. Comme tu le sais, Glenda et lui ont eu leur part de malheur, tous les deux. Ta tante Glenda n'est pas facile à vivre. Roy est venu souvent s'en plaindre à moi.

« De temps en temps, il en revient à ses souhaits et à ses rêves d'autrefois. Je fais de mon mieux pour l'encourager, l'aider à essayer de construire une vie normale avec Glenda. Le plus souvent, j'y réussis très bien mais ce soir... Ce soir j'ai trébuché. J'étais à bout de forces, j'avais peur pour toi ; j'ai glissé, voilà tout. Cela n'arrivera plus.

– Qu'est-ce qu'il voulait dire, quand il parlait de ce qui s'était passé à Londres ? m'obstinai-je à savoir.

Maman se mordit la lèvre et ses yeux se mouillèrent.

– Ça va, maman, je comprends, me hâtai-je de la rassurer.

Elle sourit et me prit dans ses bras.

– C'est si bon d'avoir une grande fille à qui parler, Summer. Tu es ma meilleure amie, maintenant.

– Et toi la mienne, maman.

– C'est une bonne chose, dit-elle en s'écartant un peu pour me regarder. Tu veux retourner te coucher ?

– Oui.

Je débarrassai la table, aidai maman à s'installer dans son siège mécanique et montai avec elle. Une fois en haut, elle se transféra dans son second fauteuil et regagna sa chambre. Sur le seuil, elle s'arrêta, le temps d'un dernier sourire.

– À demain, ma chérie.

Je rentrai dans ma chambre à mon tour, allai à la fenêtre et regardai la maison du bord du lac où, en ce moment même, l'oncle Roy était couché. Peut-être ne dormait-il pas, lui non plus. Peut-être, les yeux grands ouverts dans le noir, songeait-il aux étranges méandres et détours qu'avait décrits le fleuve de sa vie.

Tant de secrets planaient sous le couvert de l'ombre, entre nos deux maisons. Au lever du soleil ils se retireraient dans nos cœurs, attendant, espérant d'être découverts, de renaître à la lumière du jour.

Quel grand secret venait-on de me transmettre ? Et maintenant, quelle découverte me réservait mon cœur ?

8

J'enterre le passé

Tel un plongeur en apnée, j'eus l'impression d'avoir retenu mon souffle sous l'eau tant que je ne fus pas certaine de ne pas être enceinte. Cette idée me hantait. Avoir cette nouvelle épreuve à vivre ! Maman fut aussi soulagée que moi. Papa ne faisait plus la moindre allusion à tout cela. Comme quelqu'un qu'on aurait forcé à boire du lait tourné, il évitait toute référence à l'incident de peur d'avoir à nouveau la nausée. Il ne voulait plus entendre parler de Pelham, et s'estimait heureux que Grandpa Grant ait pris en charge la suite de l'affaire.

Maman fit en sorte que M. Lippincot, mon professeur de piano habituel, vienne à la maison deux fois par semaine me donner ma leçon. Et quand l'envie m'en prenait, je m'exerçais seule à la clarinette.

Papa aurait voulu que j'aille au bureau avec lui tous les jours, pour l'aider dans le travail de gestion, mais je n'étais pas encore prête pour ça. Je préférais de beaucoup rester à la maison, me promener dans le parc ou, de temps en temps, aller me baigner ou canoter sur le lac.

En fin d'après-midi, je m'asseyais près de maman sur la terrasse, derrière la maison, et nous faisions de la tapisserie ensemble. Les jours s'enchaînaient en un flot continu, dans une atmosphère feutrée. Nous parlions tous en baissant la voix, nous déplacions avec précaution, comme si nous avions peur de réveiller les souvenirs amers qui ne dormaient que d'un œil.

Une semaine après mon retour, nous eûmes la visite de Grand-mère Megan et Grand-père Grant. Je crus que j'allais détester chaque moment qu'il faudrait passer avec eux, et maman aussi. Car Grand-mère Megan commença par se comporter comme si j'étais morte.

– Pauvre, pauvre enfant, gémit-elle dès qu'elle eut jeté les yeux sur moi. Ma pauvre petite fille !

Papa et Grandpa se retirèrent dans le bureau, nous laissant seules dans la salle de séjour, et ce fut maman qui vint à mon secours.

– Summer n'est plus une petite fille, Mère. Et je ne fais pas seulement allusion à ce qui s'est passé. Elle a seize ans, elle est très mature et très responsable.

– Oui, oui, je sais. Qu'en pense le médecin ?

– Elle trouve qu'elle va bien. Il n'y aura pas de complications, si c'est ce que tu veux dire.

Elle ? releva ma grand-mère. Vous avez un médecin femme pour Summer ?

– Le Dr Meirose, oui. C'est l'associée du Dr Stem, et Summer se sent plus à l'aise avec elle.

– Ah ! Je vois.

Une fois de plus, ma grand-mère eut pour moi un regard empreint d'une telle pitié que je m'attendis à la voir fondre en larmes.

– Je vais très bien, Grand-mère, insistai-je.

Mais son expression douloureuse ne fit que s'accentuer.

– C'est affreux de te voir perdre si tôt ton innocence, Summer !

Un soupir déchirant suivit sa déclaration, puis elle

se renversa dans son fauteuil, les yeux tournés vers la fenêtre.

Maman m'adressa un clin d'œil narquois et fit observer :

– Tu n'étais pas beaucoup plus âgée quand tu as perdu la tienne, Mère.

Grand-mère Megan se raidit.

– En tout cas, Rain, c'était avec mon consentement. Ce n'est pas du tout la même chose.

– À quoi bon s'appesantir là-dessus, Mère ? Les choses sont suffisamment pénibles comme ça pour Summer.

– Tu crois que je ne le sais pas ?

Grand-Mère Megan me dévisagea gravement.

– Tu ne dois plus y penser. Efforce-toi de faire comme si cela n'était jamais arrivé, comme si ce n'était qu'un mauvais rêve. Si tu essaies vraiment, ça marchera. C'est toujours ce que je fais quand je suis confrontée à quelque chose de désagréable.

« Depuis quelque temps, ajouta-t-elle, plus pour maman que pour moi, c'est ma seule façon d'agir avec Alison. Sais-tu que la semaine dernière elle est sortie quatre fois, avec quatre hommes différents ? Quand je me suis permis une observation, elle m'a répondu qu'elle faisait du lèche-vitrines. Du lèche-vitrines, avec les hommes ! Qu'est-ce qu'elle entendait par là, je te le demande ?

– C'est à elle qu'il fallait le demander, répliqua maman.

– Pour qu'elle me le dise ? Non merci. Cette fille prend un malin plaisir à me choquer. Je ne veux rien savoir de ses exploits.

– Elle cherche simplement à attirer ton attention. Montre-lui que tu t'intéresses à elle, Mère.

– Quoi ? s'offusqua Grand-mère Megan. Comment peux-tu dire ça ? Tu oublies tout ce que je lui ai acheté, toutes les portes que je lui ai ouvertes ! J'ai dépensé une fortune, pour elle, et je ne compte plus les occasions où Grant a dû la tirer d'un mauvais pas. C'est une ingrate, voilà tout, décréta ma grand-mère. Une ingrate et une enfant gâtée.

– Pour ça, tu ne peux t'en prendre qu'à toi-même, Mère.

– C'est ridicule. Certaines filles sont tout simplement... disposées à être des enfants gâtées, voilà. Est-ce que j'en étais une, moi ? Non. Et pourtant, j'avais tout ce que je voulais. Je faisais la pluie et le beau temps dans le cœur de mon père. Il ne savait pas quoi inventer pour me plaire.

Grand-mère Megan m'enveloppa d'un regard tragique et ses lèvres tremblèrent.

– Ma pauvre, pauvre chérie ! Ta première expérience avec un homme aurait dû être merveilleuse, romantique, un souvenir à chérir toute ta vie. N'y pense plus. Raye-la de ta mémoire. Tu sais ce que tu devrais faire ?

Elle retrouva brusquement un peu d'entrain.

– Tu devrais aller au fond du parc et enterrer ce mauvais souvenir. C'est ce que j'ai toujours fait, et ça a toujours marché.

– Enterrer un souvenir ? (Je cherchai le regard de maman, qui se contenta de hausser les épaules.) Comment fais-tu ça, Grand-mère ?

– Je vais te montrer, dit-elle en sautant sur ses pieds. Va chercher une feuille de papier et un stylo. Allez, faisons-le.

La voix de maman se nuança de reproche.

– Mère, je t'en prie. Tu deviens ridicule.

– Pas du tout. Summer ne me trouve pas ridicule, n'est-ce pas, ma chérie ?

– Je...

– Va donc chercher ce que je t'ai demandé, tu veux bien ?

Je regardai maman, qui leva les yeux au ciel, et j'allai à la cuisine chercher le carnet et le crayon toujours placés près du téléphone.

– Bien, approuva ma grand-mère quand je les rapportai.

Elle posa carnet et stylo sur la table d'angle, tapota la chaise qui se trouvait en face et ordonna :

– Assieds-toi là.

J'obéis, levai les yeux sur elle et attendis.

– Maintenant, écris ce qui t'est arrivé, aussi vite et aussi simplement que possible.

– Mère ! protesta maman.

– Tais-toi un moment, Rain. Il y a certaines choses que tu ignores encore, et que j'ai apprises en vieillissant.

– Je n'ai vraiment pas envie de faire ça, Grand-mère, objectai-je.

– Bien sûr que tu ne veux pas. C'est pénible, mais c'est comme vomir de la nourriture avariée. Il faut que tu rejettes tout ça hors de toi. Fais-le vite, ma petite fille.

Elle se pencha sur moi et attendit, tel un professeur surveillant le travail d'un élève. Je réfléchis quelques secondes, puis rédigeai rapidement une description des faits qui tenait en deux lignes. *Je suis allée me promener avec un garçon à l'école. Il m'a fait monter dans son van et m'a violée.*

– Parfait, approuva Grand-mère Megan.

Elle arracha la page du carnet, la plia plusieurs fois sur elle-même jusqu'à obtenir un minuscule rectangle, qu'elle serra étroitement dans son poing.

– Et maintenant allons chercher une pelle, trouvons un coin écarté dans le parc et enterrons ça le plus profondément possible. Allez, viens ! ordonna-t-elle, tout excitée par son plan.

Maman eut une moue sceptique.

– Tout le monde va te croire complètement folle, Mère.

– Personne n'a besoin de le savoir, répliqua Grand-mère Megan. Summer ?

Maman me regarda avec une curiosité soudaine, intriguée par ma réaction. Je ne pouvais pas m'empêcher de me demander si ça marcherait. Peut-être y avait-il quelque chose de magique, là-dedans ? Si quelqu'un avait l'art d'éviter la tristesse, c'était bien Grand-mère Megan.

– Je ne supporterai pas ça une seconde de plus, dit maman, roulant déjà vers la porte. Je vais voir à la cuisine ce que Mme Geary nous prépare pour déjeuner.

– Allons-y, ma chérie.

Grand-mère Megan m'entoura les épaules de son bras et nous sortîmes par la porte du fond.

– Où range-t-on les outils de jardinage ? s'enquit-elle, une fois dehors.

– Toujours dans la resserre, près du garage.

Nous y allâmes, et je dénichai une bêche.

– Je sais exactement où aller, chuchota Grand-mère Megan.

Elle m'entraîna loin de la maison, presque à l'orée du bois, où elle s'arrêta.

– J'ai enterré une poupée ici, autrefois, me confia-t-elle. Je l'avais laissée tomber et elle s'était cassée en deux. C'était mon père qui me l'avait rapportée d'un de ses voyages. Elle était si belle, si précieuse ! J'ai tellement pleuré que j'ai failli me rendre malade, et mon père a dit que nous devrions l'enterrer. Ma sœur Victoria trouvait ça ridicule, mais nous sommes venus jusqu'ici, mon père et moi. Il a creusé la tombe et nous y avons déposé la poupée cassée. Puis il l'a recouverte, a dit une prière et je me suis sentie beaucoup mieux.

« Allez, ordonna-t-elle. Creuse ta petite tombe et enterre ton tourment.

Je m'assurai qu'il n'y avait personne dehors et que nous n'étions pas épiées. Mais en regardant vers la maison, je crus apercevoir maman derrière une fenêtre de la cuisine. Aussi vite que j'en fus capable, je creusai un trou. Ma grand-mère me tendit le feuillet plié.

– Jette-le dedans.

Je m'exécutai, et recouvris rapidement le papier qu'elle me remit. Elle tassa la terre meuble comme si elle écrasait un insecte nuisible.

– Piétine-le, ordonna-t-elle.

J'obéis encore.

– Plus fort, plus fort.

Je piétinai la terre à mon tour, avec la sensation étrange de broyer mes cauchemars sous mon talon.

– Plus fort, plus fort, scandait-elle comme une litanie. Meurs, meurs, meurs !

Et moi aussi, je me mis à murmurer ces mots.

Elle s'arrêta enfin, posa la main sur mon épaule et me sourit.

– Et voilà, c'est fini. Tu t'en es débarrassée. Tu ne te sens pas plus légère, plus libre ?

– Si, m'entendis-je répondre.

C'était peut-être insensé, mais à ce moment-là c'était vrai.

Nous allâmes ranger la bêche dans la resserre, puis revînmes à la maison pour déjeuner. Pas une seule fois, pendant le reste de la journée, il ne fut fait allusion à çe que nous avions fait ou à ce qui m'était arrivé. Plus tard, quand Grand-mère Megan eut pris place dans la limousine et que je lui dis au revoir, elle me sourit en répétant : « C'est fini, c'est fini. » Elle me tapotait gentiment la main en disant cela ; exactement comme le faisait maman quand j'étais petite, pour me convaincre que mes cauchemars ne reviendraient plus.

Quand la voiture eut disparu, je parcourus du regard l'étendue de la propriété. Tout offrait un aspect somptueux. Les arbres au feuillage épais, d'un vert intense, l'herbe drue et les fleurs d'été, tout débordait de force et de vie. Pourtant j'avais le sentiment très net que les pelouses étaient parsemées de petites tombes, recelant tous les moments douloureux de la vie de Grand-mère Megan, désormais bannis de son esprit.

Sa pratique était-elle insensée ; ou réellement bénéfique ?

Quelquefois, nous avons besoin de croire à la magie, décidai-je. Et je fis part de cette pensée à maman un peu plus tard, quand elle vint me rejoindre.

– Ma mère est complètement timbrée, commenta-t-elle.

– Possible.

– Ne me dis pas qu'elle t'a convaincue ! Tu ne penses quand même pas qu'on peut enterrer les mauvais souvenirs aussi facilement que ça ?

– Est-ce que ce n'est pas une belle idée, maman ? Qu'il puisse y avoir un peu de magie dans la vie ?

Elle attacha sur moi un regard pénétrant et me sourit.

– Peut-être, concéda-t-elle. C'est sans doute ce que j'ai pensé en rencontrant ton père, et plus tard quand nous t'avons eue. Ce doit être ça, la magie. Mais quand même, ne parle à personne des folies de ta grand-mère, je t'en prie. C'est trop gênant.

Je ne répondis ni oui ni non. Je finirais sans doute

par en parler à Harley, et il ne rirait pas de moi. Il aurait l'air jaloux et dirait : « Un de ces jours, je lui demanderai de m'aider à enterrer certaines choses, moi aussi. »

Je n'insisterais pas pour qu'il me dise lesquelles, c'était facile à imaginer. La plupart de nos conversations roulaient sur les choses agréables ou amusantes, ces jours-ci. Harley venait me voir le plus souvent possible, et faisait de son mieux pour me remonter le moral. Il parlait continuellement, comme s'il redoutait que le plus petit silence entre nous ne me replonge dans mes idées noires. Il venait même si souvent que j'entendis un jour, dans le parc, l'oncle Roy le réprimander.

– Tu te rends odieux à être toujours fourré chez eux, ils ont besoin d'être un peu tranquilles.

Pendant quelques jours, après cela, Harley ne se montra plus. Puis un soir, assez tard, je le vis qui marchait le long du lac, silhouetté par le clair de lune. Il s'arrêta et resta très longtemps ainsi, à fixer l'eau. Devinant que quelque chose n'allait pas, je me levai sans bruit, descendis tout aussi furtivement et sortis pour le rejoindre.

– Pourquoi es-tu dehors si tard ? lui demandai-je en m'approchant.

J'étais en robe de chambre et en pantoufles, les bras croisés sous la poitrine. Harley était encore habillé, en jean et tee-shirt noir. Il me jeta un bref coup d'œil et pointa le menton en direction de chez lui.

– Je ne pouvais pas dormir, j'ai fini par y renoncer.

– Qu'est-ce qui ne va pas ?

J'attendis longtemps une réponse qui ne vint pas.

– Tante Glenda va bien ?

– Non, dit-il d'une voix morne.

– Qu'y a-t-il ?

Je m'attendais à entendre toujours le même discours, mais ce ne fut pas le cas.

– Tu ne te rappelles pas quel jour on est ? demanda-t-il, toujours sans me regarder.

– Aujourd'hui ? Oh ! fis-je après quelques instants de réflexion. Désolée, j'avais oublié.

C'était l'anniversaire de la mort de Latisha. Peut-être ne voulais-je pas m'en souvenir ? Chaque année, à la même date, Tante Glenda s'habillait de noir et arborait une expression lugubre, qui se communiquait à tous ceux qui l'approchaient.

– Je voudrais pouvoir l'oublier aussi, grinça Harley entre ses dents serrées. Je devrais arracher cette page du calendrier, et l'enterrer quelque part, comme ta grand-mère et toi avez enterré tes mauvais souvenirs.

« Franchement, ça m'étonnerait que ça marche, poursuivit-il en détournant les yeux. J'avais presque huit ans quand elle est morte, mais j'avais encore du mal à comprendre ce que signifiait la mort. Latisha était souvent malade. Je me souviens qu'elle était sans arrêt hospitalisée, mais pour moi la mort ne concernait que les grandes personnes. J'imagine qu'après ça, j'ai attendu pendant des jours et des jours que Roy et ma mère la ramènent à la maison. Je croyais…

Il sourit comme s'il se moquait de lui-même.

– Je croyais que lorsqu'un enfant mourait, il ne mourait que pour quelque temps. Que pour eux, la mort n'était qu'une maladie, et que le médecin guérirait ma petite sœur.

« Ma mère passait beaucoup de temps à côté de sa tombe, le soir. Elle pensait que Latisha pourrait avoir peur, toute seule dans le noir. Roy se fâchait, il la grondait de dire des sottises pareilles.

« Et puis elle est retournée à la religion, ce qui l'a aidée à accepter la mort de Latisha. Sa fille était au paradis avec les anges, elle n'était plus seule et n'avait plus peur. D'après ma mère, Latisha était malheureuse pour nous qui devions porter son deuil.

« Et elle me racontait tout ça le soir à table, comme une autre mère aurait lu un conte à son enfant. Elle ouvrait la Bible au hasard, m'en lisait un passage et me parlait du paradis. Roy ne pouvait pas supporter ça. Il quittait la table, même s'il n'avait pas fini de manger Ma mère n'y faisait pas attention, je suppose. Peu à peu, elle s'éloignait déjà de nous.

Harley eut un long soupir désenchanté.

– Tu imagines ce que c'est pour un enfant de se réveiller la nuit en plein orage, terrorisé, et d'appeler sa mère qui ne vient pas, parce qu'elle est sur la tombe de sa fille ? Ce n'était pas Roy qui me réconfortait beaucoup, laisse-moi te dire. Il passait la tête dans la chambre et grognait :

– Arrête de faire le bébé, il ne va rien t'arriver. Rendors-toi.

« Je me demandais souvent s'il lui arrivait d'avoir peur. Parfois je souhaitais lui ressembler, à cause de ça ; et parfois je le détestais, à cause de ça aussi.

Harley s'interrompit net et me regarda d'un air confus, comme s'il venait juste de se rendre compte que j'étais debout devant lui, à l'écouter.

– Mais je suis là à te raconter mes problèmes, à toi… Quelle brute je fais !

– Non, pas du tout. Tes problèmes m'intéressent, et je ne tiens pas à m'attarder sur cette expérience malheureuse. Ça devait arriver, voilà tout.

– Ah non ! La malchance ou le destin n'ont rien à voir là-dedans, Summer. Quelle petite ordure ! Je voudrais savoir son nom. Je voudrais savoir où il est. Je lui ôterais son sourire arrogant de la figure, tu peux me croire.

Il s'était raidi, les bras tendus le long du corps et les poings serrés. Je lui posai la main sur l'épaule.

– Je sais que tu le ferais, c'est pour ça que je ne te dirai rien. Tu t'attirerais encore des ennuis, et quel effet crois-tu que ça me ferait, à moi ? Je me sentirais horriblement coupable, Harley.

Il fit un signe d'assentiment et se détendit.

– Je peux te dire quelque chose de très personnel, Summer ?

– Naturellement. Nous nous sommes toujours fait confiance l'un à l'autre, non ?

Il fit la moue, irrité comme toujours par la moindre allusion au fait que nous étions comme frère et sœur, ou encore proches cousins.

– Oui, mais... je ne parle pas de ces secrets de gamins, ni rien de tout ça.

– De quoi parles-tu, alors ?

– De ce que j'ai ressenti quand tu m'as dit ce qui t'était arrivé. Je sais que j'aurais dû être beaucoup plus affecté par ce qu'il t'avait fait ; mais ce qui m'a le plus tourmenté, c'est d'apprendre que tu étais allée te promener la nuit avec un autre. Tu pensais t'offrir une agréable petite amourette de vacances, c'est ça ?

– Harley Arnold ! me hérissai-je, indignée par son ton accusateur. Je ne vois pas en quoi ça te regarde.

– Oh, mais si, ça me regarde. J'espérais que nous aurions nos amours de vacances, toi et moi. Des amours qui dureraient jusqu'à l'automne, et bien après. Désolé, se reprit-il avant que j'aie pu placer un mot. Désolé de t'avoir ennuyée. Désolé d'ennuyer tout le monde, marmonna-t-il en s'éloignant précipitamment.

– Harley !

Je le rappelai en vain, il poursuivit son chemin. J'en éprouvai une telle frustration que je tapai du pied.

Et dire que les filles étaient soi-disant difficiles à comprendre ! fulminai-je intérieurement.

De retour dans ma chambre, j'allai à la fenêtre et scrutai l'obscurité en direction du lac. Harley n'était nulle part en vue. Trop fatiguée pour le guetter longtemps, je retournai me coucher.

Le lendemain, il ne se montra pas de la journée. Mais l'après-midi suivant, il nous rejoignit sur la terrasse, maman et moi, et nous regarda travailler à notre tapisserie. Il dit bonjour sans s'adresser à personne et maman lui sourit, mais je ne lui accordai qu'un regard et repris mon ouvrage. Maman et lui commencèrent par parler du temps, puis de ses projets d'études. Il jetait de temps à autre un coup d'œil de mon côté, mais je me concentrais sur mon travail. Finalement, il annonça qu'il avait reçu une réponse à l'une de ses demandes d'inscription.

Je levai la tête, attendant la suite, mais il n'en dit pas plus. À la fin ce fut moi qui rompis le silence.

– Eh bien, Harley Arnold, tu comptes nous faire lanterner comme ça longtemps ? Qu'est-ce qu'ils ont dit ?

– Que je pouvais toujours m'inscrire et acquérir quelques connaissances, si je voulais.

– Quoi ?

– C'est merveilleux, Harley, commenta maman.

– D'acquérir quelques connaissances ? Ce n'est pas exactement ce que j'appelle faire des études. Ce n'est qu'un centre universitaire de premier cycle, de toute façon.

– C'est toujours une chance, Harley, l'encouragea maman. Ne la gâche pas.

Il hocha la tête et prit une mine penaude, puis leva sur moi un regard aigu et me sourit. Ce fut plus fort que moi : je lui rendis son sourire.

Peu de temps après, l'oncle Roy contourna le coin de la maison et s'arrêta, tout surpris de voir Harley.

– Qu'est-ce que tu fabriques ici ? aboya-t-il, sans dire bonjour à personne.

Harley s'agita sur son siège.

– Rien.

– Rien ? Tu n'es pas censé travailler au chantier, à cette heure-ci ?

– Jerry a dit qu'il en avait fini avec Sheetrock pour aujourd'hui, répliqua Harley.

– Ah oui ? Et Bob Matthews ? Tu sais que je veux te voir travailler avec lui le plus souvent possible, pour te perfectionner en électricité. J'ai passé du temps à le convaincre de te prendre comme apprenti. Tu pourrais trouver une occupation plus utile que de regarder deux femmes faire de la tapisserie, non ? Comment comptes-tu gagner ta vie ? Comme couturière ?

Harley vira au rouge ponceau.

– Il ne nous ennuie pas, Roy, fit observer maman.

– Encore heureux ! N'empêche qu'il est censé être occupé ailleurs.

L'oncle Roy nous regarda l'un après l'autre, Harley et moi, puis reprit d'un ton sévère :

– Je te retiendrai une journée de salaire, pour la peine.

Harley se leva d'un bond.

– Pour ce que je gagne ! renvoya-t-il en tournant les talons. Une journée d'un salaire de misère, la belle affaire !

– Ce salaire de misère paie tes dépenses personnelles, lui lança rudement l'oncle Roy.

Harley ne se retourna pas, mais je le vis raidir la nuque comme s'il venait de recevoir un coup par-derrière.

– Mama disait toujours qu'on n'attrape pas les mouches avec du vinaigre, Roy, plaida maman.

Mon oncle grommela d'un ton bourru :

– Elle disait aussi : « Donnez-lui un doigt, tout le bras y passera. »

– C'est de ton père qu'elle parlait, Roy.

– Hmm, fit l'oncle Roy en guise de réponse.

Il suivit Harley des yeux pendant quelques instants, puis se retourna vers nous.

– Tu n'as besoin de rien, Rain ?

– Non, je te remercie. Comment va Glenda ? Cela fait quelques jours que je ne l'ai pas vue.

– C'est cette époque de l'année, tu comprends... Maman posa sa tapisserie sur ses genoux et réfléchit quelques instants.

– C'est vrai, j'avais oublié !

– Eh oui ! Il y a eu dix ans hier que Latisha est morte.

– J'aurais dû m'en souvenir, se désola maman.

– Pas avec tous les soucis que tu as, Rain.

– Quand même, j'aurais dû y penser. Je passerai la voir tout à l'heure.

– Elle sera dans la maison, à se balancer dans son fauteuil en fredonnant ses cantiques. Elle n'est même pas consciente de la présence des gens, la plupart du temps, soupira mon oncle.

On entendit Harley mettre sa moto en marche, puis commencer à descendre l'allée carrossable.

– Où va-t-il ? demanda l'oncle Roy pour la forme. C'est bien de lui de choisir ce moment pour empoisonner tout le monde. Il y avait longtemps !

– Peut-être qu'il pense à Latisha, lui aussi, Roy.

– Ça m'étonnerait.

– Si, il y pense ! lançai-je abruptement, attirant leurs deux regards sur moi. Il en parlait avant-hier soir.

Maman fronça les sourcils.

– Avant-hier soir ? Je ne m'en souviens pas.

– Vous étiez déjà couchés, papa et toi. Je l'ai vu

errer dans le parc et je suis descendue lui parler. Il m'a dit que les souvenirs l'empêchaient de dormir, Oncle Roy.

– Oui, eh bien justement, grogna-t-il d'un air sombre. Il devrait penser plus à sa mère et s'arranger pour éviter les ennuis. À tout à l'heure, tout le monde.

Il guetta un sourire de maman, qui ne vint pas, et s'éloigna en direction de chez lui.

– Maman, crois-tu que les choses finiront par s'arranger entre Harley et l'oncle Roy ? demandai-je avec espoir.

– Je n'en sais rien, ma chérie. Ton oncle n'a pas eu la vie facile, et les déceptions ne lui ont pas manqué. Il a grandi dans un monde très dangereux, avec deux très jeunes filles à protéger. Il estime les avoir perdues toutes les deux, et ensuite il a perdu son enfant.

– Peut-être que s'il avait une conversation sérieuse avec Harley, et s'il lui faisait un peu plus confiance, ils s'entendraient mieux ?

– C'est possible, Summer, mais c'est leur problème. Pour le moment, les nôtres nous suffisent largement, ajouta maman avec un sourire. J'ai vu que tu avais une lettre de Grandpa Larry ?

– Oui, il aimerait que je retourne les voir là-bas. Il offre même de me payer le voyage.

– Tu ne lui as rien dit à propos de…

– Non, coupai-je vivement. Je devrais ?

– Je ne veux pas t'obliger à penser à tout ça, mais je crois qu'il serait déçu si tu ne lui en avais pas parlé. Être une famille, c'est partager le pire aussi bien que le meilleur.

– Entendu, je lui écrirai ce soir, capitulai-je.

– Cela te tenterait de passer le reste de l'été en Angleterre ?

– Je ne sais pas trop, maman.

– Bon, ne te force surtout pas, ma chérie. Quand tu seras prête, tu iras, conclut-elle en reprenant sa tapisserie.

Je réfléchis quelques instants et je me remis à la mienne.

Après cela nous restâmes un long moment sans rien dire, mais nous n'avions pas besoin de paroles. Nous communiquions autrement, à travers chaque mouvement, chaque souffle, chaque sourire. C'était vraiment une chance d'avoir une mère comme elle, me dis-je avec émotion.

Cela me fit penser à Harley, qui était tellement seul. Pour lui le silence était toujours lourd et sombre, quand il se trouvait dans la même pièce que sa mère et l'oncle Roy.

En fait, chacun d'eux était enfermé dans sa solitude.

Deux jours plus tard survint une vague de chaleur intense, telle que nous n'en avions jamais eu. L'humidité de l'air atteignit des proportions effarantes, la température frôla les trente-huit degrés. La nuit n'apportait qu'un rafraîchissement minime. Les ventilateurs pompèrent tellement de courant que certaines villes en manquèrent. Les animaux eux-mêmes étaient éprouvés. Tous les oiseaux restaient perchés sur les branches, à l'ombre. J'étais malheureuse pour Harley et l'oncle Roy, qui travaillaient en plein soleil. Les médias signalaient des cas de déshydratation grave, en particulier chez les cantonniers. À part rester assis sous un ventilateur, nous ne trouvions de soulagement que dans un seul endroit. Le lac, dont papa affirmait qu'il n'avait jamais été aussi chaud.

Dès qu'il rentrait du travail, Harley se jetait à l'eau. Un après-midi, il n'attendit même pas de s'être changé. Il descendit de moto tout au bout de la jetée d'où il plongea tout habillé, ce qui nous fit beaucoup rire, maman et moi. Surtout quand il sortit de l'eau et vida ses chaussures. Mais l'oncle Roy trouva ça complètement idiot.

Jamais nous ne nous étions baignés aussi souvent le soir. J'arrivais vers huit heures, et je trouvais presque toujours Harley sur le radeau, ou alors en train de faire la planche près du ponton. À part la petite lanterne de la jetée, nous n'avions que la lumière de la lune et des étoiles. Si le temps était couvert, maman ne voulait pas que je m'éloigne trop de la rive.

– Contente-toi de te tremper pour te rafraîchir, ma chérie, me recommandait-elle ces soirs-là.

Il faisait trop chaud pour qu'elle reste dehors à nous surveiller. Aussi papa venait-il fréquemment lui-même voir si tout allait bien, ou encore pour faire un plongeon. Il était rare que l'oncle Roy vienne se baigner. Quand il le faisait, il se contentait de plonger depuis l'autre bord du lac, le plus proche de chez lui.

Quand Harley était petit, mon oncle le gardait le plus possible de ce côté-là, sous prétexte qu'il nous aurait dérangés. Mais maman lui fit clairement comprendre qu'il ne devait jamais, en aucun cas, donner à Harley l'impression qu'il n'était pas chez lui. À présent, bien sûr, Harley pouvait traverser le lac à la nage, et l'endroit d'où il plongeait n'avait plus aucune importance.

Ce vendredi-là, ma tante Alison nous fit une visite-surprise. La plupart du temps, Grand-mère Megan ignorait où elle se trouvait et où elle allait, aussi lui fut-il impossible de nous prévenir. J'avais eu ma leçon de piano dans l'après-midi. Et j'étais d'humeur mélancolique, car la musique me rappelait tout ce que je manquais en n'étant pas à Pelham. Tout cela me paraissait si injuste ! J'étais bien certaine que

Duncan n'éprouvait pas le moindre regret, lui. Pour commencer, il n'avait jamais voulu venir à l'école de musique. Je n'avais été pour lui qu'un moyen de parvenir à ses fins. Là où il se trouvait en ce moment, il devait divertir ses nouveaux amis à mes dépens, en leur parlant de cette pauvre idiote qui cherchait à lui faire des ennuis.

Cette seule idée m'emplissait de rage et me donnait envie de tout dire à Harley, en particulier le nom et l'adresse de Duncan. Ce qui revenait à lancer Harley sur sa piste, tel un chien de chasse, pour lui infliger la punition qu'il méritait. Ou tout au moins, comme il le disait, lui ôter une bonne fois de la figure son petit sourire supérieur.

Ces pensées bouillonnaient sous mon crâne, ajoutant au malaise que me causait déjà la canicule. Après ma leçon je dînai légèrement, montai me changer dans ma chambre et partis en direction du lac. Tout d'abord, je crus que Harley n'était pas là. Il n'y avait pas de lune, et il faisait plus sombre qu'à l'ordinaire. Mais il était bien sur le radeau. Quand mes yeux se furent accoutumés à l'obscurité, je l'aperçus à la lueur des étoiles, couché sur le dos.

De sa maison parvenait une musique religieuse, jouée en sourdine, tout à fait appropriée à cette soirée. Je savais que maman ne tenait pas à ce que je nage jusqu'au radeau, par une nuit pareille, et j'appelai Harley. Peut-être dormait-il, en tout cas il ne m'entendit pas, et je n'acceptais pas l'idée qu'il puisse faire exprès de m'ignorer. Frustrée dans mon attente, je décidai de gagner le radeau à la nage. J'étais sur le point de me jeter à l'eau quand deux phares trouèrent la nuit, balayant la surface du lac jusqu'au radeau.

Harley s'assit, se frotta les yeux et regarda en direction du ponton. Je lui fis signe, et il me répondit. Je me retournais pour voir qui arrivait quand j'entendis le rire de Tante Alison.

Des portières claquèrent, le rire se fit plus bruyant, puis ma tante cria mon nom.

Je lui répondis et elle s'avança vers la jetée, suivie par un grand échalas aux cheveux si blonds qu'ils en paraissaient blancs. Vêtue d'un short ultra-court et d'un débardeur, elle laissait pendre une cigarette au coin de sa bouche.

– Comment va ma nièce préférée ? claironna-t-elle.

– Je vais très bien, Tante Alison. Je ne savais pas que tu venais.

– Moi non plus, mais nous n'étions qu'à quatre-vingts bornes d'ici, et j'ai parlé à Harper de la famille et de la propriété. Pas vrai, Harper ?

Ledit Harper sourit et tira un paquet de cigarettes de sa poche de chemise. Son blue-jean serré, collant comme un gant, soulignait l'étroitesse de ses hanches.

– Harper est un vrai champion de natation, annonça ma tante. Il a nagé dans l'équipe de l'université de Virginie. Pas vrai, Harper ?

– J'ai essayé, en tout cas.

– C'est pareil, décida-t-elle, tout en laissant errer son regard autour d'elle. Où est tout le monde ? Par une nuit pareille, je m'attendais à ce que mon beau-frère fasse prendre un bain à ma sœur.

– Maman peut très bien nager seule si elle en a envie, ripostai-je avec sécheresse. C'est excellent pour elle.

– J'en suis sûre. Comme je te l'ai dit, Harper, ma demi-sœur est en fauteuil roulant. Elle est tombée de cheval. Es-tu déjà tombé de ta monture, Harper ? ajouta-t-elle avec un sourire égrillard.

Il lui renvoya le sourire et se dandina d'un pied sur l'autre.

– Je monte uniquement les bêtes que je tiens bien en main, répliqua-t-il, et ils s'esclaffèrent bruyamment.

Puis le regard de Tante Alison dériva vers le radeau et elle cligna des yeux.

– C'est Harley qui est là-bas ?

– Oui.

– Ah ! fit-elle pensivement, avant de se tourner vers Harley. Ce qu'il fait chaud ! Si tu nous faisais une démonstration de tes talents, trésor ?

– D'accord, acquiesça le présumé champion.

– Alors on y va.

Naturellement, je m'attendais à ce qu'elle l'emmène à la maison, le présente à mes parents, et aille ensuite se changer dans l'une des chambres d'amis. Mais là, sous mes yeux, elle entreprit d'ôter son short et son débardeur. Émoustillé par son geste impulsif, son ami se débattit avec les boutons de sa braguette. Je fus si choquée que, sur le moment, j'en restai figée sur place. Puis je retrouvai la voix.

– Vous allez vous baigner nus ?

– C'est la meilleure façon qui soit, pas vrai, Harper ?

– La seule et unique, ouais.

Mon cœur s'accéléra, je coulai un regard d'espoir vers la maison. Puis, comme Harper s'extrayait de son caleçon, je me mis à l'eau en toute hâte et commençai à nager vers le radeau. Dire que je fuyais eût été plus juste, j'imagine. Je n'avais jamais nagé si vite, ni avec autant d'énergie. Harley s'approcha de l'échelle et m'aida vivement à monter. Les rires et les bruits d'éclaboussures qui nous parvenaient lui firent hausser les sourcils.

– Qu'est-ce qui se passe, là-bas ?

– Tante Alison est arrivée avec un ami, un nommé Harper, et ils ont tous les deux ôté leurs vêtements.

Harley regarda du côté d'où venait le tapage.

– Tu plaisantes ou quoi ? Ils sont tout nus ?

– Oui. Elle est vraiment spéciale, tu sais.

Je m'allongeai à plat ventre, la tête tournée vers le ponton, et Harley s'étendit à mon côté dans la même position. Les éclats de rire du couple ricochaient sur la surface du lac. Nous pouvions les voir s'embrasser, basculer dans l'eau et s'éclabousser de plus belle.

– Ils ont l'air de s'amuser, fit observer Harley.

– Possible, mais je trouve surtout ça grossier. Il ne s'est même pas inquiété de savoir si je le voyais ou non. Il n'a pas attendu que j'aie le dos tourné.

– Tu as regardé ?

– Non, rétorquai-je d'un ton cinglant. Bien sûr que non !

Harley annonça tranquillement :

– Au lycée, j'ai des tas de copains qui vont se baigner nus dans la rivière.

– Et toi, tu y es déjà allé ?

Son hésitation fut un aveu.

– Je voulais juste voir l'effet que ça faisait, se justifia-t-il. Je n'y suis allé qu'une fois. Je n'aime pas tellement ces gars-là.

– Et les filles ? renvoyai-je instantanément.

– Euh… il y en a une ou deux qui pourraient poser pour un magazine, déclara-t-il en riant.

Je piquai mon index sur sa poitrine.

– Ne te moque pas de moi, Harley Arnold. Je parie que tu as quelqu'un dont tu ne m'as jamais parlé.

– Je t'assure que non.

Avant que j'aie eu le temps de poser une autre question, il détourna les yeux, regarda au loin et m'avertit :

– Ils viennent par ici.

– Oh, non !

C'était vrai, pourtant. Ils nageaient dans notre direction.

– Retournons à la jetée, décidai-je. Nous leur laisserons le radeau.

– Je ne sais pas si ce serait très poli, railla-t-il gentiment.

Je me levai.

– Tu viens avec moi, oui ou non ?

– Ne te fâche pas, Summer. Je te taquine, c'est tout.

Subitement, nous entendîmes crier ma tante Alison. Mais il ne s'agissait pas d'un éclat de rire, cette fois, ni d'un cri d'excitation. C'était plutôt un cri de désespoir.

Harper s'arrêta de nager.

– Elle a coulé ou quoi ? s'interrogea Harley à haute voix.

À son tour, Harper hurla.

– Au secours !

Harley plongea, et moi derrière lui. Juste avant de toucher l'eau, j'entendis un autre bruit de plongeon sur ma droite. Harley et moi nagions de toutes nos forces, et il me distançait largement. Mais quand je levais la tête, je distinguais une autre silhouette dans l'eau. C'était l'oncle Roy. Il se redressa, replongea, puis je vis ballotter la tête de Tante Alison, tandis qu'il la remorquait vers la jetée. Nous rejoignîmes Harper, qui suffoquait et se démenait comme un beau diable.

– Ça va ? s'enquit Harley.

– Oui, oui, haleta-t-il, à bout de souffle.

Je les laissai derrière moi. Oncle Roy arrivait près du bord, là où l'eau est assez peu profonde pour qu'on puisse marcher. Il souleva Tante Alison dans ses bras et la porta jusqu'au ponton.

– Oncle Roy ! appelai-je. Elle va bien ?

– Va chercher ton père ! me cria-t-il en réponse.

Dès que j'eus pied, je barbotai jusqu'à la rive et, sans regarder derrière moi, je courus d'une traite jusqu'à la maison. J'empruntai la rampe au lieu de grimper les marches, et manquai arracher la porte de ses gonds en m'engouffrant dans le hall.

– Papa ! vociférai-je. Papa, vite !

Il jaillit du séjour, les yeux écarquillés.

– Qu'y a-t-il ?

– C'est Tante Alison, elle a failli se noyer. Oncle Roy l'a ramenée sur le ponton. Vite !

Maman arrivait, suivant papa le plus vite qu'elle le pouvait. Lui non plus ne prit pas l'escalier. Il sauta par-dessus la balustrade et courut au ponton, où l'oncle Roy avait allongé Tante Alison.

– Que s'est-il passé, Summer ? voulut savoir maman.

– Tante Alison est arrivée avec un nouvel ami à elle, et ils ont décidé de se baigner nus, alors je suis partie vers le radeau rejoindre Harley. Ils ont voulu venir aussi et d'un seul coup, elle a coulé.

– Oh, non ! Elle a dû avoir une crampe, diagnostiqua maman. Roule-moi jusque là-bas, vite !

Je la poussai jusqu'à la jetée, où papa était déjà en train de ranimer ma tante. Il lui souffla dans la bouche, prit son pouls, puis entama la respiration artificielle. Le corps de ma tante paraissait tout flasque, elle avait les yeux fermés. On l'aurait crue morte.

Papa ne céda pas un seul instant à la panique. Il exécuta chacune des manœuvres nécessaires avec méthode, sans relever la tête et sans parler. L'oncle Roy, tout habillé à part ses chaussures, était debout à son côté, ruisselant. Assis au bord du ponton, son jean enroulé autour des reins, Harper observait la scène d'un air morne. Harley s'approcha et resta debout près de nous.

– Austin ? finit par interroger maman.

Il secoua la tête mais continua ce qu'il faisait. Jusqu'au moment où, par les coins de la bouche, ma tante recracha un peu d'eau, avant d'être secouée par une violente quinte de toux. Papa leva les yeux et nous sourit.

– Summer, appela-t-il, donne-moi ta serviette.

Je courus la chercher. Papa la drapa autour de Tante Alison et, petit à petit, l'aida à retrouver son souffle. Dès qu'il y parvint, elle tourna la tête et vomit. Après quoi, elle gémit et s'appuya contre papa, qui chercha le regard de maman.

– Il faut la transporter à l'intérieur, tout de suite. Avec précaution, il souleva Tante Alison dans ses bras et prit le chemin de la maison.

– Habillez-vous ! ordonna rudement l'oncle Roy à Harper. Vous ne voyez pas qu'il y a deux jeunes gens, ici ?

Les traits déformés par une terreur abjecte, Harper obéit aussi vite qu'il en était capable. Je poussai le fauteuil de maman sur le chemin, et Harley nous rejoignit pour m'aider. J'entendis maman marmonner à voix basse :

– Je ne savais pas qu'elle devait passer. Et dire que cela aurait pu si mal finir !

– Ton père a été fantastique, me dit Harley. Bon sang, il est resté d'un calme ! Même pas un battement de cils. Il regardait la mort en face en lui ordonnant tranquillement de s'en aller.

– Mais c'est le tien qui a tiré Tante Alison de l'eau juste à temps, non ?

– C'est vrai, reconnut-il en se retournant vers l'oncle Roy, qui surveillait Harper comme l'eût fait un gardien de prison. Je ne savais pas qu'il nageait si bien. Une chance qu'il se soit trouvé là ! À moins…

Il me décocha un coup d'œil significatif.

– À moins que ce ne soit pas un hasard. Il venait peut-être ici plus souvent que nous ne le pensons.

Maman posa la main sur la mienne et je compris le message. L'oncle Roy était toujours là pour elle. C'était elle qu'il cherchait quand il veillait sur moi.

J'aurais dû trembler d'effroi, me surpris-je à penser. J'aurais dû être terrifiée après ce qui m'était arrivé, ce qui avait failli arriver à Tante Alison. Mais ce n'était pas le cas. J'avais tous ces hommes autour de moi : Papa, Oncle Roy, Harley. C'était un peu comme si, avant même que je n'aie frissonné, on m'enveloppait d'une chaude couverture protectrice.

À la porte, Harley s'excusa de devoir nous quitter.

– Il faut que j'aille me changer, Summer. Je ne peux pas garder ce maillot mouillé.

– Mais tu reviens ?

Je n'eus pas besoin de m'expliquer. Il comprit que j'étais toujours sous le choc, et que j'avais besoin de compagnie.

– Promis, dit-il avec un grand sourire.

Et il partit comme une flèche sur le sentier du lac.

– Je ne dirai pas un mot de tout ceci à ta grand-mère Megan, décida Maman. À quoi bon ? Si je le faisais...

Elle leva sur moi un regard pétillant de malice.

– ... elle se contenterait de résumer les faits sur un morceau de papier, qu'elle irait enterrer derrière la maison. Un de ces jours, ajouta-t-elle, toutes ces semences de malheur donneront de grands arbres noirs, avec des larmes en guise de feuilles.

– Quelle horreur !

Maman reprit instantanément son sérieux.

– Il ne faut pas enterrer les moments pénibles en prétendant qu'ils n'ont pas existé, ma chérie. Jamais. Il faut les affronter, et en triompher. Alors seulement on peut les enterrer.

« C'est ce que j'ai fait moi-même. Ce que je fais toujours.

Elle dit cela d'une voix étrangement lointaine, comme si elle pressentait d'autres épreuves à venir.

9

La victime du lac

Tante Alison ne prit même pas la peine de remercier l'oncle Roy. Une fois confortablement installée, elle se plaignit d'avoir faim. Et quand elle vit papa elle trouva moyen de le taquiner, oubliant que c'était aussi grâce à lui qu'elle était encore en vie.

– Je n'aurais pas pu souhaiter un bouche-à-bouche plus agréable, Austin, minauda-t-elle. J'ai encore un peu mal ici, poursuivit-elle en indiquant ses seins. Là où tu as pressé si fort. Cela aurait sans doute été plus simple si je n'avais pas eu de poitrine, non ?

Papa ne rougissait pas comme les autres gens. Seuls ses pommettes et le tour de ses yeux s'empourprèrent.

– Cela aurait été encore plus simple si tu n'étais pas allée nager, répliqua maman pour lui.

Nous avions mis Tante Alison dans la chambre d'amis. Mme Geary lui avait monté un bouillon de poulet, mais elle n'y avait même pas goûté. Elle répétait sans cesse qu'elle avait besoin de quelque chose de plus fort, et finit par accepter une vodka-orange. Après quoi, papa descendit avec Harper pour qu'il se restaure, et je restai avec maman auprès de ma tante.

– On dirait que j'ai encore mis la famille dans l'embarras, dit-elle à maman, dès que papa et Harper furent sortis.

– Qu'est-ce qui t'a pris, Alison ? Comment as-tu pu amener un homme ici pour vous baigner nus, en présence de Summer et de Harley ? Roy est très contrarié, lui aussi.

– Roy ? Ce n'est pas lui qui a failli se noyer, quand même. De quoi se plaint-il, d'ailleurs ? Il n'a rien d'un ange.

– À ta place, je ne le critiquerais pas, il t'a pratiquement sauvé la vie. Apparemment, ton nouvel ami n'a pas été capable de réagir assez vite.

Tante Alison fit la moue, puis haussa les épaules.

– Je ne l'ai pas amené ici comme sauveteur, de toute façon. C'est pour autre chose qu'il est doué. Peut-être uniquement pour ça, d'ailleurs, s'esclaffa-t-elle. Combien de temps suis-je censée rester clouée au lit ?

– Austin dit que tu as subi un véritable traumatisme. Tu ne te rends pas compte de l'épuisement que cela entraîne, pas encore. Il te conseille de te reposer.

– Laisse-le dire, railla Tante Alison en s'asseyant, sans se soucier du fait que la couverture découvrait sa poitrine en tombant.

Maman lui fit la leçon.

– Pour l'amour du ciel, Alison, couvre-toi. Si tu n'éprouves aucune gêne, ce n'est peut-être pas le cas de tout le monde.

Ma tante fit la grimace et son regard s'attacha sur moi.

– Tu n'as pas l'air d'aller si mal que ça, Summer. Compte tenu de ce qui t'est arrivé, je veux dire.

– Sa souffrance n'est pas visible, Alison.

– Oh, la souffrance… parlons-en. Presque chaque fois où j'ai été avec un homme, c'était comme un viol. Ou bien c'est moi qui les viole, ou bien c'est eux, ajouta-t-elle avec un petit rire.

Maman fronça les sourcils.

– Si tu crois être spirituelle, tu te trompes. Summer n'a que seize ans.

– J'en avais quatorze la première fois, déclara ma tante sans la moindre honte. Ça ne m'a pas emballée, bien sûr. C'était trop douloureux et le garçon n'était qu'un balourd. Je n'arrêtais pas de me dire que si c'était tout le plaisir que je pouvais en tirer, autant me faire nonne.

Elle gloussa de rire, vida son verre, et se glissa sous les couvertures en ronronnant comme un chaton.

– Austin a sans doute raison. Peut-être que je suis fatiguée.

– Bien sûr qu'il a raison.

Le regard de ma tante s'était à nouveau fixé sur moi.

– Maman s'est fait tellement de souci pour ta fille, dit-elle à maman d'un ton dépité. « Pauvre petite Summer par-ci, pauvre petite Summer par-là. » J'en avais par-dessus les oreilles. J'ai éprouvé le besoin de partir quelque temps, et c'est comme ça que j'ai rencontré Harper. Mmm… fit-elle en se blottissant sous la couverture. Quelle trouvaille, celui-là !

Sur ces mots, ma tante ferma les yeux et s'endormit instantanément. Maman et moi échangeâmes un regard et nous étions sur le point de sortir, quand un gémissement de Tante Alison nous arrêta.

– Envoyez-moi Harper, s'il vous plaît.

Maman secoua la tête et nous quittâmes la pièce en silence.

Harper venait de descendre, et nous le trouvâmes en compagnie de papa, l'air toujours aussi terrifié.

– Comment est-elle ? s'enquit aussitôt papa.

Maman eut une grimace éloquente.

– Toujours la même.

Papa rit. Harper haussa les sourcils, surpris et troublé.

– Elle vous demande, Harper, lui dit maman. Vous devriez monter la voir.

II se leva aussitôt.

– Bien sûr. Eh bien… merci pour tout, balbutia-t-il en s'en allant.

Ce fut un soulagement pour nous tous de le voir sortir.

– Quelle soirée ! soupira papa.

– Tu as été merveilleux, Austin.

– Je n'ai fait que ce que j'ai appris à faire. Tout le monde devrait avoir des notions de secourisme, fit-il observer en se tournant vers Harley et moi. Et surtout, savoir pratiquer la respiration artificielle.

– J'aimerais me perfectionner, lui dit Harley.

– Je te donnerai quelques leçons cette semaine, si tu veux. Passe quand tu en auras l'occasion.

– Merci beaucoup, monsieur.

– Mais où est Roy ? s'étonna papa. Un remontant bien corsé ne lui ferait pas de mal, après tout ça.

Harley eut une brève hésitation.

– Il est à la maison. Ma mère a été… un peu plus déprimée que d'habitude, ces jours-ci. Elle n'est plus tout à fait la même.

– Vraiment ? s'inquiéta maman. Que veux-tu dire, Harley ? Qu'est-ce qu'elle fait de particulier ?

– Justement, c'est ça le problème. Elle ne fait presque plus rien, à part dormir. Roy a essayé de la faire manger un peu. Elle grignote à peine.

– Je passerai la voir demain, décida maman. Je pourrai peut-être la convaincre de venir faire un peu de shopping avec moi.

Harley regardait fixement le tapis. À la façon dont il serrait les lèvres et baissait les yeux, je devinai qu'il était loin d'avoir tout dit. La situation était encore plus grave. Mais il était trop gêné ou trop effrayé pour en parler, même avec nous.

Il se leva subitement.

– Je crois que je ferais mieux de rentrer.

– Je peux te raccompagner jusqu'à mi-chemin, proposai-je.

– Merci.

Il sourit à mes parents, leur dit bonsoir et sortit avec moi. Nous ne prononçâmes pas un mot avant d'être hors de la maison. Apparemment, nous pensions tous deux à la même chose.

– J'ai vraiment cru qu'elle était morte. Pas toi ? voulut-il savoir.

– Pendant un moment, je l'ai cru aussi, mais j'avais confiance en papa. J'étais sûre qu'il la sauverait.

– Oui, c'est bien d'avoir un père en qui on peut croire et avoir une telle confiance.

– C'est l'oncle Roy qui s'est comporté en héros, Harley, lui rappelai-je. Papa le dit lui-même. Il a surgi de nulle part, comme Superman.

– C'est du Roy tout craché, ça.

Nous poursuivîmes notre chemin en silence, et sans que Harley relève la tête. À la fin, je n'y tins plus.

– Tu n'as pas tout dit au sujet de Tante Glenda, Harley. Qu'y a-t-il d'autre ?

Il s'arrêta net, enfonça les poings dans ses poches ; et même dans l'obscurité je vis ses yeux s'embuer, malgré tous ses efforts pour contenir ses larmes. Il avait toujours eu tellement peur de révéler ses émotions ! Je le revoyais, tout enfant, les traits crispés sous le masque impénétrable qu'il s'imposait. C'était seulement depuis peu que, dans ses yeux, j'entrevoyais un autre niveau de son être.

– Elle est devenue somnambule, révéla-t-il tout à trac. Et ça n'arrive pas seulement la nuit. À n'importe quel moment de la journée, depuis quelque temps, elle s'endort, se lève et… elle fait des choses bizarres.

– Quel genre de choses ?

– Elle s'occupe de Latisha, comme si elle était toujours là. Je veux dire… pas seulement pour ranger ses affaires, vérifier si sa chambre est propre, ou aller sur sa tombe. Elle lui parle tout haut et elle…

– Elle quoi ?

– Elle s'assied dans le rocking-chair de la nursery, tient les bras comme si elle portait Latisha et lui chante des berceuses. Avant-hier, je me suis réveillé en pleine nuit et je l'ai entendue chanter. Ça m'a fait froid dans le dos. Pas comme on a peur des fantômes : pire que ça. C'était effrayant de l'entendre faire quelque chose d'aussi dément.

« Après ça, voilà que j'entends Roy lui dire de retourner se coucher. Elle lui dit qu'il faut d'abord que le bébé soit endormi et… il lui parle comme si elle tenait Latisha dans ses bras. "Elle dort, Glenda. Remets-la dans son berceau."

« J'ai cru que je rêvais toujours quand j'ai entendu ça, que j'étais en plein cauchemar. Tu vois ce que je veux dire ?

Je ne voyais que trop bien, et j'en avais le cœur serré.

– J'imagine, oui.

– Je me suis levé et je suis allé voir. Roy était accroupi près de ma mère et lui parlait gentiment, tout en lui caressant le bras. Il essayait de la réveiller, de la sortir de sa transe, mais elle ne voulait pas. Il a fini par me voir et m'a simplement regardé, fixement, avec une expression que je ne lui avais jamais vue. Il n'était pas fâché, ni triste. C'était plutôt comme…

– Comme quoi, Harley ?

– Plutôt comme s'il avait peur. Et le voir effrayé, lui, ça m'a glacé le sang dans les veines, Summer. Je lui ai demandé : "Mais qu'est-ce qu'elle a, au juste ?"

« Il a simplement répliqué : "Retourne te coucher, il n'y a rien que tu puisses faire."

« Je n'ai quand même pas pu m'empêcher d'appeler : "Ma !" et elle… elle a fondu en larmes. Elle pleurait si fort que son corps en était tout secoué, et Roy qui la serrait dans ses bras tremblait, lui aussi. Il m'a fait signe de partir et je suis retourné dans ma chambre. J'ai eu l'impression que des heures avaient passé quand je l'ai entendu la reconduire au lit. Le lendemain matin…

Harley s'interrompit, le temps de respirer un grand coup.

– Elle ne s'est pas levée pour nous préparer le petit déjeuner, c'est Roy qui s'en est occupé. Je suis allé la voir, mais elle paraissait totalement absente, coupée du monde. Je n'osais pas la laisser comme ça. Je voulais appeler ta mère, mais Roy s'est fâché. Il a dit que Rain avait assez de problèmes comme ça, qu'elle n'avait pas besoin de celui-là en plus.

« Et là, j'ai explosé. Je lui ai dit que ce n'était pas seulement son problème à lui. Qu'il s'agissait de ma mère. "Alors arrange-toi pour ne pas lui causer de soucis", voilà ce que j'ai eu comme réponse. Comme si tout ce qui arrivait était ma faute !

– Je ne crois pas qu'il ait voulu dire ça, Harley.

Il se remit en route et j'accordai mon pas au sien.

– En tout cas, s'obstina-t-il, Roy aurait dû appeler ta mère. Parfois j'ai l'impression qu'il se soucie beaucoup plus d'elle que de la mienne, sa propre femme.

– Mais non, je…

– Tu n'entends pas ce qu'il nous dit, Summer, coupa-t-il en pivotant vers moi. Ou plutôt, ce qu'il dit à ma mère. Du plus loin que je me souvienne, il l'a toujours comparée à la tienne, et toujours à son désavantage. Elle se sentait inférieure, pas assez jolie, pas assez bien. Si elle avait le malheur de se plaindre de quoi que ce soit, elle obtenait toujours la même réaction. « Tu devrais t'estimer heureuse de ne pas être en fauteuil roulant, Glenda. » Il a brandi cette image de ta mère pendant des années, comme un dompteur agite un fouet devant un animal en cage.

Harley s'accorda le temps de souffler, puis reprit sa diatribe en singeant l'oncle Roy.

– « Pourquoi ne prends-tu pas soin de toi-même, comme Rain ? Elle est paraplégique, et ça ne l'empêche pas d'être coquette. Elle surveille sa santé, et prend autant d'exercice que possible »... Enfin, ce genre de choses.

– Je ne l'ai jamais entendu parler comme ça, m'étonnai-je.

– Bien sûr que non. Il ne le ferait jamais devant toi, ni devant tes parents.

– Peut-être pensait-il l'aider, la stimuler, suggérai-je sans conviction.

Harley eut un sourire désabusé.

– Allons, Summer. J'ai peut-être un an de plus que toi, mais tu as l'esprit plus vif que le mien. Roy est en adoration devant ta mère, tu le sais très bien. Et il ne la considère pas comme une sœur. Il est à l'affût de ses moindres désirs, afin de pouvoir les satisfaire.

J'évitai son regard, mais il continua :

– Je ne suis pas en train de dire que ta mère ne mérite pas sa dévotion. Elle a fait beaucoup pour lui. Mais je sais qu'à une certaine époque, il espérait l'épouser.

Je me retournai vivement vers lui, abasourdie. Jamais il n'avait fait la moindre allusion à ce sujet.

– Quoi ! Comment sais-tu ça ?

– J'ai surpris une conversation entre eux, un jour où elle était venue voir ma mère. Quand ils se sont parlé, ma mère était dans la cuisine et il croyait que j'étais en haut.

« Ta mère ne l'encourageait pas, bien loin de là. Mais je ne l'ai jamais entendu se plaindre comme il l'a fait ce jour-là. Il n'arrêtait pas de gémir sur le mauvais tour que leur avait joué le destin, en leur laissant croire qu'ils étaient frère et sœur.

– Je sais, fus-je obligée d'admettre. Maman m'a parlé de ça, mais c'est une si vieille histoire ! C'est fini depuis longtemps.

– Ce n'est jamais fini, Summer. Quand on tombe aussi profondément amoureux, c'est comme une blessure dont le cœur ne guérit jamais. On aura beau faire pour essayer d'oublier celle qu'on aime, se distraire de toutes les façons possibles, cela ne servira à rien. Chaque fois qu'on ne sera pas sur ses gardes, elle reviendra occuper nos pensées, avec la force irrésistible de la marée.

La ferveur avec laquelle il avait parlé m'impressionna.

– Comment sais-tu ça, toi ?

– Parce que c'est ce qui m'arrive avec toi, reconnut-il sans détour. Tu me poses toujours des questions sur les autres filles avec qui je suis sorti. Eh bien, voilà pourquoi ça n'a jamais marché. Quand je les embrasse, c'est toi que je vois. Tu as voulu savoir, tu sais, conclut-il abruptement.

Je le dévisageai sans mot dire, ne sachant que répondre. Pendant quelques instants il soutint mon regard, puis le sien s'évada vers le lac.

– Il faut que je rentre. À demain ! cria-t-il en s'éloignant d'un pas rapide.

– Harley !

Il se retourna.

– Oui ?

– Je te souhaite une bonne nuit.

Cette fois, son rire n'eut rien de forcé ni d'amer.

– Empêchez Alison de s'approcher du lac, alors, que tout le monde puisse prendre un peu de repos !

Je le regardai s'en aller dans l'ombre, vers sa maison où l'attendait une ombre plus épaisse encore. Je me sentais si triste, tout à coup, et je m'aperçus que je pleurais. Je fis demi-tour et, sitôt rentrée, je montai m'enfermer dans ma chambre.

La simple vue de mon lit m'effraya. J'avais peur de me coucher. Peur de mes propres rêves.

Le rire aigu de Tante Alison résonna dans le couloir, et j'entrouvris ma porte. Ma tante avait remis son short et son débardeur, Harper et elle se dirigeaient vers l'escalier. J'ouvris ma porte un peu plus grand, juste au moment où ils passaient devant ma chambre.

– Où allez-vous, Tante Alison ? Pourquoi ne pas te reposer un peu, comme papa te l'a conseillé ?

– Le repos, c'est bon pour les vieux ! Nous allons à la plage. Harper a un oncle qui tient un petit hôtel, et nous avons retenu la suite des jeunes mariés.

– La suite des jeunes mariés ?

Elle gloussa de rire et sa main effleura ma joue.

– Summer, mon chou... On n'a pas besoin d'être mariés pour s'offrir une lune de miel.

Harper rit encore plus fort qu'elle.

– Est-ce que maman sait que vous partez ? questionnai-je.

– Nous descendions justement le lui dire. Ça va lui briser le cœur, j'en suis sûre ! Quant à toi...

Elle se pencha pour se rapprocher davantage de moi.

– Ne laisse pas ce stupide incident du camp de musique gâcher ta vie sexuelle. Et surtout, que ma petite escapade ne t'empêche pas de te baigner nue avec Harley. Si j'avais ton âge, il serait déjà mon amant ! s'égaya-t-elle en s'éloignant vers l'escalier.

Je reculai d'un pas et refermai ma porte.

Décidément, les liens du sang ne signifiaient pas grand-chose, méditai-je. Maman et elle étaient parentes, mais aussi différentes que le jour et la nuit. Et pourtant... Les paroles de ma tante avaient provoqué chez moi une sorte d'excitation, tout à fait inattendue et qui me faisait peur. Et si je ressemblais plus à Tante Alison que je ne le croyais ?

Les démons qu'elle portait en elle pouvaient très bien être présents en moi, à mon insu, prêts à surgir au moment où je m'y attendrais le moins. Peut-être n'avions-nous pas de pire ennemi que nous-mêmes. Peut-être était-ce justement cela que redoutait Oncle Roy.

Et aussi Harley.

Et moi-même.

Je me jetai dans le sommeil comme je m'étais jetée dans le lac, pour y trouver l'apaisement et l'oubli.

Grand-mère Megan enterrait ses secrets derrière la maison. Le reste d'entre nous les enterrions dans nos cœurs.

Cela faisait-il une telle différence ?

Je fus réveillée par le hurlement d'une sirène d'ambulance. Tante Alison avait-elle encore fait des siennes ? Ce fut ma première pensée. D'en bas me parvenait un brouhaha inhabituel, révélant une grande agitation. Pendant un moment, je me contentai d'écouter, puis je me levai et m'approchai de la fenêtre. L'ambulance se dirigeait vers la maison de l'oncle Roy, mais ce fut autre chose qui retint mon attention. Oncle Roy, Harley, papa et deux de nos ouvriers jardiniers s'étaient rassemblés en un petit cercle.

– Qu'est-ce qui se passe ? m'entendis-je penser tout haut.

Je m'habillai en toute hâte et me précipitai dans l'escalier.

– Maman ? Madame Geary ? appelai-je en bas des marches.

Seul le silence me répondit. Plus effrayée que jamais, je me ruai dehors et les trouvai là, côte à côte. Maman tenait la main de Mme Geary et toutes deux regardaient du côté du lac. L'ambulance s'était arrêtée, les auxiliaires médicaux étaient agenouillés près de quelqu'un.

– Maman ! criai-je en courant à elles. Que se passe-t-il ?

– Nous ne savons pas au juste, Summer. L'oncle Roy est venu chercher papa et ils ont appelé une ambulance.

– La pauvre femme, murmura Mme Geary.

– Harley !

Je m'élançai sur le chemin du lac pour rejoindre le petit groupe.

– Summer, attends !

Oh non, je n'attendrais pas. J'étais déjà loin. Je filais comme si mes pieds ne touchaient plus terre.

En approchant, je vis que Harley avait tourné le dos à tout le monde et gardait les yeux baissés. Roy se tenait à côté de lui et lui parlait, mais il secouait obstinément la tête.

– Papa ! appelai-je dès que j'eus cessé de courir pour adopter un pas rapide.

Les auxiliaires avaient étendu Tante Glenda sur un brancard et le soulevaient pour la porter dans l'ambulance, seulement… Seulement ils l'avaient entièrement recouverte d'un drap.

Papa me prit à bras-le-corps pour m'empêcher d'approcher davantage.

– Summer, ne va pas plus loin.

– Que lui est-il arrivé ? demandai-je à travers mes larmes.

Il se retourna vers l'ambulance, dont on s'apprêtait à fermer les portes.

– Le lac a réclamé sa victime, finalement.

– Comment ?

– Très tôt ce matin, elle s'est levée sans bruit et elle est sortie de la maison. Elle est allée jusqu'au lac, et elle y est entrée, en chemise de nuit. Quand ton oncle Roy s'est rendu compte qu'elle n'était plus dans leur chambre, il l'a cherchée dans toute la maison, et ensuite dehors, sans la trouver nulle part. Et puis…

La voix de papa se fêla. Il avait les yeux secs, mais je savais qu'intérieurement, il pleurait.

– Il l'a aperçue qui flottait sur l'eau, à plat ventre, acheva-t-il en maîtrisant les sanglots qui l'oppressaient.

La porte de l'ambulance fut refermée, les aides-soignants vinrent parler à l'oncle Roy. Il les écouta et hocha la tête. Harley, qui nous tournait toujours le dos, partit en courant en direction des bois.

– Harley ! le rappelai-je, sans autre résultat que de le voir accélérer sa course.

Je me dégageai des bras de papa.

– Laisse-le un peu seul, Summer, me conseilla-t-il.

– Non, papa. C'est le pire moment qui soit pour le laisser seul.

Il ne chercha plus à me retenir et je m'élançai sur les traces de Harley. Très vite, il disparut sous le couvert des arbres, mais je continuai d'avancer. À l'orée du bois, je l'appelai encore, en vain, mais je ne me décourageai pas. J'entendais craquer des branches devant moi, et je renouvelai mes appels, puis guettai une réponse. La seule qui me parvint fut le bruit d'autres branches qui craquaient et de brindilles écrasées.

Le sous-bois s'épaississait, s'assombrissait. Quand

nous étions plus jeunes, Harley et moi, nous venions souvent par ici, mais jamais nous n'étions allés aussi loin dans la forêt. Elle s'étendait sur plusieurs hectares, sur cette partie des terres entourant la maison. Nous avions un endroit favori, un groupe de gros rochers, près d'un cours d'eau qui par moments coulait à flots, et parfois se trouvait presque à sec. Nous ramassions les plus colorés de ses petits galets polis, en prétendant que c'étaient des pierres précieuses. Soupçonnant qu'il allait par là, je me frayai péniblement un chemin dans cette direction.

Tout d'abord je ne vis pas Harley. Puis j'aperçus ses baskets et le bas de ses jambes, dépassant de derrière un des plus hauts rochers. Je le contournai à pas lents et m'arrêtai, à quelques pas de Harley. Il ne pleurait pas. Adossé au roc, il contemplait le ruisseau, en jouant nerveusement avec une brindille. Il ne leva pas les yeux mais il savait que j'étais là.

– Harley, dis-je simplement.

– Tu ne trouves pas ça étrange que l'eau, dont nous avons tant besoin pour vivre, puisse être mortelle ? Regarde-la couler en dansant sur nos joyaux d'autrefois : c'est ravissant, non ? Si tu y trempes la main, tu éprouveras une délicieuse sensation de fraîcheur. Mais si tu t'y plonges en entier, elle réclamera ta vie et la prendra.

« Crois-tu que ce soit vrai pour tout, Summer ? Pour tout ce qui est beau et qui vous attire ?

– Non, Harley.

Son sourire éteint me serra le cœur.

– Que lui est-il arrivé, Harley ? Pourquoi est-elle allée se baigner en chemise de nuit, si tôt le matin ?

– Se baigner ? releva-t-il avec son étrange sourire. Tu penses qu'elle est allée se baigner ?

– Je ne sais pas. Oncle Roy a dit à papa…

– Elle n'est pas allée se baigner. Qui sait ce qu'elle a

vu dans l'eau ? Peut-être Latisha qui l'appelait. Ou peut-être qu'en regardant le lac, elle s'est dit que ce serait une façon agréable et très belle d'aller la rejoindre. Peut-être a-t-elle vu ce qui a failli arriver à ta tante Alison, et que cela lui a inspiré cette idée.

« Ma mère n'était pas une bonne nageuse, Summer, tu le sais. On peut compter sur les doigts de la main les rares fois où elle est allée nager. Et encore ! Elle ne nageait pas, elle barbotait. Peut-être...

Harry s'interrompit et baissa la tête.

– Peut-être qu'elle a eu une crise de somnambulisme. Je n'en sais rien, personne ne sait rien. On ne peut qu'essayer de deviner.

– Et Oncle Roy, lui, qu'est-ce qu'il a dit ?

Harley me laissa sans réponse.

– Harley ?

– Il a dit que c'était sa faute, qu'il n'aurait pas dû dormir comme un plomb. Il était épuisé, après sa journée de travail et tous ces efforts, pour sauver ta tante. Il n'a pas entendu ma mère se lever, mais il s'attendait à la trouver dans la maison. Dans la nursery, par exemple, en train de faire semblant de bercer Latisha ; ou dans la cuisine, pour manger un morceau. Comme elle n'était nulle part à l'intérieur, il s'est dit qu'elle avait dû aller sur la tombe de Latisha. Mais elle n'était pas là non plus, et c'est là qu'il a commencé à s'inquiéter et à avoir peur. C'est à ce moment-là qu'il a regardé du côté du lac.

« Son cri m'a réveillé, dit Harley en réprimant un frisson. Un cri terrible, comme celui d'un animal. J'en ai vraiment tremblé. J'ai sauté de mon lit, je me suis habillé à toute vitesse et j'ai couru dehors pour voir ce qui se passait.

« Il était déjà en train de la tirer de l'eau, puis il l'a emportée dans ses bras. Il m'a crié : "Appelle

Austin !" et j'ai tout de suite appelé ton père. Il est arrivé en quelques minutes et a essayé la respiration artificielle, pour elle aussi. Seulement ça n'a pas marché, et il a dit à Roy d'appeler une ambulance. Le reste, je crois que tu le sais déjà.

Je fis signe que oui et m'assis à son côté.

– Peut-être qu'elle est mieux là où elle est, murmura-t-il.

– Oh, Harley, ne dis pas ça !

– Je ne sais pas quoi dire d'autre. Elle n'allait pas mieux, tu le sais comme moi, et depuis quelque temps ça devenait même pire. Et pourtant il lui arrivait de cesser de prier, de cesser de pleurer, d'oublier un instant Latisha et de me regarder comme si elle me voyait vraiment. Quelquefois...

Il eut un sourire d'une surprenante douceur.

– Elle avait cette expression quelquefois... comme si elle venait de s'éveiller d'un long, très long sommeil, et découvrait soudain que j'avais grandi.

« Tu promets d'être un beau jeune homme, Harley, me disait-elle. Ton père était très beau. Dangereusement beau, soulignait-elle, parce qu'il lui suffisait d'un sourire pour avoir toutes les femmes à ses pieds.

« Je la suppliais de m'en dire plus à son sujet, mais elle secouait la tête, et ses principes religieux reprenaient toute leur emprise sur elle. J'obtenais toujours le même refus.

« Non, Harley. Il était le démon en personne. Le démon peut prendre un visage très séduisant, affirmait-elle. Ne pense plus à lui, je n'aurais jamais dû te parler comme ça. Dieu me pardonne, soupirait-elle, avant de se mettre à prier pour être exaucée.

« Quand elle me regardait comme ça, qu'elle me voyait vraiment, elle me parlait comme n'importe quelle mère aurait pu le faire. Elle me posait des questions sur l'école, sur mes activités préférées, ce genre de choses. Et pourtant c'était un supplice, Summer. Une torture que j'en arrivai à redouter.

– Mais pourquoi ?

Son regard se chargea de mélancolie.

– Parce qu'elle retombait très vite dans son humeur dépressive, et quand je lui parlais... elle me regardait comme si elle me voyait en rêve. Je finis par ne plus lui parler du tout. Je cessai de lui poser des questions, et parfois même de la voir. Elle devint un fantôme pour moi bien avant de se noyer, Summer. Il y a très, très longtemps que ma mère est morte. Je serais bien incapable de dire depuis quand je suis orphelin.

Il jeta sa brindille dans l'eau et nous regardâmes le courant l'emporter.

– Oh, Harley ! me désolai-je. C'est vraiment... terrible.

– Oui. Terrible.

Il se pencha, puisa un peu d'eau dans le creux de ses paumes.

– Tu es contente, maintenant ? lui cria-t-il avec reproche. Tu l'as prise ! Tu l'as prise !

Il était rouge, les veines de son cou saillaient sous sa peau. Il donnait l'impression d'être prêt à exploser si on le touchait, mais je le fis.

– Harley.

Subitement, il éclata en sanglots. Je lui passai un bras autour des épaules, il appuya sa tête contre la mienne et il pleura. Je le serrai contre moi en lui caressant les cheveux.

– Pourquoi ai-je dormi si profondément ? Pourquoi ne l'ai-je pas entendue sortir ? gémissait-il à travers ses larmes.

– Elle devait marcher pieds nus, Harley. Tu ne peux pas t'en vouloir pour ça, et l'oncle Roy non plus.

– Nous aurions dû la surveiller mieux. Elle n'avait

pas tous ses esprits, nous aurions dû nous attendre à quelque chose comme ça.

Il se redressa en écrasant ses larmes de ses poings, puis se leva, les traits durcis par une détermination stoïque.

– Allons, viens. Cela ne sert à rien d'essayer d'y échapper.

Je me levai à mon tour et il me laissa prendre sa main. Sans échanger un mot, nous retraversâmes la forêt silencieuse. Quand nous émergeâmes dans le soleil, l'ambulance était partie. Il n'y avait plus personne devant la maison de Harley.

– Peut-être n'était-ce qu'un rêve, soupirai-je.

– Un rêve que nous aurions fait tous les deux ? Aucune chance, dit Harley en pressant le pas.

Nous approchions de chez lui quand je pensai à demander :

– Où vas-tu, maintenant ?

– Dans ma chambre, j'imagine.

– Pourquoi ne pas venir à la maison prendre le petit déjeuner, ou au moins un café ? C'est ce que maman souhaiterait te voir faire, Harley.

– Pas maintenant, refusa-t-il. J'ai besoin d'être seul.

– Alors tu viendras un peu plus tard ?

– Je n'en sais rien.

– Si tu ne viens pas, je passerai te voir, d'accord ?

Il ne me répondit pas et rentra chez lui. Je restai un moment clouée sur place, les bras croisés sous les seins, puis je retournai à la maison la tête basse. Je me sentais si vide, à l'intérieur, que je me demandais à chaque instant si tout cela était bien réel.

Maman et Mme Geary étaient à la cuisine, et maman sirotait un café. À mon entrée, elles levèrent les yeux toutes les deux en même temps.

– Comment va-t-il ? s'enquit aussitôt maman.

Je secouai la tête et fondis en larmes. Mme Geary courut à moi et me prit dans ses bras.

– Est-ce qu'il t'a dit ce qui s'était passé ? voulut savoir maman.

Je leur décrivis les événements tels que Harley me les avait racontés.

– La malheureuse, murmura maman.

– Où est papa ?

– À l'hôpital, avec l'oncle Roy. Il y a toutes sortes de formalités légales à régler. Tu aurais peut-être dû proposer à Harley de venir ici, ma chérie ?

– Je l'ai fait. Il voulait être seul.

– Je l'appellerai, promit-elle.

Mais je pensais, et je le lui dis, qu'il n'aurait probablement pas envie de répondre.

Papa était blême de fatigue quand il revint. Il s'agenouilla pour embrasser maman et ils restèrent enlacés pendant de longues minutes. Puis papa s'assit et nous donna des nouvelles de Roy.

– Il est fou de chagrin et dit que tout est sa faute. Qu'il aurait dû lui faire suivre une thérapie, ou même la faire entrer dans une clinique spécialisée.

Maman n'était pas de cet avis.

– Elle n'aurait jamais accepté de voir un médecin, Austin. Et elle serait morte loin d'ici.

– C'est ce que je lui ai dit. Mais il répète sans cesse que tout est arrivé à cause de son ignorance.

– Je vais aller là-bas, décida maman. Maintenant.

Papa l'approuva d'un signe de tête.

– Je t'y conduirai.

J'exprimai le désir d'y aller avec eux, et papa fut d'accord.

– Tu n'auras pas besoin de m'y conduire, Austin. Summer me poussera jusque là-bas. Ce sera moins compliqué que de monter dans le van et d'en descendre, expliqua maman.

Papa promit de nous rejoindre plus tard, quand il aurait donné quelques coups de fil concernant son travail. Il avait également deux ou trois autres choses à faire pour l'oncle Roy.

Longtemps auparavant, Oncle Roy avait construit une rampe d'accès sur le côté de son porche, en vue des éventuelles visites de maman. Non qu'elle vînt fréquemment les voir, mais il l'avait construite quand même. De toute évidence, il espérait qu'elle viendrait plus souvent.

Je frappai au chambranle, et appelai à travers l'écran moustiquaire. L'oncle Roy me dit d'entrer, loin de s'attendre à ce que maman soit avec moi. Il était assis dans la salle de séjour, seul. Il se leva rapidement en voyant maman.

– Oh, Roy ! Je suis tellement désolée, lui dit-elle en lui tendant les bras.

Il tomba à ses genoux et enfouit la tête dans ses jupes, comme aurait fait un petit garçon. Elle lui caressa doucement les cheveux. Il ne pleura pas. Il resta simplement blotti tout contre elle.

Maman leva enfin les yeux sur moi.

– Si tu faisais un peu de café et préparais quelque chose à manger, ma chérie ?

Je filai vers la cuisine, en jetant au passage un coup d'œil à l'étage. Le bruit que je fis et le murmure des voix, dans le séjour, éveillèrent la curiosité de Harley. Quelques minutes plus tard, il apparut à la porte de la cuisine.

– Maman est là, lui annonçai-je. J'ai fait du café. Ça te dirait de manger un morceau ? Des toasts à la confiture… du fromage ?

– Ce que tu voudras, répondit-il en s'affalant sur une chaise, devant la table où je m'activais. Dès que le café fut prêt, j'en remplis deux tasses. Je savais que l'oncle Roy le préférait noir, et maman avec une goutte de lait.

– Je leur porte ça et je reviens, dis-je à Harley.

Du couloir, j'entendis la voix de l'oncle Roy.

– C'est ma punition, Rain. Ma punition pour avoir continué à t'aimer.

– Ne dis pas de sottises, Roy.

– Dieu le sait, et Dieu m'a puni, s'obstina-t-il. Tout est ma faute. C'est moi qui suis cause de cette tragédie, de tout ce malheur.

– Arrête avec ça ! C'est stupide et tu le sais, le rabroua maman. Je n'écouterai plus un mot là-dessus.

Cette rebuffade n'empêcha pas l'oncle Roy d'insister.

– Mama savait. C'est pour ça qu'elle était si pressée de t'envoyer vivre ici. C'est la vraie raison. Elle voulait t'éloigner de moi, le plus possible. Elle pensait que si elle parvenait à t'introduire dans ce monde de riches et de Blancs, je n'y aurais aucune place et aucun accès. Elle n'avait pas prévu ce qui arriverait, ni que tu m'amènerais ici, mais elle savait. Et je savais qu'elle savait. J'aurais dû exaucer son vœu secret et t'oublier.

– Arrête, je t'en prie, Roy, implora maman. S'il te plaît…

Mais il continua sa plainte obstinée.

– C'est ma faute. Ma faute.

Je libérai le souffle que j'avais retenu jusque-là. Mais avant de faire un pas en avant, je me retournai, pour m'apercevoir que Harley se tenait juste derrière moi. Il avait été là tout le temps, lui aussi, et entendu chaque mot. Il soutint fermement mon regard et dit simplement :

– Le café refroidit.

Je m'empressai d'aller le servir, et Harley me suivit sans hâte. Maman lui prit la main et lui parla avec douceur, en lui recommandant d'être fort.

– Tu dois penser à ton avenir, Harley. Et travailler dur pour réussir ce qui l'aurait rendue fière de toi.

Il hocha la tête, la remercia, et je retournai à la cuisine préparer un plateau. Après quoi, nous nous retrouvâmes tous dans la salle à manger pour nous restaurer un peu. Puis papa arriva, et dit quelques mots à l'oncle Roy. Peu après, tous deux sortirent pour discuter des dispositions à prendre pour les funérailles. Maman insista beaucoup pour que Harley vienne dîner à la maison. Il le lui promit, mais ne vint pas. Quand j'appelai, il prétexta qu'il était simplement trop fatigué et me pria de remercier maman.

Le jour de l'enterrement de Tante Glenda, comme ceux qui précédèrent et qui suivirent, me parurent des jours sans heures et sans minutes. Pour moi ce fut juste un flot de temps uniforme, dont chaque moment était semblable au précédent comme au suivant. Il avait plu la veille des funérailles, mais le matin même le temps s'éclaircit. Tous les employés de la compagnie Hudson, qui appartenait à maman et à Grand-mère Megan, assistèrent au service religieux. La mort avait été déclarée accidentelle, même si les amis de la famille savaient qu'elle était due à l'état mental de Tante Glenda.

En complet cravate et debout à côté de Roy, Harley paraissait plus âgé, tout à coup. Comme si la mort l'avait arraché brutalement à l'adolescence et projeté, bon gré, mal gré, dans l'âge d'homme. Il ne versa pas une larme pendant la cérémonie. Il garda tout le temps le regard fixé droit devant lui, perdu dans ses pensées, ne reprenant conscience de ce qui l'entourait que lorsqu'on se levait pour chanter. Enfin, tout s'acheva. Tante Glenda, sur les instances d'Oncle Roy, fut enterrée près de Latisha dans le petit enclos. Elle avait retrouvé son enfant perdue, finalement…

Après l'inhumation, nous allâmes tous nous restaurer à la maison où une collation nous attendait. Harley était là, mais affreusement mal à l'aise, tout juste capable de remercier d'un signe ou d'un mot ceux qui lui présentaient leurs condoléances. Je restai constamment près de lui, et parvins à lui faire absorber un peu de nourriture.

Il partit avant la fin de la réunion, sans me permettre de l'accompagner chez lui, à bout de forces et pressé d'aller se coucher. Il me promit de m'appeler le lendemain matin. Ce qu'il fit, mais assez tard, et nous passâmes presque tout le reste de la journée ensemble à nous promener et à parler. Il ne voulait pas venir dîner chez nous. Il accepta quand même, mais seulement quand maman le menaça d'envoyer Mme Geary chez lui s'il refusait.

Le lendemain, Oncle Roy retourna travailler, incapable de rester plus longtemps chez lui à ruminer ses idées noires. Il avait besoin de s'occuper l'esprit, nous dit-il. Harley ne l'accompagna pas. Je l'appelai, mais il resta excessivement discret sur ce qu'il était en train de faire, et promit simplement de rappeler plus tard.

Un plus tard qui s'éternisa, et en fin d'après-midi j'attendais toujours. Maman les avait invités tous les deux à dîner, mais l'oncle Roy vint seul. Il excusa Harley qui, nous dit-il, avait sans doute besoin d'un peu de solitude.

– J'essaierai de lui faire reprendre le travail d'ici un jour ou deux, nous rassura-t-il.

J'appelai après le dîner, mais Harley ne décrocha pas. Mon premier réflexe fut d'aller voir tout de suite ce qui se passait, mais maman me le déconseilla.

– Les gens ont quelquefois besoin d'un peu d'espace, ma chérie. Donne-lui une chance. Laisse-le faire son deuil à sa manière.

Sans enthousiasme, je montai dans ma chambre pour lire et regarder la télévision, à seule fin de chasser Harley de mon esprit. Ce ne fut pas facile. Sans arrêt, j'allais à la fenêtre pour regarder du côté de sa maison. Il n'y avait qu'une ou deux fenêtres d'allumées. Est-ce qu'il était là, seulement ? Je n'avais pas entendu sa moto mais il pouvait très bien se promener dans le parc, ou être assis au bord du lac.

À quoi passait-il ses jours et ses nuits ? me demandais-je à tout instant. Je me faisais tellement de souci pour lui que je n'espérais même plus réussir à m'endormir. J'essayai quand même, bien sûr. Je me préparai pour la nuit et me mis au lit. Papa et maman s'étaient retirés depuis des heures dans leur chambre. Tout était calme, et j'écoutais les bruits familiers de la nuit, les craquements et les soupirs de la maison dans le vent d'été. Puis je discernai quelque chose de différent et tendis l'oreille. Mon cœur battit soudain plus vite.

Les pas dans le hall étaient à peine audibles, mais je les entendis, et quelques secondes plus tard je perçus le frottement léger d'un bouton de porte qu'on tourne. Ma porte. Je m'assis et vis apparaître une silhouette. Harley.

– Summer ? chuchota-t-il. Tu dors ?

– Harley ! Qu'est-ce que tu fais là ?

Sans répondre, il entra et referma soigneusement derrière lui. La nouvelle lune donnait juste assez de lumière pour me permettre de le voir s'approcher rapidement de mon lit, et s'y asseoir.

– Que se passe-t-il, Harley ?

– J'ai passé toute la journée à fouiller dans les vieux cartons de ma mère, révéla-t-il. Toutes ces boîtes qu'elle gardait dans le placard du grenier. Il y avait des tas de choses que je n'avais jamais vues. Des choses qui dataient de sa jeunesse, des lettres, des souvenirs, des photos de famille, tout un fatras. Je ne sais pas pourquoi elle ne m'a jamais rien montré, mais c'est comme ça.

Je me tus, attendant la suite. Je comprenais ce qui l'avait poussé à faire cela. On a besoin de s'accrocher au souvenir de ceux qu'on aime, et on ferait n'importe quoi pour ça.

– Et puis je l'ai trouvé, annonça-t-il, une note d'excitation dans la voix.

– Trouvé quoi ?

– Le nom de mon père. Il y avait une lettre de lui, annonçant qu'il avait trouvé un emploi.

– Et il s'appelle ?

– Fletcher Victor. Mon véritable nom de famille est Victor, annonça-t-il avec orgueil.

On aurait dit qu'il venait de se découvrir une ascendance royale, mais je compris. Ce devait être merveilleux de connaître enfin sa véritable identité.

– As-tu appris autre chose sur lui, Harley ?

– Oui, mais pas grâce aux lettres. J'ai appelé Timmy Gross, ce gars de ma classe qui est un vrai génie de l'informatique. Au lycée, je suis pratiquement le seul avec qui il parle. Internet n'a pas de secrets pour lui. Enfin bon, je lui ai donné le nom de mon père, il a lancé une recherche et devine quoi ? Il l'a trouvé. Un nom comme Fletcher Victor ne court pas les rues. Il y en avait douze, dont huit ont été vite éliminés. Ils étaient trop âgés, ou alors ils n'étaient jamais sortis de leur trou. Nous en avons gardé quatre et nous sommes partis de là.

« Finalement, j'en ai eu un au bout du fil qui est devenu très silencieux quand je lui ai donné notre description, à tous les deux. Il a écouté jusqu'au bout et à la fin il a dit qu'en effet, il était mon père.

– Non !

– Si. C'est ce qu'il a dit. Et devine ce qu'il a fait quand il a su que ma mère était morte ?

Je retins mon souffle.

– Il m'a invité à venir le voir et peut-être, si on s'entendait bien, à rester avec lui. Il vit à Centerville, un petit village dans le nord de l'État de New York.

– Et que comptes-tu faire ?

Cette question-là, j'aurais pu m'en dispenser. La réponse n'était pas difficile à deviner.

– Y aller, au moins pour lui rendre visite.

– Et l'oncle Roy, qu'est-ce qu'il en pense ?

– Je ne lui ai rien dit, et je n'ai pas l'intention de le faire. Il sera probablement ravi de me voir partir, d'ailleurs. Surtout maintenant, ajouta-t-il d'un ton amer.

– Pas moi, en tout cas.

– Je le sais, et c'est pour ça que je suis là.

Quelque chose dans le ton de sa voix me fit dresser l'oreille.

– Comment ça ?

– Je veux que tu viennes avec moi. Juste pour la visite, s'empressa-t-il de préciser. J'ai besoin d'avoir ton opinion sur tout, et il n'y a personne en qui j'aie plus confiance que toi.

– Papa ne me permettra jamais de venir, tu le sais bien.

– Tu n'auras qu'à faire comme moi, répliqua-t-il, comme s'il avait tout prévu. Tu laisseras un mot et tu t'en iras. Tu viendras ?

Et sans me laisser le temps de réfléchir ou de répondre, il ajouta :

– C'est si important pour moi.

J'eus l'impression qu'on me versait un seau d'eau glacée sur la tête, pour me jeter dans un four aussitôt après.

– J'ai besoin que tu sois avec moi pour ça, souffla-t-il.

L'accent désespéré de sa requête m'ébranla. Lui dire non m'était tout aussi impossible que de refuser de respirer.

Impulsivement, follement peut-être, je répondis :

– Je viendrai.

Mais quand Harley m'eut quittée, les battements désordonnés de mon cœur me tinrent éveillée pendant presque tout le reste de la nuit.

Qu'avais-je promis ?

Et que devais-je faire ?

10

Sur la route

En fin de matinée Harley passa me voir, pour me dire qu'il allait à la banque retirer l'argent du voyage.

– Chaque semaine, je verse presque toute ma paie à mon compte pour mes études, m'expliqua-t-il.

– Alors tu ne devrais pas y toucher, Harley.

– Ce qui m'arrive est bien plus important pour moi, Summer. D'ailleurs, j'ai entendu Roy et ton père parler de l'assurance-vie de ma mère. L'argent qui me revient doit être placé sur un compte protégé, pour mes études ou en cas de besoin. J'aurais préféré ne pas y toucher, ajouta-t-il. J'aimerais mieux le garder jusqu'à ce que j'aie des enfants. Si ça marche avec mon père…

Sa phrase resta en suspens, comme son rêve. Et tout au fond de moi, tel un signal d'alarme, courut un frisson glacé. Placer tous ses espoirs en un seul être, ou une seule chose, était toujours dangereux. Maman me l'avait enseigné il y avait bien longtemps. Mais je craignais, en voulant l'avertir, de décourager Harley. S'il émergeait enfin de son chagrin terrible et de sa dépression, c'était grâce à sa découverte. Il eût été cruel de briser son élan alors qu'il remontait la pente, pour choisir l'espoir et le bonheur.

– Roy se couche vers onze heures et quart, je partirai vers onze heures trente, poursuivit-il. Je pousserai ma moto jusqu'au garage, où je t'attendrai. Nous irons à pied jusqu'à la route, comme ça il n'y a pas de danger qu'on nous entende démarrer.

« Prends un sac de voyage léger, avec juste le nécessaire, me conseilla-t-il. De quoi te changer, ce genre de trucs. Au besoin, on achètera le reste plus tard. Je devrais avoir assez d'argent.

– J'en ai un peu dans ma chambre, moi aussi. Depuis le temps que je jette ma monnaie dans le même tiroir, je devrais avoir dans les deux cents dollars.

– Fabuleux ! explosa-t-il, le visage rayonnant. Tu es la plus chic fille que je connaisse, Summer. Vouloir faire ça avec moi. Risquer de s'attirer la colère de tout le monde. C'est vraiment… c'est plus que je ne le mérite. Je n'aurais même pas dû te le demander.

– Je le fais parce que je le veux bien, Harley.

– Je sais. Merci, dit-il en guise d'au revoir.

Sur quoi, il partit pour la banque.

Maman me disait toujours que mon visage était comme une vitrine. Tout le monde pouvait, s'il en prenait la peine, deviner tout ce que j'avais dans la tête et tout ce que je ressentais. Dans ma bouche, les mensonges étaient comme des poissons hors de l'eau. Sachant cela, pendant presque toute la journée, je m'efforçai d'éviter à la fois maman et Mme Geary. Heureusement pour moi, j'avais une leçon de piano ce jour-là, ce qui occupa déjà pas mal de temps. Après quoi, je montai dans ma chambre travailler ma clarinette. Papa fut très occupé au bureau, et appela pour prévenir qu'il serait en retard pour dîner. Malgré tout ce que j'avais à faire, tout ce qui m'arrivait, le temps passait avec une lenteur désespérante, tel un sirop épais coulant par un goulot trop étroit.

Les aiguilles de la pendule semblaient collées au cadran.

Maman ne fit qu'une seule observation en me voyant m'agiter sans cesse.

– Tu ne tiens pas en place aujourd'hui, Summer. Quelque chose qui ne va pas ?

– Non, c'est juste que j'essaie de m'occuper, maman.

– Je sais, moi c'est pareil. Je pense toujours à ces vacances que nous devons prendre avec papa. En ce moment plus que jamais, ajouta-t-elle, avant d'aller rejoindre Mme Geary pour mettre au point le menu du dîner.

Je m'en voulais terriblement, moi qui détestais tromper les gens. Je me sentais littéralement coupée en deux. Une part de moi-même souhaitait faire plaisir à Harley, l'autre haïssait ce que je m'apprêtais à faire à maman et à papa. Je décidai que le plus sage, pour le moment, serait de réfléchir à la lettre que je leur laisserais en partant, afin d'être certaine qu'ils comprendraient mes raisons ; et surtout, pourquoi j'espérais qu'ils me pardonneraient.

Je m'assis à mon bureau et m'appliquai à rédiger la première phrase, mais je n'en fus pas satisfaite. Quatre fois de suite, je chiffonnai ma page et la jetai à la corbeille, avant de décider qu'il suffisait de m'exprimer simplement et sincèrement. Il n'y avait qu'une façon de raconter ce que je me préparais à commettre : en ne m'écartant pas de la vérité. Cette fois, les mots vinrent librement sous ma plume.

Chère maman et cher papa,

Il y a quelques jours, Harley a fait une incroyable découverte. Il a appris qui était son véritable père et où il vivait. Il veut aller le voir et m'a demandé d'y aller avec lui. Cela l'angoisse beaucoup, je le sais, il se peut même qu'il ait peur d'être déçu. Il a besoin de moi. Cette découverte et ce nouvel espoir l'ont aidé à surmonter son chagrin, et j'en suis si heureuse pour lui que j'ai accepté de l'accompagner. Je sais quel choc tout cela va vous causer ; et combien vous allez être inquiets pour moi. Mais je crois aussi que vous me comprendrez et me pardonnerez. Je vous appellerai dès notre arrivée là-bas, pour vous dire où nous sommes et ce que nous comptons faire.

Malgré ton épreuve, maman, tu as toujours été généreuse et tu m'as appris à l'être aussi. Personne n'est plus compatissant que toi, papa, c'est pourquoi tu me comprendras certainement, toi aussi.

Avec toute ma tendresse,

Summer.

Je pliai la feuille et la glissai dans une enveloppe, que je laisserais à ma place sur la table du petit déjeuner. Après quoi, je choisis les effets que j'emmènerais et en remplis le plus pratique de mes fourre-tout. Cela fait, il ne me resta plus qu'à attendre.

J'avais l'impression que mon estomac faisait des nœuds. J'essayai de lire. J'essayai de regarder la télévision. Rien n'y fit. J'entendis papa et maman parler tout bas en montant se coucher : le simple son de leur voix décupla mon angoisse. Ils allaient dormir tranquilles, et demain matin ils se rongeraient d'inquiétude. Avais-je fait quelque chose de mal ? Serait-ce encore plus grave de revenir sur ma décision ? Pour Harley, certainement. Il serait anéanti.

Je ne tenais pas très solidement sur mes jambes, quand il fut l'heure de descendre. J'étais sûre de trébucher à grand fracas dans l'escalier. Par miracle, j'arrivai en bas sans encombre et sans même faire craquer une marche. La maison tout entière semblait retenir son souffle en même temps que moi. Dans l'entrée, je fis halte un instant pour regarder derrière moi, comme si je disais au revoir. Puis je me faufilai au-dehors.

Le temps était un peu couvert ce soir-là, un gros nuage cachait en partie la lune, mais je distinguai facilement la silhouette de Harley. Debout devant le garage, il me donna l'impression d'être toujours en plein rêve. Je respirai un grand coup et le rejoignis d'un pas rapide.

– Salut, dit-il à voix basse. Tout va bien ?

Je coulai un rapide coup d'œil par-dessus mon épaule.

– Je crois, oui.

– OK. On y va !

Mon pouls s'accéléra, nous marchâmes en silence jusqu'à la route. Là, Harley me tendit le second casque, me montra comment l'attacher, puis il fixa mon fourre-tout sur le porte-bagages. Je montai derrière lui.

– Allons-y, dit-il aussitôt. Accroche-toi à moi si tu veux ou tiens-toi aux poignées. Je roulerai lentement.

Incapable de proférer un son, je hochai la tête en réponse, même s'il ne pouvait pas me voir. Il mit le moteur en marche, démarra… et tout fut dit. Nous étions partis.

– Pas trop de vent ? me cria-t-il à pleine voix.

– Non, ça va.

C'était vrai, mais je préférai quand même appuyer ma tête contre lui et fermer les yeux.

Il ne passait jamais beaucoup de monde sur cette route, même en plein jour. À cette heure avancée de la nuit, elle était déserte. Toutes les quinze ou vingt minutes, Harley me demandait comment ça allait. Son plan était de rouler bon train au départ, pendant quatre ou cinq heures si possible, puis de nous arrêter dans un motel, pour y dormir jusqu'au milieu de la matinée. Il comptait rouler toute la journée suivante. Selon ses prévisions, nous devions arriver dans le nord de l'État de New York en fin d'après-midi, ou tôt dans la soirée. Mais il s'inquiétait tellement de mon bien-être que, pour finir, il décida de s'arrêter après seulement trois heures de route, dans le Maryland. C'est juste à la sortie de Baltimore que nous trouvâmes un motel dans nos prix. Pas très luxueux, il faut bien le dire. L'enseigne au néon était en partie brisée, les bâtiments avaient grand besoin d'un ravalement. Deux chambres seulement étaient occupées, à part la nôtre. Mais nous avions trop peur de devoir rouler encore longtemps avant de trouver quelque chose d'autre.

J'étais tout étourdie quand je mis pied à terre. Harley me retint par le bras.

– C'est autre chose que l'équitation, non ?

– J'ai l'impression d'être encore en train de rouler, m'étonnai-je, ce qui le fit rire.

Il nous prit une chambre avec deux grands lits. Elle sentait le renfermé, l'éclairage était si pauvre que les murs paraissaient du même ton jaunâtre que la lumière ambiante. Le tapis placé entre les lits montrait la corde. Je craignais que la literie ne fût pas très propre, en plus du reste, mais je n'eus pas le temps de m'en assurer. À peine avais-je ôté mes chaussures et posé ma tête sur l'oreiller que je sombrai dans l'inconscience.

C'était la tension qui m'avait épuisée. Je n'avais pas cessé de me retourner, m'attendant presque à ce que papa ait découvert ma lettre et se soit lancé à notre poursuite. C'est même tout juste si je ne l'espérais pas. Ce n'était pas le cas, bien sûr. Il n'avait pas la moindre idée de la direction que nous avions prise.

Malgré cela, chaque fois que j'entendais un klaxon ou voyais pointer des phares, le cœur me manquait.

Dès que je fus allongée, Harley passa dans la salle de bains pour prendre une douche. Le bruit de l'eau fut le dernier son qui me parvint, jusqu'à ce que le soleil perce entre les rideaux poussiéreux. À la seconde même où il atteignit mon visage, j'ouvris les yeux.

Sur le moment, j'oubliai où j'étais, et ce que nous avions fait. Je restai longtemps étendue sans bouger, les yeux au plafond, à réfléchir. Puis je me retournai pour voir Harley sortir de la salle de bains, rasé de frais, une serviette autour des reins.

– Tout va bien, Summer ?

– Je n'en sais rien. Combien de chemin avons-nous parcouru ?

– Dans les deux cents kilomètres, au grand maximum, estima-t-il. Nous avons une bonne journée devant nous. Pas loin de deux cent cinquante, je dirais.

Je m'assis en gémissant. J'avais un peu mal à l'intérieur des cuisses. Tout en s'habillant à la hâte, Harley m'avertit :

– La douche fonctionne, mais j'aime mieux te prévenir. Tu vas devoir régler la température toutes les quatre secondes si quelqu'un d'autre s'en sert en même temps que toi. Pendant que tu te prépares, je vais faire une petite reconnaissance. J'espère que je pourrai trouver un endroit correct pour le petit déjeuner.

– Entendu, acquiesçai-je en me levant, encore un peu étourdie.

La douche me réveilla. Je me donnai un coup de brosse et m'habillai rapidement. Un coup d'œil à ma montre me fit prendre conscience que, depuis déjà quelques heures, papa et maman avaient découvert mon petit mot. Je ne tenais pas à m'attarder là-dessus, mais j'étais sûre qu'ils avaient appelé l'oncle Roy. En ce moment même, tous trois devaient être en train de discuter sur la conduite à tenir.

J'enfilais mes chaussures de sport quand Harley revint.

– Il va falloir qu'on roule encore quinze kilomètres, annonça-t-il. On emmène tout, inutile de revenir ici.

– Qui pourrait avoir une idée pareille, je me le demande ?

Il éclata de rire.

– On devrait vous faire une réduction, quand on partage une chambre avec les cafards.

– Les cafards ? répétai-je en jetant un bref coup d'œil autour de moi.

Happant mon sac à la volée, je sortis sans demander mon reste.

Je mis mon casque, sautai en selle et nous partîmes. Ç'était un restoroute que Harley nous avait trouvé. À ma grande surprise, j'avais faim et je commandai un jus de fruits, des crêpes aux myrtilles et du café. Harley se contenta de jus de fruits et de céréales.

– Je conduis mieux quand je n'ai pas le ventre plein, m'expliqua-t-il.

J'attendis d'avoir avalé quelques gorgées de café pour lui demander :

– Est-ce que ton père sait quand il doit nous attendre ?

– Oui. Je lui ai donné une heure assez précise.

Il déplia sa carte, m'indiqua la distance qu'il nous restait à parcourir et par où nous allions passer. Chaque fois que c'était possible, il choisissait une route secondaire, et il m'en donna la raison :

– Nous serons moins repérables, comme ça.

– Et pourquoi devons-nous éviter de l'être ?

Ma question parut l'amuser.

– Tu ne crois quand même pas que ton père et Roy n'ont pas appelé la police ?

– La police ! Est-ce que Roy sait où nous allons ?

– Non, mais ils déclencheront une alerte générale, ou un truc dans ce genre. Ils lanceront des recherches dans toutes les directions. Tu peux me croire, appuya-t-il comme s'il avait été un fugitif toute sa vie. Mais ne te tracasse pas, s'empressa-t-il de me rassurer. Nous y arriverons.

Je préférai passer à autre chose.

– Est-ce que ton père t'a beaucoup parlé de lui, Harley ?

– Je sais qu'il est peintre en bâtiment et qu'il a toujours eu beaucoup de travail. Et aussi qu'il vit avec une femme. Une Haïtienne, qui s'appelle Suze. Je pense qu'il a préféré me mettre au courant, au cas où nous arriverions avant qu'il soit rentré du travail.

« Le village est plutôt petit, mais il a dit qu'on ne risquait pas de manquer sa maison, même avec de la bonne volonté. C'est un point de repère, là-bas. Un octogone qui date de 1869.

– Vraiment ? Et... c'est quoi au juste, une maison octogone ?

Harley sourit, tira un stylo de sa poche et traça un rapide croquis sur une serviette en papier.

– Comme son nom l'indique, c'est une maison à huit côtés. Celle-ci a un étage. Elles sont très rares, en fait. Il n'en reste plus que quelques milliers qui soient authentiques, surtout dans l'État de New York, le Massachusetts et le Midwest.

– Tu es si savant en architecture, Harley, et tellement doué ! Il faut absolument que tu fasses quelque chose de tout ça, décrétai-je. On ne laisse pas perdre un talent pareil.

Il haussa les épaules.

– Ne t'imagine pas que je savais tout ça, Summer.

Après avoir parlé avec mon père, j'ai cherché dans un de mes livres et c'est là que j'ai tout trouvé. C'est un certain Orson S. Fowler qui a rendu ces maisons populaires. Sa théorie était qu'elles offraient plus d'espace intérieur que toute construction carrée, ou rectangulaire, de même périmètre. Il affirmait qu'elles étaient plus économiques, évitaient les pertes de chaleur, accroissaient l'ensoleillement et la ventilation, tout en supprimant les recoins sombres et inutiles. Je suis impatient de voir ça, conclut-il.

J'étais en admiration devant lui. Ses yeux brillaient d'intérêt, d'enthousiasme… il en rayonnait.

– C'est merveilleux que tu aies une telle passion pour l'architecture, Harley.

Un sourire passa dans son regard.

– Je suis un garçon passionné, tu ne savais pas ?

L'arrivée de la serveuse me dispensa de répondre. Je ne mesurais pas à quel point j'avais faim. Je ne m'en rendis compte qu'en voyant la nourriture devant moi. Harley sourit de me voir dévorer, ce qui me mit sur la défensive.

– Tu trouves que je mange comme un goinfre, c'est ça ?

– Pas du tout. C'est juste que j'aime te regarder, Summer. Je souris de plaisir, c'est tout.

Je me sentis rougir.

– Et parce que tu es avec moi, ajouta-t-il, je n'ai plus peur de rien.

– Mais quand nous serons arrivés, Harley, il faudra que j'appelle mes parents. D'accord ?

– Bien sûr, me promit-il. Mais attendons d'y être.

Le petit déjeuner fini, nous reprîmes la route sans tarder. Il faisait toujours aussi chaud et humide, mais je m'habituais à rouler en moto, et je commençais à y prendre plaisir. J'aimais la façon dont le corps de Harley bougeait dans les virages, et aussi quand il changeait de vitesse. J'eus bientôt la sensation que nos corps étaient soudés l'un à l'autre, le mien réagissant au moindre mouvement du sien.

En quittant l'autoroute, nous passâmes devant de beaux bâtiments de ferme et traversâmes de curieux petits villages. En certains endroits, les gens semblaient s'intéresser beaucoup à nous, et ailleurs c'était tout le contraire. On nous accordait à peine un regard. Cela devait dépendre, supposai-je, du nombre de motos qu'ils avaient l'habitude de voir passer.

Nous roulâmes pendant des heures, et ne fîmes halte qu'une seule fois avant d'entrer dans l'État de New York. Harley repéra un coin ombreux sous un chêne, non loin d'une rivière. Il avait pensé à acheter des sandwiches et des boissons fraîches, dans l'idée de faire de notre déjeuner un pique-nique au bord de l'eau.

– C'est drôle, observa-t-il en s'allongeant dans l'herbe, le regard au ciel. C'est une chose que nous ne faisons jamais chez nous. Je ne parle pas des barbecues et des garden-parties, ce genre de trucs. Je veux dire… déjeuner dehors, juste toi et moi, au bord du lac par exemple. C'est fou ce que c'est agréable, conclut-il avec satisfaction.

Je déballai nos sandwiches et lui tendis le sien. Pendant un moment nous ne fîmes que manger, en silence, observant les jeux de l'eau sur les cailloux. Ce fut Harley qui parla le premier.

– Je n'arrête pas de me demander ce que j'éprouverai en voyant mon père pour la première fois. Tu crois que nous nous ressemblons ?

– Tu as forcément quelque chose de lui.

Ma réponse le laissa dubitatif.

– Oui, mais parfois on ressemble beaucoup plus à l'un de ses parents qu'à l'autre. Amber, par exemple : c'est un vrai clone de sa mère.

– Et moi ?

– Toi aussi, tu ressembles beaucoup à ta mère, mais tu as les yeux de ton père. Et aussi ses taches de rousseur, ajouta-t-il en riant.

Puis il reprit son sérieux et, à nouveau, s'absorba dans la contemplation de l'eau. Pas longtemps. Il revint très vite à ce qui le préoccupait.

– Quand on est du même sang, on a forcément quelque chose en commun, une ressemblance quelconque. Ce ne sera pas comme si je rencontrais un parfait inconnu, qu'est-ce que tu en penses ?

– Sûrement pas, répliquai-je avec conviction.

Mais il ne parut pas rassuré pour autant.

– Il a voulu que je vienne, Summer. Il faut croire qu'il a dû penser à moi de temps en temps, non ? Il a dû refaire sa vie, et ne plus savoir comment s'y prendre pour revenir sur le passé. J'ai peut-être un demi-frère et une demi-sœur, là-bas. Peut-être même deux de chaque.

– Possible, concédai-je. Est-ce qu'il a fait allusion à d'autres enfants ?

– Non, mais… il a peut-être jugé que ce n'était pas le moment.

– Tu disais que Suze était sa compagne, mais… il ne t'a pas dit que c'était sa femme.

– Non, c'est vrai. Mais il a pu être marié avant et avoir divorcé, ou encore… perdu sa femme. Peintre en bâtiment, murmura-t-il pensivement. Ça tient debout, non ? Je veux dire, c'est un travailleur manuel, et moi aussi je travaille de mes mains.

– Sauf qu'en plus tu es très intelligent, Harley. Tu n'es pas seulement un travailleur manuel.

Il repoussa mon argument d'un froncement de sourcils.

– Si j'ai réussi au bac, c'est uniquement grâce à ton aide, Summer.

– N'empêche que tu étais le seul à pouvoir le faire, que tu l'as fait, et que tu feras encore beaucoup plus, Harley.

Son front se dérida. Tout en avalant ses dernières bouchées de pain, il leva les yeux vers de gros nuages qui s'amassaient à l'horizon.

– J'espère que l'orage ne sera pas pour nous, observa-t-il. Nous avons fait une bonne moyenne jusqu'ici, je ne voudrais pas la voir baisser.

– Dans ce cas, mieux vaut ne pas nous attarder ici.

– Encore un peu, plaida-t-il en se recouchant dans l'herbe. Juste un tout petit peu…

Je terminai mon sandwich et me rafraîchis le gosier. Quand j'aperçus ce qui me parut être un merle, de l'autre côté de la rivière, je ne pus m'empêcher de penser à maman et de nouveau, le remords me tenailla.

– Harley ?

N'obtenant aucune réponse, je me retournai vers lui. Il avait les yeux fermés, le souffle lent et régulier. J'envisageai de téléphoner à maman, mais une pensée m'arrêta. Et si elle se mettait à pleurer ? Que devrais-je faire ?

Je me levai et marchai jusqu'à la rivière. Le friselis de l'eau sur les cailloux me fascinait. L'eau elle-même était si claire, si fraîche, si belle que je fus tentée d'y entrer. De me baptiser dans sa pureté bienfaisante, naturelle, me laver de cette noirceur qui m'habitait depuis que Duncan Fields m'avait piégée dans son van.

Peut-être avais-je une autre raison de faire ce voyage avec Harley. Peut-être essayais-je de fuir. De laisser derrière moi l'enfant innocente et blessée qui passait son temps à s'apitoyer sur elle-même. Je savais que tout le monde s'efforçait de m'aider, de me réconforter. Mais si je rencontrais le regard de papa, de maman ou de Mme Geary, il m'était impossible de ne pas y lire la compassion, le chagrin qu'ils éprouvaient pour moi. C'était comme si j'étais devenue une femme marquée, souillée à jamais. Ironie du sort, c'était Tante Alison qui m'avait fait comprendre qu'il n'en était rien, en réduisant l'incident aux proportions d'une simple égratignure. Mais cela non plus n'avait pas suffi à me guérir.

Il y avait des années de cela, semblait-il, les hommes et les femmes considéraient le sexe et l'amour comme les deux moitiés d'une expérience merveilleuse. La plus importante de la vie, peut-être la seule véritable raison de vivre. Sans qu'on sache trop comment, pour des gens comme Tante Alison ou Duncan Fields le sexe devint un jeu, un plaisir, un jouet à saisir ou à rejeter à volonté. Les gens utilisèrent d'autres gens pour leur propre satisfaction, quant à l'amour… L'amour fut oublié, ou réduit lui aussi à l'état d'objet dont on pouvait se servir à sa guise. Pourquoi s'en soucier, faire le moindre effort pour l'obtenir ou le trouver ? Pour commencer, cela demandait un sacrifice personnel, un certain dévouement envers quelqu'un d'autre que soi. Ensuite, il fallait oser faire confiance et prendre des risques.

Tous les Duncan Fields du monde se croyaient très intelligents, je n'en doutais pas. Ils passaient leur temps à se pavaner en cherchant une conquête à faire, accumulaient les succès faciles, en s'imaginant que cela les rendait importants, différents ou même désirables. Mais un jour ou l'autre le destin les rejoindrait, eux aussi, et le réveil serait dur. Ils regarderaient autour d'eux pour découvrir qu'ils étaient seuls. Qu'ils n'avaient rien fait de leur vie. Qu'elle avait passé comme un rêve et s'était enfuie, pareille à l'eau de la rivière.

Je regardai l'endroit où le cours d'eau tournait et

disparaissait, en me demandant où s'achevait sa course. Rencontrait-il un beau lac, un peu plus loin ? Devrait-il d'abord franchir des rapides ? Se diviser en ruisseaux de plus en plus petits, qui finiraient par s'assécher ? Il ne se laisserait pas retenir par des barrages. Il trouverait un moyen de les contourner et suivrait son propre destin.

C'était ce que je devais faire. Ce que Harley devait faire. Je n'aurais pas su dire pourquoi mais, tout au fond de moi, j'étais certaine que maman le comprendrait.

– Holà ! fit Harley en s'approchant de moi. Pourquoi m'as-tu laissé m'endormir ? Sans cet écureuil qui a eu le toupet de venir jusque sous mon nez...

– J'ai pensé que tu avais besoin de repos, c'est tout.

– Oui, eh bien j'en ai eu assez. Viens, il est grand temps de partir.

Je le suivis jusqu'à sa moto. Nous coiffâmes nos casques et, quelques secondes plus tard, nous filions sur la grand-route. Nous ne tentions même pas de parler, le vent nous sifflait aux oreilles, le paysage disparaissait à toute allure derrière nous, pareil à la rivière que nous venions de quitter.

Nous roulions depuis une heure quand une voiture de patrouille de la police surgit derrière nous et resta dans notre sillage. Harley l'aperçut dans son rétroviseur et je le sentis se crisper.

– Arrête de regarder derrière toi ! me hurla-t-il. Je vais prendre la prochaine sortie.

Ce qu'il fit, et je retins mon souffle. Le conducteur allait-il nous suivre ? Papa et l'oncle Roy avaient-ils fait ce que Harley supposait qu'ils feraient, et appelé la police ? Quelle déception ce serait si nous étions ramenés chez nous, avant que Harley ait pu voir son père. Je ne me retournai pas. À la première intersection nous prîmes la rampe de sortie, comme si nous savions exactement où nous allions. En même temps, nous jetâmes un discret regard en arrière : la voiture de patrouille ne nous suivait pas. Tous les deux, nous laissâmes enfin s'échapper le souffle que nous avions retenu jusque-là. Harley ralentit et s'arrêta en douceur.

– Cette fois, j'ai bien cru que ça y était, reconnut-il. Je n'avais pas l'intention de me laisser interpeller s'il avait allumé ses signaux tricolores. J'aurais essayé de le semer.

– Qu'allons-nous faire, alors ? Et s'il nous attendait plus loin, ayant fini par comprendre qui nous pouvions être ?

Harley tira sa carte de sa poche et l'étudia un moment.

– Nous allons suivre cette route secondaire pendant quelques kilomètres. Nous devrions arriver d'ici deux heures, même en comptant les détours, conclut-il.

II redémarra. Les maisons que nous dépassions étaient plus petites et plus anciennes, maintenant. Et le seul village que nous traversâmes, si on pouvait parler de village, se limitait à un garage, un libre-service et un restaurant. Environ un quart d'heure plus tard, un pick-up rouge déboucha d'un chemin de terre juste devant nous, obligeant Harley à freiner brutalement. Il jura entre ses dents. Je vis deux hommes assez jeunes à l'avant, et notai que le passager portait une casquette de base-ball. Ils roulaient très lentement, à présent, et Harley accéléra pour les doubler. Quand nous les dépassâmes, le conducteur se pencha et nous cria quelque chose. C'était un grand maigre, atteint de calvitie précoce. Quand il sourit, je pus voir qu'il lui manquait quelques dents de chaque côté.

Je ne compris pas ce qu'il avait dit, mais Harley

l'ignora et accéléra encore. Je pensais que nous en avions fini avec eux, mais je me trompais. Quelque trente secondes plus tard, la camionnette se retrouvait juste derrière nous, et même dangereusement proche. Le conducteur commença à klaxonner.

– Harley !

– Je sais. Une belle paire d'idiots ! commenta-t-il.

Brusquement, il se déporta sur la gauche et ralentit pour que le camion soit obligé de nous dépasser. Ils continuèrent jusqu'au virage suivant et disparurent. Je commençai à trouver ce manège bizarre.

– Qu'est-ce qu'ils fabriquent, Harley ?

– C'est leur façon de s'amuser, j'imagine.

Prudemment, il continua en petite vitesse, mais quand il eut dépassé le tournant le camion n'était plus en vue. Cela aussi, c'était bizarre, et je m'en inquiétai.

– Mais où sont-ils passés ?

Harley ne répondit pas. Il reprit de la vitesse et je m'accrochai étroitement à lui. Soudain, jailli d'un champ de maïs, le pick-up revint à toute allure sur la route et à nouveau, se colla derrière nous, en klaxonnant de plus belle. Quelques voitures nous croisèrent, mais aucun des conducteurs ne fit attention à ce qui se passait. Nous nous trouvions au beau milieu de ce qui semblait être un endroit désert, ou presque, entre des champs de maïs et des bois.

Mon cœur battait la chamade, et je voyais bien à son attitude que Harley n'en menait pas large, lui non plus. Cette fois-ci, quand il essaya de déboîter sur la gauche et de ralentir, ils le suivirent. Je hurlai.

– Ils vont provoquer un accident, Harley !

Je savais qu'il n'osait pas s'arrêter. Il essaya d'accélérer, mais ils n'eurent aucune peine à se maintenir à notre hauteur. Et comme nous ne connaissions pas très bien cette autoroute, je me dis qu'accélérer encore aurait été trop dangereux. Le vent de la vitesse me déchirait la peau, maintenant, et fouettait furieusement nos sacs.

– Harley !

– Accroche-toi ! cria-t-il.

Nous approchions d'un virage assez serré. Le klaxon retentissait sans arrêt, maintenant. J'aurais voulu pouvoir plaquer mes mains sur mes oreilles, tant le vacarme était assourdissant. Harley vociféra :

– Ils sont dingues ou ils sont soûls, ces deux-là !

À la fin du virage un chemin gravillonné s'ouvrait dans un champ, sur la droite. Harley prit sa décision en un éclair. Sans freiner, de crainte que le pick-up ne nous tamponne, il bifurqua sur la droite et s'engouffra dans le chemin. Les deux énergumènes nous dépassèrent en coup de vent, mais Harley perdit le contrôle de sa machine qui dérapa et fit un tonneau, nous éjectant tous les deux. Par chance, nous atterrîmes dans l'herbe, loin des cailloux. Mais pendant ma chute, mon pied gauche se coinça sous une roue et je le sentis se tordre. La douleur irradia dans toute ma jambe. Je n'eus même pas le temps de crier.

Le moteur cala. Harley se releva très vite. Je roulai sur le dos, et je m'efforçais d'atteindre ma cheville quand Harley tomba sur les genoux, à mon côté.

– Summer, tu n'as rien ?

J'attendis un moment, guettant un signal douloureux en provenance d'une autre partie de mon corps, mais rien ne vint. Ma cheville me suffisait, d'ailleurs. J'en avais déjà les larmes aux yeux. Je répondis par un gémissement de douleur.

– Ma cheville…

Harley se pencha pour la voir et la palper avec douceur.

– Elle n'a pas l'air cassée, diagnostiqua-t-il, mais tu dois avoir une belle entorse.

– C'était qui, ces deux-là ?

– Deux imbéciles, qui voulaient s'offrir des sensations fortes à nos dépens.

Harley jeta un coup d'œil derrière lui, en direction de la route. Nous tendîmes l'oreille, mais grâce à Dieu aucun son de véhicule revenant vers nous ne se fit entendre.

– Il faut mettre de la glace sur cette cheville le plus tôt possible, dit Harley d'un ton soucieux. Tu n'as rien ailleurs ?

– Je ne crois pas.

– Je suis désolé, Summer. Bon sang ! Je croyais que c'était la meilleure chose à faire, je t'assure.

– Et c'était probablement le cas, opinai-je. Ils ne t'auraient jamais laissé les semer.

Je tentai de m'asseoir et, avec son aide, j'y parvins. Alors seulement je pensai à demander :

– Et ta moto, dans quel état est-elle ?

– Aucune idée.

Il s'en approcha, la redressa et l'examina le plus minutieusement possible.

– Rien de cassé, on dirait.

Il essaya de démarrer. Après plusieurs tentatives, le moteur se remit en marche, et apparemment tout tournait rond.

– Je devrais aller chercher de l'aide, suggéra-t-il.

– Oh non, je t'en prie ! Ne me laisse pas seule. Je vais remonter en selle.

– Tu es sûre ?

– Certaine, affirmai-je.

– OK.

Il m'aida à me relever. Soutenue par lui, et en évitant de prendre appui sur mon pied gauche, je réussis à me mettre en selle. Mais il était toujours inquiet.

– Il y a peut-être un hôpital pas loin, Summer ?

– Ça va aller, je t'assure. J'ai juste besoin d'un peu de glace et d'une bande Velpeau. Nous en achèterons une en route.

– OK, toubib. J'oubliais que tu étais experte en secourisme.

Nous repartîmes, aussi inquiets l'un que l'autre. Les hommes du pick-up nous guettaient-ils au bord de la route pour continuer à nous harceler ? Cette crainte m'empêcha de focaliser mon attention sur la douleur lancinante de ma cheville. Je respirais profondément, par longs souffles lents, et m'agrippais à Harley. Il conduisit un peu plus vite quand il reprit confiance en lui. Finalement, nous aperçûmes un garage, sur notre gauche, et nous y arrêtâmes. Il y avait une machine à sodas, mais pas de distributeur de glaçons. Harley cala solidement sa moto, et me dit de rester en selle pendant qu'il rentrerait dans le garage. Au bout de quelques minutes, il en revint avec un chiffon plein de glaçons.

– Le patron a un frigo. Il m'a donné ça quand il a su ce qui était arrivé. Il croit connaître ces deux abrutis.

Un homme d'une quarantaine d'années, en salopette grise, sortit du garage en essuyant ses mains graisseuses et regarda dans notre direction. Harley fouillait déjà dans sa sacoche à outils, dont il tira un rouleau d'adhésif. Il me montra comment maintenir la glace contre ma cheville, puis enroula le ruban adhésif autour des deux à la fois, jusqu'à ce que le paquet de glaçons tienne tout seul.

– Alors, qu'est-ce que ça donne ?

– Qui est le secouriste, maintenant ? plaisantai-je, en m'efforçant laborieusement de sourire.

Mais Harley avait vu ma grimace de douleur.

– Ça devrait aider ta cheville à désenfler, non ?

– Je crois. Je dois avoir une élongation des tendons.

Harley alla remercier le garagiste et en profita pour compléter ses informations, sur la route à suivre et sur notre destination.

– Il dit que nous sommes environ à une heure un quart de Centerville, plutôt moins, mais je vais devoir reprendre l'autoroute. Il faudra courir notre chance avec les patrouilles de police.

– Ça vaut mieux que de retomber sur ces deux idiots, Harley.

– Oui. Désolé pour tout ça, Summer. Vraiment.

– Tu n'y étais pour rien, le rassurai-je. Et tu as été super.

Une fois que nous fûmes en route, l'effet des glaçons se fit rapidement sentir. J'avais la jambe gelée. Je le supportai le plus longtemps possible, puis je dus demander à Harley de s'arrêter pour pouvoir enlever le paquet.

– Ça enfle drôlement, constata-t-il en examinant ma cheville. Tu as peut-être une fracture.

– On verra ça là-bas, Harley. Ne traînons pas. Je me sentirai bien mieux dès que je pourrai me reposer.

Il hocha la tête, l'air soucieux, et nous redémarrâmes. Le dernier quart d'heure me parut interminable, mais le panneau annonçant le village apparut enfin. Quittant l'autoroute, nous nous dirigeâmes vers la rue principale de l'agglomération, l'inévitable Main Street.

– Tu sais où aller, Harley ?

– Oui.

C'était un de ces villages avec une longue artère centrale, et quelques petites rues latérales. Tous les magasins et quelques restaurants s'alignaient le long de Main Street, et quelques boutiques émaillaient les petites rues adjacentes. Vers le milieu du village, une caserne de pompiers faisait face au poste de police et à une salle de réunion municipale. Un train avait dû s'arrêter jadis à Centerville. Les rails avaient disparu, mais les sillons dans lesquels ils étaient fixés se voyaient encore, longeant la rue sur la moitié de sa longueur.

Les passants étaient rares, la circulation quasi nulle. La plupart des magasins paraissaient déjà fermés, ou alors sur le point de l'être. Une seule fenêtre semblait brillamment éclairée, celle d'un café-bar : le Pit Stop.

Harley désigna du menton les constructions fatiguées, presque branlantes.

– La plupart datent du tournant du siècle, commenta-t-il. À part les quelques maisons que nous venons de dépasser, on n'a pas dû bâtir ici depuis près de cent ans.

C'était un petit bourg ensommeillé, un lieu oublié du monde. Les autoroutes construites autour du village le laissaient à l'écart. Il n'y avait aucune industrie, aucune entreprise d'importance pour le vitaliser, à l'exception d'une scierie. J'imaginais très bien les fantômes trépignant d'impatience, pressés d'investir les lieux.

En somme, c'était le refuge idéal pour un homme comme le père de Harley, qui voulait fuir son passé. L'endroit rêvé pour se faire oublier. Comme nous arrivions au bout de la grand-rue, Harley ralentit, tourna à droite et je crus qu'il allait chez son père, mais je me trompais. Il stoppa en face d'un panonceau portant l'indication : Dr Richards, médecine générale. On ne se serait jamais cru devant le cabinet d'un médecin. La maison devait dater du début du XVIIIe, et on y accédait par un étroit chemin pavé. Sur la pelouse, à côté d'un buisson en fleurs, un rocking-chair semblait attendre le retour de son occupant. Un sentiment d'appréhension m'arrêta.

– Nous pourrons revenir plus tard, dis-je à Harley.

– Non. Occupons-nous d'abord de ta cheville, Summer.

Je n'étais toujours pas très tranquille.

– Tu es sûr que cela ne va pas nous causer d'ennuis ?

– Tout ira bien. Nous sommes arrivés. Quelques minutes de plus ne feront pas grande différence. Appuie-toi sur moi et ne pose pas ce pied par terre, me conseilla-t-il en m'aidant à descendre de sa moto.

Il passa le bras autour de ma taille et, pratiquement portée par lui, je clopinai jusqu'à la porte d'entrée. Elle était ouverte, et nous avançâmes dans le couloir. À droite s'ouvrait une sorte de petit vestibule, mais nous n'y vîmes personne. Un moment après notre arrivée, pourtant, une petite femme d'une cinquantaine d'années, aux cheveux gris frisottant sur le front, sortit par la porte du fond. Sa robe blanche n'était pas exactement un uniforme d'infirmière, mais cela y ressemblait.

– Mon Dieu, qu'est-ce qui vous est arrivé ? s'émut-elle, comme si elle nous connaissait depuis toujours.

– Un accident de moto, expliqua brièvement Harley. Nous voudrions être sûrs qu'elle n'a rien de cassé.

– Je vois, je vois. Par ici…

Elle ouvrit une porte sur sa droite, qui donnait sur une salle d'examens.

– Aidez mademoiselle à s'allonger sur la table, jeune homme, je vais chercher le docteur.

– Ça c'est inouï, fis-je observer à Harley, elle n'a pas commencé par me demander si j'avais la sécurité sociale.

Il rit et m'aida à m'étendre sur la table. Les diplômes exposés sur les murs nous apprirent que le Dr Richards avait fait ses études à New York.

– Eh bien, qu'est-ce qui vous amène ?

L'homme qui venait d'ouvrir la porte achevait manifestement d'avaler ce qu'il était en train de manger. De taille moyenne, les cheveux gris coupés en brosse, des yeux noirs au regard amusé, il avait un visage amical et plaisant. La femme qui nous avait accueillis entra derrière lui dans la pièce.

– Docteur Richards, se présenta-t-il. Et voici ma femme, Anna. Alors, qu'est-ce qui vous arrive ?

Harley se chargea des explications.

– Un accident, docteur. Deux hommes dans un pick-up nous ont pris en chasse et j'ai dérapé dans un chemin de terre en essayant de leur échapper.

– Hmm ! Je vois.

Le Dr Richards hocha la tête d'un air significatif, comme si ce genre d'incident se produisait tous les jours.

– Et elle s'est foulé la cheville, précisa Harley.

Debout devant moi, le médecin regarda longuement ma cheville, d'abord, et moi ensuite.

– Ça fait un mal de chien, j'imagine ?

– Oui, docteur.

– Bon. Reculez un petit peu et soulevez-moi ce pied que je puisse voir ça. Il faut faire attention à tout de nos jours, observa-t-il en nous souriant à tous deux.

Quand je fus dans la position souhaitée, il dénoua mes lacets avec des précautions infinies et, très doucement, me retira ma chaussure. Puis il abaissa ma chaussette, me l'ôta, ses doigts effleurant à peine ma peau.

– Remuez un peu les orteils, s'il vous plaît. Oui, comme ça. C'est douloureux ?

– Pas trop. Juste un peu.

Il étudia ma cheville avec soin.

– Vous êtes tombée dessus ?

– Non. Elle a dû se coincer quand j'ai roulé sur moi-même.

– Je vois.

– Nous avons mis de la glace dessus dès que nous avons pu, expliqua Harley.

Délicatement, le Dr Richards commença l'examen de ma cheville. Il la remua en tous sens, guettant ma réaction à chaque mouvement, puis il la palpa longuement.

– Il pourrait s'agir d'une fracture, mais j'en doute. Cela ressemble davantage à une élongation des tendons.

– C'est exactement ce qu'elle a dit, fit observer Harley.

Le Dr Richards me sourit.

– Tiens, tiens ! Seriez-vous étudiante en médecine, par hasard ?

– Non, monsieur.

– Son père est physiothérapeute, poursuivit Harley. Elle est très calée en secourisme, et tous ces trucs-là.

– Tant mieux. Un minimum de connaissances ne peut pas nuire, à condition de ne pas en abuser. Toutefois…

Le médecin fit la grimace.

– Des connaissances limitées peuvent être dangereuses, il faut le savoir. Trop de gens s'imaginent qu'il n'y a qu'à se faire graver une plaque pour être médecin, à présent.

« Bon, revenons à nos moutons. Vous allez me remettre des compresses glacées sur cette cheville, et la maintenir très serrée. Vous devrez éviter de vous servir de ce pied pendant une semaine environ, peut-être même un peu plus. Vous êtes descendus chez quelqu'un d'ici ?

Harley me décocha un rapide coup d'œil, qui ne passa pas inaperçu du Dr Richards. Il ajouta :

– À moins que vous ne soyez seulement de passage, en route pour la civilisation ?

– Non, monsieur. Nous sommes venus rendre visite à quelqu'un. Fletcher Victor, précisa Harley.

Anna Richards haussa les sourcils.

– Fletcher ?

– Ce doit être le vrai prénom de Buzz, lui dit son mari.

– Tiens ? Je croyais que c'était Ed. Nous connaissons tout le monde ici, bien sûr, ajouta-t-elle à notre intention, mais les Victor mènent une vie très retirée. Au fait… je n'ai jamais pensé à demander à Buzz quel était son vrai prénom.

« Il ne l'a jamais dit de lui-même, en tout cas. Ce qui m'étonne, c'est qu'il vous ait envoyés ici. Pourquoi n'a-t-il pas demandé à cette femme de vous soigner avec sa magie ?

– Cette femme ? répéta Harley, éberlué.

Le Dr Richards parut comprendre.

– Vous n'êtes pas encore allés chez eux, alors ?

– Non, monsieur. Nous sommes venus ici dès que j'ai vu votre pancarte. Nous venons d'arriver.

– Bon. Occupons-nous de vous remettre d'aplomb, me dit le médecin. Je vais vous bander la cheville.

Quand il eut terminé, il me donna des comprimés pour la douleur et une béquille.

– Vous pouvez la garder jusqu'à votre départ, c'est un prêt. Combien de temps comptez-vous rester ?

Je consultai Harley du regard.

– Nous ne savons pas encore, monsieur, répondit-il.

– Très bien, ce n'est pas un problème.

– Quelle sorte d'assurance médicale avez-vous ? s'enquit Anna.

J'avais ma carte d'assurance familiale sur moi, papa tenait à ce que je l'aie toujours dans mon portefeuille. Je la lui donnai. Elle la retourna entre ses doigts comme pour s'assurer qu'elle n'était pas fausse.

– Voulez-vous de l'argent aussi ? lui proposa Harley.

– Non, non, ça ira comme ça. Je reviens tout de suite.

– Revenez me montrer ça demain, me dit le Dr Richards quand elle fut sortie.

Harley et moi le remerciâmes avec chaleur. Quand Anna revint, elle me tendit un papier à signer et me rendit ma carte.

– Servez-vous de cette béquille, me recommanda le médecin quand nous sortîmes.

Soutenue par Harley, je boitillai jusqu'à sa moto. Une fois là, il fixa une extrémité de la béquille au porte-bagages et me dit de glisser l'autre partie sous mon bras.

– Je conduirai très lentement, m'assura-t-il, et nous n'avons pas loin à aller.

– Je dois avoir une de ces allures ! Quelle façon de me présenter à ta famille ! me lamentai-je, assaillie par toutes sortes de craintes maintenant que le moment était venu. D'après toi, que voulait dire Anna Richards à propos de cette femme et de sa magie ?

– Va savoir ! En tout cas, un peu de magie nous serait bien utile en ce moment.

Je l'approuvai en silence. Comment n'aurais-je pas été de son avis ?

11

Face à face

Quand nous nous engageâmes dans la rue où vivait son père, je perçus physiquement l'anxiété de Harley. Tout son corps s'était tendu, jusqu'à devenir dur comme pierre. Nous fîmes halte devant une maison d'aspect bizarre et, pendant un moment, nous contentâmes de la regarder, les yeux ronds.

Elle était située tout au fond d'une impasse, à l'écart des autres habitations. Une haute clôture grillagée, telle qu'on se serait attendu à en voir autour d'une usine, marquait des deux côtés les limites du terrain. C'était assez incongru, dans un quartier résidentiel.

La pelouse avait désespérément besoin d'être tondue, les mauvaises herbes et les pissenlits proliféraient. Le devant de la maison, bien que peu soigné lui aussi, était pourtant un peu moins négligé. Deux rangées de rhododendrons encadraient le porche. L'allée de pierraille était bordée, jusqu'à hauteur de genou, de buissons touffus et mal taillés. Sur la droite, un grand chêne étalait un feuillage majestueux. Mais sur la gauche se dressaient les restes calcinés d'un autre chêne, apparemment décapité par la foudre depuis de longues années. Pour quelle raison l'avoir laissé là ? Sans doute avait-on voulu en faire une sorte d'avertissement, supposai-je. Pour rappeler aux visiteurs la puissance de la nature.

La maison était entièrement revêtue de bois sombre, avec des encadrements de fenêtre et des volets qui avaient dû jadis être d'un blanc crémeux, comme la rambarde du porche. On aurait dit qu'elle n'avait jamais été repeinte depuis sa construction. Le bois décoloré se fendillait un peu partout. L'une des fenêtres de l'étage, sans doute brisée, avait été obstruée avec une feuille de contreplaqué.

– Tu ne disais pas que ton père était peintre, Harley ?

– Si.

– Les cordonniers sont toujours les plus mal chaussés, d'après le dicton. Apparemment, c'est un cas typique.

– Probable, grogna-t-il, laconique.

Il inspira un grand bol d'air et nous remontâmes lentement l'allée. Il n'y avait pas de garage. Dans l'arrière-cour était garé un camion rouge, qui devait appartenir au père de Harley. Il était en piteux état, le pare-chocs arrière tenait avec de la corde et du fil de fer. Je vis une niche, mais aucun signe de la présence d'un chien. L'herbe était encore plus haute derrière la maison. Plus loin sur la gauche, dans un potager, se dressait un épouvantail fabriqué avec des bidons, des boîtes de conserve et des bouts de ferraille. J'identifiai des plants de tomate, du maïs, et ce qui ressemblait à des rames de petits pois. Plutôt ambitieux pour un potager domestique, estimai-je.

Aux fenêtres de la maison, tous les rideaux étaient tirés. Harley coupa le moteur et nous restâmes un moment sur place, les yeux fixés sur la porte d'entrée que surmontaient quelques carillons. À part leur tintement musical, et quelques rares coups de klaxon au loin, aucun bruit ne se faisait entendre.

– Il n'y a peut-être personne, marmonna Harley.

– Ton père savait que tu arrivais aujourd'hui, non ?

Il hocha la tête, mais ne fit pas mine de bouger. Ce fut moi qui demandai :

– Alors, qu'est-ce qu'on fait ?

– On devrait monter et frapper, suggéra-t-il. On verra bien.

Il mit pied à terre et m'aida à descendre à mon tour.

– Doucement, me recommanda-t-il quand je plantai ma béquille dans les cailloux.

Ce ne fut pas facile pour moi mais nous gravîmes les quelques marches du porche. Nos pas résonnèrent sur les planches disjointes, surtout le mien. Par une fenêtre, je pouvais voir une lampe falote posée sur une table, dans ce qui était sûrement la salle de séjour. Il n'y avait ni sonnette, ni marteau sur la porte. Harley frappa, attendit, puis frappa plus fort.

Il dut s'écouler une demi-minute, sinon plus, avant que nous entendions cliqueter un loquet. La porte s'ouvrit et une femme de haute taille, au teint très sombre, se trouva devant nous. Sa robe était d'un violet foncé, avec les manches coupées à hauteur du coude. Elle avait les cheveux relevés en une torsade si serrée qu'ils lui tiraient la peau sur les tempes et le front. Et si son visage ne montrait que quelques rides, presque invisibles, sa chevelure était largement striée de blanc. Les pommettes hautes et bien modelées, elle avait des yeux perçants, d'un noir intense. Sa mâchoire dure contrastait avec une bouche pleine qui, lorsqu'elle parla, révéla des dents parfaites, d'une blancheur éclatante.

– Vous désirez ?

Un instant interloqué., Harley se reprit très vite.

– Je suis Harley. Je viens voir Fletcher Victor.

Elle nous dévisagea l'un après l'autre et se retourna, laissant la porte ouverte, puis s'éloigna jusqu'à ce qui devait être la salle de séjour. Du seuil, elle dit quelques mots à voix basse et, quelques secondes plus tard, l'homme que je supposais être le père de Harley se montra derrière elle. On aurait dit qu'il venait juste de se réveiller Son épaisse chevelure grisonnante était tout emmêlée. Vêtu d'une salopette maculée de peinture et d'un tee-shirt délavé, il était nu-pieds, exhibant l'ongle de son gros orteil droit devenu tout noir.

Harley et moi le regardions sans mot dire. Il était naturel que nous cherchions des ressemblances. Ils avaient le même nez, tous les deux des yeux noisette. Et si je trouvai la bouche de Harley plus fine et plus douce, leurs mâchoires étaient semblables et ils avaient le même contour d'oreilles. Comme Harley, son père dépassait largement le mètre quatre-vingts, mais il était plus massif et son cou nettement plus fort. Ses épaules, par contre, commençaient à se voûter.

Ce qui surprenait le plus, c'était qu'il eût l'air si vieux. Était-ce le travail et la vie dure qui l'avaient prématurément usé ? Ou était-il plus âgé que nous ne le pensions quand il avait connu Glenda ?

Il se frotta vigoureusement les joues pour chasser le sommeil et sourit.

– Alors te voilà. C'est lui, mon fils, dit-il à la grande femme noire.

Autant s'adresser à une sourde. Elle n'eut pas la moindre réaction, ne manifesta aucun signe d'intérêt. Le père de Harley s'avança vers nous.

– Entre donc. Laisse-moi te regarder un peu, mon gars.

Il empoigna Harley par les épaules et le garda un moment ainsi, en le dévorant des yeux.

– Regarde-moi ce gamin, Suze. On voit tout de suite qu'il a de qui tenir, pas vrai ? insista-t-il, comme pour lui arracher une réaction.

– *Oui,* répondit-elle en français, ce que je trouvai plutôt bizarre.

Le père de Harley n'avait toujours pas lâché ses épaules.

– Alors, tu as fait bonne route, on dirait ?

– Oui. Enfin… peut-être pas si bonne que ça, rectifia Harley en jetant un coup d'œil de mon côté. Nous avons eu un accident juste avant Centerville. Deux espèces de dingues en pick-up nous ont harcelés, et j'ai fait un tonneau en essayant de leur échapper. Summer s'est foulé la cheville, ajouta-t-il, rendu bavard par la nervosité. Je l'ai conduite tout droit chez le médecin d'ici, qui l'a soignée et lui a prêté cette béquille pour la durée de notre séjour.

Le père de Harley relâcha son fils et se tourna vers moi, les poings aux hanches.

– Sans rire ? Comment est-ce qu'il vous a appelée : Summer ?

– Oui, monsieur.

– Et vous êtes qui ?

– Ma meilleure amie, répondit vivement Harley à ma place. Nous avons pratiquement grandi ensemble.

– Ah, je vois. Eh bien, on aura tout le temps de faire connaissance. Suze a préparé une de ses spécialités, pour ton arrivée. Elle savait que tu serais à l'heure. Elle a des pouvoirs, ajouta-t-il en baissant la voix. Où sont vos affaires ?

– J'ai tout laissé sur la moto.

– Eh bien, va les chercher. Suze vous montrera où vous pourrez dormir. Il vous faudra deux chambres, je pense ? s'enquit le père de Harley avec un sourire suggestif.

– Oui, bien sûr. Si c'est faisable.

– Sûr que ça l'est. Ça va pour toi, Suze ?

– *Pas de problème,* répondit-elle en français.

Harley haussa les sourcils et son père traduisit pour lui.

– Suze est haïtienne, je te l'ai dit. Elle parle très bien l'anglais quand elle le veut bien, ajouta-t-il, avec un regard de léger reproche pour la femme. Mais avant, il faut d'abord qu'elle vous connaisse un peu mieux. Va chercher vos affaires, fiston. Pendant ce temps-là, Summer attendra dans la salle de séjour avec moi. Il faut que Suze prépare la seconde chambre. Suze ?

Elle inclina la tête et se dirigea aussitôt vers le petit escalier. Harley chercha mon regard :

– Je reviens tout de suite, Summer.

J'acquiesçai en silence et suivis son père dans le séjour.

– Asseyez-vous, mettez-vous à l'aise, dit-il en désignant le canapé fatigué, aux accoudoirs éraillés constellés de taches.

Tout était vieux, usagé, fané, dans cette pièce. Le tapis s'effrangeait, il était parsemé de petits trous noirâtres qui ressemblaient à des brûlures de cigarettes. La peinture était devenue si mince, sur les murs de couleur sombre, que par endroits on voyait le plâtre au travers. Une pile de journaux et quelques magazines étaient posés à même le sol, près d'un énorme fauteuil capitonné, placé juste en face de moi. Le père de Harley s'y laissa tomber, posa son talon nu sur le repose-pieds et tendit le bras vers une table basse pour y prendre sa pipe d'écume. En voyant que du tabac était tombé sur la table, je compris d'où venaient les trous du tapis. Cet homme n'était pas particulièrement soigneux.

– Alors, s'enquit-il en bourrant sa pipe. D'où est-ce que vous venez ?

– Harley et moi vivons dans la même propriété, monsieur.

– Une propriété ? Là-bas, en Virginie ?

– Oui, monsieur, confirmai-je.

Sur quoi, Harley rentra précipitamment dans la maison.

– Viens donc, appela son père. Laisse un peu de temps à Suze. Elle va vouloir que les chambres soient nickel. Ça ne se voit pas parce que je mets du bazar partout, mais question propreté, attention. C'est un vrai dragon.

Harley laissa tomber nos sacs et s'assit à côté de moi.

– Alors comme ça, vous habitez dans une propriété, tous les deux ?

Harley m'interrogea du regard.

– Il m'a demandé où nous habitions, expliquai-je.

– Oui, répondit-il pour nous deux. La propriété de la famille de Summer. Quand ma mère a épousé Roy, ils y ont bâti leur maison.

– Ta mère était un beau brin de fille, ça oui. Je parie qu'elle est restée jolie jusqu'à la fin ?

Harley déglutit péniblement.

– Oui.

– On en a du retard à rattraper ! commenta son père, en approchant une allumette du fourneau de sa pipe.

Il aspira quelques bouffées avec force, puis se renversa en arrière. Pendant un long moment, il se contenta de nous regarder en tirant sur sa pipe.

– Je suis rudement content que tu aies téléphoné, Harley. Rudement content. Je me suis souvent demandé ce que Glenda était devenue. Et je suis content qu'elle t'ait parlé de moi, aussi. Ça m'a étonné d'apprendre qu'elle avait pris la peine de suivre ma trace.

– Elle ne l'a pas fait. Quand j'ai découvert votre nom, c'est moi qui me suis arrangé pour vous trouver, par d'autres moyens.

Fletcher Victor se figea.

– Ah bon ? Quels moyens ?

– Oh… Internet, les ordinateurs, tout ça.

– Ah oui, oui… J'avoue que ça me dépasse un peu, tous ces trucs. Un vieux de la vieille comme moi ! Quel âge ça te fait, au juste ? Dix-sept ans ?

– Oui, fit Harley d'une voix déçue qui me fit mal.

Un père pourrait au moins connaître l'âge de son fils, non ?

– C'est vrai, pour moi c'est comme si c'était hier, reprit Fletcher en expulsant une bouffée de fumée.

Puis, comme si une idée venait de lui traverser la tête, il demanda brusquement :

– Tu n'as aucune photo de moi, alors ? Rien de ce genre ?

– Non, monsieur. Ma mère n'aimait pas beaucoup parler de vous. Moi, je le lui demandais toujours, ajouta-t-il, désireux de montrer combien le sujet l'intéressait.

Son père devint tout à coup songeur.

– Oui, oui, j'en suis sûr. Vraiment désolé pour Glenda. Sur cette terre, nous mangeons plus de pain noir que de pain blanc, tous autant que nous sommes. Enfin, presque tous, ajouta-t-il à mon intention.

Harley l'approuva d'un regard et baissa la tête.

– La maison est intéressante, observa-t-il après un silence. Comment en êtes-vous devenu propriétaire ?

– Oh… ça fait pas mal de temps qu'elle est dans ma famille. Il y a quelques années, la Commission du Patrimoine l'a mise sur je ne sais plus quelle liste, et du coup je ne paie plus de taxes foncières. Ça représente pas mal d'économies, à condition que je laisse la maison comme elle est, sans toucher à rien.

– Vous n'avez même pas le droit de la peindre ? lançai-je sans réfléchir.

Fletcher Victor rit de bon cœur.

– Si, je peux la restaurer en respectant les couleurs d'origine, et ce genre de trucs, mais j'ai un peu laissé traîner les choses. Vous savez ce que c'est. On travaille pour celui qui vous paie, et on finit par oublier ce qu'on a à faire chez soi. Un de ces jours, je m'en occuperai. C'est une propriété de valeur, tout de même.

– C'est une maison octogone d'origine, on n'en trouve plus beaucoup, fit observer Harley.

Son père ne cacha pas son étonnement.

– En effet. Tu t'y connais dans ce genre de choses ?

– Harley est très ferré en architecture, répondis-je à sa place. Plus tard, il sera architecte.

– C'est vrai ?

– Espérons, dit Harley en me décochant un sourire complice. Sinon, j'aurai des problèmes.

– Ouais, je vois ce que tu veux dire. On est comme ça chez les Victor, on manque d'ambition. Il faut toujours que quelqu'un nous pousse dans le dos. L'ennui avec nous, c'est qu'il nous en faut pas beaucoup pour être contents. C'est aussi ce qui nous fait vivre vieux, remarque. On nous voit pas souvent chez le docteur.

– À propos de ça, releva Harley. Quand le Dr Richards nous a demandé où nous allions, j'ai donné votre nom, mais il a dit qu'il vous connaissait seulement sous celui de Buzz.

– Ah bon ? Il a dit ça ?

Un instant déconcerté, Fletcher Victor se lança dans une longue explication.

– C'est vrai, on m'a donné ce surnom quand j'étais haut comme trois pommes. Une des premières choses que j'ai vues a dû être une abeille, faut croire. En tout cas, c'est ce qu'on m'a raconté ; il paraît que je courais partout en faisant un bruit d'abeille qui bourdonne. Alors... je me suis retrouvé avec ce sobriquet. Évidemment, je n'en ai jamais parlé à ta mère, s'empressa-t-il d'ajouter.

Pendant un moment, aucun de nous ne dit plus rien, et je faillis sursauter en voyant Suze. Elle apparut subitement dans l'encadrement de la porte, comme si elle venait de se matérialiser sur place. Je ne l'avais pas entendue descendre l'escalier, ni marcher dans le couloir.

– Tout est prêt, Suze ? s'enquit Fletcher.

– *Oui.* Venir, tous les deux. Je vous montre.

Le père de Harley crut nécessaire d'ajouter :

– Installez-vous. Quand nous aurons dîné, nous bavarderons jusqu'à ce que tout le monde tombe de sommeil. Quand on a dix-sept années de retard à rattraper, qu'est-ce qu'on peut faire d'autre ?

Je souris, mais n'en pensai pas moins.

Ce qu'on pouvait faire d'autre ? Ne pas disparaître en coupant tout contact avec son propre enfant, voilà ce qu'on pouvait faire d'autre. Naturellement, je gardai ces réflexions pour moi. Je hochai poliment la tête, et me levai avec Harley pour suivre Suze à l'étage.

Les chambres étaient petites mais très accueillantes, avec chacune un grand lit-divan à deux places, une commode et deux tables de nuit. Aucun des deux plafonniers ne fonctionnait, mais les deux lampadaires s'allumaient. Sur mon oreiller, je remarquai un petit sac de tissu rose en forme de boule, fermé par un cordonnet.

– Qu'est-ce que c'est ? demandai-je à Suze.

– C'est un bon *gri-gri,* un sac magique pour donner des beaux rêves.

– Et qu'y a-t-il dedans ? eus-je la curiosité de savoir.

– Charmes, herbes, petits bouts d'ongles.

– Vous voulez dire… des rognures d'ongles ?

Je lançai un regard interrogateur à Harley, qui haussa les épaules en signe d'ignorance.

– Vous verrez, ça va marcher, insista Suze. Nous avons une salle de bains, ajouta-t-elle avec une sorte de fierté, comme s'ils venaient juste de la construire. De l'autre côté du couloir. Vous partager.

– Entendu.

Harley posa mon sac près du lit, puis emmena le sien dans la chambre voisine.

– Les serviettes et tout ça c'est dans le placard là, baragouina Suze en désignant une porte dans le couloir. Vous trouvez le savon et le shampooing dans la salle de bains.

– Merci beaucoup.

– *Je vous en prie.* Ça veut dire : pas la peine, traduisit-elle spontanément.

Et j'eus droit à ce qui ressemblait à un sourire. Au même moment, Harley revint.

– Qu'est-ce que vous racontez, toutes les deux ?

– Nous parlons haïtien, répondis-je, en réprimant mal une grimace de douleur.

– Votre pied, il fait mal ?

Je dus bien avouer que oui.

– Je prépare quelque chose pour vous.

– Oh, ce ne sera pas la peine, je vous remercie. Le médecin m'a donné un calmant.

– Ma médecine à moi, plus rapide, affirma-t-elle avec assurance.

Harley haussa les sourcils, fit une moue cocasse et, une fois de plus, haussa les épaules.

– Je dois m'occuper du souper maintenant, annonça Suze. Dans dix minutes encore, vous être prêts.

Là-dessus, elle tourna les talons. Harley et moi la regardâmes descendre, puis nous échangeâmes un sourire.

– Elle a mis un de ces trucs magiques sur mon oreiller aussi, observa-t-il.

– J'espère qu'ils sont efficaces.

Harley se racla la gorge.

– Et… qu'est-ce que tu penses de mon père, Summer ?

– Il me paraît plus vieux que je ne m'y attendais.

– À moi aussi.

– Il est plutôt sympathique, en tout cas.

– Nous verrons, répondit-il prudemment.

Puis, comme un fumet alléchant montait de la cuisine, il inspira d'un air gourmand.

– Mmm… ça sent drôlement bon, tu ne trouves pas ?

– Si. Je vais me rafraîchir un peu et mettre ce que j'ai emporté de mieux, décidai-je.

– Pour moi, c'est bon. Je vais redescendre parler un peu avec lui, pendant ce temps-là.

– Pense à leur dire que je dois téléphoner chez moi, lui recommandai-je.

– Ce sera fait. Ta cheville te fait vraiment mal, constata-t-il d'un air navré. Je vois ça sur ta figure.

J'aurais pu difficilement prétendre le contraire.

– Ça fait mal, oui, mais ça se passera avec les comprimés du Dr Richards.

Il eut une grimace penaude. Je savais qu'il se sentait toujours coupable.

– Ce n'est pas ta faute, Harley. Tu as fait de ton mieux, et il se pourrait même que tu nous aies sauvé la vie.

– Et il se pourrait même que Suze ait vraiment un remède magique, plaisanta-t-il, un peu détendu.

– Possible. En tout cas, je ne prendrai rien de ce qui vient d'elle.

– Je sais. Alors à tout à l'heure, on se retrouve en bas.

Maintenant que nous ne roulions plus, ma cheville se rappelait de plus en plus vivement à mon attention, et de plus en plus durement. Je souffrais vraiment beaucoup. Je parvins à ôter ma robe et, tant bien que mal, claudiquai jusqu'à la salle de bains avec ma trousse de toilette. C'est en me voyant dans le miroir, et pas avant, que je mesurai vraiment les conséquences physiques de cette équipée mouvementée. Mes cheveux ressemblaient à un paquet d'étoupe. Mon nez, mes joues et même mon menton avaient pris une teinte rouge brique. Était-ce l'effet du vent ou du soleil ? Les deux, sans doute. Je me massai longuement avec mes crèmes, puis je me coiffai aussi bien que cela m'était possible sans me laver les cheveux.

Harley dut remonter me chercher pour dîner.

– C'est prêt, Summer ! On n'attend plus que toi.

– Voilà, voilà ! criai-je à travers la porte. J'arrive.

Il ne me fut pas facile de me hâter. La douleur augmentait, j'avais des élancements dans toute la jambe. Et je me demandais si je n'allais pas prendre mes comprimés tout de suite. Je ne voulais pas jeter une note de morosité à table, surtout pour ce premier dîner de Harley avec son père. C'était trop important pour lui.

– Je n'en prendrai qu'un, finis-je par décider.

Je le pris donc, puis Harley m'aida à descendre et à gagner la salle à manger. Il paraissait bien plus heureux, tout à coup.

– Devine ce qu'il m'a proposé pour demain ? chuchota-t-il.

Je donnai ma langue au chat.

– Il veut que je l'accompagne au travail. Il dit que je pourrai me rendre très utile, étant donné qu'il a perdu son assistant cette semaine.

– Comment ça, perdu ?

– C'est un grand buveur, c'est la quatrième fois qu'il est arrêté pour conduite en état d'ivresse. Il est en prison. C'est dommage pour lui mais tant mieux pour moi, commenta Harley. La meilleure façon d'apprendre à connaître quelqu'un, c'est de travailler avec lui… Surtout si c'est le père qu'on n'a jamais connu !

La table de salle à manger, en bois de cerisier bruni, avait dû jadis être un meuble magnifique, mais ce temps-là était loin. À présent, elle était couverte de taches et copieusement égratignée. Les chaises étaient si branlantes que je n'osais pas remuer, j'avais bien trop peur de voir la mienne s'écrouler. Suze n'avait pas mis de nappe, mais une grosse bougie brûlait au centre de la table.

Que cela nous plaise ou non, nous étions partis pour un dîner haïtien. Le père de Harley commentait chaque plat qu'apportait Suze. Nous commençâmes par une soupe au potiron, un peu trop épicée pour mon goût, et pour celui de Harley aussi, apparemment. La sueur lui perlait autour des yeux. Le plat de consistance était du porc, frit après avoir été d'abord bouilli, expliqua Suze en son mauvais Anglais. Elle le servit avec du riz, cuit dans une sauce aux haricots rouges. Comme dessert, nous eûmes un *pain patate,* un gâteau à base de patates douces, de noix de coco et de raisins. C'était délicieux. La plupart des saveurs étaient nouvelles pour nous, et Harley ne laissa pas une miette sur son assiette.

– J'avais une faim de loup et c'était si bon, crut-il devoir expliquer.

Pendant tout le repas, Fletcher dévisagea son fils avec une attention soutenue. J'en fus frappée. Mais n'était-ce pas normal, au fond ? Il devait chercher des ressemblances, retrouver ses souvenirs de Tante

Glenda, et peut-être se sentir fier de ce beau jeune homme assis à sa table.

Harley fit presque tous les frais de la conversation, discourant comme je ne l'avais jamais entendu le faire. Il parla de la propriété, du lac, de son travail avec Roy et de son goût pour l'architecture. On aurait dit qu'il cherchait à résumer dix-sept ans de vie pour pouvoir prendre un nouveau départ, tout recommencer à zéro avec son père, comme s'ils n'avaient jamais été séparés. Son espoir se lisait dans ses yeux.

Fletcher Victor, quant à lui, ne perdait pas une de ses paroles. De temps en temps il posait une question, échangeait un regard avec Suze, souriait, puis continuait de manger. Dans l'intérêt de Harley, je tentai d'en apprendre davantage à son sujet.

– Depuis combien de temps vivez-vous ici, monsieur ?

– Oh, un bout de temps ; obtins-je en réponse.

Quand Suze retourna dans la cuisine, je fis observer qu'il devait être assez dépaysant de vivre ici, pour une personne native de Haïti. J'espérais qu'il nous dirait comment ils s'étaient rencontrés, mais il se contenta d'approuver.

Suze avait servi du jus de fruits pendant le repas, et je l'avais trouvé un peu trop sucré. Mais quand le père de Harley nous vanta le mal qu'elle s'était donné pour le faire, je me crus obligée de le boire. Juste comme nous terminions le dessert, elle me regarda en hochant la tête.

– Avec ça vous allez bien mieux être, maintenant.

– Je vous demande pardon ?

– Suze veut dire qu'elle vous a donné quelque chose pour la douleur.

Un frisson d'inquiétude me traversa.

– Elle m'a donné quelque chose ? Quand ?

– Dans votre verre, gloussa le père de Harley. Mais

ne vous en faites pas pour ça. Elle m'a gardé en vie pendant des années, et vu la façon dont je me néglige, c'est un véritable miracle. Sa mère était une guérisseuse d'un genre spécial, un peu à la manière d'un sorcier de tribu, si vous voulez. Eh bien, ça doit faire dix ans que je n'ai pas vu de toubib, et je n'ai jamais été chez le dentiste !

– Peut-être n'aurait-elle pas dû faire ça, hasarda prudemment Harley. Summer avait déjà pris un comprimé avant le dîner.

– Vous inquiétez pas, les enfants. Elle ne se sert que de plantes et de produits naturels.

Peut-être n'était-ce dû qu'au pouvoir de la suggestion, mais mon estomac se mit à me tirailler et à protester. Je me sentis pâlir. Harley vit tout de suite que quelque chose n'allait pas.

– Tout va bien, Summer ?

Je secouai la tête et me levai brusquement.

– Je crois que je vais devoir aller à la salle de bains.

– Il y en a une juste derrière la cuisine, dit Fletcher comme je saisissais ma béquille.

Je cherchai le regard de Harley

– Je pense que je ferais mieux d'aller en haut.

– Comme vous voudrez.

Là-dessus, Fletcher se carra sur son siège et alluma sa pipe, pendant que Suze commençait à débarrasser la table. Je voulus m'excuser.

– Désolée de ne pas pouvoir faire la vaisselle avec vous, mais…

– Ne t'en fais pas, m'interrompit Harley. Je l'aiderai.

Je montai aussi vite que j'en fus capable et n'eus que le temps d'arriver à la salle de bains. Je restituai tout ce que j'avais mangé. Prendre ce comprimé avant un repas si épicé n'avait pas été une bonne idée, apparemment. Ou alors, ce que Suze m'avait fait avaler à mon insu ne m'avait pas réussi. Tout le mal venait peut-être de là.

Je restai si longtemps dans la salle de bains que Harley vint voir si tout allait bien.

– Summer ? appela-t-il à travers la porte.

– Je suis désolée, Harley. Ça m'a pris si brusquement…

– Ce n'est pas grave. Si tu as besoin de quoi que ce soit, dis-le-moi.

– Je vais bientôt sortir de là, ne t'inquiète pas. Je vous rejoins en bas.

Quand je quittai enfin la salle de bains, j'éprouvai une telle sensation de vertige que je chancelai. Je dus heurter le mur assez violemment pour que Harley l'entende, car il remonta en toute hâte, son père à son côté.

– Je me sens un peu faible, balbutiai-je.

Harley courut à moi et m'entoura la taille de ses deux bras.

– Tu devrais l'emmener se reposer un moment, suggéra son père. D'ici une heure ou deux, ça sera sûrement passé.

– Oui, ça sera passé, murmurai-je.

Mes yeux me semblaient lourds, si lourds… J'avais l'impression qu'ils allaient rouler hors de ma tête. Harley me porta pratiquement jusqu'à la chambre et me guida jusqu'au lit où je m'allongeai. Il me déchaussa et remonta la couverture sous mon menton.

– Comment te sens-tu, Summer ?

– Fatiguée.

– Repose-toi un peu. Je viendrai voir comment ça va dans un moment, d'accord ?

Je fis signe que oui, mais j'avais déjà les yeux fermés.

Quand je les rouvris, ce fut à la lumière du matin.

Pendant quelques instants, je fus si désorientée que j'en restai figée. C'était comme si on m'avait vidé la tête de tous mes souvenirs récents. Où pouvais-je bien être ? Comment étais-je arrivée là ? Pourquoi avais-je la cheville bandée ? Mes efforts pour trouver une réponse à ces questions frisaient la panique. Au bout d'un moment, je m'assis et me concentrai, jusqu'à ce que, d'un seul coup, tout me revienne. Un torrent d'images se déversa dans ma mémoire.

– Harley ! appelai-je.

J'écoutai, mais tout ce que j'entendis fut un gargouillis d'eau dans la tuyauterie, quelque part dans la maison.

– Harley ?

L'écoulement d'eau cessa et j'appelai encore, plus fort cette fois. J'entendis des pas dans l'escalier, puis dans le couloir, et ma porte s'ouvrit. Suze m'apportait un autre verre de jus de fruits, ainsi qu'une tranche de ce qui devait être du pain aux amandes.

– *Bonjour* ! Je vous porte le déjeuner du matin, dit-elle dans son jargon franglais. Comment vous êtes ?

– Mal.

Elle branla du chef d'un air entendu, comme si c'était normal.

– Vous buvez et vous mangez ça. C'est bien pour l'estomac, dit-elle en me tendant le verre.

Je refusai d'un signe de tête.

– Où est Harley ?

– Parti pour travailler.

– Parti travailler ? Mais quelle heure est-il ?

– Dix heures et demie, répondit-elle sans s'émouvoir.

Je crus que j'avais mal entendu.

– Dix heures et demie ! J'ai dormi jusqu'à dix heures et demie !

J'essayai de me lever, mais tout se mit à tourner

autour de moi. Je me rassis instantanément et cherchai mon souffle. Suze me mit carrément le verre sous le nez.

– Buvez, c'est pour vous donner la force.

– Qu'est-ce que c'est ?

– Seulement des herbes et des jus mélangés. Buvez ! répéta-t-elle avec une insistance accrue.

À contrecœur, j'acceptai le verre et le portai à mes lèvres. La boisson n'avait pas d'odeur particulière, mais quand j'y goûtai, je crus identifier de la banane et de la noix de coco.

– Buvez, ordonna Suze. Après vous êtes mieux, vous verrez.

Je bus encore un peu, et elle me tendit l'assiette avec la tranche de pain.

– Quelque chose solide, maintenant. Allez !

J'entamai le bord de la tranche du bout des dents. Ce n'était pas mauvais, finalement, et peut-être avait-elle raison. Quelque chose de consistant dans l'estomac ne pouvait pas me faire de mal. J'avalai autant de pain que j'en fus capable, sous le regard attentif de Suze. Elle me surveillait comme si elle craignait que je fasse seulement semblant de le manger, pour le recracher ensuite. Elle avait gardé la même coiffure que la veille, mais elle portait une robe d'un brun très clair et des sandales. Ce que je remarquai surtout fut la chaîne qu'elle portait au cou. Elle semblait faite d'os, avec quelques petits cristaux en pendentif. Je fixais machinalement ces cristaux, avec la vague impression d'oublier quelque chose d'important. Et subitement, je me souvins.

Je m'étais endormie avant d'avoir téléphoné à papa et maman pour les rassurer sur mon sort ! J'éprouvai un tel choc que j'en eus le feu aux joues. Suze ouvrit de grands yeux, s'imaginant sans doute que c'était une autre réaction à sa nourriture ou à ses remèdes.

– J'ai oublié d'appeler mes parents ! m'écriai-je. Il faut que je leur parle, immédiatement. Y a-t-il un téléphone, à l'étage ?

Elle secoua la tête et me reprit le plateau.

– Alors, le téléphone ? Où est-il ?

– Cuisine, répondit-elle en s'en allant. Oh, j'oublie !

Elle s'arrêta, fouilla dans sa poche et en tira une feuille de papier pliée en quatre.

– Il m'a donné ça pour vous quand vous réveillez.

Elle revint vers le lit et me remit le feuillet.

– Merci, Suze.

Elle parut satisfaite et sortit en souriant. Je dépliai la page et lus le mot de Harley.

Chère Summer,

J'ai dû partir tôt avec mon père pour son lieu de travail. Cette nuit, je suis venu très souvent voir comment tu allais, mais tu dormais si bien que je n'ai pas voulu te réveiller. Ce matin non plus. Nous devrions être rentrés pour quatre heures. Je sais que tu dois téléphoner à tes parents aujourd'hui, mais j'ai un service à te demander. S'il te plaît, ne leur dis pas exactement où nous sommes, pas tout de suite. J'ai besoin de cette journée avec mon père. Et je sais que s'ils découvrent où nous sommes, tes parents le diront à Roy et ils viendront nous chercher, ou alors ils nous feront ramener par la police et tout sera gâché. Je sais que ce n'est pas bien de ma part de te demander ça, Summer, mais ça ne fera jamais qu'un jour de plus. Si tu ne peux pas, tu ne peux pas. Je comprendrai.

Tendresses,

Harley.

J'espérai que Harley avait raison au sujet de ce que ferait maman, et de ce que Roy pourrait faire, mais dissimuler ce genre d'information à maman n'allait pas être facile. Pourvu qu'elle me comprenne ! Si elle n'était pas trop fâchée contre moi, bien sûr. Cette pensée m'aida à me secouer. Après un bref passage à la salle de bains, j'entamai la descente de l'escalier. J'entendais Suze faire son ménage, en chantonnant des mélodies haïtiennes. J'allai directement à la cuisine, décrochai, composai le numéro des appels longue distance et attendis d'avoir un opérateur. Rien, pas la moindre sonnerie. Pas de tonalité non plus, en fait, j'aurais pu le vérifier tout de suite. Dans ma hâte, je n'y avais même pas pensé. Je recommençai, tapotai le support du combiné, essayai encore : toujours le même silence. Je partis à la recherche de Suze.

Elle essuyait la poussière dans la salle de séjour.

– Excusez-moi...

Elle s'arrêta aussitôt de chanter et de travailler pour se tourner vers moi.

– Il y a un problème avec le téléphone ? Il n'a pas l'air de vouloir marcher.

Elle pinça les lèvres et passa dans la cuisine, où je la suivis en claudiquant. Je la vis faire exactement la même suite de manœuvres que moi, sans plus de succès. N'obtenant pas non plus d'opérateur, elle raccrocha.

– Encore dérangé, constata-t-elle. Peut-être c'était l'orage de la nuit dernière.

– Ah ! Et quand sera-t-il réparé ?

– Peut-être bientôt, peut-être pas si bientôt, répliqua-t-elle, déjà prête à s'en retourner.

Je la retins juste à temps.

– Bien, mais y a-t-il un autre endroit d'où je puisse téléphoner ?

– L'épicerie au coin a un téléphone, me renseigna-t-elle. Un téléphone où on paie.

– Parfait.

Je respirai à fond et partis à cloche-pied vers la porte d'entrée.

– Vous avez besoin de reposer, me conseilla-t-elle. Il faut.

– Dès que j'aurai passé ce coup de fil. Promis.

Elle secoua la tête, l'air désapprobateur, et retourna épousseter la salle de séjour. Elle s'était déjà remise à chantonner quand j'ouvris la porte.

Le ciel était complètement couvert à présent. L'éclaircie matinale n'avait pas duré, un vent frais s'était levé. La pluie n'allait pas tarder, je pouvais presque la sentir. C'était un de ces jours orageux si fréquents l'été, où la pluie s'abattait subitement sur un endroit isolé, pour aller un moment plus tard en arroser un autre. Je risquais d'être surprise par l'averse, je le savais, mais il fallait que j'appelle maman. Je ne pouvais pas la laisser s'inquiéter une minute de plus.

Je marchais aussi rapidement que possible, en évitant toujours de prendre appui sur le pied gauche. Si je le posais un peu trop lourdement, ma cheville protestait aussitôt. Par chance, l'épicerie n'était pas très éloignée. Je voyais déjà la cabine téléphonique, contre le mur extérieur du magasin. À la seconde même où je soulevai le combiné pour composer mon numéro, je sus que cet appareil était en dérangement, lui aussi. Mon cœur chavira. Il fallait absolument que je parle à maman. Il le fallait.

J'entrai dans l'épicerie, où je ne vis qu'une seule personne. Un gros homme brun au visage bouffi, retranché derrière le comptoir. Ses lunettes aux verres épais lui faisaient de gros yeux de poisson.

– Puis-je vous aider ? s'enquit-il aussitôt, dévoré de curiosité.

Cela se comprenait. Les inconnues avec une béquille

sous le bras ne devaient pas se bousculer dans sa boutique.

– J'ai un important coup de fil à donner, et l'appareil de la maison est en dérangement, expliquai-je. Celui de la cabine aussi.

Il eut une moue narquoise.

– C'est l'orage de cette nuit. Toutes les lignes sont coupées.

– Quand seront-elles réparées ?

– Aucune idée. Ça peut durer des heures et des heures, quelquefois.

– Y a-t-il un autre téléphone en état de marche, ici ?

– Aucune idée, répéta-t-il. Probablement pas. Où êtes-vous descendue ?

– Chez M. Victor.

– Ah ! Je vois. Il a encore dû oublier de payer sa facture de téléphone. J'en ai assez de prendre des appels pour lui. Vous pourrez le lui dire de la part de Stuart.

– Si votre appareil ne fonctionne pas, le sien n'est pas coupé pour une histoire de facture impayée, fis-je observer.

– Possible. Elle dure depuis combien de temps, cette panne ?

Je commençais à avoir mal à la tête. Qu'est-ce que je faisais là, debout, à discuter avec ce gros bonhomme ? Il y avait dans ses manières et son ton de voix quelque chose d'arrogant qui m'horripilait. J'avais bonne envie de lui clouer le bec.

– Eh bien... la ligne fonctionnait il y a quelques jours, ça j'en suis sûre, affirmai-je.

– Vous l'avez dit vous-même. Il y a quelques jours. Entre ce moment-là et maintenant, on a très bien pu lui couper le téléphone. On lui a même coupé le courant, une fois. Vous êtes qui, vous ? demanda-t-il avec une grimace de dégoût. Une parente à lui ?

– L'amie d'un de ses parents.

– Une chance pour vous, railla-t-il, en replongeant le nez dans sa lecture.

Probablement *Playboy,* d'après ce que je pouvais voir, ou un magazine du même genre.

– Merci. Désolée de vous avoir dérangé, lançai-je en prenant la porte.

Il tombait déjà quelques gouttes, et je me hâtai sur le chemin du retour. L'ondée me tomba dessus juste au moment où je m'engageais dans l'allée. Mais je n'avais pas encore atteint les marches du porche qu'elle se mua en averse. Je poussai un cri et pointai ma béquille devant moi, cherchant l'appui d'une marche. La première était déjà glissante et l'embout de la béquille dérapa. Je perdis l'équilibre, basculai en arrière et me retrouvai assise dans les buissons. La violence de l'averse redoubla.

Je suffoquai, appelai à l'aide et me démenai pour me relever. Le temps que je gravisse les marches et m'abrite sous l'auvent, qui fuyait, j'étais mouillée jusqu'aux os. Je me jetai pratiquement sur la porte, mais elle était fermée à clé. Je cognai de toutes mes forces et finalement, Suze vint ouvrir. Le moins qu'on puisse dire est que je ne fus pas accueillie à bras ouverts.

– Regardez comme vous êtes, maintenant. J'étais sûre ! Vous enlevez vos habits mouillés tout de suite, et ne mettez pas de la boue partout. Je viens de laver par terre. Attendez ! ordonna-t-elle en refermant la porte derrière moi.

Puis elle partit en courant dans le couloir. Trente secondes plus tard, elle revenait avec une serviette et commençait à me frictionner la tête avec vigueur. Je dus même l'arrêter, tant elle était brutale, et elle voulut aussitôt m'aider à me déshabiller.

– Je sèche ça tout de suite, dit-elle en ramassant mon jean et mon chemisier.

Mon soutien-gorge et mon slip étaient trempés, eux aussi. Elle attendit, en me faisant signe de lui donner mes sous-vêtements. J'obéis en hâte et elle m'enveloppa dans la serviette. Puis, aussi vite que j'en étais capable, je montai à l'étage et regagnai ma chambre. J'y pris quelques vêtements : un jean, un sweat-shirt, du linge de corps, et je passai dans la salle de bains.

Je commençai par défaire mon bandage, afin de pouvoir m'en resservir quand j'aurais pris un bon bain chaud, puis j'ouvris les robinets. Dans quel guêpier m'étais-je fourrée ! me dis-je avec accablement. Plus je m'efforçais d'arranger les choses, plus elles allaient mal. Une fois dans l'eau chaude, pourtant, je me détendis instantanément. C'était si apaisant... Cela soulageait même la douleur de ma cheville. Je fermai les yeux et savourai ce bien-être, imaginant que j'étais de retour à la maison, dans ma luxueuse salle de bains. Bientôt j'allais descendre à la salle à manger, où m'attendait l'un des délicieux déjeuners de Mme Geary. Si tu fais vraiment semblant, de toutes tes forces, me répétais-je, peut-être que cela arrivera. Cela n'arriva pas, bien sûr, mais je me sentis mieux. La pluie allait s'arrêter. La ligne serait rétablie et je pourrais appeler maman et papa. Ils comprendraient. Ils seraient heureux de m'entendre. Harley apprendrait à connaître son père et tout irait pour le mieux.

Mais pourquoi, me demandais-je, pourquoi tous ces espoirs me semblaient-ils aussi illusoires qu'un conte de fées ?

Je l'ignorais encore, mais je n'allais pas tarder à le découvrir.

12

Le mausolée

Je m'avisai subitement que je me trouvais dans une maison des plus étranges, en train de rêver tout éveillée dans un bain, et que les rêves éveillés n'étaient jamais que des toiles d'araignées. Tout aussi fragiles et légers, ils nous berçaient un moment et se déchiraient, nous laissant choir dans la réalité. Et la réalité, c'était que je me trouvais dans un endroit si différent de chez moi, que j'aurais aussi bien pu être sur Mars.

L'eau était assez chaude et assez propre, mais la baignoire était vieille, rugueuse, tachée de rouille. Les robinets gouttaient, quel que soit le sens dans lequel on les tournait. Sur le parquet, le lino décoloré se fendillait. Autour de moi, les murs affichaient leur besoin criant d'une couche de peinture. Tout dans cette maison réclamait des soins d'urgence.

Le père de Harley y vivait, avec cette femme haïtienne, mais ils ne la traitaient pas avec amour et ne la respectaient pas. Ils n'étaient pas fiers d'elle comme l'était Harley, qui l'avait vue la veille pour la première fois.

Ces pensées me faisaient frissonner, même dans mon bain chaud. J'en avais vu et entendu assez pour commencer à avoir froid dans le dos. Harley ne serait jamais heureux ici, j'en étais sûre. Il n'y trouverait pas le père qu'il n'avait jamais eu, ni la famille qu'il croyait prête à lui sauter au cou dès qu'il aurait franchi le seuil. Si on pouvait parler de seuil, d'ailleurs. Personne n'y avait placé le traditionnel tapis de bienvenue, comme j'aurais aimé qu'on le fasse pour moi. Et s'ils en avaient mis un, décidai-je, il n'aurait pu être que vieux, sale et râpé.

Heureusement, je l'espérais en tout cas, Harley se rendrait compte de tout cela lui-même. Et quand il rentrerait de cette journée de travail avec son père, il viendrait à moi, s'excuserait et me dirait : « Rentrons chez nous, Summer. Partons tout de suite. »

Décidément, tout était trop bizarre ici pour que nous y restions plus longtemps. Le père de Harley ne gardait qu'un vague souvenir de sa mère, et Suze venait d'un autre monde, parlait une autre langue ; elle appartenait à une tout autre culture avec ses idées, ses traditions, ses croyances. Harley serait toujours un étranger dans cette maison.

J'étais certaine que, très bientôt, nous aurions repris la route et que j'appellerais maman, pour lui annoncer notre retour. « Nous voulions seulement voir ce qu'il en était par nous-mêmes, lui dirais-je. Tu comprends, maman. J'en suis certaine. Maintenant tout sera plus facile pour Harley. »

Et quand j'arriverais à la maison elle me ferait bon accueil, et serait fière de moi parce que j'avais aidé Harley.

« Tu nous as fait peur, dirait-elle. Mais tu as bien agi envers quelqu'un qui t'est cher, et cela, je ne peux pas te le reprocher. »

Étais-je encore en train de rêver, en imaginant tout cela et en le souhaitant de toutes mes forces ?

Ma rêverie s'acheva quand j'entendis la voix de Suze dans le couloir de l'étage. Ce n'était plus une chanson qu'elle fredonnait, mais plutôt une incantation. Elle ouvrit la porte à l'improviste et, en me voyant, se figea sur le seuil.

– *Oh, pardon,* murmura-t-elle, en brandissant un seau et un balai. Excusez, j'ai besoin de l'eau.

– Désolée, m'excusai-je à mon tour. Je sors tout de suite. J'avais fini, de toute façon.

Je m'attendais à ce qu'elle s'en aille, mais non. Elle resta plantée là et m'observa pendant que je sortais du bain, aussi prudemment que possible. Je happai ma serviette et m'en drapai rapidement. Je ne suis pas pudibonde, mais quand même. J'ai un certain sens de la pudeur, surtout en face d'une personne au regard si pénétrant. Elle m'étudiait comme si elle jaugeait la moindre partie de mon corps.

– Vous n'êtes pas une femme qui fera beaucoup d'enfants, annonça-t-elle, comme on émet un verdict.

– Et pourquoi pas ?

De sa main libre, elle esquissa un geste qui embrassait son ventre et ses hanches.

– Pas bon pour beaucoup d'enfants.

– Je ne tiens pas à en avoir beaucoup, justement. Rien que deux.

– *Bon,* approuva-t-elle, sans faire mine de s'en aller.

Bon gré, mal gré, je dus me sécher devant elle.

– Et vous, rétorquai-je, avez-vous des enfants ?

– *Oui.*

– C'est vrai ? Combien ?

Elle leva un doigt devant elle.

– Un garçon ou une fille ?

– Garçon.

Elle n'était déjà pas bavarde, mais sur ce sujet, il fallait vraiment lui arracher les mots.

– Et où est-il ? demandai-je en agrafant mon soutien-gorge, avant d'enfiler mon chemisier.

– En bas.

En bas ? De toute évidence, elle avait mal compris. Je secouai la tête pour indiquer qu'il y avait malentendu.

– Non. Où est-ce qu'il est maintenant ? Où habite-t-il ?

– En bas, répéta-t-elle.

Je marquai une brève pause.

– En bas ? Où ça, en bas ?

– Dans ma chambre sainte. Je vous montre quand vous êtes prête, offrit-elle en s'avançant dans la pièce.

Je m'assis sur le couvercle des toilettes, refis mon bandage et me chaussai, pendant qu'elle vidait la baignoire et plaçait son seau sous le robinet d'eau chaude.

Une chambre sainte ? Elle voulait dire un lieu saint, sans doute. Mais de quoi parlait-elle donc ?

Une fois rhabillée, je repris ma béquille. Suze quitta la salle de bains, posa son seau dans le couloir et me désigna l'escalier. Je commençai à descendre, pas plus rassurée que ça. Mais quelle idée avais-je eue de lui demander si elle avait des enfants !

En bas des marches elle me dépassa, gagna la cuisine et me fit signe de la suivre. Elle alla ouvrir la porte du fond, que j'avais prise pour celle d'un placard ou d'une dépense, et qui en réalité donnait sur une autre chambre. Ce que je vis me hérissa l'échine.

Une demi-douzaine de grosses bougies noires dispensaient le seul éclairage de la pièce. De dimensions modestes, cette chambre était remplie de talismans, poupées, ossements et bouquets de plumes, mèches de cheveux, sans oublier ce qui ne pouvait être que des mues de serpent. Un crâne humain trônait au centre d'une table, à côté d'une chaise sur laquelle une grosse jarre était posée. Par terre, à côté de la chaise, on avait disposé deux paires de balais croisés. Collées à même le sol, des chandelles éclairaient les bords d'un dessin bizarre tracé avec une sorte de craie, d'une livide couleur d'os.

Péniblement, je parvins à articuler :

– Je ne comprends pas.

– Mon garçon est parti. Son âme est ici.

– Où ?

– La jarre. Les âmes de nos aimés, nous devons les rappeler, pour les protéger. La chaise où est la jarre est à Legba, le dieu des chemins croisés. Il garde le passage entre les mondes. Le monde ici, celui des vivants, et l'autre. Celui des morts.

– Votre fils est dans la jarre ? me risquai-je à demander.

Suze fit signe que oui.

– Ce n'est pas son... ce n'est pas son crâne, au moins ?

– Non. Il est à un mien ancêtre, qui garde et protège aussi.

– Comment est mort votre fils, Suze ?

Elle plaqua les mains sur sa poitrine.

– Les poumons. Ils étaient très mal. Il avait cinq ans.

– Cinq ans ! C'est affreux. Je suis désolée.

Ma sympathie était sincère, Suze en parut touchée. Elle inclina la tête comme pour me remercier, puis referma la porte.

– Je dois faire les planchers en haut, maintenant.

Je la suivis des yeux tandis qu'elle s'éloignait, puis mon regard revint à la porte de la chambre sainte. Qu'y avait-il vraiment dans cette jarre ? Rien que l'imaginer me donnait la chair de poule, comme tout ce qui se trouvait dans cette pièce, d'ailleurs. Je me versai un verre d'eau, puis essayai à nouveau le téléphone. Il ne marchait toujours pas, et la pluie s'était muée en déluge. Elle cinglait les fenêtres et le toit, maintenant. Comme la maison paraissait plus effrayante et plus sombre, quand il pleuvait ! Je la parcourus lentement, explorant les autres pièces, toutes aussi tristes et pauvrement meublées les unes que les autres.

La télévision non plus ne fonctionnait pas. Encore une ligne coupée, sans doute. Tout semblait tomber si facilement en panne et en ruine, dans cet endroit perdu. Toujours en proie à une vague inquiétude, je cherchai un moyen de me distraire. Harley ne rentrerait pas avant des heures, à moins que le mauvais temps les empêche d'achever leur travail. C'était toujours un espoir ! Je décidai d'aller m'asseoir dans la salle de séjour pour les attendre.

En revenant sur mes pas, je remarquai une porte que je n'avais pas encore vue, juste à côté de la vieille armoire en noyer tout éraflée. Une porte étroite, couverte de la même peinture décolorée que le mur, dont elle se distinguait à peine. Un placard, sans doute. Par simple curiosité, je l'ouvris, et j'eus la surprise de voir un petit escalier qui descendait. Peut-être menait-il à une cave à vin, supposai-je.

Sur le point de refermer la porte, j'aperçus un interrupteur et, presque machinalement, je pressai le bouton. Une ampoule de très faible voltage répandit sa lumière falote sur la demi-douzaine de marches. J'allais éteindre quand un portrait, sur le mur qui faisait face à l'escalier, attira mon attention. C'était une photographie, dans un cadre de nacre ovale. Celle d'un jeune homme qui ressemblait à Harley. Il m'était impossible de l'ignorer.

Je tendis l'oreille et entendis Suze, toujours à l'étage, chantonner en travaillant. Très lentement, très prudemment, je descendis pour aller étudier le portrait de plus près. La ressemblance était surprenante. Était-ce le père de Harley dans sa jeunesse ? Les cheveux coupés court, dans un style presque militaire, il portait une chemise et une cravate. Plus je l'examinais, pourtant, plus je trouvais que ce visage était trop beau pour être celui de Fletcher. L'homme de la photo avait également la bouche de Harley, en plus des autres similitudes. En bref, il lui ressemblait beaucoup plus que l'homme qui nous avait reçus.

Les traits pouvaient-ils changer à ce point avec l'âge ? me demandai-je. Et même si c'était le cas, quelle différence ? Cela ne changeait rien à ce que je pensais de cet homme et de cet endroit.

En me retournant pour remonter, j'aperçus cinq ou six cartons sur le sol. Ils étaient ouverts, certains d'entre eux débordaient. Ils contenaient surtout de vieux papiers, des documents d'allure officielle, sauf un, dans lequel s'entassaient des photos. Je m'agenouillai sur le ciment et commençai à les parcourir.

J'en trouvai beaucoup d'un jeune couple, qui semblait s'amuser dans un parc d'attractions du genre Disney World. Sur la plupart des clichés, un petit garçon tenait la main d'une femme que je supposai être sa mère. L'enfant aurait pu être Harley, tant il lui ressemblait. Je ne reconnus pas la femme, bien sûr, mais je lui trouvai une beauté délicate et douce. Sur d'autres photos, elle paraissait mal à l'aise, et sur aucune elle ne regardait l'appareil. Ou bien elle tournait la tête, ou bien elle se cachait le visage de son bras replié.

Je tombai quand même sur un meilleur cliché, assez net pour donner une bonne idée de son visage. On voyait parfaitement ses yeux noisette, ses cheveux châtain clair, ses traits fins et réguliers. Sur ce portrait-là non plus elle ne souriait pas. Elle paraissait totalement privée d'expression, comme hypnotisée.

Sur la plupart des photos où ils figuraient tous les trois, une maison apparaissait en toile de fond, mais ce n'était pas celle-ci. On voyait parfois d'autres gens, avec ou sans eux. J'en trouvai beaucoup de l'enfant lui-même, un jour de fête, probablement celui de son anniversaire.

Manifestement, on n'avait pris aucun soin de ces photographies. Nombre d'entre elles étaient écornées, tordues, rongées par l'humidité. Le carton lui-même semblait sur le point de tomber en lambeaux. Je remis les photos en place, mieux rangées qu'elles ne l'étaient auparavant, et jetai un coup d'œil au carton voisin. Il n'était pas aussi plein et paraissait ne contenir que des vieux journaux. Avaient-ils une valeur quelconque ? me demandai-je, en lorgnant le numéro posé juste au-dessus de la pile. Il datait d'une douzaine d'années. Pourquoi l'avoir conservé ? Je parcourus la première page et j'allais le reposer, quand un titre de colonne retint mon attention.

UN GARÇON DU PAYS SE TUE
EN VOULANT ÉCHAPPER À LA POLICE.

Fletcher Victor, 37 ans, fils de Ed « Buzz » Victor et de Francine Marie Victor, poursuivi par la police, a perdu le contrôle de son véhicule et s'est tué quand sa voiture a quitté l'autoroute 70 à la sortie de Sandburg. M. Fletcher Victor venait juste de commettre un vol à main armée à la Sander Farmers'Credit Union quand son véhicule a donné de la bande et plongé vers le quai, puis dans la rivière Sandburg où il s'est enfoncé sous cinq mètres d'eau. Les plongeurs de la police ont pu remonter le corps de M. Fletcher en fin d'après-midi, ainsi que les fonds volés.

L'article se poursuivait en page 15, accompagné d'une photo. Aucune erreur n'était possible. L'homme dont il était question ici était bien le père de Harley. Autrement dit…

Autrement dit, l'homme qui vivait dans cette maison n'était autre que son grand-père.

Je pivotai sur moi-même et fixai la porte ouverte comme si je m'attendais à l'y voir apparaître. La peur me glaçait le sang.

Pourquoi ? Pourquoi Ed Victor, dit « Buzz », se faisait-il passer pour son fils ? Pourquoi n'avoir pas dit à Harley la vérité sur son père ?

Devinant, aux sons qui me parvenaient d'en haut, que Suze s'apprêtait à redescendre, je remis hâtivement les journaux en place et gravis les six marches le plus vite possible. Je venais de refermer sans bruit derrière moi quand elle déboucha dans le hall. Elle me dévisagea pendant quelques secondes, le regard soupçonneux. Peut-être avait-elle certains pouvoirs surnaturels, et devinait-elle ce que j'avais en tête et ce que j'avais fait. Je m'arrangeai pour l'éviter quand je me dirigeai vers la salle de séjour.

Je tremblais de tout mon corps. J'étais partagée entre une envie folle de quitter cette maison sur-le-champ et le désir d'attendre Harley. Mais étions-nous réellement en danger, ici ? C'était peu probable. Cet homme était son grand-père, après tout. Il devait y avoir à tout cela une explication logique. Peut-être avait-il honte de son fils, et voulait-il cacher à Harley la vérité sur son père. Serait-ce donc à moi de la lui dire ?

L'arrivée de Suze interrompit le cours de mes pensées.

– Je vais aux magasins, annonça-t-elle. J'ai sorti du fromage, des crackers, du pain et des fruits, dans la cuisine. Vous avez faim, vous mangez.

Je la remerciai sans autre commentaire et elle s'en alla. J'avais un peu faim, et j'allai me préparer une assiette. Je souffrais encore mais je décidai de ne plus prendre de comprimés. Je ne voulais pas me sentir somnolente, surtout en ce moment. Tout en grignotant du fromage et des crackers, je laissai mon regard se fixer sur la porte de la soi-disant chambre sainte. Harley en connaissait-il l'existence, lui aussi ? Suze lui en avait-elle parlé ce matin, avant qu'il ne parte au travail ?

Ma curiosité pour cette jarre s'aiguisait sans cesse. Que pouvait-elle bien contenir ? Les cendres du petit garçon ? Ses restes ? Des os ? Je me levai, marchai jusqu'à la porte que j'entrouvris, et je risquai un regard à l'intérieur. Les chandelles brûlaient toujours. Le crâne paraissait luire à leur faible clarté, le vacillement de la flamme animait les orbites vides. On aurait dit qu'elles me décochaient des clins d'œil. J'écoutai. La maison était silencieuse, à part le bruit léger de la pluie, beaucoup plus faible maintenant.

Que ce fût courage ou folie, je m'avançai dans la pièce et m'approchai de la jarre. Juste au moment où je tendais la main vers le couvercle, la porte de la chambre claqua. Mon cœur s'affola. Était-ce le vent s'insinuant par les fentes des murs qui l'avait fermée ? Ou je ne sais quel esprit de la mort ? N'importe qui aurait eu la chair de poule dans un endroit pareil, en face de ces peaux de serpent.

Le crâne semblait me regarder, comme en attente. À quelques centimètres au-dessus du couvercle, ma main se figea. Je voyais mes doigts trembler. Puis une sorte de couinement, sur ma droite, me fit tourner la tête, et je vis un gros rat courir le long du mur. Il s'arrêta et leva les yeux sur moi, le bout du nez tout frémissant. Je retenais mon souffle. Quand je levai ma béquille, il détala sous la table et disparut dans un coin.

Sa seule vue m'avait donné la nausée. Je décidai d'oublier la chambre sainte, la jarre et tout ce qu'elle pouvait bien contenir. Qu'est-ce que cela aurait changé, d'ailleurs ? Pour nous, la seule chose à faire était de partir d'ici, et sans attendre. Pour commencer, j'allais sortir de cette pièce.

Tout d'abord, la porte refusa de s'ouvrir et cela m'effraya, mais elle était simplement coincée. Il me suffit d'agiter un peu la poignée pour qu'elle cède. Je la refermai vivement derrière moi et retournai dans la salle de séjour.

Ma cheville me faisait cruellement souffrir, maintenant, j'en avais les larmes aux yeux. Peut-être allais-je devoir prendre un comprimé. Désespérément, je combattis la tentation. En me concentrant sur des pensées agréables, je parvins à la chasser de mon esprit. Heureusement pour moi, je m'endormis, et ne me réveillai qu'en entendant des rires et du bruit. J'ouvris les yeux pour voir Harley et l'homme que je savais être son grand-père traverser le hall. Tous deux s'arrêtèrent à la porte du séjour. Harley paraissait tout joyeux.

– Salut, Summer. Comment te sens-tu ?

Je tentai de sourire et me redressai en position assise.

– Tu as toujours très mal, pas vrai ?

– Ces trucs-là, ça fait toujours plus mal le lendemain, commenta le pseudo-Fletcher. Suze vous a donné autre chose pour vous calmer ? C'est elle qui guérit tout ce que j'ai.

– Non, répondis-je brièvement.

– Mais où est-elle, au fait ?

– Je n'en sais rien. Je me souviens seulement qu'elle est partie faire des courses. Mais comme je me suis endormie, j'ignore si elle est rentrée ou pas.

– Elle doit être en train de nous mijoter un de ses plats haïtiens, déduisit le grand-père de Harley, le regard brillant de convoitise. Ou alors elle dit ses prières du soir. Je vais voir où elle est.

Il s'éloigna et Harley entra dans la pièce.

– Quelle journée formidable ! s'exclama-t-il. Nous n'avons pratiquement pas arrêté de parler. Il avait des tas de questions à me poser, et il est très impressionné par mes connaissances en architecture. Il ignorait vraiment la valeur de cette maison, jusqu'à ce que je la lui explique. Nous avons travaillé très vite, en discutant comme ça, débita-t-il. Nous n'avons pas vu le temps filer.

– Je pensais que vous ne pourriez pas travailler, avec une pluie pareille.

– C'est parce que ce n'était pas un travail d'extérieur, tu comprends. Il repeignait un appartement. Il a dit que ça lui aurait pris deux jours, sans moi. Je lui ai fait gagner pas mal de temps et d'argent, conclut Harley, tout fier.

Je me risquai à demander :

– Il ne t'a rien dit de plus, sur lui-même ?

– Oh si, des tas de choses ! Il était dans la Marine, figure-toi. Sur un destroyer comme le *Président Kennedy,* et il a vu du pays. C'est ça que j'aimerais faire, moi aussi. Voyager, voir le monde. Il en a long à raconter, si tu savais ! Une fois, ses copains et lui se sont bagarrés dans une taverne à Hong-Kong, avec une bande de dealers. Ils ont fini par démolir la baraque et ont passé la nuit en prison.

Harley ne reprit haleine que pour repartir de plus belle.

– Et après ça, il m'a raconté cette grande course à la voile, dans le détroit de Gibraltar. La mer lui manque, mais il dit qu'il ne regrette rien parce qu'il a des tas de souvenirs fabuleux. C'est bien mieux que de l'argent placé en banque, pour lui, récita Harley. On les garde là… (il pointa le doigt sur sa tempe), et personne ne peut les retirer, sauf vous. C'est comique à dire comme ça, mais au fond c'est assez vrai, non ?

« J'ai aussi appris beaucoup de choses sur la peinture, Summer. On croit qu'il suffit de tremper un pinceau dans un pot et de le promener sur un mur, mais il y a des tas de trucs à connaître, surtout quand on en arrive aux finitions. Il m'a laissé faire certains cadres de fenêtres et il dit que j'ai le coup de main. Que je tiens ça de famille.

Harley sourit comme un conspirateur et roula des épaules avec orgueil.

– On a bu quelques bières, tous les deux. Il a dit que juste une ou deux bières, ça ne comptait pas, surtout quand on fait un métier d'homme. Alors maintenant, on est copains et on se tutoie, tu te rends compte ? Et tu sais quoi ? Je lui ai posé des questions sur Suze. Où ils s'étaient connus, et tout ça.

Harley prit le temps de respirer, comme pour se préparer à raconter une longue histoire.

– Ils se sont rencontrés à New York, reprit-il, quand il travaillait là-bas. Un ami lui avait prêté un appartement, et elle habitait celui d'à côté. À travers les murs, il l'entendait tout le temps chanter et faire des trucs bizarres. Un jour, il lui a posé des questions là-dessus et entre eux, ça a marché tout de suite. Elle a commencé à s'occuper de lui, à le soigner, à lui préparer des tas de remèdes, des potions qui portent bonheur et tout ça. Quand il a perdu son père, ils se sont installés ici pour empêcher la maison de se délabrer.

Jusque-là, je l'avais écouté avec patience mais là, j'éclatai.

– De se délabrer ? Parce que tu ne la trouves pas délabrée, peut-être ?

– Enfin je veux dire… pas plus qu'elle ne l'était déjà, se reprit-il en riant.

Puis, retrouvant son sérieux, il me demanda :

– As-tu réussi à parler à tes parents ?

– Non. Le téléphone a été en dérangement toute la

journée, et quand je suis allée à la cabine de l'épicerie, c'était pareil. C'est terrible, Harley. Il faut absolument que je les joigne. Je suis sûre qu'ils se font un sang d'encre.

– Je le pense aussi. Nous allons arranger ça tout de suite, Summer. La pluie a fini par s'arrêter, peut-être que les lignes sont rétablies. Tu as eu mon mot ? J'espère que tu comprends pourquoi je t'ai demandé de ne pas donner trop de détails.

– Oui, je comprends, le rassurai-je. Mais maintenant il faut rentrer chez nous, Harley. Tout de suite.

– J'allais justement t'en parler, Summer. Je regrette de t'avoir entraînée dans tout ça. Je n'aurais pas dû.

– Tu ne m'as pas entraînée, affirmai-je. Si je suis venue, c'est que je le voulais bien. Et je ne regrette rien, même s'il y a eu cet accident et tout le reste.

– Je te remercie, et j'apprécie. Mais ce que j'aimerais faire, c'est te mettre dans un car ou dans un avion pour que tu rentres chez toi. Je voudrais rester ici un moment. Nous commençons tout juste à nous connaître et je ne voudrais pas que ça s'arrête comme ça, tout net.

Je réprimai un soupir de frustration. Pauvre Harley, s'il avait su ! Et c'était moi qui allais devoir le détromper.

– Écoute, Harley, tu ne comprends pas du tout la situation. Aujourd'hui, j'ai eu l'occasion d'explorer la maison et je…

– Eh bien, qu'est-ce que je disais, lança le grand-père de Harley d'une voix claironnante en entrant dans le séjour. J'avais raison, elle est allée faire des courses pour nous mitonner une de ses spécialités de là-bas. Vous ne savez pas ce qui vous attend, les enfants !

« J'y pense, fiston, tu veux voir cette Honda Hawk 1982 que j'ai dans la resserre ? Il nous restera quelques minutes pour nous décrasser avant de manger. Et pas question d'être en retard à table, je vous préviens. Suze est intraitable quand il s'agit de ses dîners, surtout quand elle s'est donné du mal, comme ce soir.

Harley parut emballé.

– Oui, j'adorerais voir cette moto.

– Tu pourrais peut-être bricoler dessus de temps en temps, et la remettre en état, suggéra son grand-père.

Harley me sourit, mais je ne me déridai pas. Du regard, je tentai de lui faire comprendre qu'il devait rester, que nous devions parler. Mais il était sourd à tout ce qui n'était pas son bonheur, et se méprit sur mes intentions. Il crut que je m'inquiétais seulement pour moi-même.

– Summer a besoin de téléphoner à ses parents, dit-il au vieil homme.

– Pas de problème. Le téléphone est dans la cuisine.

– Il n'a pas marché de toute la journée, observai-je.

– Eh bien ! Essayez encore, pendant que je montre cette moto à Harley. Une véritable antiquité, je dois dire.

– Génial, commenta Harley en emboîtant le pas à son grand-père. Nous revenons tout de suite, Summer.

Je les entendis sortir et me levai. Il fallait que je sois un moment seule avec Harley, pour lui faire part de ce que j'avais découvert. De toute évidence, son grand-père ne comptait rien lui dire. Il avait eu toute la journée pour le faire et n'avait pas profité de l'occasion. C'était déloyal, estimais-je, quelles que soient ses raisons. Même si la vérité devait lui faire mal, Harley avait le droit de la connaître. La découvrir plus tard serait encore plus difficile pour lui, et plus douloureux.

Je me mis en route vers la cuisine et le téléphone.

Suze préparait le dîner, elle ne fit pas très attention à moi. Je décrochai et portai le combiné à mon oreille, mais il n'y avait toujours pas de tonalité.

– Pourquoi la ligne n'est-elle pas rétablie ? m'écriai-je, à bout de patience.

Suze parut réfléchir à la question.

– Quelquefois il oublie pour les factures, révéla-t-elle.

– Quoi ! Vous voulez dire que ce n'est pas une panne causée par l'orage ? (Les réflexions de l'épicier me revinrent à l'esprit, je raccrochai brutalement.) Pourquoi ne paie-t-il pas ses factures ?

– Il fait ce qu'il doit faire quand il doit faire, répliqua-t-elle tranquillement, comme si les ennuis de ce monde ne faisaient pas partie du sien.

Et elle, comment faisait-elle pour téléphoner ? Elle devait avoir une ligne privée branchée sur l'au-delà, pensai-je avec humeur. Exaspérée, je clopinai jusqu'à la grand-porte. Il fallait que je trouve Harley tout de suite et que je lui parle. Je ne pouvais pas laisser maman dans l'angoisse une seconde de plus.

Il me fallut du temps pour contourner la maison. Je les entendis parler dans la resserre et appelai Harley. Je dus crier pour couvrir leurs voix, et le bruit qu'ils faisaient avec leurs essais de moteur. À la fin, Harley passa la tête à la porte.

– Quelque chose qui ne va pas, Summer ?

– La ligne est toujours coupée, Harley. Suze dit qu'ils n'ont sans doute pas payé leur note de téléphone.

– Pas du tout, je l'ai payée, affirma le soi-disant Fletcher en apparaissant sur le pas de la porte. C'est juste les suites de l'orage. Une fois, il leur a fallu deux jours pour réparer.

– Peut-être que la cabine de l'épicerie fonctionne, avançai-je avec espoir.

– Si ça ne marche pas ici, c'est pareil là-bas. On est

sur la même ligne. Je vais vous dire : après le dîner, je vous emmènerai à Hurleyville. Ça fonctionne autrement, chez eux. Ça marchera peut-être.

– Mais il faut que j'appelle d'urgence, moi !

Ed « Buzz » Victor leva les bras en signe d'impuissance.

– Faudra patienter quelques heures, à tout casser. D'ici là, ils auront peut-être réparé ici, d'ailleurs.

Il finissait de parler quand une nouvelle ondée survint, de plus en plus drue à chaque seconde qui passait.

– Et ça recommence ! hurla le grand-père de Harley. Rentrons avant d'être trempés.

Harley et lui me soulevèrent chacun par un bras et, criant et riant, me ramenèrent en courant de l'autre côté de la maison. Nous atteignîmes le porche juste à temps pour éviter un nouveau déluge.

– Dépêchons-nous d'aller nous changer, nous pressa le grand-père Victor en ouvrant la porte.

Nous le suivîmes à l'intérieur, et je lançai un coup d'œil implorant à Harley. Il eut l'air tout penaud.

– Je suis désolé, Summer. Je te promets de t'emmener jusqu'à un téléphone ce soir.

– Sûr. Ne vous tracassez pas pour ça, commenta son grand-père.

Là-haut, décidai-je. Là-haut, je dirai à Harley tout ce que je sais.

Harley alla directement se doucher et se changer. Je le suivis dans sa chambre, où il s'agenouilla sur le plancher pour fouiller dans son sac. Il me tournait le dos, mais je n'attendis pas qu'il ait fini. Dès que je fus certaine qu'on ne pouvait pas nous entendre, je passai à l'action.

– Harley, je n'ai eu le temps de faire qu'une chose, aujourd'hui : explorer cette maison.

– Elle est surprenante, non ? m'interrompit-il aussitôt. Et pleine d'innovations. Je m'étonne que les architectes actuels ne s'en inspirent pas davantage, dit-il en tirant de son sac une chemise et des sous-vêtements propres.

– Je ne parle pas de la maison, Harley. Je parle de ce qu'il y a dedans.

– Oh, ça ! fit-il en se relevant, l'air sûr de lui comme s'il savait ce que j'avais en tête. Il n'a pas beaucoup d'argent, c'est vrai. Il est plutôt négligent pour les détails matériels, nous en avons parlé aujourd'hui. Il dit qu'à son âge, il se borne à faire ce qu'il doit faire, et prend le temps de se relaxer.

Je saisis la perche qu'il me tendait.

– Justement, son âge. T'a-t-il expliqué comment un homme aussi âgé que lui avait pu devenir l'ami de ta mère ?

– Non. Je ne voulais pas donner trop d'importance à ça. Beaucoup d'hommes âgés ont des maîtresses plus jeunes qu'eux, Summer. Certaines femmes préfèrent les hommes mûrs. Elles cherchent en eux une image du père.

– Tu es bien au courant de ce que pensent les femmes, tout d'un coup. Te voilà devenu expert en psychologie féminine ?

Il sourit comme s'il se moquait de lui-même.

– Pas vraiment, non.

– Je ne parlais pas du mobilier de la maison, Harley, ni des tapis déchirés, ni rien de ce genre. J'ai trouvé une porte qui mène à une petite cave, où on conserve différentes vieilleries.

– Ah bon ?

Déjà prêt à sortir il s'immobilisa, ses vêtements à la main, comme s'il voulait en savoir plus ; mais il se reprit aussitôt.

– Je ferais mieux d'aller prendre ma douche, maintenant. Tu as entendu ce qu'il nous a dit sur l'exactitude à table.

Sur ce, il passa la porte.

– Harley !

– Ne soyez pas trop longs, les enfants ! cria son grand-père dans la cage d'escalier.

– Laisse-moi d'abord me laver, Summer. Nous aurons toute la soirée pour parler de ça.

– Harley, attends.

Il entra dans la salle de bains et s'y enferma. Presque aussitôt j'entendis le bruit de la poire à douche.

Je restai où j'étais, furieuse et frustrée, bien résolue à attendre qu'il sorte de la salle de bains. Mais son grand-père monta pour aller prendre quelque chose dans une autre pièce, et je dus faire comme si j'allais me préparer, moi aussi. Je repartis vers ma chambre. Il me vit et se mit à me parler du fameux repas.

– Vous n'avez jamais rien mangé de pareil, pour sûr. La première fois que Suze m'a fait à manger, je me suis dit que c'était pas de la nourriture ordinaire. Ça fait du bien dans les entrailles, c'est pas croyable. C'est carrément de la magie, vous verrez. Et votre mère, elle cuisine bien ?

– Plus beaucoup, en fait. Mais nous avons une Irlandaise à la maison, depuis des années. Elle fait pratiquement partie de la famille, expliquai-je, et c'est un vrai cordon-bleu.

Sur ces entrefaites Harley réapparut, rasé de frais, les cheveux humides et bien tirés.

– Tu es vraiment beau gars, fiston, s'émerveilla Ed Victor.

Puis il s'empressa d'ajouter à mon intention :

– Et malgré votre cheville esquintée, Summer, vous êtes rudement jolie, vous aussi.

– Le dîner est servi ! cria Harley en tapant dans ses mains, à la grande joie de son grand-père.

Tous deux me regardèrent, attendant comme deux gentlemen que je les précède dans l'escalier. Sans enthousiasme, je descendis la première, en les écoutant discourir sur leurs travaux de la journée.

À table, leur conversation roula surtout sur les divers emplois qu'avait exercés le vieil homme au cours de sa vie. J'écoutais attentivement, guettant un détail qui mettrait la puce à l'oreille de Harley. À l'entendre, son grand-père avait roulé sa bosse autour du monde en faisant tous les métiers possibles, d'électricien à garçon de café. Dans tout ça, où et quand avait-il eu l'occasion de rencontrer Glenda ? me demandai-je. Et j'espérais, bien sûr, que Harley se posait exactement la même question.

Mais quand il fit une remarque, ce ne fut pas celle que j'attendais.

– Tu en as fait des choses intéressantes ! s'exclama-t-il.

Ed « Buzz » Victor eut le triomphe modeste.

– La faim rend inventif, que veux-tu ! On apprend à survivre et crois-moi, mon fils, il n'y a pas meilleure éducation. Ça vous prépare à tous les coups durs et toutes les déceptions possibles. Les gosses ont la vie trop facile, aujourd'hui, plaça-t-il avec un coup d'œil à mon adresse. On fait n'importe quoi pour eux. Les parents pensent que plus ils les gâtent, plus ils les aimeront, et que ça deviendra des gens bien plus tard. Ne crois pas ça. Ce qu'on apprend à la sueur de son front, c'est ça qui vous est vraiment utile.

– J'en suis sûr, dit Harley en m'offrant son plus beau sourire. Mais nous n'avons été gâtés ni l'un ni l'autre, si c'est ce que tu crois.

– Oh non, pas du tout. Vous avez du caractère, j'ai vu ça au premier coup d'œil. Et alors, ce dîner ?

Qu'est-ce que vous en pensez ? Vous n'avez jamais rien mangé d'aussi bon, je parie ?

– C'est différent de tout ce que je connais, reconnut Harley. Il y a des goûts et des parfums tout à fait nouveaux pour moi. Ton avis, Summer ?

– C'est… différent, confirmai-je sans me compromettre.

Suze n'avait pas cessé de m'observer pendant tout le repas. Cela me rendait nerveuse, et j'essayais d'éviter son regard ; ce qui, je pense, ne faisait que confirmer ses soupçons. Ed Victor, lui, ne semblait rien remarquer.

– Je parie que Suze vous a montré sa chambre sainte, déclara-t-il tout à coup. Pas vrai, Summer ?

Je lançai un regard significatif à Harley.

– En effet, elle me l'a montrée.

– À moi aussi, dit-il en m'adressant un clin d'œil.

Sans paraître s'en apercevoir, Ed Victor enchaîna :

– Ses croyances vous paraissent bizarres, j'en suis sûr. Mais les vôtres sembleraient tout aussi bizarres à quelqu'un de son pays. Tout est une question de point de vue, en fait. C'est une chose que j'ai apprise en mer, acheva-t-il.

Harley lui sourit. Il était littéralement sous le charme de son grand-père, maintenant. Et chaque mot tombé de sa bouche, chaque minute écoulée ne ferait que lui rendre la vérité plus dure, plus difficile à affronter. J'en venais à me dire que j'allais me taire et partir, tout simplement, en espérant qu'il ferait ses propres découvertes et saurait les accepter. J'étais profondément troublée. Je ne savais réellement pas quoi faire.

Quand je proposai mon aide pour la vaisselle, Ed Victor insista pour que j'aille me reposer dans la salle de séjour.

– C'est moi qui vais aider Suze. Dès que j'ai fini, je

vous emmène à Hurleyville passer ce coup de fil. Promis.

– Génial ! Merci, dit Harley, qui me décocha un regard en coin avant d'ajouter : papa.

Le visage de son grand-père s'illumina, je n'eus que le temps de détourner les yeux.

– Tu n'as pas besoin de m'aider, intervint Suze en me fixant avec insistance. Tu l'emmènes téléphoner.

– D'accord. Vous entendez, les enfants ? gloussa le vieil Ed en se retournant vers nous. On ne badine pas avec une femme qui connaît le vaudou… et qui peut vous jeter un mauvais sort, chuchota-t-il, l'œil pétillant de malice.

Harley rit, mais j'eus du mal à avaler ma salive. J'espérais pouvoir rester un moment seule avec Harley, avant notre départ pour Hurleyville, mais son grand-père ne nous lâcha pas d'une semelle. Il voulut à tout prix m'aider à descendre les marches et m'installer lui-même dans le camion. Ils mirent ma béquille à l'arrière, mais à nous trois nous étions quand même très serrés dans la cabine.

Pendant que nous roulions sur des routes plutôt cahoteuses, le grand-père de Harley nous désignait les différents bâtiments ou demeures dans lesquels il avait travaillé.

– Depuis quelques années, le conseil régional a lancé un programme de réhabilitation, et je me suis engagé pour toutes sortes de travaux. J'ai vu un peu grand, je dois dire, et je ne m'en sortais plus. Suze m'a fait la leçon et j'ai réussi à résilier certains contrats. Rien ne vaut une brave femme pour prendre soin de vous, acheva-t-il d'un ton convaincu.

Il bifurqua, s'engagea sur une route un peu meilleure et me jeta un regard furtif.

– Harley dit que vous êtes son meilleur copain, observa-t-il. Un homme peut très bien avoir une femme comme meilleur copain, y a pas de mal à ça. On se fait confiance, et ça c'est important. Il sait que vous ne lui ferez jamais de tort, et vice versa.

Il me regardait pour de bon, cette fois, pas seulement du coin de l'œil. Essayait-il de me dire quelque chose ? J'avais les nerfs à vif, mon cœur battait à grands coups. Je sentis la main de Harley prendre la mienne et la serrer. Il souriait. Je ne me souvenais pas de l'avoir jamais vu aussi heureux. Et il ne tenait qu'à moi de prononcer les mots qui le dépouilleraient de cette joie, comme on efface un beau dessin du tableau noir, d'un coup de chiffon ? Je regardai fixement devant moi, en concentrant ma pensée sur maman et ce que j'allais lui dire.

Nous nous arrêtâmes en face d'un garage, et le vieil homme désigna du doigt le téléphone public.

– Si celui-là ne marche pas, aucun autre ne marche ici, déclara-t-il.

Harley se précipita pour voir s'il y avait de la tonalité, me fit un grand signe de la main et sourit. Cette ligne-là fonctionnait ! Son grand-père contourna le camion pour m'aider à descendre et me tendit ma béquille. Je le remerciai et, clopin-clopant, rejoignis Harley aussi vite que possible. Il me tendit le combiné. Pendant quelques instants, nos regards se nouèrent, puis j'annonçai sur un ton résolu :

– Je veux rentrer à la maison demain, Harley.

– Bien, acquiesça-t-il. Mais ne leur dis pas où je suis tant que je ne t'ai pas donné mon accord, tu veux bien ? S'il te plaît, Summer.

Je sentis mon cœur peser dans ma poitrine. Je pouvais tout révéler d'un coup, là, maintenant. Mais que se passerait-il ensuite ? J'avais peur pour nous deux. Je composai le numéro de l'opérateur pour demander une communication en PCV. Quelques instants plus tard, j'entendis la voix de papa.

– Summer, où êtes-vous ? Que se passe-t-il ?

– Je vais bien, papa, vraiment. Nous sommes... dans la famille de Harley, dis-je précipitamment, mais je rentre à la maison demain. Je prendrai l'avion le matin pour Richmond.

– Ta mère est dans tous ses états ! C'est stupide ce que vous avez fait là, tout simplement stupide.

– Je vous expliquerai tout quand je serai rentrée, papa.

– Tu es sûre que tout va bien ?

– Oui, papa.

Je préférais ne pas parler de ma cheville avant d'être à la maison. Là-bas, ce serait plus facile.

– Ta mère veut te parler, annonça papa.

Une seconde plus tard, j'entendis maman prononcer mon nom.

– Je vais bien, maman. Ne pleure pas, je t'en supplie. Nous ne voulions pas vous faire de peine, ni à qui que ce soit. C'est une chose que je devais faire pour Harley, maintenant c'est fini et je rentre à la maison.

– Où êtes-vous ?

– Je t'expliquerai tout ça demain, dis-je en guise de réponse.

– Ton oncle Roy est mort d'inquiétude, ma chérie. Nous ne l'avons jamais vu comme ça. Il n'est pas retourné travailler. Il reste assis près du téléphone. Peux-tu décider Harley à l'appeler ?

– Je ne sais pas, maman.

– Il se fait vraiment du souci pour lui, ma chérie. Toute cette tristesse et maintenant, ça... il en est malade.

– Je sais, maman. Je... (La voix me manqua, mes yeux brûlaient de larmes.) Je lui parlerai, je te le promets.

– À quelle heure arriveras-tu ?

– Je vous appellerai de l'aéroport dans la matinée, maman.

– Je ne sais vraiment pas quoi penser de tout ça, Summer. Vraiment pas.

Sa déception était si perceptible que le cœur me fit mal.

– À demain, maman. Dis à papa que je l'aime. Je t'aime aussi.

– Summer, implora-t-elle. Reviens vite !

Je raccrochai, sans même essayer de retenir mes larmes. Harley m'entoura les épaules de son bras.

– Merci, Summer. Demain à la première heure, je t'emmène à l'aéroport. C'est promis.

Incapable de parler, je le remerciai d'un signe et il me ramena prudemment jusqu'au camion.

– Summer rentre demain matin, papa, annonça-t-il à son grand-père.

– Parfait. Mais elle est la bienvenue si elle veut rester, bien entendu.

– Il faudra que je la conduise à l'aéroport avant de te rejoindre au travail, bien sûr.

– Pas de problème, rétorqua Ed, tout aimable. Avec ce qu'on a abattu comme ouvrage aujourd'hui, je pourrais prendre un jour de congé complet sans que ça dérange le programme. C'est peut-être bien ce que je ferai, d'ailleurs.

Harley eut un sourire heureux et prit ma main. Puis, pendant que son grand-père ne regardait pas, il se pencha pour m'embrasser sur la joue et chuchota « merci », une fois de plus.

Peut-on dire à quelqu'un, alors qu'il se croit debout au sommet du monde, qu'il est perché sur une bulle de mensonges prête à éclater ?

Le chemin serait long, et difficile, jusqu'à la vérité.

13

La chambre secrète

Suze nous attendait dans le hall, sombre et soupçonneuse. On aurait dit qu'elle venait de passer la maison au peigne fin, en quête de la moindre trace d'une présence maléfique. Ses yeux noirs étaient obstinément fixés sur moi.

– Quelque chose qui ne va pas, Suze ? s'inquiéta le grand-père de Harley.

Elle alla refermer la porte derrière nous avant de répondre.

– Tu as laissé la lumière, en bas.

Mon sang ne fit qu'un tour. Dans ma hâte à quitter la cave, troublée comme je l'étais par mes découvertes, j'avais oublié d'éteindre.

– Moi ? ça m'étonnerait, répliqua-t-il. Et puis qu'est-ce que ça peut faire ? Pour ce qu'elle consomme, cette ampoule ! Au fait, tu sais quoi, Suze ? Le téléphone marchait à Hurleyville, en fin de compte.

– Alors eux vont partir ?

– Seulement Summer. Mon fils va rester un peu pour donner un coup de main à son vieux père. Pas vrai, fiston ?

– Oui, patron, renvoya joyeusement Harley.

– T'entends ça, Suze ? Oui, patron. Ça c'est mon gars. Ça c'est ce que j'attendais. Alors voilà : on va tous s'offrir un petit congé pour conduire Summer à l'aéroport. Ça te dirait de venir avec nous ?

– Non, refusa-t-elle. J'ai mon travail. Je ne prends pas du congé pour rien du tout, moi.

Le vieil homme rugit de rire. Il la suivit des yeux en secouant la tête quand elle s'en retourna vers la cuisine, ou vers ce qu'elle appelait sa chambre sainte.

– Allons voir si la télévision remarche, suggéra-t-il. Ce serait déjà ça.

Je protestai sans grand espoir :

– Je suis fatiguée, Harley.

– Tu devrais prendre un autre comprimé, alors. Il faut que tu dormes cette nuit, Summer.

J'espérais qu'il me suivrait en haut, pour que nous puissions parler. Mais il s'attardait, manifestement désireux de rester seul avec l'homme qu'il prenait pour son père. Chaque moment passé en sa compagnie était sans prix pour lui.

– Peut-être, répondis-je évasivement.

Ed aussi semblait pressé de rester seul avec Harley.

– Alors bonne nuit, Summer. Et ne vous inquiétez pas, me rassura-t-il. Nous serons à l'aéroport de bonne heure demain matin.

– Mais nous ne savons même pas les heures des vols qui m'intéressent !

– Nous le saurons quand il sera temps. À quoi ça servirait de s'en faire ce soir ? Je ne me tracasse jamais aujourd'hui pour un problème qui viendra demain, s'esclaffa-t-il, et Harley rit avec lui.

Quelle irresponsabilité, déplorai-je intérieurement. Ce n'est vraiment pas une chose qu'on puisse admirer. Oncle Roy n'aurait jamais parlé comme ça, j'en étais sûre. Il aurait tout prévu et tout préparé. Harley ne voyait-il donc pas la différence ? Avait-il un tel besoin d'aimer, d'avoir quelqu'un à aimer, pour offrir son amour sans savoir s'il était mérité ?

Mon accès de colère ne dura pas. Qui étais-je pour juger et condamner Harley ? C'était lui qui venait de perdre sa mère. Lui qui se sentait orphelin. Lui qui était venu ici en quête d'un peu d'amour.

– Très bien, murmurai-je en prenant la direction de l'escalier.

Quand j'y arrivai, Suze sortit de la cuisine, une assiette à la main et un torchon dans l'autre. Sans cesser de frotter son assiette, elle me jeta un regard si noir et si perçant que j'en eus froid dans le dos.

– Il y a quelque chose qui ne va pas ? balbutiai-je d'une voix qui défaillait.

Celle de Suze fut un sifflement tout juste audible.

– Qui vous a envoyée ?

– Comment ? Qui m'a envoyée ? Mais personne ! Je suis venue avec Harley.

– Pourquoi vous êtes venue ? insista-t-elle, écarquillant les yeux dans son impatience d'entendre ma réponse.

– Vous savez très bien pourquoi.

Avec une inquiétante fixité, elle continuait à me dévorer du regard. Je réprimai un cri et me hissai dans l'escalier, pressée de m'éloigner d'elle. Peut-être ne devrais-je pas attendre demain, raisonnai-je. Peut-être devrais-je demander à Harley de me conduire à l'aéroport ce soir, ou de m'appeler un taxi. Je m'assis sur le lit pour réfléchir. Pouvais-je vraiment le laisser seul pour affronter tout ça ? Plus tard, ne m'en voudrait-il pas d'être partie sans lui dire ce que j'avais appris ?

Mes pensées se heurtaient dans ma tête, je ne savais plus si la nausée qui s'annonçait venait de là, ou de ma cheville douloureuse. J'avais des vertiges, au point que je dus m'allonger. À travers le plancher j'entendais monter la mélopée de Suze, et je supposai que cela venait de sa chambre sainte. Comment étais-je censée dormir, avec tout ça ? J'aurais pu tout aussi bien rester en bas, avec Harley.

Je fermai les yeux, et j'essayai d'imaginer ce que ferait maman à ma place. Elle ne partirait pas en laissant Harley dans l'ignorance, en tout cas, cela j'en étais sûre. Elle lui dirait : « La vérité est peut-être dure à avaler, mais il faut l'avaler quand même si on ne veut pas tricher. Surtout quand c'est avec soi-même qu'on triche. »

– Il faut que je lui dise, marmonnai-je pour moi-même. Il le faut.

Mais pourquoi mes paupières étaient-elles si lourdes ? Je fis un effort prodigieux pour les garder ouvertes. Je voulais entendre Harley quand il monterait, et l'appeler aussitôt pour qu'il vienne dans ma chambre. Je résolus de rester habillée et d'attendre. Je me reposerais un peu, mais sans cesser d'écouter, décidai-je. Et j'essayai de rester éveillée, mais ce fut comme si je tentais d'escalader un iceberg. Je glissais de plus en plus, de plus en plus vite, jusqu'à ce que je lâche prise et tombe dans un tunnel obscur, qui me précipita dans un tourbillon de cauchemars.

De la noirceur émergea le visage de Suze. Ses yeux brillaient comme des éclats de verre, ses pupilles d'ébène tournoyaient, jusqu'à ce que de très fines vrilles s'en détachent et s'étirent dans ma direction. Je m'entendis hurler. L'image de Suze éclata comme une bulle de savon, mais seulement pour être remplacée par l'horrible rat de la chambre sainte. Son corps enfla, et en même temps sa tête rétrécit, jusqu'à ce qu'il se change en une grosse balle grise qui se mit à rouler vers moi.

Je me sauvai en boitillant. Chaque fois que mon pied touchait le sol, ma cheville envoyait une décharge douloureuse le long de ma jambe, jusqu'à mon ventre. Je poussai un gémissement. Le sol, au-dessous de moi, devenait de plus en plus mou. Il ne fut bientôt plus qu'une boue fluide dans laquelle je m'enfonçai, hoquetant et suffoquant, à mesure que cette fange m'emplissait la bouche et le nez.

Mes paupières s'ouvrirent brusquement et je fis un rapide tour d'horizon. Étais-je réveillée ou encore en plein cauchemar ? Je retins mon souffle et j'écoutai. La mélopée s'était tue. Tout était très calme et très sombre. Je consultai ma montre. Malgré le peu de clarté qu'un rayon de lune versait dans la chambre, je pus voir que j'avais dormi des heures. Cette découverte me consterna. Harley devait être couché, maintenant. Je dormais si profondément que je ne l'avais pas entendu monter.

Je m'assis péniblement. J'avais mal aux reins, mal au ventre, et la douleur avait presque engourdi ma jambe gauche. Le pire, c'était cette nausée. Pourquoi avais-je mangé la nourriture trop riche de Suze ? À tâtons, je trouvai ma béquille et me levai. Il n'y avait pas de lumière dans le couloir, mais j'étais suffisamment accoutumée à l'obscurité pour gagner la salle de bains sans encombre.

Après être allée aux toilettes, je me sentis encore plus faible et plus mal. J'avais envie de vomir, mais je me retins et retournai dans ma chambre. Là je me pelotonnai sur mon lit, gémissant doucement et me maudissant pour ma sottise. À quoi m'avait-il servi de découvrir ces mensonges ? J'aurais dû les révéler à grands cris, tout de suite, et mettre fin à cette histoire de fous. Comment savoir ce que cette femme avait pu mettre dans ma nourriture, cette fois-ci ?

J'espérais que Harley m'avait entendue, et qu'il viendrait voir ce qui se passait. Mais il avait dû s'endormir, lui aussi, sans doute aussi profondément que moi. Peut-être que son grand-père lui avait encore offert de la bière, et qu'il avait trop bu.

Il me fut impossible de me rendormir. Je craignais de ne pas pouvoir parler en particulier à Harley, le lendemain matin, pour l'informer de mes découvertes. Et avec tout ça, j'avais toujours aussi mal au ventre. Chaque fois que je voulais m'asseoir, une douleur fulgurante irradiait jusque dans mes reins. Elle était même si vive, parfois, que j'en avais le souffle coupé. Je ne pouvais rien y faire, sinon me tenir tranquille et attendre que ça passe.

Les secondes s'étiraient en minutes, et les minutes en heures. Malgré mes craintes, je dormis un peu, et je me réveillai en frissonnant. Très doucement, je soulevai la tête et me hissai en position assise. J'avais toujours mal au ventre, mais au moins les spasmes s'étaient calmés. Prudemment, j'abaissai les pieds vers le sol, saisis ma béquille et me levai. Puis, une fois de plus, je quittai ma chambre, en m'efforçant de ne faire aucun bruit dans le couloir.

La porte de Harley était fermée. Je l'ouvris avec précaution et jetai un regard à l'intérieur. Il dormait, le visage baigné par un rayon de lune qui tombait juste sur son oreiller. Il avait l'air heureux. Depuis combien de temps n'avait-il pas dormi ainsi, content et rassuré ? Je crus même le voir sourire, imperceptiblement. Et je m'imaginai qu'il rêvait à toutes les choses qu'il ferait, les jours suivants, avec celui qu'il croyait être son père. Pendant un instant, cette pensée me fit hésiter. Je n'ignorais pas que, bien souvent, le porteur d'une mauvaise nouvelle était aussi mal accueilli que la nouvelle elle-même. Mais ce n'était pas moi qui avais commis cette mauvaise action, tout de même !

Si le grand-père de Harley lui était sincèrement attaché, raisonnai-je, il ne l'enfermerait pas dans un pareil tissu de mensonges, dans l'espoir qu'il ne découvrirait jamais la vérité. Je ne voulais rien savoir de ses raisons d'agir, même si elles étaient nobles. Si j'avais appris quelque chose de mes parents, et des confidences de maman sur son enfance, c'était que le mensonge avait une façon bien à lui de vous prendre au piège. Il vous enserrait dans un réseau d'illusions et de souffrances, si bien entortillé qu'il fallait presque une vie pour s'en libérer.

Je m'approchai du lit et touchai l'épaule de Harley. Il grogna, mais il ne s'éveilla pas.

– Harley, chuchotai-je. Harley…

Je le secouai un peu plus fort, cette fois, et ses yeux s'ouvrirent d'un coup.

– Summer ? Qu'est-ce qui ne va pas ?

– Tout, Harley. Tout va mal.

– Tu ne te sens pas bien ?

– Non, mais ce n'est que la moitié du problème.

Dans le couloir, une planche craqua lourdement, comme si quelqu'un marchait sur la pointe des pieds. Je tendis l'oreille.

– Attends, dis-je dans un souffle.

D'un mouvement vif, Harley s'assit dans son lit.

– Enfin, Summer… qu'est-ce que tu fais ?

N'entendant plus aucun bruit, je me retournai vers lui.

– J'ai quelque chose à te dire, Harley. Quelque chose qui va te rendre très malheureux, mais je ne pouvais pas partir d'ici sans que tu saches tout.

– Mais de quoi s'agit-il, à la fin ?

Il était parfaitement éveillé maintenant, et je vis ses yeux s'agrandir. Je respirai à fond et m'assis à côté de lui, sur le bord du lit.

– Pendant ton absence, j'ai eu tout le temps d'explorer la maison, commençai-je.

– Et tu as trouvé la chambre sainte de Suze, je sais.

– Non, c'est elle qui me l'a montrée. Mais il ne s'agit pas de ça, bien que ce soit franchement bizarre.

– Bon, alors quoi ? reprit-il avec un soupçon d'agacement.

– J'ai trouvé cette porte, dans le couloir, et je l'ai ouverte en croyant que c'était un placard. Mais c'était celle d'une petite cave, et je suis descendue y jeter un coup d'œil.

– Ah ! C'était donc toi qui avais laissé la lumière allumée. Pourquoi ne l'as-tu pas dit ?

– Laisse-moi finir, Harley.

– Mais je n'attends que ça, répliqua-t-il, avec une impatience marquée cette fois. Il est tard et j'ai les idées qui s'embrouillent. Alors, qu'est-ce que tu as trouvé ? Une poupée vaudou pleine d'épingles, ce genre de truc ?

– Pire, Harley. J'ai trouvé un article de journal sur ton père. On disait qu'il avait été poursuivi par la police après avoir commis un vol à main armée.

Harley eut un sourire mi-figue, mi-raisin.

– Mon père ?

– Et aussi qu'il était mort, ajoutai-je. Il a eu un accident en voulant leur échapper.

Le sourire de Harley s'évapora.

– Qu'est-ce que tu racontes, Summer ? On croirait que tu perds la tête. Tu as fait un mauvais rêve ou quoi ?

– Je voudrais que ce soit un mauvais rêve. J'en serais même très heureuse, Harley.

– Je n'y comprends rien. Comment mon père peut-il être mort et en même temps se trouver dans cette maison ? s'efforça-t-il de plaisanter. C'est un fantôme, sans doute ? Quelqu'un que Suze a ramené de l'au-delà ?

– Non, Harley. L'homme qui se trouve dans cette maison n'est pas ton père. C'est ton grand-père. L'article du journal rend cela parfaitement clair.

Harley me dévisagea un moment, sans mot dire.

Puis son regard s'évada, comme s'il espérait que, lorsqu'il se tournerait à nouveau de mon côté, je ne serais plus là. Et que tout cela n'aurait été qu'un rêve.

– Tu as dû te tromper, dit-il enfin. Tu auras lu de travers. Peut-être s'agissait-il d'un cousin, ou de quelqu'un qui portait le même nom, ou…

– J'ai très bien lu, Harley, et il y a des photos dans cette cave. Des photos de ton grand-père, de ta grand-mère et de ton père quand il était petit. Et une sur le mur, que je crois être de ton père aussi. Tu ne vois pas ? Cela explique pourquoi il est si vieux.

– Non, s'obstina-t-il. Tu te trompes, Summer. Tu te trompes forcément. Il m'a parlé de ma mère. Il connaissait tout, à son sujet.

– Ce qu'il savait, il l'a appris en écoutant ton père lui parler d'elle.

Harley secoua la tête avec énergie.

– Pourquoi aurait-il fait ça, dis-moi ? Ça n'a aucun sens.

– Je ne connais pas ses raisons. Il a honte de tout ça, peut-être. Ou bien ce qui est arrivé a laissé un tel manque en lui, un tel vide, qu'il a sauté sur l'occasion de t'avoir chez lui. Peut-être que Suze lui a trouvé une mystérieuse raison d'agir ainsi, et a pratiqué je ne sais quel rituel vaudou. Comment savoir ? Tout ça est on ne peut plus étrange, et je ne pouvais pas m'en aller sans que tu le saches.

– Je n'arrive toujours pas à y croire, insista-t-il, mais déjà un peu moins fermement.

– Peut-être compte-t-il te dire la vérité un jour, Harley. Mais si ce n'était pas son intention, je ne pouvais pas courir le risque de te laisser dans le noir. Je ne pouvais pas m'en aller comme ça. J'y aurais pensé tout le temps et je me serais fait du souci pour toi.

Il fixa l'obscurité d'un œil mauvais, puis rejeta sa couverture.

– Je veux que tu me montres ça tout de suite, Summer. Je suis sûr que c'est une erreur. Sûr et certain.

– Très bien, Harley. Je vais te le montrer.

Il se leva, trouva son pantalon à tâtons et l'enfila. Mais il ne prit pas la peine de mettre ses chaussettes et ses chaussures, ni même une chemise.

– Allons-y, Summer, et surtout pas de bruit. Je ne tiens pas à les réveiller si je peux l'éviter.

– Moi non plus, répliquai-je, mais pas tout à fait pour les mêmes raisons que lui.

Ce n'était pas le risque de troubler leur sommeil qui m'inquiétait le plus, oh non !

Nous nous avançâmes dans le couloir à pas de loup, et fîmes halte en haut de l'escalier pour écouter. Tout paraissait tranquille, mais une maison comme celle-là n'était jamais tout à fait tranquille. Les volets battaient au vent. Les plafonds et les planchers craquaient, les canalisations grondaient dans les murs. Des choses détalaient dans l'ombre.

Dans la cuisine, une grosse bougie brûlait sur une table, projetant des ombres dansantes sur les murs, et à cette vue je sentis tous mes muscles se tendre. Il ne me fallut qu'un coup d'œil pour mesurer la colère de Harley. Il avait le regard farouche, la mâchoire dure. Je savais qu'en ce moment même, la plus grande part de cette colère était dirigée contre moi. De toute son âme, il souhaitait que je me trompe. Cette furie dans ses yeux me faisait regretter d'avoir parlé.

– Je me débrouillerai mieux sans la béquille, dis-je à voix basse. Je me tiendrai à la rampe.

Il hocha la tête et nous attaquâmes la descente. Les marches geignaient sous nos pas, malgré toutes nos précautions. Après que l'une d'entre elles eut grincé particulièrement fort, comme si elle allait céder, nous nous arrêtâmes pour écouter. Nous avait-on entendus ?

Sur un signe rassurant de Harley, nous continuâmes jusqu'en bas et, à pas feutrés, nous faufilâmes jusqu'à la porte de la cave. Il me consulta du regard, l'ouvrit, et je lui montrai le commutateur. Il l'actionna, et même si la lumière de l'ampoule était faible, elle nous fit cligner des yeux.

– Tout est dans ces cartons, là, en bas, chuchotai-je.

Il passa le premier et s'arrêta devant le portrait accroché au mur.

– Je crois que c'est ton vrai père, Harley.

Son regard dévia sur moi, puis revint au portrait.

– Je ne vois pas tellement de différence.

– Comme tu voudras...

Il ne verrait que ce qu'il souhaitait voir, je le savais, jusqu'à ce qu'il soit contraint d'admettre la vérité. Eh bien soit, j'allais la lui montrer.

– Regarde dans le second carton sur la droite, alors. J'ai laissé l'article sur le dessus.

Il y alla et s'accroupit devant le carton. Je le rejoignis, m'installai le plus confortablement possible et le regardai parcourir les faits divers. Il haussait et abaissait les sourcils tour à tour, à mesure qu'il progressait dans les découvertes. Puis il laissa lentement retomber le journal.

– Je n'y comprends rien. Pourquoi se faire passer pour mon père ?

– Comme je te le disais, peut-être a-t-il honte de tout ça. Peut-être a-t-il voulu faire quelque chose de bien. Ou...

La porte d'en haut claqua soudain, et nous levâmes tous deux les yeux vers l'escalier. Harley fronça les sourcils.

– C'était quoi, ça ?

Il se releva et m'aida à en faire autant. Nous entendîmes un raclement sonore, et un choc lourd ébranla le mur et la porte. L'étonnement de Harley redoubla.

– Qu'est-ce qui se passe ?

Il grimpa vivement les marches et tenta d'ouvrir la porte. Elle ne bougea pas d'un pouce. Il appela :

– Hé ! Nous sommes là, en bas. Ouvrez la porte. Hé ho !

Nous attendîmes, l'oreille tendue. Quelqu'un marcha dans le couloir, puis ce fut le silence. Harley fit une nouvelle tentative et, les deux mains en avant, poussa la porte de toutes ses forces.

– On dirait qu'ils ont tiré l'armoire juste devant, constata-t-il.

– C'est sûrement elle qui a fait ça. Elle est folle, Harley, vraiment dérangée. Elle croit qu'elle garde l'âme de son fils dans une jarre !

Il appela encore en criant plus fort, s'arrêta, et nous écoutâmes à nouveau. Toujours rien.

– C'est impossible qu'il dorme encore avec tout ce vacarme, fit-il observer avec colère.

Il martela furieusement la porte de ses poings. Elle était épaisse et massive, comme toutes celles de la maison. Elle parut absorber les coups et les étouffer.

– Pourquoi ne s'éveille-t-il pas ? Pourquoi ne vient-il pas nous faire sortir ? s'emporta Harley, qui se remit à cogner plus fort qu'avant.

Je commençais à avoir vraiment très peur.

– Harley… qu'est-ce qu'ils nous font ?

Il me regarda un moment, rendu muet par le choc, et aussi effrayé que moi.

– Je n'en sais rien, dit-il enfin. C'est complètement dingue, tout ça. Tu as raison.

Il tambourina de plus belle, jusqu'à ce que ses poings rougissent. Je m'assis sur une marche et attendis.

– Pourquoi feraient-ils une chose pareille ? s'interrogea-t-il à voix basse.

Puis, comme s'il parlait à la porte, il hurla :

– Pourquoi ?

Il ne semblait pas seulement trahi et terrifié. Il avait l'air affreusement coupable quand son regard se posait sur moi.

– Dans quoi t'ai-je entraînée, Summer ?

– C'est ma faute, Harley. J'aurais dû te parler de tout ça plus tôt.

– Pourquoi ne l'as-tu pas fait ? s'étonna-t-il, s'avisant pour la première fois de mon silence.

– Tu étais si heureux, ici. Tout se passait comme tu le voulais. Rien qu'à cette idée, je me faisais horreur. Puis je me suis promis de tout te dire avant de partir, mais j'ai été malade avec cette nourriture, ou avec ce que Suze a mis dedans. Et j'ai perdu ma seule chance de te parler plus tôt. J'espérais aussi que tu rentrerais avec moi, et que je pourrais tout t'expliquer quand nous serions partis d'ici. Je suis désolée, Harley. Tout est ma faute.

– Non, ne te fais pas de reproches. C'est insensé. Ils n'ont pas le droit de nous enfermer ici. Et pourquoi ? Pourquoi ? se remit-il à crier.

Nous échangeâmes un long regard. Nous partagions la même angoisse, glacés par cette menace en suspens au-dessus de nos têtes, tel un nuage d'orage. La réponse pouvait être plus horrible encore que nous n'osions l'imaginer, et pourtant il fallait savoir. Il fallait poser la question.

Pourquoi ?

Toute cette histoire frisait la démence. L'usurpation d'identité, la chambre sainte, le fait d'être enfermés ici, dans cette cave.

Et maintenant nous y étions prisonniers.

– Il doit penser qu'il nous donne une sorte de leçon, décida Harley, assis près de moi sur la dernière marche.

Je l'approuvai d'un mouvement de la tête. J'aurais accepté n'importe quelle explication, pour mettre fin aux horreurs qui m'obsédaient.

– J'ai passé une si bonne journée avec lui, reprit Harley avec un sourire ému. Il était si patient pour me montrer comment m'y prendre, si content quand j'avais réussi. Et si fier !

« Roy aussi m'apprenait des choses, et lui aussi était content quand je m'en sortais bien, mais avec lui… avec lui c'était différent. C'était important pour lui. Comme si quelque chose de lui avait trouvé une place en moi. Et moi aussi j'aimais ça. J'avais l'impression d'être en famille.

– Ce doit être un homme très perturbé, Harley. Ce que son fils a fait a dû l'affecter profondément, et il y a cette Suze… Qui sait quelles idées saugrenues elle lui a fourrées dans la tête ? Tout à l'heure, quand je suis montée me coucher, elle m'a demandé qui m'avait envoyée.

– Qui t'avait envoyée ?

– Oui, comme si cela faisait partie d'une sorte de conspiration diabolique. Comme si je lui étais envoyée par le diable pour… pour lui voler l'âme de son fils, si ça se trouve. Comment savoir ? En tout cas…

Je parcourus la petite cave d'un regard.

– Il faut sortir d'ici, c'est tout ce que je sais.

Harley se leva et, lui aussi, examina les lieux.

– C'est trop petit pour être les fondations d'une maison comme celle-ci, observa-t-il. On a dû construire ce réduit pour en faire un espace de rangement.

Il alla inspecter les murs et s'arrêta en face de celui de droite, le plus éloigné de nous. C'était en fait une épaisse cloison de planches.

– Cette partie-là est relativement récente, constata-t-il.

Puis il revint vers les cartons, entreprit de les vider un par un, méticuleusement, et finit par brandir une paire de ciseaux. Quand il releva les yeux sur moi, ses traits s'assombrirent.

– Tu es très fatiguée, Summer, n'est-ce pas ?

– C'est vrai, avouai-je. La cuisine de Suze m'a rendue malade, et maintenant je me sens plutôt faible.

– Il faut que tu te reposes, ordonna-t-il d'un ton sans réplique.

Il trouva un tas de sacs à pommes de terre vides, en empila quelques-uns sur le sol, puis rassembla les journaux pour en faire un oreiller.

– Étends-toi là-dessus un moment, suggéra-t-il. Ce n'est pas très confortable, je sais. Mais tu peux toujours te reposer un peu, pendant que je réfléchis au moyen de nous tirer de là.

– Peut-être qu'ils nous feront sortir demain matin, Harley. Il faudra bien, sinon nous risquons de mourir là. Et ils ne peuvent pas vouloir ça, quand même ?

– Ne te rends pas malade d'angoisse. Contente-toi de te reposer. C'est moi qui nous ai fourrés dans ce pétrin, c'est à moi de nous en tirer. Et je le ferai, affirma-t-il farouchement. Mais je t'en supplie, Summer, repose-toi.

Je me levai, m'approchai du lit de fortune et m'y étendis sur le côté droit, la tête sur l'oreiller improvisé. Harley déplia un autre sac et le déposa sur moi en guise de couverture.

– Tu es bien, comme ça ?

– Oui, murmurai-je en fermant les yeux.

Tout cela n'était-il qu'un rêve ? Allais-je m'éveiller d'un instant à l'autre, et rire de ma frayeur ?

Je sentis les lèvres de Harley sur ma joue et rouvris les yeux, tout étonnée.

– Merci, Summer. Tu as gardé le secret sur tout

cela par égard pour moi, pour ne pas gâcher ma joie. C'est bon de savoir que quelqu'un se soucie à ce point de moi et de mon bonheur.

– Alors tu ne m'en veux pas trop ?

– Tu es sérieuse ? Je ne pourrais jamais t'en vouloir ! Enfin... pas plus d'une fraction de seconde, rectifia-t-il.

Je souris et il m'embrassa encore, sur les lèvres cette fois. Même en ces moments terribles, tout dans son attitude me disait qu'il m'aimait.

– Dors, souffla-t-il en déposant un baiser sur mes paupières.

Je ne les rouvris pas et il repartit étudier les murs, pour chercher un moyen de nous tirer de ce piège. C'était moi qui nous y avais mis. Que Harley en convienne ou non, tout était ma faute.

La douleur de ma cheville, mes crampes abdominales, la terreur éprouvée en découvrant que nous étions enfermés, tout cela m'avait laissée sans forces. J'eus beau rassembler toute mon énergie pour veiller avec Harley, je m'endormis. Quand je rouvris les yeux, il était assis à même le sol contre la cloison de planches, visiblement épuisé lui-même. Il dormait. À côté de lui, une partie du bois avait été arrachée, révélant ce qui me parut être une ouverture.

Faute de fenêtres, il était impossible de savoir si c'était le jour ou la nuit. Je consultai le cadran lumineux de ma montre : il était un peu plus de six heures du matin. Il devait déjà faire jour. Ed Victor et Suze allaient sans doute se lever, prendre conscience de ce qu'ils avaient fait, et venir ouvrir cette porte.

Je passai ma langue sur mes lèvres desséchées. Mon séjour dans cette cave froide avait rendu mes muscles douloureux, surtout après avoir dormi à la dure dans une position inconfortable. L'effort que je dus fournir pour m'asseoir m'arracha un gémissement. Harley conservait une immobilité totale, au point que son souffle régulier faisait trembler ses lèvres. Je me mis debout et levai les yeux vers l'escalier.

Il y avait quelque chose en haut des marches. Quelque chose qui n'était pas là auparavant.

Je les gravis lentement et découvris un nouveau carton, que j'ouvris. J'y trouvai deux bouteilles d'eau, quelques petits pains faits par Suze, du fromage et quelques tranches de ce qui semblait être du pâté en croûte. Plus une feuille de papier presque entièrement couverte d'écriture. Je la lus.

Je sais que tu dois être fâché en ce moment. Moi aussi. Vous n'auriez pas dû fouiner partout. Suze a lu les signes et m'a dit que l'esprit mauvais de Fletcher s'était éveillé en vous et qu'il pouvait réussir à s'emparer de vous. Je ne crois pas tout ce qu'elle raconte, bien sûr, mais elle a presque toujours raison. Suze dit que vous devez rester en bas jusqu'à ce que l'esprit mauvais soit sorti de vous. Ça ne sera pas long, elle s'en occupe.

Je ne sais pas pourquoi tu n'as pas pu laisser les choses comme elles étaient. On s'entendait si bien.

Peut-être que Suze a raison et que ce n'est pas ta faute. Tu ne peux rien faire contre ce qui arrive, et moi je n'ai rien pu empêcher non plus.

Je pense que tu sais qui je suis, maintenant, alors je peux aussi bien l'écrire,

Grandpa

C'est vraiment de la folie, méditai-je. De la folie pure. Ils comptent vraiment nous garder ici jusqu'à ce que cette sorcière vaudou estime que nous avons le droit de remonter ?

– Summer ?

Harley s'étira, se frotta les yeux et se leva.

– Qu'est-ce qui se passe ? Ils ont ouvert la porte ? Ils vont nous laisser sortir ?

– Non, et c'est pire que tout. Ils ont déposé en cachette un peu de nourriture dans un carton, et ton grand-père t'a écrit une lettre. Il admet qui il est, c'est déjà ça.

Harley me rejoignit, jeta un coup d'œil dans le carton et lut la lettre, le front plissé par l'incrédulité.

– Jusqu'à ce que l'esprit du mal sorte de nous ?

Il s'élança sur la porte et l'ébranla d'un vigoureux coup d'épaule, puis lui assena une grêle de coups de poings.

– Grandpa ! Ouvre cette porte tout de suite, tu m'entends !

Nous attendîmes une réponse, inutilement. Tout demeura silencieux.

– Tu crois que nous pouvons boire de cette eau ? demandai-je à Harley. J'ai tellement soif !

Il contempla les bouteilles d'un air perplexe.

– Aucune idée.

– Peut-être que je vais encore attendre, me résignai-je.

Harley pensait déjà à autre chose.

– Je crois qu'il y a quelque chose derrière ce mur, réfléchit-il tout haut. Il devait y avoir une porte, et on l'a condamnée. Il y a sûrement un autre moyen de sortir d'ici.

Il dévala les marches et retourna près de la cloison, tailladant autant de bois qu'il le pouvait avec les ciseaux et arrachant le reste à mains nues. Il se démenait comme un forcené, avec une telle furie qu'il me faisait peur.

– Calme-toi, Harley, je t'en prie, tentai-je de l'apaiser. Tu vas finir par te blesser.

Il ne m'entendit pas, ou ne voulut pas m'entendre. Son ardeur avait atteint la frénésie, à présent. Il attaquait la cloison avec le côté de son pied, tantôt poussant le bois vers l'intérieur, tantôt ramenant à lui les fragments brisés. Il n'en arrachait parfois que quelques centimètres mais s'obstinait à grignoter l'ouverture, tel un rongeur souterrain. Je m'approchai de lui et lui mis la main sur l'épaule, ce qui l'amena enfin à s'accorder une pause. Son front ruisselait, son visage et son cou étaient devenus tout rouges, sa paume droite saignait. Je m'efforçai de le ramener à la raison.

– Harley. Tu t'es blessé, tu vas t'épuiser très vite. Tu n'as pratiquement pas dormi et tu n'as ni mangé, ni bu.

– Il faut que je nous sorte de là, gémit-il, retenant les larmes de rage qui lui brûlaient les yeux. Il faut que tu rentres chez toi. Que nous rentrions tous les deux.

– Nous rentrerons chez nous, Harley. Je te le promets.

Il se calma un peu et fixa la brèche qu'il avait ouverte.

– Tu peux voir quelque chose là-dedans, Harley ?

– Non, c'est trop sombre. Apparemment, il n'y a pas de fenêtres de ce côté-là non plus. Mais il pourrait très bien y avoir une porte, qui donne soit sur une autre pièce, soit directement sur l'extérieur. Dans la plupart de ces vieilles maisons, les caves ont un escalier de sortie fermé par un panneau métallique. Je travaillerai plus lentement, me promit-il en se remettant à l'ouvrage, beaucoup plus méthodiquement.

Pendant qu'il s'activait j'inventoriai la petite pièce, à la recherche d'un outil plus efficace pour arriver à nos fins. Sous l'escalier, j'aperçus un fragment de poutre que je tirai à moi. D'environ vingt centimètres de section, il devait mesurer un bon mètre de long.

– Harley ?

Il se retourna, sourit et me prit la pièce de bois des mains.

– Bravo, Summer. Ça c'est une trouvaille !

En peu de temps, il eut suffisamment agrandi l'ouverture pour pouvoir s'y faufiler.

– Attention ! le mis-je en garde quand il s'y engagea. Ne t'écorche pas, et ne marche pas sur quelque chose de pointu. N'oublie pas que tu es torse nu et pieds nus.

– Entendu, répondit-il impatiemment, avant de passer de l'autre côté.

Il demeura si longtemps silencieux, après cela, que je commençai à m'inquiéter.

– Harley ?

– Tout va bien, Summer. C'est vraiment un drôle d'endroit. Pour l'instant je cherche un moyen d'éclairage quelconque, mais on dirait un salon de grand-mère, ou quelque chose dans ce goût-là. Attends !

Il y eut un déclic… et un peu de lumière me parvint, en même temps qu'une exclamation de Harley.

– Il y a du courant !

Je passai la tête par la brèche et parcourus la pièce du regard. Cela ressemblait effectivement à un salon ou à une salle de séjour d'un style suranné. Je vis d'abord un canapé capitonné, couleur cognac, encombré d'énormes coussins, qu'une table séparait d'un lit-divan assorti. Près du canapé se dressait un lampadaire à abat-jour fleuri ; et à côté du divan, sur la table, était posée la petite lampe qu'avait allumée Harley.

– Ce n'est pas seulement un séjour, me cria Harley à travers un autre mur. Il y a une kitchenette et une salle de bains. Et l'eau n'est pas coupée ! s'exclama-t-il. Je vais laisser couler le robinet un moment, nous pourrons en boire sans risque.

Je décidai de passer par le trou, moi aussi, et j'y parvins. En m'efforçant de ne pas prendre appui sur ma cheville gauche, je claudiquai jusqu'au canapé. Nos déplacements agitaient la poussière accumulée sur le sol en ciment, ce qui rendait l'atmosphère encore plus trouble. Cela sentait le moisi. De l'eau avait filtré de temps en temps dans les fondations de la maison, tachant les murs et le sol.

Quelqu'un avait dû essayer de transformer ce lieu en une sorte de retraite, semblait-il. On avait fait quelques pauvres tentatives pour le rendre hospitalier. Malgré l'absence de fenêtre, on avait tendu des rideaux comme s'il y en avait une. La moitié de la draperie pendait. L'imprimé, jadis bleu et blanc, était maintenant grisâtre et très sale. Çà et là, des gravures encadrées offraient des paysages campagnards : fermes, prairies et forêts. Un chalet suisse en bois sculpté, devant lequel on pouvait voir une laitière et un fermier, servait de support à un cadran de pendule. La petite porte devait s'ouvrir chaque fois que l'heure sonnait, du moins je le supposai. J'effleurai du doigt le carillon. À ma grande surprise, il sonna et la pendule reprit son tic-tac régulier, comme si elle ne s'était jamais arrêtée.

Sur la table, près du canapé, j'aperçus un tricot abandonné, qui selon toute apparence avait voulu être un pull-over bleu marine. À côté de lui, un sac bourré de pelotes de laine et d'aiguilles voisinait avec d'autres ouvrages tricotés, achevés ceux-là. Une autre table, plus petite, était placée contre le mur le plus proche du divan. J'y vis un vieux phonographe et une pile de grands disques en résine, des antiquités à mes yeux. C'étaient des trente-trois tours, pareils à ceux que collectionnaient mes grands-parents et que j'avais vus à la maison.

Harley avait traversé la pièce pour allumer une autre

lampe. Elle révéla un second lit convertible, déplié, avec toute sa literie, même les draps. Il y avait une malle au pied du lit. Harley en souleva le couvercle.

– Encore des draps et des couvertures, constata-t-il, et un autre oreiller.

L'armoire qui se dressait à côté du lit piqua ma curiosité. Je sautillai jusqu'à elle et l'ouvris. Elle était pleine de vêtements féminins, et je comptai une demi-douzaine de paires de chaussures sur la planche du bas.

– Qui donc vivait ici ? m'étonnai-je.

Harley secoua la tête en signe d'ignorance.

– Personne ne m'en a rien dit. Oh, le robinet qui coule toujours ! se souvint-il tout à coup.

Il retourna dans la cuisine et revint avec deux verres d'eau.

– Elle est bien fraîche, dit-il en m'en tendant un. Et elle est bonne, tu peux en boire. Elle vient d'un puits. Vraiment bonne, apprécia-t-il en buvant avidement.

Jamais je n'aurais cru que j'étais aussi assoiffée ; je vidai mon verre d'un trait. Harley alla le remplir à nouveau, pendant que j'explorais méthodiquement la pièce et son contenu. Je trouvai une pile de vieux livres et quelques très anciennes photographies décolorées, représentant un couple. L'homme avait l'air sévère, presque fâché. Mais la femme était jolie et douce, avec un sourire énigmatique ; un de ceux qui peuvent aussi bien exprimer le bonheur qu'une tristesse infinie.

– Il n'y a pas de porte extérieure, annonça Harley d'une voix déçue, après avoir inspecté chaque centimètre carré de mur. Le seul accès devait être ce petit escalier.

– Cet endroit a toujours dû être humide et sombre, Harley. Pour quelle raison quelqu'un aurait-il pu vouloir y vivre ?

– Je n'en sais rien. Pour s'y cacher, peut-être ?

La pendule que j'avais remise en marche sonna l'heure et la porte s'ouvrit, libérant un couple de danseurs. Ils tournoyèrent pendant quelques instants avant de rentrer à l'intérieur.

Les bras croisés, Harley les observa en souriant.

– Tu vas prendre froid dans cette cave humide, sans chemise et les pieds nus, lui dis-je avec inquiétude.

Je retournai à l'armoire et fouillai parmi les vêtements, jusqu'à ce que je trouve un chandail de coton bleu.

– Tiens, ce sera un peu juste mais c'est mieux que rien.

– Je ne peux pas mettre ça, Summer ! C'est un pullover de femme.

– Harley Arnold, je ne vais pas te laisser tomber malade dans ce trou. Mets-le, ordonnai-je.

À contrecœur, il me prit le chandail des mains et l'enfila. Il était si étroit pour lui qu'il pouvait à peine bouger les bras. Il m'adressa une grimace railleuse, prit les ciseaux dans sa poche arrière et coupa les manches.

– Au moins je peux respirer, déclara-t-il. Et maintenant, ne viens pas me demander de mettre des chaussures. Je ne rentrerais pas dedans, de toute façon.

– Mets au moins ces chaussettes, dis-je en brandissant la paire que j'avais trouvée.

Il obéit de mauvaise grâce et suggéra :

– Voyons ce que nous pourrons encore trouver d'utile.

Nous recommençâmes à fouiller les lieux.

– J'aimerais bien découvrir un téléphone, me criat-il d'un angle de la pièce, tandis que j'explorais les placards de la petite cuisine.

– Nous ne serions pas plus avancés. Ton grandpère n'a pas dû payer la facture.

– Tu as raison. Hé ! Il y a un carton plein de bazar, sous le lit. Viens voir ça.

Je le rejoignis au moment où il tirait du carton d'autres photographies, des livres, et une poupée de chiffon qui avait dû appartenir à une fillette.

– Bizarre, marmonna-t-il en la retournant entre ses mains. Je n'aurais pas cru qu'un enfant vivait là.

– C'est peut-être un souvenir d'enfance, Harley. Les femmes gardent souvent leur poupée de petite fille.

– Oui, acquiesça-t-il pensivement. Ça doit être ça. Mais alors, qui vivait ici ?

Je passai à nouveau la pièce en revue, plus attentivement que la première fois. Je finis par repérer, sous la table où étaient l'électrophone et les disques, une boîte plus petite que la première. Je l'ouvris et en tirai une sorte de grand carnet de notes, aux coins jaunis par l'âge et tout écornés. Pendant que Harley sondait les murs à la recherche d'une issue qui lui aurait échappé, je m'assis sur le canapé, ouvris le carnet et commençai à lire.

– Harley ! appelai-je au bout d'un instant.

– Qu'est-ce qu'il y a ?

– Je sais qui a vécu ici.

Il revint précipitamment vers moi.

– Qui ça ?

– Ta grand-mère. La jolie femme à l'air si triste dont nous avons trouvé les photos dans l'autre pièce. Et ça, dis-je en brandissant le carnet, c'est son journal. Elle a dû le rédiger pendant qu'elle vivait ici.

– Comment peux-tu le savoir ?

– Grâce à la toute première phrase, répliquai-je.

Il attendit, et je commençai à lire tout haut.

Après la mort de Fletcher, j'ai dit à Ed que le seul endroit de la maison où je n'entendais pas les voix, c'était la cave. Au début, je ne les entendais que la nuit, mais au bout d'un certain temps je pouvais les entendre chuchoter même en plein jour. Alors il a aménagé la cave à mon intention, pour que je puisse m'y réfugier quand j'en aurais besoin. Il m'a même installé une petite cuisine.

Je m'interrompis et levai les yeux sur Harley. Il se suçait nerveusement les joues, l'air totalement abasourdi. Je repris ma lecture.

Il a dit : « Remonte quand tu voudras, Francine. » Je lui ai souri en secouant la tête. Il savait. Il savait que je ne remonterais jamais.

Harley et moi échangeâmes un regard.

Était-ce le sort qui nous attendait ?

14

Le journal de Francine

– Tu n'as pas faim, Summer ?

Après les maux d'estomac dont j'avais souffert la veille, je n'avais pas envie d'ingurgiter autre chose que de l'eau. Mais j'avais trouvé un peu de thé, et décidé que je pouvais en prendre une tasse. La petite cuisinière électrique fonctionnait.

– Pour le moment, je préfère laisser mon estomac se reposer, Harley. Je me sens mieux et je ne veux pas prendre de risques, surtout maintenant.

– Moi j'ai faim, je n'y peux rien. Ce pâté ne doit pas être empoisonné, il est encore dans l'emballage du charcutier. Je vais aller chercher ça. Peut-être qu'ils auront retrouvé leur bon sens et ouvert cette porte, dit-il en s'éloignant, pendant que je mettais de l'eau à chauffer.

Il revint presque aussitôt avec le carton, mordit dans un petit pain et commenta, la bouche pleine :

– Ils ne sont pas mauvais, finalement. Il faut vraiment que tu manges un peu, Summer. Tu ne tiendras pas toute la journée avec juste une goutte de thé dans l'estomac.

– D'accord, concédai-je pour lui faire plaisir.

Je grignotai quelques bouchées de pain, et il attendit que j'aie bu ma tasse de thé pour m'annoncer la suite.

– La porte est toujours fermée. J'ai écouté, mais je n'ai rien entendu. Il a très bien pu retourner au travail et nous laisser seuls avec elle, en fait. J'ai cogné à la porte et appelé, mais personne n'a répondu.

Je réprimai un soupir et baissai à nouveau les yeux sur le journal.

– Tu veux en savoir un peu plus ?

– Pourquoi pas ? Je ne vois pas ce que je pourrais faire d'autre, de toute façon, admit-il en s'asseyant à mon côté sur le canapé.

J'ouvris le carnet de notes et lus à haute voix :

Ed est de plus en plus fâché contre moi, je le sais. Il n'arrive pas à comprendre pourquoi j'évite de sortir. Il me répète sans arrêt que tout le monde lui demande de mes nouvelles, mais je sais bien que ce n'est pas vrai. C'est encore une de ses inventions. Aucune des personnes dont il me cite le nom n'a jamais pris la peine de s'enquérir de moi, du temps où je sortais encore.

Je le laisse arranger les choses à sa façon. Il a besoin de fabuler, cela lui a toujours été plus nécessaire qu'à moi. Pendant des années, il a fait croire aux gens que tout allait très bien pour Fletcher. Il racontait tellement d'histoires à son sujet que je m'y perdais. Parfois, j'étais vraiment sidérée par les questions des gens et leurs commentaires.

Une fois, il a prétendu que Fletcher travaillait à la construction d'un réseau téléphonique en Arabie Saoudite, et que c'était pour ça qu'on ne le voyait plus. Ensuite, il a raconté qu'il travaillait pour l'Armée, au Brésil. Je crois que ces fantasmes exprimaient tout simplement ses désirs secrets.

La vérité, c'est que Fletcher ne faisait rien d'aussi passionnant ni d'aussi flatteur. Quand il lui arrivait de téléphoner, c'était toujours d'une cabine au bord de l'autoroute, entre le Midwest et la côte Est. Quand il allait d'une petite ville à l'autre, d'un emploi temporaire à l'autre, après s'être fait renvoyer, ou simplement parce qu'il trouvait le travail ou l'endroit trop ennuyeux. L'avenir était toujours ailleurs, avec lui.

Je sais que c'était à cause de son père que Fletcher était comme ça. Ed lui avait tellement répété qu'il pouvait réussir tout ce qu'il voulait, il lui avait fait miroiter tellement de chimères. Il affirmait qu'il serait toujours là pour s'occuper de lui et le tirer d'affaire. C'est pour ça que Fletcher a eu autant de problèmes en classe et qu'il a dû quitter l'école.

Ed est tellement beau parleur ! Il sait si bien broder sur tout, enjoliver les choses et vous étourdir de paroles. C'est ce qu'il a fait pendant des années, avec Fletcher et moi. Fletcher est parti, mais pas moi. J'ai continué à vivre dans le cocon d'illusions tissé par Ed. Pendant longtemps, cela n'a pas semblé avoir grande importance. Personne ne se souciait de moi, et Ed paraissait content.

Mais les rêves et les faux-semblants ont commencé à perdre de leur substance. Je sentais ce qui était en train de se passer. Tel un tissu qui s'use, le monde qui m'entourait s'effaçait peu à peu. Des trous apparaissaient, à travers lesquels s'infiltraient ces hideuses et sombres créatures, émissaires du réel, que j'appelai les Réalites. Je n'oublierai jamais le premier d'entre eux que je vis.

Nous avions fini de dîner. Ed était exténué. Il avait travaillé à 80 km de là, et la fatigue de la route s'ajoutait à celle du travail. Il avait les traits tirés, les yeux cernés. Après le dîner, il alla dans la salle de séjour pour regarder la télévision, comme à son habitude, et s'endormit presque aussitôt. Je le rejoignis après avoir fait la vaisselle. Mais en le voyant affalé sur le canapé, les yeux fermés, je pris mon tricot et continuai le gilet que j'avais commencé.

La télévision ronronnait. Il y avait longtemps que je ne prêtais plus attention aux programmes, mais cela ne me dérangeait pas d'avoir un fond sonore. La musique et les voix me tenaient compagnie, elles m'empêchaient de souffrir de ma solitude. Des centaines de visages bougeaient dans la lumière, se fondaient l'un dans l'autre, sans arrêt, de même que leurs voix se mêlaient. Ils étaient devenus ma famille électronique, en quelque sorte. Ils n'avaient pas de noms, seulement des couleurs, des nuances variées de lumière et différents timbres de voix.

Quelquefois, Ed se plaignait de me voir sourire toute seule en travaillant.

– Qu'est-ce qu'il y a de si drôle ? grognait-il. Ce sont les nouvelles que tu regardes, et elles n'ont rien d'amusant.

– Pardon ? Oh, je ne regardais pas vraiment, répondais-je.

– Alors pourquoi souris-tu, Francine ?

Je posais mon ouvrage, toute songeuse. Je souriais, moi ?

– Je ne sais pas, Ed. Je ne me rendais pas compte que je souriais.

– Le diable t'emporte ! jurait-il d'un air dégoûté.

Je sais qu'il était de plus en plus mécontent de moi. Il se fâchait tout rouge quand je l'envoyais chez l'épicier, mais il m'était devenu impossible d'aller faire les courses. La dernière fois que j'étais allée au supermarché, je m'étais arrêtée dans une allée, clouée sur place, incapable de me rappeler ce que je venais chercher. J'étais partie sans rien acheter.

Cette situation rendait Ed fou de rage.

– Je travaille toute la journée, et il faut encore que j'aille faire les courses parce que tu ne sors plus de cette sacrée baraque ! tempêtait-il.

Je ne pleurais pas, je ne discutais jamais. Je me contentais de le regarder. Et il finissait par aller faire les courses, sans décolérer un seul instant. Je n'éprouvais pas le plus petit remords, même si je savais que c'était injuste pour lui d'avoir cette corvée à faire, en plus du reste.

– Je suis désolée, Ed.

Voilà tout ce que je trouvais à répondre.

– Ce n'est pas ça qui va m'aider, rétorquait-il, mais il fallait bien qu'il avale la pilule.

Et au bout d'un certain temps, il ne se plaignait même plus. Il prenait ma liste en partant et faisait les courses en rentrant de son travail, ou bien il ressortait exprès s'il le fallait.

Je connaissais quelques femmes dans le voisinage, et de temps à autre elles me téléphonaient, du moins au début. Mais au bout d'un moment, elles cessèrent toutes de m'appeler. Je suppose que c'était parce que je restais pratiquement muette au bout du fil. Je ne parlais plus que par monosyllabes. Je disais « oui » ou « non »... ou quelquefois rien du tout. J'oubliais même souvent de dire au revoir. J'attendais qu'elles le fassent, et je raccrochais.

Alors quand il rentrait en me racontant qu'untel ou unetelle avait demandé ce que je devenais, je savais bien qu'il inventait. Personne ne demandait de mes nouvelles.

Mais j'en étais à ce terrible premier soir.

Je me vois encore entrer dans la salle de séjour, m'asseoir et me remettre à mon tricot, en jetant de temps en temps un regard sur Ed qui dormait, en ronflant et en marmonnant dans son sommeil. Et soudain, il fut là : un Réalite, assis à ses pieds, recroquevillé comme un vieillard décrépit, les bras et les jambes aussi minces que des pattes d'araignée ; avec sa grosse tête fripée, ses grands yeux noirs accusateurs et ses lèvres gonflées de sang, qui ricanaient.

Il, ou plutôt cela, *ne parla pas. Cela n'avait pas besoin de parler. Ses yeux parlaient pour lui. Ces yeux disaient : « Tu sais que tout ce qu'il raconte est un tissu de mensonges. Tu sais que ton fils n'est pas un héros, qu'il n'est pas en train de faire des choses mirobolantes à l'étranger. Tu sais qu'il fait noir et qu'il fait froid dehors, que les gens ne s'inquiètent pas de toi, qu'il leur est tout à fait indifférent que tu sois morte ou vivante. » Et puis… cette chose a ri.*

J'ai hurlé, bien sûr. C'était la première fois, j'avais affreusement peur. Ed s'est réveillé, il a cligné des yeux et s'est assis.

– Qu'est-ce que tu as à glapir comme ça ? m'a-t-il demandé.

Le Réalite l'a regardé, puis il a éclaté comme une bulle et disparu.

Je l'ai dit à Ed, mais il a ouvert des yeux ronds, a secoué la tête et s'est recouché sur le canapé. Quelques minutes plus tard il s'était rendormi.

Quelquefois, il y avait deux ou trois Réalites en même temps. Ils venaient souvent quand la porte était ouverte, alors j'ai cessé de l'ouvrir, et j'ai veillé à ce que les fenêtres restent bien fermées. Je ne pouvais pas m'empêcher de le faire quand Ed rentrait. S'il laissait la porte ouverte pendant qu'il transportait les sacs de provisions à l'intérieur, je hurlais et je courais la refermer… mais j'arrivais toujours trop tard.

Ils étaient de plus en plus nombreux à s'infiltrer dans la maison, maintenant, chacun avec une vérité atroce à me révéler ou à me rappeler. Comment mon père battait ma mère, par exemple ; ou comment Tante Elsie était morte d'une péritonite, alors qu'on aurait pu facilement la guérir. Sa mère ne croyait pas en la médecine et n'avait pas voulu appeler du secours. Elle lui avait mis une bouillotte sur le ventre. Tante Elsie n'avait que vingt-neuf ans, et moi j'en avais neuf à l'époque. Je ne pouvais pas croire qu'elle était dans ce cercueil, et qu'on allait la mettre en terre.

Qui a besoin d'être confronté à ses souvenirs, surtout par quelque chose d'aussi hideux qu'un Réalite ?

Ma salle de séjour a fini par être pleine de Réalites, et quand je passais je les entendais bavarder entre eux. Ils riaient souvent, mais cela ressemblait plus à un caquètement de volaille qu'à un rire. Certains de mes cauchemars d'enfant étaient entrés avec eux, prêts à défiler sur l'écran de la télévision comme un vieux film si jamais je risquais un coup d'œil dans le séjour.

Je me déplaçais dans la maison en baissant la tête. Quand je montais dans ma chambre, ils me suivaient. Ils me suivaient même dans la salle de bains. Cela devint encore pire après la mort de Fletcher. Il en arriva encore plus, chacun avec une histoire à raconter sur lui, et sur ses mauvaises actions. Ils adoraient décrire sa mort, avec tous les horribles détails, comme la façon dont sa voiture s'était enflammée avant d'atteindre l'eau, et les hurlements qu'il poussait en m'appelant.

Un jour, je suis descendue à la cave pour ne plus les entendre, et j'ai découvert qu'ils ne pouvaient pas me suivre. Ils ne pouvaient pas descendre au sous-sol. En bas, j'étais en sécurité.

La cave n'était qu'une espèce d'entrepôt, à cette époque. J'y descendis une chaise et je passai des journées entières dans un coin humide et sombre. Ed s'en aperçut, et quand je lui expliquai pourquoi il secoua la tête en soupirant. Puis, un beau jour, il entreprit de construire ce refuge pour moi. Il y transporta toutes sortes de choses, et quelquefois il restait un moment avec moi.

Avec le temps, cela devint de plus en plus rare. Certains jours, il partait si tôt que je trouvais simplement un carton de provisions à la porte. Quelquefois, il ne venait pas pendant plusieurs jours d'affilée. Avec mon coucou, je pouvais mesurer le passage du temps, mais je ne me souciais pas de savoir quel jour on était. La seule chose qui m'intéressait encore un peu, c'était de savoir depuis combien de temps Ed était parti.

Un jour, il me fit un aveu.

– Plus personne ne demande de tes nouvelles, reconnut-il.

Je sus ainsi que les Réalites étaient toujours là-haut, et qu'ils l'obligeaient à ne plus faire semblant, lui aussi.

– Je devrais t'emmener chez le docteur, me dit-il à plusieurs reprises.

Mais il ne le fit jamais. Les Réalites l'obligeaient à en parler, mais cela n'allait pas plus loin. Il ne m'emmènerait jamais nulle part et il le savait.

Différentes choses m'arrivèrent, dans ce sous-sol, et j'aurais dû remonter pour aller chez le médecin et chez le dentiste. Un jour, j'eus une rage de dents épouvantable. J'eus beau faire, rien ne put la calmer, et j'appelai Ed pour qu'il arrache ma dent malade. Il refusa et remonta là-haut. Mais dix minutes plus tard, un Réalite le renvoya en bas avec une paire de pinces, et il le fit.

Je m'évanouis, mais quand je repris conscience je me sentais beaucoup mieux.

– Que cela te serve de leçon, le sermonnai-je. Quand tu sais qu'une chose doit être faite, n'essaie pas de te persuader que tu peux t'en dispenser.

Il m'a regardée en remuant la tête, comme d'habitude, et il est remonté. Il s'est passé près d'une semaine avant qu'il ne revienne, cette fois-là, et beaucoup de choses ont commencé à me manquer. C'est alors que j'ai compris le sens de ses absences. Tant qu'il était hors de la maison, il parvenait à se cacher la vérité. Quand il était à son travail, loin d'ici, de ce village et des gens du voisinage, il pouvait à nouveau être celui qu'il voulait être. Et il pouvait continuer à raconter toutes sortes d'histoires sur Fletcher, bien que notre fils fût mort et enterré.

Puis, un beau jour, j'ai entendu un autre pas résonner là-haut, et Ed est venu me voir avec une femme à la peau sombre qu'il appelait Suze. Il a dit qu'elle allait devenir notre femme de charge, s'occuper de moi, et qu'elle pourrait petit-être m'aider à remonter.

– Attends une minute, m'interrompit Harley.

Il avait écouté avec une attention extrême, tellement silencieux que j'avais presque oublié sa présence.

– Ce n'est pas du tout ce qu'il m'a raconté, Summer. Il m'a dit qu'ils s'étaient rencontrés à New York.

– Cela faisait partie de son fantasme, sans doute. Il a peut-être imaginé que c'était arrivé à ton père, ou quelque chose comme ça. Tu as sûrement remarqué l'allusion aux provisions laissées dans un carton ?

– Il fit signe que oui et dit simplement :

– Continue.

– Tu es certain de vouloir entendre la suite ?

– Oui.

– Très bien, acquiesçai-je.

Mais à sa place, je n'aurais pas été tellement pressée d'apprendre des choses aussi bizarres sur mes grands-parents. Cela m'aurait fait trop peur.

Je repris mon souffle et poursuivis ma lecture du journal.

Dès le début, j'ai éprouvé de l'aversion pour Suze. Elle avait quelque chose de diabolique dans le regard, et il me fallut un certain temps pour comprendre ce que c'était. L'un des Réalites était entré en elle, et il se servait d'elle pour parvenir jusqu'à moi. J'ai averti Ed, et il m'a répondu que je me trompais. Que Suze voulait m'aider. Dans son pays, affirmait-il, elle était considérée un peu comme un médecin chez nous. Le plus important, d'après lui, c'était qu'elle ne soignait pas seulement les corps mais aussi les âmes. Il prétendait qu'elle l'avait déjà aidé à mieux supporter ce qui était arrivé à Fletcher, à accepter la situation en général, et même la mienne.

Elle me préparait toutes sortes de choses à manger, elle faisait la cuisine et le ménage en haut. Très vite, Ed espaça ses visites, et bientôt il ne descendit pratiquement plus. Je continuais à lire, à tricoter, à écouter de la musique, mais un jour je m'avisai que je maigrissais. Je mangeais davantage, pourtant, mais je perdais du poids. Suze me préparait toujours des plats nouveaux, dont certains étaient délicieux. Alors comment était-ce possible ? J'étais de plus en plus perplexe.

Je suis en train de disparaître, finis-je par comprendre. Suze me fait disparaître, c'est comme ça qu'elle compte me ramener là-haut. Si les Réalites ne peuvent pas me voir, ils ne peuvent pas m'ennuyer. Je ne suis plus obligée d'entendre leurs hideuses vérités.

Je ne me suis donc pas plainte. En fait, je ne me suis jamais plainte de rien depuis que je suis ici.

Aujourd'hui, j'ai décidé de dresser la liste de toutes les choses que j'ai aimées dans ma vie, et de toutes celles qui m'ont rendue heureuse. Chaque fois qu'un souvenir me reviendra, je l'ajouterai à ma liste.

Il y en a un que je peux déjà noter tout de suite : le premier cri de Fletcher. Il n'y a rien de comparable à cela pour une femme. Elle entend le premier son de la vie qui est sortie d'elle, et son cœur s'emplit d'une joie sans pareille. Il me suffit de fermer les yeux pour revoir son visage et ses petits doigts délicats, pour les sentir serrer le mien, et percevoir l'émerveillement qu'il ressentait lui-même à ce contact.

Ce fut un moment si intense et si heureux qu'à ce seul souvenir je souris, même si ce sourire n'est pas facile à voir. Mon visage est tellement maigre que je n'ai plus que la peau sur les os, et les os ne sourient pas, mais je sais qu'il est là. Oui, le sourire est là.

Ma dernière découverte est que je me sens de plus en plus souvent fatiguée, depuis quelque temps. Il m'arrive de passer presque toute la journée au lit.

Mon état empire, je le sais, mais je ne me plains pas. Après tout je suis toujours là, et en sécurité.

– Alors ? s'enquit Harley à la seconde même où je cessai de lire. Ne t'arrête pas. Qu'est-ce qu'elle est devenue, après ça ?

Je tournai les quelques feuillets suivants.

– Je n'en sais rien, toutes ces pages sont blanches. Ah non, attends ! Il y a encore quelque chose mais c'est difficile à déchiffrer. On dirait plutôt un gribouillis. On dirait… on dirait qu'elle essayait d'écrire le prénom de ton père, mais je n'en suis pas sûre.

– Laisse-moi voir.

Harley scruta le mot presque illisible et hocha la tête.

– Que lui est-il arrivé, d'après toi ? On dirait qu'elle a commencé à aller de plus en plus mal, quand Suze s'est installée dans la maison.

– Oui. (Je désignai d'un coup d'œil les petits pains dans le carton.) Il devait y avoir quelque chose dans sa nourriture. Une potion de bigote superstitieuse, pleine d'herbes magiques censées la délivrer du maléfice, mais qui produisaient l'effet contraire. Elles devaient l'empoisonner lentement.

– Exactement comme ce qu'elle veut faire avec nous, marmonna Harley. (À son tour, il jeta un coup d'œil circonspect au carton, puis l'écarta de nous d'un coup de pied.) Nous allons sortir de là, fais-moi confiance.

Il se leva, embrassa la pièce du regard, réfléchit un moment et passa dans la petite cuisine. Il en revint avec un couteau à pain qu'il brandit comme un poignard. Je haussai les sourcils.

– Qu'est-ce que tu comptes faire avec ça ?

– Creuser cette porte, même si je n'avance que d'un centimètre à la fois, pour essayer de dégager ses gonds du chambranle. J'y mettrai le temps qu'il faudra, dit-il en se glissant dans l'ouverture pour retourner en haut des marches.

Une fois là, il se remit à travailler patiemment, méthodiquement, avec l'énergie du désespoir.

Son travail était lent, harassant. La porte était vieille, mais construite dans un bois très dur. Quand la lame du couteau cassa net, Harley dut aller en chercher un autre. Celui-là n'était ni aussi grand ni aussi pointu, et il s'escrima pendant des heures encore. Assise sur les marches, je tâchai de l'encourager en lui parlant. J'aurais voulu l'aider, mais il craignait que je glisse et que je me coupe. À plusieurs reprises, il fut à deux doigts de tout envoyer promener.

Après des heures et des heures il s'arrêta, ruisselant de sueur et à bout de forces. Quand il contempla le résultat de son travail, il fit la grimace.

– L'huisserie est encastrée trop profond, ça va prendre encore un bout de temps, fit-il observer. Surtout avec un couteau à beurre et une paire de ciseaux.

– Prenons un peu de repos, Harley. Nous n'avons presque rien mangé ni l'un ni l'autre, et nous devons ménager nos forces.

– Tu as raison. Tu sais quoi, Summer ? Je voudrais qu'un des Réalites de ma grand-mère débarque et fasse une peur bleue à cette satanée Suze.

Je lui souris.

– C'est peut-être ce qui arrivera, sait-on jamais...

Nous regagnâmes ce qui était notre refuge et notre prison, et nous assîmes sur le canapé pour boire un peu d'eau.

– Mon estomac gargouille, fit remarquer Harley. Je crois que je vais reprendre un peu de ce pâté en croûte. Et toi ?

– Pour moi ça va.

– Les femmes peuvent rester plus longtemps sans manger, dit-il comme pour s'excuser d'avoir faim. Je ne supporte même pas l'idée de faire un régime, mais certaines filles du lycée semblent se nourrir de l'air ambiant. Si elles prennent un gramme, elles paniquent.

– J'ai faim aussi, affirmai-je pour le mettre à l'aise. Mais je ne suis qu'à peine remise de mon malaise d'hier.

– Ah, c'est ça.

Il mordit dans son pâté en croûte et jeta un regard avide aux petits pains.

– Je ne vois pas ce qu'elle aurait pu mettre comme poison là-dedans, commenta-t-il. Quoi que ce soit, la cuisson l'aurait brûlé, tu ne crois pas ?

– Je n'en sais vraiment rien, Harley.

– Ils sont fameux, et ce fromage a l'air sans danger. Allez, je prends le risque, décida-t-il en ouvrant un petit pain en deux.

Il y plaça un morceau de fromage, le referma et l'engloutit en quelques bouchées. Je refusai celui qu'il me proposa.

– Je reprendrai du thé tout à l'heure, Harley.

– Tu vas te rendre malade, je te préviens.

– Je vais très bien, rassure-toi. Et nous ne resterons pas longtemps coincés ici, prédis-je avec optimisme.

– Ben voyons !

– C'est quand même ton grand-père, Harley. Il va forcément finir par s'inquiéter.

Il me toisa d'un œil apitoyé.

– C'était sa femme, répliqua-t-il en pointant le menton vers le journal de sa grand-mère. Et regarde ce qu'il lui a fait.

– Peut-être qu'il ne se rendait pas compte de ce qui se passait, Harley. Ou qu'il l'a regretté ensuite.

Je m'accrochais à cet espoir. Que nous restait-il d'autre, après tout ?

Harley regarda autour de lui d'un air songeur.

– Je ne comprends pas comment elle a pu vivre aussi longtemps ici. Sans jamais voir le soleil, ni la lune, ni les étoiles. Sans jamais respirer d'air frais ni le parfum des fleurs. Sans entendre un seul chant d'oiseau. Bon sang ! Elle ne devait même pas entendre les klaxons, tu imagines ? Ces vieilles fondations ont des murs aussi épais que ceux d'un bunker !

– Je sais, Harley. Cela dépasse l'imagination.

Et pourtant, ajoutai-je en mon for intérieur, nous sommes piégés ici depuis près de vingt-quatre heures, et peut-être même plus.

– Je ne crois pas que j'aurais supporté cette solitude non plus, reprit-il. Je veux dire… je suis un solitaire, je le sais, mais de temps en temps on a besoin de compagnie, de regarder la télévision ou d'écouter la radio, de voir des gens et de leur parler. N'importe quoi ! Mais rester assis là et vivre complètement replié sur soi-même, jour après jour… Je crois qu'elle ne tournait pas rond.

– Ou qu'elle avait beaucoup d'imagination, Harley, tout simplement. Peut-être qu'elle prêtait à cette pièce une beauté qu'elle n'avait pas. Ou qu'elle se souvenait des aurores et des couchers de soleil d'avant, et que cela lui suffisait.

Il repoussa énergiquement cette idée.

– Cela ne pouvait pas lui suffire, et tu le sais. Je me sens déjà devenir dingue, dans ce trou !

– Peut-être, mais tu oublies qu'elle se sentait en sécurité, ici. Elle voulait y rester.

Il médita un instant ma réponse et finit par admettre :

– Oui, je crois que tu as raison.

Puis son regard tomba sur le vieil électrophone et son expression s'anima.

– Ça te plairait d'écouter un de ces vieux disques, Summer ?

– Oui, j'aimerais bien.

Oublier un instant l'horreur de la situation ne nous ferait pas de mal, raisonnai-je. Après, nous nous sentirions sans doute un peu mieux.

Harley se leva et alla mettre un disque sur la platine. La mélodie était tendre, réconfortante, mais la voix haut perchée de la chanteuse me fit sourire.

– On aimait un autre genre de musique à cette époque, plaisanta Harley. C'est le moins qu'on puisse dire.

– Mais les paroles étaient jolies, quand même.

Il mit un autre disque et nous l'écoutâmes en silence. C'était encore une voix de femme, qui chantait en français. Nous n'en comprenions pas un mot ni l'un ni l'autre, mais quel que soit le sujet, nous percevions sa tristesse.

– Qui était cette chanteuse, Harley ? m'informai-je dès que le disque prit fin.

Il consulta l'étiquette.

– Édith Piaf.

– Repasse-le, s'il te plaît.

Il remit le disque en route et reprit sa place à mon côté, en m'entourant les épaules de son bras. Je posai la tête sur sa poitrine, fermai les yeux et les rouvris presque aussitôt, quand il déposa un baiser sur mon front. Je relevai la tête et le dévisageai. Était-ce à cause de la musique, ou de ce qui nous était arrivé ? Son regard était si sombre et si triste que j'en eus mal pour lui.

Je tendis le bras et, très doucement, j'effleurai ses lèvres. Il retint ma main dans la sienne, embrassa le bout de mes doigts. Un frisson courut le long de mon bras, atteignit ma poitrine et se fit sentir jusqu'à mon cœur.

– Tu es si jolie, Summer… même maintenant, même ici, même après tout ce qui est arrivé. Quand je te regarde, je me sens si heureux que j'oublie toutes les horreurs qui m'entourent. Et c'est comme ça tout le temps, depuis toujours.

– Harley, dis-je dans un souffle.

D'un geste plein de douceur, il me releva la tête et me fit tourner légèrement vers lui, afin de pouvoir poser ses lèvres sur les miennes. Ce fut un baiser très tendre, très doux. J'eus l'impression que tout au fond de moi une clé venait de tourner, ouvrant en secret la porte de mon cœur et de mon âme. Harley bougea un peu et, très lentement, m'allongea sur le canapé.

– Ce truc me gratte, se plaignit-il en arrachant le pull trop étroit.

Je lui souris et sentis mon cœur s'accélérer. Il se laissa glisser de côté, s'étendit près de moi, m'embrassa encore… avec plus d'ardeur cette fois-ci, et plus longtemps. Je me tournai vers lui, mis le bras sur son épaule et le serrai contre moi. Il fit pleuvoir des baisers sur mes yeux, sur mon nez, dans mon cou, et dit d'une voix assourdie :

– Notre amour est si fort, Summer, il nous protège.

C'était ce que je pensais, moi aussi. Pendant quelques minutes, au moins, je m'immergeai dans le bien-être de sa présence, comme si je plongeais dans un bain chaud après avoir tremblé de froid. Je me sentais apaisée, réconfortée, protégée.

Je gardai les yeux clos quand il déboutonna mon chemisier et me l'ôta, puis quand il dégrafa mon soutien-gorge et m'en débarrassa. Ses lèvres frôlaient mes seins, le bout de sa langue en taquinait les pointes, il m'embrassait partout, de plus en plus avidement, de plus en plus vite. Je sentis mon cœur s'emballer, mon sang s'affoler dans mes veines.

– Dis-moi d'arrêter, Summer. Dis-moi d'arrêter, chuchota-t-il, mais il avait déjà la main sur la ceinture de mon jean et en libérait le bouton.

J'aurais dû l'arrêter, je le savais, mais je ne le voulais pas. Du moins pas encore, pas tout de suite. Encore un peu, me répétai-je, juste un tout petit peu. C'était si bon, et j'avais eu si peur de ne plus jamais pouvoir aimer l'amour.

Les mains de Harley glissaient sur moi, atteignaient ma taille, la contournaient. Il les plaqua au creux de mes reins et me haussa vers lui. Puis il posa ses lèvres sur mon ventre nu, et fit descendre mon jean centimètre par centimètre, ouvrant un chemin à ses baisers. Très vite, il atteignit mes genoux.

– Je t'aime tant, Summer, gémit-il en les embrassant.

– Moi aussi, Harley.

– Dis-moi d'arrêter, répéta-il, mais pendant ce temps il abaissait mon jean jusqu'à mes chevilles.

Je soulevai les jambes pour qu'il les libère lui-même, puis il enleva son jean à son tour.

– Nous allons trop loin, dit-il comme s'il pensait tout haut, et cherchait surtout à se défendre contre lui-même.

Ma réponse fut à peine plus audible qu'un soupir.

– Je sais, Harley...

J'étais comme ivre, la tête me tournait, une chaleur délicieuse se répandait en moi, excitante, provocante, éveillant des sensations inconnues dans ces endroits secrets de mon corps que je n'avais jamais touchés moi-même.

Il y a un point de non-retour, m'entendis-je penser. Tu y es presque. Nous étions tous les deux nus, maintenant. Nous nous accrochions l'un à l'autre, haletants, hésitants, mais sachant déjà qu'un torrent allait nous emporter, irrésistiblement.

– Dis-moi d'arrêter, m'implora encore Harley, quand je le sentis se durcir contre moi.

Peut-être voulais-je vraiment me prouver que Duncan n'avait pas totalement gâché ma vie. Peut-être mon amour pour Harley était-il si fort qu'il balayait toute réserve et toute prudence. Peut-être, ayant tout simplement perdu le contrôle de moi-même, étais-je à la merci de mes pulsions et de mes désirs. Peu importe la raison, mais je ne dis jamais à Harley d'arrêter. Au contraire, je me soulevai pour que nos lèvres se touchent et il entra en moi, me serra contre lui et m'y garda. Et notre lent mouvement rythmé nous porta de plus en plus haut, loin au-dessus de nos souffrances et de nos peurs, dans les hauteurs magiques où brille l'arc-en-ciel, là où l'amour seul permet d'accéder.

Combien cela dura, je l'ignore, mais ce fut bien trop court. Quand nous revînmes sur terre, je continuai à m'accrocher à Harley, refusant l'abandon qui suit l'étreinte, refusant que tout soit fini. Son souffle lourd s'apaisa peu à peu contre ma joue. Et quand le monde réel reprit forme autour de nous, la conscience de ce que nous avions fait nous apparut, avec la brutalité soudaine d'une douche froide.

Sans un mot, Harley s'écarta de moi et s'assit, puis entreprit de se rhabiller. Je me retournai sur le ventre et enfouis mon visage dans le coussin. Jusque-là, ni l'un ni l'autre n'avions remarqué que le disque était fini, et répétait indéfiniment la même phrase. Harley se leva, alla remettre le bras sur son support et passa dans la petite salle de bains.

À mon tour, je m'assis et me rhabillai. Harley revint et arpenta un moment la pièce en silence, l'air abattu et coupable, puis il annonça qu'il retournait travailler à la porte.

– Harley ! le rappelai-je, mais il ne se retourna même pas.

Restée seule, je me levai et m'approchai du miroir, dans l'intention de mettre un peu d'ordre dans ma chevelure. Je trouvai une brosse, sur la tablette de toilette, et je parvins à me recoiffer tant bien que mal. Puis j'entendis Harley m'appeler et je le rejoignis dans le salon-séjour. Il tenait un nouveau carton dans ses bras.

– Elle nous envoie encore des provisions, Summer, avec de l'eau et quelque chose qui ressemble à un dessert. Je me demande comment elle arrive à ouvrir et refermer cette porte sans qu'on l'entende bouger cette fichue armoire ! Il doit forcément l'aider, non ?

Je fis signe que j'étais de son avis, et il déposa le carton sur la table. Ensemble, nous passâmes en revue son contenu.

– Nous ne pouvons rien manger de tout ça, le mis-je en garde.

– Je sais, mais quand même... ça sent rudement bon !

– Ça sent le piège à plein nez, tu veux dire.

Il m'approuva, mais je voyais bien qu'il cherchait à se convaincre du contraire.

– Si elle voulait nous empoisonner, elle aurait mis le poison dans le premier carton, tu ne crois pas ?

– Je n'en sais rien, Harley, mais j'ai peur.

– Bon, d'accord, se résigna-t-il, en repartant déjà vers la brèche pour reprendre sa tâche.

Les heures passèrent, je m'endormis, et quand je m'éveillai il était assis près de moi. Cette fois encore, il avait l'air coupable, mais je devinai que ce n'était pas pour les mêmes raisons. Je coulai un regard en direction du carton.

Il avait mangé.

– Tous ces efforts m'ont creusé, se justifia-t-il en haussant les épaules. Mais je ne ressens aucun malaise, Summer. Tu peux y aller. Je t'ai servi de goûteur de poisons, en somme.

– Je n'ai toujours pas faim, prétendis-je, bien que mon estomac ait commencé à réclamer.

Il eut un sourire satisfait.

– Je ne sais pas ce qu'il y a dans ce gâteau, mais il est fameux, en tout cas. Notre geôlière est un vrai cordon-bleu.

– Tu n'es pas drôle.

– Je sais. J'essaie seulement de ne pas craquer, reconnut-il en reprenant son sérieux.

Il avait raison, m'avouai-je. C'était la seule chose à faire et j'en convins.

– Papa dit toujours que la branche qui ne sait pas plier se casse, citai-je pour lui montrer que je l'approuvais.

– Excellent conseil. Nous le suivrons tant que nous n'aurons pas de meilleure solution. Si j'arrive à ne pas m'endormir, je les entendrai peut-être déplacer cette armoire pour déposer un autre carton, et je bondirai sur cette sacrée porte. Je vais rester assis au bas des marches, décida-t-il en se levant.

– Alors je vais avec toi, Harley.

– Sûrement pas. C'est très inconfortable, là-bas. Ici, c'est à peu près correct. Inutile de passer tous les deux une nuit blanche, tu ne crois pas ? Il y a de la literie, dans cette malle. Prends ce qu'il te faut pour te préparer un bon lit. Quand nous serons tous les deux morts de fatigue, nous serons bien avancés. Alors c'est d'accord ?

– Non, Harley. Je veux rester avec toi.

Il demeura inébranlable.

– Je ne vais pas te laisser tomber malade, Summer.

– Très bien, alors voilà ce que nous allons faire, proposai-je en manière de compromis. Tu prends la première garde, et quand je viens te réveiller, tu viens dormir ici et je te remplace là-bas. Nous veillerons chacun à notre tour. Si je les entends, je viendrai te chercher tout de suite.

– Je l'espère bien ! Tu ne pourrais pas t'en tirer sans moi, Summer, je t'avertis.

– Tu crois que je ne le sais pas ? J'aurais bien trop peur, de toute façon.

Il attacha sur moi un regard scrutateur, pour s'assurer de ma sincérité, puis donna son consentement d'un signe de tête.

– Et ta cheville, au fait ? Comment ça va ?

– Mieux. Ce ne sera plus un problème, maintenant.

– Parfait. Alors disons que dans quatre heures, tu viens me réveiller, et que quatre heures plus tard, c'est-à-dire un peu avant le matin, je prends la relève et tu vas dormir. Ça te va comme ça, Superwoman ?

– Oui, répondis-je en souriant.

Il m'embrassa sur les lèvres.

– Tout ira bien, tu verras. C'est presque fini, je te le promets.

– Je sais, Harley.

Il serra doucement mes mains entre les siennes, puis s'en alla vers la petite cave pour prendre sa faction et guetter sa chance.

Comme il me l'avait suggéré, je me préparai un lit, m'étendis et fermai les yeux. Contrairement à mon attente, il me fallut du temps pour m'endormir. Je croyais sans cesse entendre Harley se précipiter dans l'escalier, mais je me trompais toujours. Ce n'étaient que les bruits de la maison qui parvenaient jusqu'à moi.

Que pouvaient-ils bien faire, là-haut ? Comment pouvaient-ils continuer à nous traiter de la sorte ? Le grand-père de Harley était-il vraiment dérangé, au point d'accorder foi aux soi-disant pouvoirs de Suze ? Comment pouvait-il croire à de pareilles sornettes ? Y croire au point de s'exposer à faire du mal à autrui, de mettre en danger son propre petit-fils, et risquer de s'attirer de sérieux ennuis ?

Ce que les gens étaient capables de faire pour fuir la vérité, leurs responsabilités, leur culpabilité, me semblait vraiment incroyable. Ils allaient jusqu'à se créer un monde à leur usage, dans lequel ils s'enfermaient, regardant le monde réel comme s'il n'était qu'une illusion.

Mais qu'est-ce qui était réel, qu'est-ce qui ne l'était pas ? méditai-je. Peu importait l'âge que l'on avait, la réponse à ces questions-là n'était jamais facile.

Je finis par m'endormir, mais je ne trouvai pas le repos. Je me tournai et me retournai dans mon lit de fortune, passant d'un mauvais rêve à l'autre, fuyant dans des tunnels, en proie à une panique absolue. À tel point que lorsque je m'éveillai, en croyant que des mains me serraient la gorge, j'étais en nage et sur le point de suffoquer.

Je m'assis et m'obligeai à respirer lentement, jusqu'à ce que mon souffle retrouve son rythme régulier. Quand je fus à nouveau capable d'avaler ma salive, je consultai ma montre. J'avais dormi une bonne demi-heure de trop, et Harley n'était pas venu me réveiller. Il l'avait fait exprès, j'en étais sûre. Furieuse contre moi-même, je me levai aussi vite que possible.

Tout était calme là-haut, à présent. Ils devaient

dormir, savourant le confort de leur lit, bercés par leurs illusions démentielles. C'était trop facile ! me révoltai-je. Galvanisée par ma colère, je me dirigeai vers la brèche. Quand j'y arrivai j'appelai Harley, mais je n'obtins pas de réponse.

Je me penchai par l'ouverture et l'aperçus, couché en chien de fusil au bas des marches, la tête sur le ciment. Il aurait mal partout en s'éveillant, j'en étais sûre. Je me hâtai de passer de l'autre côté du mur.

– Harley ! appelai-je à nouveau, en criant cette fois, mais il n'eut pas la moindre réaction.

Je courus jusqu'à lui et m'agenouillai à son côté.

– Harley ?

Ses paupières battirent mais il n'ouvrit pas les yeux.

– Harley !

Je le retournai sur le dos, le secouai, criai son nom, rien n'y fit. Je vis rouler ses globes oculaires mais ses paupières demeuraient obstinément closes.

Je sentis mon cœur chavirer. Une vague de froid déferla sur moi quand je compris ce qui avait dû se passer. Suze avait sans doute mis quelque chose de plus fort dans la nourriture, et Harley en avait mangé beaucoup trop. Un long frisson me courut dans le dos. Je hurlai.

– Au secours ! Aidez-nous ! Quelque chose est arrivé à Harley ! Au secours !

Je le secouai de nouveau, criai, le secouai encore, mais il ne s'éveilla pas. Des larmes ruisselèrent sur mes joues.

– Harley, murmurai-je avec désespoir.

Je le soulevai, le pris dans mes bras, le berçai contre moi en répétant son nom.

Puis je tendis l'oreille, mais là-haut tout était silencieux. J'étais certaine qu'ils m'avaient entendue. Pourtant ils ne se souciaient pas de notre sort, ou alors ils ne me croyaient pas.

Que pouvais-je faire pour nous tirer de là ?

Je ne voulais pas laisser Harley seul ici. Je glissai mes bras sous les siens, le soulevai de mon mieux et entrepris de le tirer à reculons. Ce fut laborieux, avec ma cheville encore douloureuse. J'espérais toujours voir Harley se réveiller, mais même après tout ce remue-ménage il avait toujours les yeux fermés, les lèvres à peine entrouvertes.

Le plus ardu fut de lui faire franchir la brèche sans risquer de le blesser. Je ne sais pas où j'en trouvai la force, mais je parvins à le hisser jusqu'à l'ouverture et à le déposer en douceur sur le sol, de l'autre côté de la cloison. De là, je le tirai jusqu'au lit où je réussis à l'installer, en lui glissant un oreiller sous la tête. Puis je me hâtai d'aller tremper un linge dans l'eau froide et je l'appliquai sur son front.

– Harley, je t'en prie, l'implorai-je. Réveille-toi. Harley !

Cette fois encore, ses paupières frémirent mais ne s'ouvrirent pas. Je me glissai à ses côtés, le pris dans mes bras et le berçai.

– Maman, appelai-je à mi-voix. Papa. Aidez-nous, s'il vous plaît. Au secours, quelqu'un ! Aidez-nous.

Le coucou sonna l'heure. La petite porte s'ouvrit. Les deux danseurs apparurent, exécutèrent quelques tours et se retirèrent.

Tout redevint silencieux.

Je n'entendis plus que mes propres plaintes, et les prières que je prononçais tout bas.

15

Plongée dans les ténèbres

Un gémissement s'échappa des lèvres de Harley. Il n'avait toujours pas ouvert les yeux.

Quand je me penchai pour l'embrasser sur la joue, je la sentis brûlante. Il avait une forte fièvre. Que pouvais-je faire pour le soulager ? J'y réfléchis un instant, puis j'allai lui chercher un verre d'eau froide. Je lui soulevai doucement la tête, approchai le verre de ses lèvres et versai un peu d'eau dans sa bouche. Il en coula un peu sur son menton, mais j'avais réussi à lui en faire avaler : je le vis déglutir. Il gémit encore et je lui fis boire quelques gorgées de plus, jusqu'à ce qu'il se mette à tousser. Enfin, il ouvrit les yeux.

Il avait l'air égaré, comme s'il ne savait pas où il se trouvait ni qui il était. Il me regardait fixement, sans rien dire.

– Harley, qu'est-ce que tu as ? Qu'est-ce qui ne va pas ? Harley ?

– Maman, murmura-t-il. Maman, je ne me sens pas bien.

– Harley, c'est moi, Summer. Dis-moi ce qui ne va pas.

– Maman, j'ai mal. J'ai l'estomac qui me brûle comme si j'avais mangé une braise du barbecue. J'ai encore dû avaler mon hot-dog trop vite, Roy va être furieux.

Il délirait. Était-ce à cause de la fièvre, ou de quelque chose que Suze avait mis dans la nourriture ? Difficile à dire.

– Maman, prends-moi dans tes bras, implora-t-il d'une toute petite voix. Ne sois pas fâchée, je t'en prie. Je ne le ferai plus, je te le promets.

Je m'étendis à son côté, l'entourai de mon bras et le serrai contre moi, la tête contre ma poitrine. Il était si fiévreux que je sentis la chaleur de sa joue sur ma peau, à travers le tissu de mon chemisier.

– Ce n'est rien, Harley, le rassurai-je en embrassant son front brûlant. Personne n'est fâché contre toi.

Ses paupières se fermèrent et il reprit sa plainte d'enfant effrayé.

– Maman, maman, ne te fâche pas contre moi parce que je suis malade.

Je savais que depuis la mort de Latisha, Glenda se faisait toujours beaucoup de souci quand Harley n'allait pas bien, même s'il ne s'agissait que d'un rhume. C'était compréhensible, même si son anxiété prenait des proportions démesurées. D'ailleurs cette température élevée m'inquiétait énormément, à vrai dire.

Je me remémorai toutes les occasions où maman avait eu de la fièvre, et même parfois déliré, elle aussi. Papa m'avait expliqué que son état la rendait plus vulnérable à certaines infections. Les médecins essayaient de ne pas lui faire prendre trop d'antibiotiques, de crainte qu'elle ne développe des résistances à ce type de médicaments. Si cela s'était produit, il aurait fallu lui en prescrire des doses de plus en plus fortes, jusqu'à ce que le remède n'ait plus aucun effet sur elle. Papa recourait souvent à un autre moyen pour faire baisser sa fièvre. Il lui faisait prendre un bain froid et lui passait une éponge sur tout le corps.

Avec cette idée en tête, je retournai dans la cuisine, où je trouvai une grande marmite que je remplis d'eau. Je la laissai couler longtemps, pour qu'elle soit bien froide. Après quoi, je lavai une éponge et retournai près du lit. Harley semblait à nouveau plongé dans un profond sommeil. Avec d'infinies précautions, je le débarrassai de son pull et de son jean. Il n'ouvrit pas les yeux, n'émit pas une plainte. Il donnait presque l'impression d'être dans le coma, maintenant. Je commençai à lui humecter le corps, en lui prodiguant des paroles encourageantes, et pourtant la peur ne me quittait pas. J'avais besoin d'entendre sa voix.

Il finit par entrouvrir les yeux et réclama encore de l'eau. Je l'aidai à en boire un peu et il retomba sur l'oreiller, pour se rendormir presque aussitôt. Il appelait sans arrêt sa mère dans son sommeil. Mais ce qui me surprit, ce fut de l'entendre également appeler Roy.

Je continuai à lui bassiner le corps. J'allai remplacer l'eau quand elle ne fut plus assez fraîche. Je recommençai à lui passer l'éponge humide et froide sur la peau. À la fin, sa respiration se fit moins laborieuse et je m'arrêtai, pour le regarder dormir. Il était enfin apaisé, du moins pour quelques instants de répit.

Combien de fois, lorsque maman était malade, n'étais-je pas entrée dans sa chambre sur la pointe des pieds pour la regarder dormir ? J'avais toujours si peur de la perdre ! Parce qu'elle était en fauteuil, elle paraissait plus vulnérable à la maladie, ou à n'importe quelle souffrance, malgré le courage et la confiance qu'elle montrait toujours devant moi.

Si elle me trouvait à son chevet en s'éveillant, elle

souriait et s'efforçait de s'asseoir. Je m'approchais d'elle et elle me prenait dans ses bras, en m'assurant qu'elle allait guérir.

– Je vais bien, Summer. Ce n'est vraiment rien, j'ai seulement besoin d'un peu de repos.

Mais elle avait beau me répéter ces mots, afficher une sérénité confiante, je ne pouvais chasser les souvenirs qui me hantaient. Ces réveils soudains en pleine nuit, quand j'entendais la voix affolée de papa qui appelait le médecin. Des lumières s'allumaient. Mme Geary montait et descendait sans cesse l'escalier. Quelquefois, le médecin arrivait, ou bien c'était une ambulance qui conduisait maman à l'hôpital. J'étais trop effrayée pour sortir de ma chambre. J'épiais ce qui se passait par ma porte entrouverte. Quand je voyais qu'on emmenait maman sur un brancard, il me semblait que mon cœur gelait dans ma poitrine.

Au bout d'un jour ou deux, papa m'emmenait la voir à l'hôpital. Et même là, dans cet environnement médical intimidant et compliqué, elle parvenait à m'offrir un sourire heureux et rayonnant. Rien n'était plus important pour elle que de me rassurer.

Un jour, au cours d'une de ces visites, elle m'attira contre elle pour me réconforter.

– Avec ton père pour veiller sur moi, rien ne peut m'arriver, Summer. Ne t'inquiète pas. Il prend si bien soin de moi qu'il sait combien de fois par minute je respire.

C'était à peine exagéré de sa part. Papa l'étudiait comme eût pu le faire un médecin, attentif à sa façon de se mouvoir, à l'éclat de ses yeux, au son de sa voix. Ce dévouement pour elle et pour son bien-être était le meilleur témoignage de son amour, et cela m'apportait un grand réconfort. À mes yeux, personne n'était aussi capable que papa de lui venir en aide. Jamais il ne s'était laissé aller à la panique devant moi, à supposer qu'il y ait jamais cédé, ce dont je doutais. Il gardait toujours la plus grande maîtrise de lui-même, comme le soir où il avait sauvé Tante Alison de la noyade. En cas de crise, il était réellement irremplaçable.

Je tentai d'imaginer ce qu'il aurait fait pour Harley. Mais surtout, j'essayai de trouver en moi la force dont il aurait fait preuve s'il s'était trouvé piégé dans cette cave, lui aussi. Il m'apparut très vite que si je m'affolais ou me révoltais contre mon sort, je ne serais pas capable d'aider Harley.

Je m'assoupis quelques minutes, et ce fut une nouvelle plainte de Harley qui m'éveilla. Mais cette fois, en même temps qu'il geignait, il claquait des dents.

– J'ai froid, gémit-il. Maman, j'ai froid.

Je lui remis aussitôt le pull sans manches et son jean. Il restait une couverture, dans la malle. Je la pris et l'étendis sur lui mais il se plaignait toujours. Je me faufilai à ses côtés sous la couverture et le pris dans mes bras, en espérant que ma chaleur lui apporterait un soulagement. Je l'embrassai, caressai son visage, le serrai contre moi aussi fort que possible. Cela parut lui faire du bien. Son tremblement se calma peu à peu et il se rendormit.

Toutes sortes de questions se bousculaient dans ma tête. Qu'arrivait-il à Harley ? Pourquoi était-il tour à tour brûlant de fièvre et tremblant de froid, en passant si vite d'un état à l'autre ? Avait-il contracté une mauvaise grippe, ou était-ce l'effet d'un aliment qu'il avait mangé ? J'avais moi-même goûté aux petits pains, mais je ne m'en portais pas plus mal.

Je me glissai hors du lit et retournai vers le petit escalier. D'une voix suppliante, j'appelai à travers la porte :

– Aidez-nous, s'il vous plaît. Harley est très malade.

Il a beaucoup de fièvre et j'ai peur. Il a besoin d'un médecin. Je vous en supplie, aidez-nous.

J'attendis, l'oreille aux aguets, et subitement j'entendis Suze entonner une de ses lentes mélopées. On aurait dit qu'elle se tenait juste de l'autre côté de la porte.

– Au secours ! vociférai-je en frappant le panneau de mes mains ouvertes, jusqu'à ce qu'elles rougissent et me fassent mal.

La voix chanta de plus en plus fort, au point que je dus forcer la mienne pour appeler à l'aide. Et brusquement, je bondis en arrière. Un liquide noir, épais et visqueux commençait à filtrer sous la porte. Je hurlai.

– Assez ! Arrêtez de faire ça. Aidez-nous, sinon vous aurez de sérieux ennuis. Nos parents savent où nous sommes, ils vont venir nous chercher.

J'attendis, espérant que mon coup de bluff réussirait, mais aucune réponse ne vint. Rien ne bougea. Je repris mes supplications.

– Aidez-nous, je vous en prie. Harley n'arrive plus à respirer, il risque de mourir.

La mélopée s'interrompit, le liquide gluant cessa de couler. Pleine d'espoir, je retins mon souffle, mais d'interminables secondes passèrent et la porte ne s'ouvrit pas. Je martelai le panneau du poing, priai, suppliai jusqu'à ce que ma voix s'éraille. En vain. Il ne me restait plus qu'à regagner notre refuge, et là je m'assis au chevet de Harley. Il s'agitait et se plaignait dans son sommeil. Sa fièvre semblait avoir diminué, mais je lui rafraîchis quand même le front avec un linge humide. Il était si mal qu'il faisait peine à voir.

Le coucou égrenait les heures. Tous ces efforts et cette tension permanente m'avaient épuisée, moi aussi. J'avais besoin de repos. Je me penchai pour appuyer ma tête sur le bord du lit, fermai les yeux, et en quelques secondes je m'endormis. Je fis un affreux cauchemar. Des rats couraient dans mes cheveux, flairaient mon crâne, m'égratignaient la peau. Ces sensations devinrent de plus en plus vivaces, jusqu'au moment où je m'éveillai en criant.

Harley avait les yeux grands ouverts. D'une main, il fourrageait dans mes cheveux pour tenter de me réveiller.

– Comment te sens-tu, Harley ?

– J'ai mal, répondit-il d'une voix sifflante.

– Où ça ?

– À tous les muscles de mon corps. J'ai la gorge sèche, envie de vomir et des crampes d'estomac.

– Je vais te chercher un peu d'eau, dis-je en m'éloignant vers la petite cuisine.

Son état m'inquiétait de plus en plus. Pourquoi ressentait-il ces douleurs musculaires ? Était-ce une grippe ? Si seulement j'avais eu autre chose à lui donner que cette eau !

Il la but lentement, mais je vis bien qu'il avait mal en avalant.

– Merci, murmura-t-il en fermant les yeux.

– Harley, il faut que nous sortions d'ici, ne te rendors pas maintenant. Aide-moi à trouver un moyen, je t'en prie. J'ai frappé à la porte, mais Suze pratique un nouveau rituel et elle n'écoute même pas.

Je guettai un signe de compréhension de sa part, mais il n'ouvrit pas les yeux. Son corps était parfaitement immobile à présent, et tout moite. Malgré tout mon désir de ressembler à mon père, je sentis la panique monter en moi.

– Harley ! repris-je en recommençant à le secouer. Reste éveillé, s'il te plaît. Essaie de réfléchir, trouve une idée. Harley !

Comme il n'ouvrait toujours pas les yeux, je lui pris le pouls et m'aperçus qu'il était très faible.

Il va mourir. Harley est en train de mourir, pensai-je avec désespoir. Et d'un coup, le fragile rempart que j'avais bâti pour endiguer ma panique vola en éclats. De toute la force de mes poumons, je criai ma détresse. En retournant vers l'escalier, aussi vite que j'en étais capable, je pesai trop fort sur ma cheville affaiblie. La douleur fut telle que j'en ressentis l'élancement jusqu'au cœur, et je dus m'arrêter pour reprendre mon souffle. Quand j'atteignis enfin l'escalier, une puanteur infecte me prit à la gorge. Lentement, je gravis les marches, et je pus voir l'endroit où l'on avait versé ce liquide nauséabond, qui maintenant avait atteint la première marche. On aurait dit que l'emplacement était carbonisé. Quelle que fût cette matière visqueuse, elle avait brûlé, et l'odeur dégagée me donnait des haut-le-cœur. Malgré mon angoisse et l'urgence de la situation, je dus battre en retraite.

À l'idée que Suze m'empêchait d'appeler à l'aide, la rage me prit. J'allai ramasser le morceau de bois dont Harley s'était servi pour défoncer la cloison et remontai aussitôt, pour le projeter de toutes mes forces contre la porte. Il la heurta bruyamment, rebondit et dégringola jusqu'en bas des marches.

Une fois de plus, j'attendis en écoutant. Une fois de plus, aucune réponse ne parvint d'en haut. Le silence était si total, si profond que les battements de mon cœur résonnaient à mes oreilles comme un bruit de tambour.

Ils ne nous aideraient pas, je le savais maintenant. Notre sort leur était totalement indifférent. Nous allions sûrement mourir ici.

Abattue, désemparée, j'allai reprendre ma place au chevet de Harley. Il avait de nouveau le visage enflammé. Je touchai sa joue : sa fièvre était revenue, encore plus forte qu'avant. La mort dans l'âme, je replongeai l'éponge dans l'eau fraîche et recommençai à la lui passer sur le corps, aussi rapidement que possible. Je n'avais pas plus d'espoir que si j'avais tenté de vider le *Titanic* à la petite cuiller. La tragédie nous guettait. Bientôt, elle s'abattrait sur nous.

Maman, m'excusai-je silencieusement, j'ai commis une terrible erreur. Toi qui m'as toujours tout pardonné, tu ne peux sûrement pas me pardonner de vous avoir quittés de cette façon, papa et toi. Tu ne peux pas me le pardonner, parce que je ne me le pardonne pas moi-même. Peut-être que si je n'avais pas accepté de le suivre, Harley ne serait pas parti. Nous ne serions pas ici. Rien de ce qui nous arrive à nous tous n'aurait eu lieu.

À bout de forces, les bras et les épaules aussi douloureux à présent que ma cheville, je me coulai aux côtés de Harley et j'attirai sa tête contre ma poitrine.

– Harley ! murmurai-je en pleurant. Harley, qu'allons-nous faire, maintenant ?

Des larmes brûlantes roulaient sur mes joues, de plus en plus abondantes et rapides. Je les essuyai d'un geste vif et fermai les yeux.

J'ignore si ce fut réel, ou dû à une sorte de contagion nerveuse, ou un simple effet de mon imagination, mais j'éprouvai soudain comme de petits coups d'épingle dans le bas-ventre. La crampe empira, s'installa, jusqu'à ce que je sois obligée de m'asseoir pour chercher mon souffle. Au même instant, je me pliai en deux en gémissant. La douleur monta par vagues jusqu'à ma poitrine, et à mesure qu'elle se diffusait mes jambes s'engourdissaient. Bientôt, cette sensation gagna mes bras, et je ressentis une étrange faiblesse dans tout le corps. Je me rallongeai auprès de Harley et me tournai vers lui.

– Harley !

J'avais voulu crier son nom, mais ma voix s'éleva tout juste jusqu'au soupir. Je me rapprochai de lui jusqu'à ce que mes lèvres effleurent sa joue et, les yeux fermés, je me réfugiai dans la rêverie.

Nous étions à nouveau des enfants, lui et moi. Tout le monde était réuni sur la pelouse, derrière la maison, où nous avions pique-niqué. Papa venait d'y installer un jeu de croquet. Par les fenêtres, une mélodie de Chopin parvenait jusqu'à nous. Harley et moi nous efforcions de diriger nos boules, une rouge et une verte, pour les faire passer sous les arceaux, et les adultes riaient de nos efforts. Harley n'y prêtait pas attention, il était trop concentré sur son jeu. Quand, d'un geste ample et décidé, il envoya sa boule droit sous l'arceau, des applaudissements éclatèrent.

Roy riait de bon cœur. Papa récompensa Harley par une petite tape dans le dos. Je renouvelai ma tentative et cette fois je réussis, m'attirant à mon tour une ovation. Maman rayonnait, son sourire me fit chaud au cœur. J'eus l'impression que je ne touchais plus terre et que j'allais m'envoler vers elle.

Nous étions des anges à cet instant. Une famille d'anges par un bel après-midi printanier, sous un ciel d'azur, oubliant tout sauf notre joie d'être ensemble. Latisha vivait encore, mais Tante Glenda la tenait étroitement serrée dans ses bras, comme si elle savait que les démons du mal n'attendaient qu'une occasion pour la lui prendre.

Le souvenir de ces moments bénis amena un sourire sur mes lèvres. Comme c'était facile de se laisser emporter ainsi, vers les jours heureux de jadis. Plus de chagrins, plus de larmes… il suffisait de les effacer, tout simplement.

Pouvons-nous recommencer de zéro, tous autant que nous sommes ? rêvassai-je. Pouvons-nous tenir fermée la porte du coucou, empêcher le temps de nous pousser en avant, immobiliser les aiguilles du cadran ? Le plus terrible, quand on quitte ceux que l'on aime, c'est de savoir combien on va les faire souffrir. S'il vous plaît, priai-je en silence, ne nous projetez pas, ne fût-ce qu'une seconde trop tôt, dans l'avenir qui nous guette, prêt à nous dévorer.

Harley gémit dans son sommeil. Lui aussi se débattait pour revenir chez nous, pour s'arracher au gouffre de ténèbres qui nous attendait, tous les deux. Je cherchai sa main, entrelaçai mes doigts aux siens. Nous nous accrochions l'un à l'autre, à présent, tels deux naufragés s'agrippant désespérément à un canot de sauvetage.

Je finis par me rendormir, et je ne sais pas combien de temps dura notre sommeil. Quand j'ouvris les yeux, ma vision était toujours si embrumée que j'avais l'impression de flotter au milieu d'un nuage. Je ne pouvais même pas distinguer les chiffres de ma montre, mais curieusement, cela m'était devenu indifférent. Qu'est-ce que cela aurait changé ? Bientôt, nous ne serions plus de ce monde, et l'heure n'était là que pour nous le rappeler.

Dors, me conseillai-je à moi-même. Dors et oublie.

Et subitement, un fracas retentissant ébranla les murs, à croire que la maison tout entière s'écroulait autour de nous. Je soulevai la tête et regardai du côté de l'ouverture. Tout me paraissait flou, mais je pus voir quelqu'un de grand et de fort s'approcher lentement de nous, en grondant comme un ours en colère. Ses longs bras solides nous soulevèrent l'un après l'autre, un seul pour chacun. Le bras gauche pour moi, le droit pour Harley. Il nous porta avec autant d'aisance que si nous étions de tout petits enfants. Puis il repartit d'un pas pesant vers le passage, grognant toujours.

Je ressentais autant que je les entendais ses pas qui

martelaient le sol. Quelques instants lui suffirent pour atteindre et gravir l'escalier. Je vis de la lumière et, quand je tournai la tête sur ma droite, je pus voir que la porte avait été abattue vers l'intérieur de la cave et pendait sur ses gonds. Sans ralentir, nous fûmes emportés vers l'entrée de la maison. Les grognements redoublèrent.

Ce fut seulement quand l'air frais du dehors m'enveloppa que j'ouvris complètement les yeux, et je tournai la tête vers le géant qui me portait.

C'était l'oncle Roy.

Il était au paroxysme d'une de ses fameuses colères, qui décuplaient sa force prodigieuse. Et moi, je n'avais jamais été aussi contente de le voir.

Réconfortée, soulagée, emplie d'un ineffable sentiment de sécurité, je m'autorisai à refermer les yeux. Je n'avais plus peur de dormir, maintenant.

Je ne devais jamais m'en souvenir, mais Oncle Roy nous conduisit à l'hôpital et c'est là que je m'éveillai, la première de nous deux. Il était assis à mon chevet, la tête basse, et je voyais ses veines se gonfler sur son cou puissant.

– Oncle Roy, appelai-je. Oncle Roy ?

Il releva lentement la tête et me sourit.

– Bonjour, princesse. Comment ça va ?

Je regardai autour de moi, compris où je me trouvais et levai les yeux sur l'oncle Roy.

– Où est Harley ? m'enquis-je d'une voix sourde, redoutant presque de le lui entendre dire.

Il n'hésita qu'un bref instant avant de répondre.

– Dans la chambre d'à côté. Il allait beaucoup plus mal que toi. Il est toujours dans le coma.

– Qu'est-ce qu'ils nous ont fait ?

– Le docteur a parlé de champignons vénéneux dans la nourriture qu'on vous a servie, quelque chose que vous avez dû manger tous les deux. Encore un jour ou deux et il aurait sans doute été trop tard.

Je dus me faire violence pour poser la question suivante.

– Est-ce qu'il va s'en tirer ?

– Oui, ils pensent que oui. Enfin, ils l'espèrent, ajouta-t-il par souci d'honnêteté.

– Comment nous avez-vous trouvés ?

– Quand tu as dit à Rain que tu rentrais, en voyant que tu n'arrivais pas je suis allé fouiller dans la chambre de Harley. J'ai trouvé le nom de cet homme avec son adresse, et tiré mes conclusions. En arrivant ici, j'ai vu la moto de Harley derrière la maison. Je l'ai repérée avant de frapper à la porte. Je l'ai reconnue tout de suite, sans hésiter.

Il eut un demi-sourire empreint de malice.

– Cette sûreté de coup d'œil doit venir de mon entraînement militaire, j'imagine. En tout cas, quand cet homme m'a dit que vous étiez repartis, tous les deux, je suis rentré de force dans la maison. Une espèce de bonne femme bizarre promenait une bougie allumée devant cette porte, comme si elle brûlait quelque chose. Rien qu'à voir son air, j'ai compris que je n'avais pas de temps à perdre. J'ai demandé à cet homme : « Où sont-ils ? », et il a grimacé comme s'il avait envie de pleurer. Alors j'ai posé la même question à la femme et elle a répondu : « Avec le démon. »

« J'ai essayé d'ouvrir la porte, elle était fermée à clé. J'ai demandé la clé, personne n'a bougé. Alors j'ai pris mon élan et j'ai donné un bon coup de pied dans le panneau. Le vieux s'est contenté d'aller s'asseoir dans le séjour, comme s'il ne se passait rien de particulier. Une journée de plus ou de moins en enfer, en somme, qu'est-ce que ça changeait ?

« La suite, tu la connais. J'ai tout raconté à la

police, bien sûr, et ils ont été arrêtés. Dire que cet homme est le grand-père de Harley ! Son grand-père, répéta-t-il en secouant la tête. Tu te rends compte ?

– Nous savions qui il était, Oncle Roy. Au début, il s'est fait passer pour le père de Harley. En fait, son père a été tué en essayant d'échapper à la police, après avoir commis un vol à main armée.

Mon oncle libéra un long et lent soupir.

– Oui, la police m'a résumé l'histoire de la famille.

– Et mes parents, Oncle Roy ?

– Ils sont en route. Ils devraient être ici dans quelques petites heures.

– J'ai fait un tel gâchis ! me lamentai-je.

– Toi ? Pourquoi toi ?

– Je n'aurais pas dû accepter de l'accompagner. Si j'avais refusé, il ne serait peut-être pas parti.

– Erreur ! décréta-t-il d'une voix qui résonna comme un gong, il serait parti sans toi. Je n'ai pas su le réconforter dans son chagrin. Il serait parti tout seul et personne ne serait arrivé à temps pour le sauver, Summer. Ne te reproche rien, bien au contraire. C'est peut-être grâce à toi qu'il est encore en vie.

Je savais qu'en disant cela, Oncle Roy essayait surtout de me remonter le moral. Mais il y avait peut-être, seulement peut-être, un brin de vérité dans ce qu'il affirmait... Je ne demandais qu'à le croire.

Un peu plus tard dans la journée, papa et maman arrivèrent. En sanglotant, je leur dis et répétai combien je regrettais tout ce qui s'était passé, mais ils ne m'écoutaient même pas. Ils étaient bien trop heureux de me revoir. Papa sortit pour aller s'entretenir avec les médecins, et maman resta près de moi.

Ils retinrent une chambre dans un motel tout proche et pendant les quarante-huit heures suivantes ils vinrent me voir chaque jour. Au cours de la seconde journée, Harley se réveilla. Il était très faible, mais peu à peu il parvint à comprendre où il se trouvait et à se rappeler tout ce qui nous était arrivé.

Le soir du second jour, quand papa et maman furent partis pour aller se reposer, je me levai. Je n'étais pas censée le faire, mais il fallait que je voie Harley. J'attendis qu'il n'y eût plus personne en vue dans le couloir pour me faufiler jusqu'à sa chambre, mais je n'y entrai pas. Je restai sur le seuil, figée de surprise, osant à peine respirer.

L'oncle Roy était assis près du lit de Harley, les coudes sur les genoux et la tête dans les mains. Il n'avait pas quitté l'hôpital avec mes parents. Il veillait Harley.

Et il pleurait.

Oncle Roy, le géant bourru qui arpentait le parc en gardien vigilant, qui régissait d'une main ferme son équipe d'ouvriers, qui n'offrait jamais le moindre réconfort à Harley… Oncle Roy pleurait à son chevet.

Harley s'éveilla et se tourna vers lui, puis il étendit le bras et lui toucha la tête. Oncle Roy leva les yeux et leurs regards se soudèrent.

– Merci d'être venus nous chercher, dit Harley.

– Bon sang, gamin, tu t'es conduit comme un idiot !

– Je sais.

– Ta maman m'aurait haï pour l'éternité, marmonna l'oncle Roy.

Et, après un très court silence, il ajouta :

– Tu n'as pas besoin de courir à travers tout le pays pour trouver un père, mon garçon. Je serai là. Nous avons fait une perte immense, tous les deux, mais nous sommes toujours là l'un pour l'autre, si tu veux bien.

Malgré l'extrême faiblesse de Harley, son sourire débordait de joie et de force. Il rayonnait. Roy se leva pour le prendre dans ses bras et le serra contre lui.

Je pleurais tellement que j'eus peur de signaler ma présence, et je me retirai sans bruit.

Grâce à Dieu, pensai-je en regagnant ma chambre, grâce à Dieu il y avait toujours des arcs-en-ciel.

Nous reprîmes des forces, Harley et moi. J'appris par papa que le champignon vénéneux était de ceux qui provoquaient de graves dommages au foie et aux reins, mais que nous avions été secourus juste à temps. Les effets néfastes étaient encore réversibles. La police avait tiré au clair l'étrange comportement de Suze : ses pratiques visaient à chasser le mauvais esprit de notre corps. Ses croyances démentes, sa haine paranoïaque des démons venus dérober l'âme de son fils étaient presque compréhensibles. Mais le besoin d'échapper à la réalité du grand-père de Harley, lui, ne l'était pas.

– C'est un égoïste, trancha papa. Il a sacrifié son propre fils, la chair de sa chair, pour satisfaire ce besoin. D'après ce que je sais, il a également provoqué la mort de sa femme. Tout cela va être très difficile à accepter, pour Harley. Personne n'aime se dire qu'il a pu hériter d'une insanité pareille.

– Ce n'est pas le cas, papa. Harley n'est absolument pas comme ça.

– Je le sais. Il ne nous reste plus qu'à l'aider à s'en rendre compte lui-même, conclut-il avec sagesse.

Oncle Roy avait déjà entrepris cette tâche, en lui parlant des grandes qualités de sa mère, et en soulignant tout ce qu'il tenait d'elle. Et avant que je sois autorisée à quitter l'hôpital, nous passâmes quelques moments ensemble. Je m'asseyais dans sa chambre et l'observais tandis qu'il buvait son thé, ou s'efforçait d'avaler quelques bouchées de biscotte. Il faisait de fréquentes pauses et levait sur moi un regard pénétrant.

– Roy m'a dit que tu te sentais responsable de tout ce gâchis, Summer. Il a raison, sans toi je ne serais sans doute plus qu'un souvenir. Vous n'auriez peut-être jamais su ce qui m'était arrivé. J'aurais tout simplement disparu, pour toujours. Alors arrête de t'accuser toi-même, tu entends ?

– Promis, Harley.

– Et arrête de faire comme si nous ne disions ça que pour t'aider, ordonna-t-il. C'est faux.

– Entendu, Harley.

La suite se déroulait toujours selon le même scénario.

– C'est déjà mieux, acquiesçait-il en souriant. Bon, alors dis-moi où tu veux aller la prochaine fois que j'astique ma moto.

J'éclatais de rire et lui prenais la main. Puis, comme il éprouvait bientôt le besoin de faire la sieste, je l'embrassais avant de sortir en promettant de revenir quelques heures plus tard. Je n'y manquais jamais, et je lui lisais les journaux, ou nous regardions la télévision ensemble.

Un autre jour passa, les médecins déclarèrent que j'étais suffisamment rétablie pour rentrer chez moi. Mais pas Harley. Ils voulaient le garder en observation quelques jours de plus, afin d'être certains qu'il ne souffrait d'aucun dommage interne.

– Dépêche-toi de guérir, lui dis-je en le quittant.

Roy resta près de lui, papa et maman me ramenèrent chez nous. Jamais je n'avais trouvé aussi merveilleux le simple fait d'entrer dans ma propre maison, dans ma propre chambre ; de respirer l'air du parc, de voir les oiseaux, d'entendre Mme Geary me gourmander pour ma sottise. Je pris même plaisir à son insistance pour me faire avaler mes repas jusqu'à la dernière miette. Cela m'était impossible, bien sûr. Il faudrait du temps pour que l'appétit me revienne. Mais il reviendrait, je n'avais aucun doute là-dessus.

Maman veillait sur moi encore plus attentivement que d'habitude. Je trouvais amusant que ce fût elle, à présent, qui s'inquiétât de ma santé, du moindre signe de malaise qu'elle décelait chez moi, fût-ce une simple toux, voire un éternuement. Les rôles étaient renversés, du moins pour un moment.

Mes grands-parents vinrent nous voir, et Tante Alison elle-même se montra sincèrement impressionnée. Au moment de partir, toutefois, elle m'avoua que ce n'était pas pour les mêmes raisons que les autres.

– Je n'aurais jamais pensé que tu aurais le cran de faire une chose pareille, railla-t-elle. J'ai toujours cru que tu étais le genre petite chérie à son papa.

– Il n'est pas nécessaire d'avoir du cran pour faire une sottise, Tante Alison.

– Prends ça comme une aventure, alors. C'est ce que je fais toujours.

– Et cela te rend plus heureuse ? ripostai-je.

Elle me toisa d'un œil furibond.

– Tu veux que je te dise ? Tu es bien comme ta mère, toi !

– Merci.

– Oh ça va, laisse tomber ! s'écria-t-elle, exaspérée, en balayant ma réponse d'un geste de la main.

Et, changeant subitement de sujet, elle entreprit de me parler du jeune médecin qu'elle venait de rencontrer.

Quand je lui demandai si elle l'aimait, elle s'accorda quelques secondes de réflexion avant de répondre :

– Même si je l'aimais, je n'en saurais rien moi-même.

Elle paraissait très triste, et pour la première fois je me sentis vraiment désolée pour elle. C'était affreux ce qu'elle avouait là. C'était presque comme ne pas sentir le goût des choses, ne pas percevoir la beauté de la musique, ni savourer le parfum des fleurs au printemps. Elle était incapable d'être sincèrement, profondément heureuse. Mais elle disait vrai. Elle n'aurait pas su reconnaître l'amour. Quelque chose lui manquait et elle le savait, elle s'en désolait, et cela la rendait amère.

Maman avait perdu l'usage de ses jambes, mais elle était bien loin d'être aussi amère ou malheureuse, pourtant. Oui, merci, Tante Alison, me répétai-je. Merci de m'avoir comparée à maman.

Elle n'aurait rien pu dire d'autre si elle avait cherché à me faire plaisir.

Quand Harley revint, il était censé ménager ses efforts et prendre du repos, mais ce fut le contraire qui se produisit. Il ne tenait pas en place.

– Je me suis assez reposé dans cet hôpital, se plaignait-il quand on lui reprochait son trop-plein d'activité.

L'oncle Roy essayait de reprendre son ton sévère, mais l'aveu de son affection semblait lui avoir ôté toute sa rudesse, et Harley le savait. Il se contentait de lui sourire, et l'oncle Roy venait faire ses doléances à maman.

– Ce gamin est une vraie tête de mule, Rain, lui dit-il un jour. Il est toujours aussi obstiné, même après tout ça. Il n'a vraiment rien appris.

– Il te ressemble plus que tu n'es prêt à l'admettre, Roy Arnold, répliqua maman. Il y a quelque chose de plus fort que le sang.

– Et qu'est-ce que c'est ?

– L'amour, Roy. L'amour.

Leurs regards se nouèrent. Ils devaient partager tellement de souvenirs, des bons et des mauvais, des combats et des larmes mais aussi des sourires… car ils avaient connu des temps heureux, j'en étais sûre.

La façon dont ils parlaient de Mama Arnold le laissait clairement entendre.

Les derniers jours d'été arrivèrent sans crier gare. Une autre université, à Rhode Island, avait accepté la candidature de Harley. Le cycle d'études y était de quatre ans, et elle offrait le programme d'architecture qu'il désirait. L'oncle Roy et lui prirent conseil auprès de papa, et tous trois décidèrent ensemble que ce choix était le bon.

Mon cœur fut très sollicité le jour où Harley nous quitta pour la faculté. Il lui fut demandé d'être fier pour Harley, heureux pour lui, et de se réjouir de la chance qui lui était offerte. Mais en même temps il était lourd de tristesse. Nous allions rester longtemps sans nous revoir, tous les deux.

– Je reviendrai pour Thanksgiving, me promit-il. Je t'appellerai et je t'écrirai. Ne va pas tomber amoureuse d'un autre à la rentrée, surtout !

– Et toi, alors ? Et toutes ces jolies filles que tu vas rencontrer là-bas ?

– Je n'aurai pas le temps, allégua-t-il.

– Tant mieux.

Debout sur l'appontement, nous regardions tous les deux vers le lac. Jailli d'un arbre au feuillage épais, un merle rasa l'eau avant de prendre son envol et de filer vers l'horizon.

– Vite, Harley, fais un vœu ! m'écriai-je.

Il sourit. Je fis mon vœu, les yeux fermés, puis je les rouvris et demandai :

– Tu as fait ton vœu ?

– Je ne peux pas te le dire sinon ça ne marchera pas.

– Tu n'as pas besoin de me le dire, Harley. Je t'ai entendu.

Il sourit encore et m'embrassa. Tout de suite après, l'oncle Roy sortit de la maison, suivi de près par papa et maman.

Harley courut embrasser maman et serrer la main de papa, puis il monta dans la voiture avec l'oncle Roy. Je restai immobile à les suivre des yeux, toute songeuse. Tante Glenda aussi les regarde, pensai-je à cet instant. Elle se tient à mes côtés. Je sens sa présence.

La voiture démarra, puis s'arrêta et Harley en descendit.

– Ho, Summer ! appela-t-il.

– Oui ?

– Moi aussi j'ai entendu ton vœu, quand le merle nous a filé sous le nez. Nous ferons en sorte qu'il se réalise, dit-il avant de remonter dans la voiture.

Elle descendit doucement vers le bas de la colline et disparut à notre vue.

Je me retournai vers papa et maman. Main dans la main, ils contemplaient l'allée maintenant vide. Quand ils regardèrent de mon côté, je lus dans leurs yeux qu'ils se faisaient du souci pour moi.

J'inspirai une longue bouffée d'air et souris intérieurement.

Tout va bien, me dis-je à moi-même. Ne t'inquiète pas.

Un au revoir n'est jamais un adieu.

Pas pour de bon. Pas pour des gens comme nous.

Épilogue

Toute ma vie j'ai dû avoir peur des promesses. Qu'on la fasse ou qu'on l'accepte, une promesse est une façon de mettre son cœur en gage. Quand je sortais avec un garçon, je lui disais toujours : « Ne nous promettons rien, et nous ne nous décevrons pas l'un l'autre. »

Harley et moi continuâmes à nous écrire pendant mon année de terminale, et nos relations se poursuivirent jusqu'à ce que j'aie passé mon bac. Mon grand-père d'Angleterre souhaitait que je m'inscrive dans une université londonienne. Papa, maman et moi discutâmes beaucoup la question, et maman évoqua ses expériences passionnantes, du temps où elle étudiait l'art dramatique à Londres. Tout cela semblait fascinant et mon grand-père Larry, qui m'offrait l'hospitalité, était impatient de me voir arriver chez lui.

– Même si ce n'est que pour un an ou deux, me dit maman, ce sera très enrichissant pour toi, Summer.

Je savais combien il lui en coûterait d'être si loin de moi, ce qui donnait d'autant plus de poids à ses paroles. Elle voulait pour moi le meilleur de tout. Elle voulait que je voie ce que je n'avais jamais vu, que je goûte ce à quoi je n'avais jamais goûté, que j'entende ce que je n'avais jamais entendu. Agrandir, enrichir son expérience était une chose si importante à ses yeux.

Peut-être était-ce parce que ses propres expériences avaient pris fin sitôt. Peut-être souhaitait-elle les vivre à travers moi. Quelles que soient ses raisons, elle fut très convaincante et je finis par me ranger à son avis.

Harley était en deuxième année d'architecture, et la troisième s'annonçait bien pour lui. Nous continuâmes à nous écrire après mon départ pour l'Europe, bien sûr ; mais tout à coup je cessai de recevoir des lettres, et j'en déduisis qu'il avait trouvé quelqu'un d'autre. Je lui écrivis encore un certain temps, puis j'y renonçai à mon tour.

Nous nous éloignâmes peu à peu l'un de l'autre et quand nous nous revîmes, l'été suivant, nous nous regardâmes avec embarras, cherchant gauchement des excuses. Vers la fin de mon année universitaire, j'avais rencontré un jeune Londonien très sympathique. Son père était membre du Parlement, ce qui me valut d'assister à des réceptions royales, encore une expérience toute nouvelle pour moi.

Malgré tout, nos relations se dénouèrent quand je rentrai à la maison pour y passer l'été. Il rencontra quelqu'un d'autre et quand je le revis, à la rentrée, il était pratiquement fiancé. Je n'en éprouvai aucune amertume, et sentis que cela devait être ainsi. Pas de promesses. Pas de drames. Pas de larmes.

Je parvins à rentrer assez tôt, l'année suivante, pour assister à la remise du diplôme universitaire de Harley. Il avait brillamment réussi, et obtenu un prix d'architecture. Le résultat fut qu'il décrocha une situation dans une agence prestigieuse de Richmond. Il me parut plus grand, plus fort, et beaucoup plus mûr. L'oncle Roy en était très fier, et leurs relations étaient vraiment celles d'un père et d'un fils. Nous étions tous très fiers de lui, en fait.

À la fin du mois de juillet, cette année-là, maman tomba très malade à la suite d'une nouvelle infection. Elle faillit en mourir, et papa sembla vieillir d'un seul coup. Cela nous rappelait de façon dramatique à quel point elle était devenue fragile, et combien facilement la mort pouvait nous l'arracher. Il devint encore plus pointilleux, lui qui s'inquiétait déjà pour un rien, à tel point que maman devait souvent lui faire la leçon.

– Je ne vais pas plier bagage si vite, Austin, alors cesse de me traiter comme un vase de porcelaine. Va travailler.

Finalement, il y retournait.

Maman et moi passions nos après-midi comme à l'accoutumée, à lire et à bavarder, à profiter du lac, des oiseaux et de la brise, quand il y en avait. Je suivais un séminaire d'été en littérature française, et nous discutions souvent des livres au programme. Elle en avait lu la plupart mais les relisait avec moi.

Il m'arriva de sortir avec certains garçons que je rencontrai à l'école d'été, mais cela restait sans conséquence. Je ne pouvais m'empêcher de me demander, dans le secret de mon cœur, ce que me réservait l'avenir.

Vers la mi-août, Grand-mère Megan nous apprit que Tante Alison s'était mariée à la sauvette avec un agent de change de Wall Street. Il lui avait trouvé un travail intéressant dans un grand hôtel, et ils avaient un appartement très agréable à Manhattan. Un week-end, elle vint nous voir avec lui. Il se nommait Brad Richards et nous parut très positif et très terre à terre, pour un homme sur lequel elle avait jeté son dévolu.

– Peut-être qu'elle devient adulte, finalement, commenta maman un peu plus tard. Ou bien elle est tout simplement fatiguée, et elle a peur.

Nous avons tous peur, méditai-je. Au plus profond de nous-mêmes, quels que soient nos succès ou notre courage apparent, nous avons réellement peur.

J'avais décidé de terminer mes études aux États-Unis, et fait transférer mon dossier à l'université de Virginie. Une semaine avant mon départ, Harley réapparut. Il y avait un certain temps qu'il n'était pas rentré chez lui. Oncle Roy allait le voir de temps à autre, et il avait toujours de bonnes nouvelles à nous donner.

Harley conduisait une voiture de luxe dernier modèle. Il avait l'air d'avoir si bien réussi et semblait si à l'aise, si mature et si sûr de lui que je faillis ne pas le reconnaître. J'étais au bord du lac, en train de lire dans une chaise longue. Maman était restée à la maison avec Mme Geary et papa était en ville, à son bureau.

Le ciel était légèrement couvert, une délicieuse petite brise agitait l'air. C'était une de ces journées agréables entre toutes que j'avais appris à savourer. J'entendis la voiture de Harley mais j'ignorais que c'était lui. Il s'arrêta devant la maison, me fit signe de la main, et c'est alors que je le reconnus. Je lui rendis son salut. Il vint aussitôt me rejoindre et nous échangeâmes le baiser des retrouvailles. Il était en tenue de ville, mais cela ne l'empêcha pas de s'asseoir dans l'herbe pour contempler le lac. Au bout de quelques secondes de silence, je me décidai à demander :

– Alors, qu'est-ce que tu deviens ?

– Très occupé. Je construis un centre commercial à Richmond.

– Waouh !

– C'est tout juste si j'ai le temps de manger, avec tout ça, commenta-t-il.

– Mais tu apprécies chaque moment de cette vie-là, je me trompe ?

– Chaque moment, confirma-t-il avec le sourire. Enfin… presque.

– Ah bon ?

– Travailler sans jamais m'amuser ne me réussit pas.

– Parce que tu ne t'amuses jamais ?

Il eut une petite moue cocasse.

– Pas assez, pas ces temps-ci. Ce matin en me réveillant, j'ai levé les yeux au plafond et je me suis dit : « Regarde-toi. Tu es en train de courir après le grand rêve américain. »

– Et alors ? Qu'y a-t-il de mal à ça ?

– Rien.

Il se tut, cueillit un brin d'herbe et reprit d'une voix songeuse :

– Il y a longtemps de ça, me semble-t-il, nous étions tous les deux au bord de ce lac, et chacun de nous a fait un vœu sans le révéler à l'autre. Tu te souviens ?

– Oui.

– Nous avons fait pas mal de chemin depuis ce temps-là, en tout cas moi. Et me voilà revenu au point de départ, commenta-t-il en regardant autour de lui.

Il avait l'air si sérieux que je souris.

– Et alors ?

– Je ne t'ai jamais dit pourquoi j'avais cessé de t'écrire et de t'appeler, cette année-là.

– Ce n'était pas nécessaire, Harley. Nous n'avions aucune obligation l'un envers l'autre.

– Oh mais si, et c'est pour ça que j'ai coupé les ponts.

– Je ne comprends pas, dis-je en refermant mon livre pour me tourner vers lui.

– Je me suis dit à moi-même : « Harley Arnold, tu n'as pas le droit de lui écrire, de l'appeler, de lui laisser croire que tu es capable de prendre soin d'elle et que tu es celui dont elle a besoin. Alors arrête ce jeu, arrête de faire semblant, arrête de rêver tout éveillé. Mets-toi au travail. » Et puis le temps a passé, tu es sortie avec d'autres garçons, j'ai connu des filles... Mais je n'ai jamais pu l'effacer.

– Effacer quoi, Harley ?

– Ton visage de leurs visages, répliqua-t-il.

Mon cœur bondit dans ma poitrine comme s'il n'avait attendu qu'un coup de pouce pour revenir à la vie, réintégrer le monde réel.

– Mais qu'est-ce que tu es en train de me dire, Harley ?

– Je dis que maintenant j'ai confiance en moi, j'ai fait mes preuves, et je suis assez riche pour espérer que tu n'aies pas oublié ton vœu. Je sais que tu n'es pas vraiment engagée envers un autre, ajouta-t-il en souriant. Roy m'a servi d'informateur.

– Tu m'en diras tant ! Je ne m'étonne plus qu'il soit toujours à me tourner autour quand je sors, depuis quelque temps.

Harley rit de bon cœur.

– Il n'en conviendra jamais, bien sûr. Il m'a conseillé de faire moi-même mes basses besognes d'espionnage amoureux. Mais il ne pouvait s'empêcher de me glisser un mot par-ci, par-là, chaque fois que nous nous parlions au téléphone ou qu'il venait me voir.

– Il va m'entendre ! annonçai-je d'un ton menaçant.

Harley baissa les yeux, respira longuement et fouilla dans la poche intérieure de sa veste.

– Ce n'est pas une idée en l'air, commença-t-il. Ni quelque chose que je viens juste de décider. Il y a longtemps que ce truc me brûle la poche.

– Quoi donc, Harley ?

Il ouvrit la main et me tendit une bague de fiançailles.

– C'était celle de ma mère, Summer. Roy me l'a donnée en me disant que, quand le temps serait venu…

Je crus que la brise avait cessé, que le monde s'était arrêté de tourner, que les nuages s'étaient figés contre le bleu du ciel. Je retenais mon souffle.

– Nous sommes faits l'un pour l'autre, Summer. C'est comme ça et c'est tout. Je ne peux aimer personne d'autre, et j'espère que c'est pareil pour toi. Est-ce que c'est pareil ? s'enquit-il, le regard chargé d'anxiété.

Je laissai le mien s'évader un instant. Tout sonnait si juste, subitement. Tout était arrangé. Tout était bien.

– Oui, Harley. C'est pareil pour moi. Depuis toujours.

Il prit ma main, glissa l'anneau à mon doigt et nous échangeâmes un baiser. Puis nous nous levâmes, aussi incapables l'un que l'autre de prononcer un mot. Il était temps d'aller annoncer la nouvelle à mes parents. Oncle Roy, j'en aurais juré, savait déjà.

Comme nous nous engagions dans le chemin, j'entendis le trille familier du merle et nous nous retournâmes tous les deux, d'un même mouvement.

C'était la seule promesse qui comptait, pensai-je alors.

La promesse de notre vœu.

Celle qui ne mentirait pas.

Achevé d'imprimer par GGP Media, Pößneck
en janvier 2003
pour le compte de France Loisirs,
Paris

n° d'éditeur : 37928
Dépôt légal : février 2003
Imprimé en Allemagne